采石月下聞謫仙
——宋代詩人郭功甫

林宜陵　著

目次

采石月下聞謫仙——宋代詩人郭功甫

第一章　序言

　　初讀郭祥正詩，即愛其古風風神俊逸，近似太白；寫景、詠懷莫不驚邁豪絕。又觀梅聖俞〈采石月贈郭功甫〉云：「采石月下聞謫仙，夜披錦袍坐釣船。醉中愛月江底懸，以手弄月身翻然。不應暴落飢蛟涎，便當騎魚上九天。青山有冢人謾傳，卻來人間知幾年。在昔熟汾陽王，納官貰死義難忘。今觀郭裔奇俊郎，眉目真似攻文章。死生往復猶康莊，樹穴探環知姓羊。」（《梅堯臣編年校注》卷二十四）謂其為李白感於郭子儀相救之恩，而轉世為郭裔子孫，以其詩名，顯揚郭氏，報其深恩。王安石亦嘆美其詩才道：「壯麗俊偉，乃能至此，良以嘆駭也。」，「豪邁精絕，固出於天才，此非力學者所能逮也。」（《王臨川文集》卷八）其非力學所能為，陸游於《入蜀記》中亦記載：「李白烏巾白衣錦袍，又有道帽氅裘，侑食於側者，郭功甫也。」（卷三）其得以侑食太白祠之地位。

　　又其詩作〈漳南書事〉記錄漳南人民遭遇颱風之景象，〈新昌吟寄潁叔待制〉言新昌人民遭賊寇及官吏之迫害，讀之皆如史事歷歷在目，確實發揚詩歌為生民而發之精神。

　　以此知郭祥正之詩作，不僅具備太白之詩才，亦能包含杜甫為歌生民病之精神，其詩風依切身遭遇而轉變，與現實生活緊密結合，使其作品內容豐富，具有真性情。是以其詩作流傳至今達一千四百一十七首之眾，亦可見郭祥正於詩體創作之成就。

　　然而《宋史》郭祥正傳，言王安石曾言其為小人，不足用也。又見郭祥正曾為章惇謀事，章惇《宋史》錄於奸臣列傳中，又為新黨重要成員，郭祥正或以此受牽連，終致德行遭詆毀，詩才遭埋沒。《四庫全書》青山集提要，更以《青山》集續集誤收之孔平仲詩作，言郭祥正雖為新黨成員，又於詩中反對新政，實為立場不一之反覆小人。今觀郭祥正詩作滂渤之浩氣，當非奸邪者所能為，是以起深究之意。

　　近日有關郭祥正《青山集》之研究成果有：

　　一、孔凡禮先生一九八九年發表於山西人民出版社《文學遺產增刊十八輯》之〈郭祥正略〉考，研究郭祥正之交遊。

　　二、孔凡禮先生一九九五年五月‧附錄於黃山書社《郭祥正集》點校本，中之附錄一：〈郭祥正年表〉，對於郭祥正生平有深入之探討。

　　本文於即將完成之前，幸承大陸學者張宏生老師寄贈此書，方能得見前輩研究成果，校正原稿中有關祥正生平編年之疏誤。

　　今凡本論文所疏略之資料，或與孔凡禮先生不合之處，據孔凡禮先生〈郭祥正年表〉更正者，必定注明為參見孔凡禮先生者，以尊重前輩研究成果。若考證結果與孔凡禮先生不合者，則於注解中標明。

　　於此並重編〈郭祥正年表〉，以論文中所論證者，一一繫入該年之下；不取孔凡禮先生不確定為何年所作，推測為「姑繫於本年」者；所繫年者，皆已可證為該年之事〔附錄一〕。

　　三、由孔凡禮先生所點校《郭祥正集》中，得知日本學者內山精也，於《橄欖》雜誌第三卷所發表之《郭祥正青山集考

（上）》中曾於《青山集》之版本有所考辨。

　　經託日本友人代為影印，得見此文，文中對《青山集》三十卷、三十四卷、三十五卷本、三十七卷本皆有略述，偏重形式之差異，對《青山集》之傳播功不可沒。唯闕漏十卷又六卷本。三篇著作對郭祥正及《青山集》皆未能有全面之研究，是以本人研究郭祥正其人、其詩，盼得以完整介紹此宋代詩豪。

采石月下聞謫仙—宋代詩人郭功甫

第二章　郭祥正之生平

郭祥正之生平，分別見於《宋史》、《東都事略》、《永樂大典》三書，《宋史》云：

> 郭祥正，字功父，太平州當塗人，母夢李白而生，少有詩聲；梅堯臣方擅名一時，見而歎曰：「天才如此，真太白後身也。」舉進士。熙寧中，知武岡縣，簽書保信軍節度判官。時王安石用事，祥正奏乞天下大計專聽安石處畫，有異議者，雖大臣亦當屏黜。神宗覽而異之，一日問安石曰：「卿識郭祥正乎？其才似可用。」出其章以示安石，安石恥為小臣所薦，因極口陳其無行。時祥正從章惇察訪辟，聞之，遂以殿中丞致仕。後復出，通判汀州，知端州，又棄去，隱于縣青山，卒。（卷四四四・文苑傳六）

《東都事略》云：

> 郭祥正字功父，當塗人也。其母夢李太白而生，祥正少有詩名。梅堯臣曰：「天才如此，真太白後身也。」王安石亦歎美其詩。熙寧中，知武岡縣，僉書保信軍節度判官。時王安石用事，祥正奏乞天下大計，專聽王安石處畫，有異議者，雖大臣亦當屏黜。神宗問安石曰：「卿識郭祥正乎？其才似可用。」出其章以示

5

安石，安石恥為小臣所薦，乃言祥正無行，不可用。祥正遂屏仕居于姑熟，不復干進，所居有醉吟庵，久之，起為通判汀州，後知端州，復棄去。遂家于當塗之青山以卒。（卷一百一十五・葉九上）

《永樂大典》云：

郭祥正字功父，當塗人。家出於青山，一名謝公山，因號謝公山人。初，母夢李太白而生。梅聖俞一見曰：「真太白後身」。王荊公稱其詩豪邁精絕。熙寧間仕至殿中丞，簽書保信軍節度判官。即掛冠，號醉吟先生。李伯時為之寫真，東坡作贊。時方強仕，諸公交薦于朝。尋通判于汀。與守陳公軒相驩莫逆，每於暇日滋蠻郊行，觸詠萬酢。逮今所傳詩猶百餘篇。繼攝漳州，忤部使者，陷以他獄，五年而後直。又號漳南浪士。稍遷朝奉郎，高要郡，復棄去，竟不出，有青山集行于世。（卷七千八百九十四卷〈臨汀志〉葉二上）

今參較三書所載，知郭祥正字功父〔註一〕，北宋江南東路、太平州當塗人（今安徽省・當塗縣）。三書均載其母夢李白而生，又其家位於青山，青山又名謝公山，故號謝公山人〔註二〕。曾隱居於姑熟，所居名醉吟庵，又號醉吟先生〔註三〕。後通判汀州，攝守漳州，於獲罪漳南時，自號漳南浪士〔註四〕；再知端州，即高要郡（今廣東省・肇慶市）。棄官後，隱居青山，卒。所著有《青山集》三十卷。

郭祥正之生年據其自作詩〈癸酉除夜呈鄰舍劉秀才〉所稱：「六十明朝是，今年此除夜。」（《青山集》卷二十三・葉七

上），知癸酉年（西元一○九三年）時祥正為五十九歲，則可推知祥正生於仁宗景祐二年（西元一○三五年）。

今即據此三書及其自作詩所載，參以其他資料，考其生平經歷如下：

第一節　家族

本節將介紹祥正之家族成員，以初步瞭解祥正之家庭背景。

描寫祥正家族相關資料，最完整者，有王安石為祥正之父郭維所作之墓志銘〈尚書度支員外郎郭公墓志銘〉及《太平府志》郭維傳：

《王臨川集》之〈尚書度支員外郎郭公墓志銘〉云：

> 公諱維，字仲逸。少好學，有大志。年二十五，起為泰州司理。調泰、真二州判官。以能聞。監真州之酒稅。丁母憂。服除，改著作佐郎，知南豐縣。俗喜訟，令始至，豪猾輒構事入縣，察令能否。公至，既得其妄，窮而徙之，由此無敢犯法。改新都縣。又以治稱，既去，民思之，相與繪公像，祠焉。使者薦其材，就知雅州，王蒙正姻明肅太后家，侵民田幾至百家。有訴者，更數獄無敢直其事，詔公治之。其行也，人為公憚。公至則拔根摘節，不漏毫末，以田歸民，蒙正坐除名。既歸，天子目之，賜之朱衣，得尚書屯田員外郎、知常州。至州，索宿姦數人流之，州以無事。移提點淮南刑獄，吏不治道，聞公至，往往豫以事求

7

解，部中肅然。遷度支以卒，慶曆二年正月也。凡仕
二十七年。公剛毅能斷，當事勇，不自恤。繇景德、
祥符之間，四海平治，寬文法待吏，而吏乃相習為遨
嬉浮沉者，或按一吏，則交讟群詆，以為暴刻生事，
日浸月積，而民敝于下矣。至公始按吏而獨急于權倖，
有大臣出揚不治，曲以禮事公，公奏斥，不報，既代，
猶斥之，以是被按一無憾言，以聲威聞，而所至即有
惠愛。某嘗羈游過常里中，民有以褻語相罵者，其長
者怒曰：「爾欲忘郭屯田耶？」蓋公在常以此法其民。
時卒已九年矣，猶不忘之。惜乎朝廷方欲顯用，而公
已不幸。其出于治者，猶未足以盡其志，故不悉書，
特掇其一二而存之，此足以見公之志也。祖某，不仕。
父某，贈殿中丞。母劉氏，仙源縣太君。妻張氏，南
陽縣君。子男三人：先正，烏江縣尉；聰正，舉進士；
祥正，星子主簿。女六人。以某年月日葬公於某處，
公之里也。將葬，先正等以今司封員外郎趙誠書來乞
銘。先人與公祥符八年以進士起，而公子且與某游有
好也，銘不敢讓。銘曰：翼翼汾陽，子儀始王。道完
道粹，功蓋于唐。宜享世澤，流如海長。原原南寓，孰
嗣而昌。公生而明，剛簡自徇。拔身貧羈，誼不辱進。
蘇窮斥姦，惠立威振。而年不長，志不時盡。既奮既材，
天奚弗愁。刻銘在幽，來者之感。（卷九十五）

據《太平府志》郭維傳云：

郭維字仲逸，少苦學，讀書石城山，鄉黨師事之。大

中祥符八年登進士，初調泰州司理參軍，治獄有能名。
知南豐縣，籍郡邑豪滑者徙之，終任無敢犯。改知新
都縣，以廉幹聞，既去，百姓遮道留，不獲，生為立
祠。部使者交薦，除知雅州，王蒙正姻連明肅太后，
侵民田幾百家。有訴者，更數獄無敢直其事，詔維治
之，批根解節，秋毫無所貸，以田歸民，蒙正坐除名。
除屯田員外郎，知常州，民健於訟，狴犴未嘗虛，維
鉤索煽訟者十餘，流之，宿姦畏憚，皆徙避，郡以大
治。除淮南刑所，部吏貪者望風解去。遷度支郎中，
卒。維持己端介，面目嚴肅，然接物恂恂，臨事必酌
以情，故所至威望著，而民常安，常民尤化之，有褻
語相詬者，長老輒斥曰：「爾忘郭屯田訓！」即其風
節如此。三子：先正烏江尉，聰正舉進士，祥正自有
傳。弟經、縉，寶元元年、皇祐元年相繼登進士第；
經初調宣州司理參軍，遷成都府節度推官，移知梓州
永泰縣，時司馬光知諫院，薦之曰：「謹以立身，敏
以從政。」其為正人推獎如此，器幹可知也，縉仕不
知所終。（卷二十七・人物上・葉十下）

據《太平府志》郭祥正傳言：「郭祥正字功甫、維子也。」（卷
二十七・人物上・葉十一下）可知郭維為祥正之父。

　　由王安石贈郭祥正父郭維之墓志銘云：「銘曰：翼翼汾陽，
子儀始王。道完道粹，功蓋于唐。宜享世澤，流如海長。原原南
寓，執嗣而昌。公生而明，剛簡自徇。拔身貧羈，誼不辱進。蘇
窮斥姦，惠立威振。而年不長，志不時盡。既奮既材，天奚弗愁。
刻銘在幽，來者之感。」中「原原南寓，執嗣而昌。」可確認郭
祥正為郭子儀子孫，南移（當塗於汾陽之南）一脈之後嗣。

又據黃庭堅〈郭明父作西齋于潁尾請予賦詩二首〉之二云：

> 食貧自以官為業，聞說西齋意凜然。萬卷藏書宜子弟，
> 十年種木長風煙。未嘗終日不思潁，想見先生多好賢。
> 安得雍容一樽酒，女郎臺下水如天。東京望重兩并州，
> 遂有汾陽整綴旒。翁伯入關傾意氣，林宗異世想風流。
> 君家舊事皆青史，今日高材未白頭。莫倚西齋好風月，
> 長隨三徑古人遊。（《山谷外集》卷二）〔註五〕

詩中云「遂有汾陽整綴旒」即言郭子儀整治若贅旒之唐祚，汾陽王為郭祥正家族之光榮歷史。又如梅堯臣於〈次韻答德化尉郭功甫遂以送之〉云：「始聞汾陽生，文行眾所諒。」〈採石月贈郭功甫〉「在昔熟識汾陽王。納官貰死義難忘。今觀郭裔奇俊郎，眉目真似攻文章。」亦言祥正為「汾陽生」，為「郭裔奇俊郎」，皆可推知，郭祥正當為郭子儀之後嗣。

又由銘中所云：「祖某，不仕。父某，贈殿中丞。母劉氏，仙源縣太君。」知祥正之曾祖父並未任官；祖父則獲贈殿中丞；祖母劉氏，獲贈為「仙源縣太君」。茲略敘其家人行誼為次：

一、父親－郭維

（一）少年苦學而有大志。

王安石云：「公諱維，字仲逸。少好學，有大志。」，《太平府志》云：「郭維字仲逸，少苦學，讀書石城山，鄉黨師事之。」知郭維字仲逸，年少苦學而有大志，為鄉人所尊重。石城山在當塗縣。

（二）仕宦經歷與政績。

1．進士及第，任泰州（今甘肅・天水市）司理參軍。

墓志云：「年二十五，起為泰州司理。」及《太平府志》云：「大中祥符八年登進士，初調泰州司理參軍，治獄有能名。」知郭維於二十五歲，即大中祥符八年，（西元一〇一五年）進士及第。〈同蔡持正長官觀齊景蒨虞部家藏遠祖成公監修國史誥〉中亦言：「丈人與先翁，登科實同時。（自注：先卿與先子皆祥符八年進士。）」（《青山集》卷十二・葉一上）調為泰州司理參軍，此時已善於治獄。

2．任泰、真（今江蘇・儀征縣）二州判官。

墓志云：「調泰、真二州判官。以能聞。」。

3．監真州酒稅，母亡，服喪。

墓志云：「監真州之酒稅。丁母憂。」。

4．知南豐縣。

墓志云：「服除，改著作佐郎，知南豐縣。俗喜訟，令始至，豪猾輒搆事入縣，察令能否。公至，既得其妄，窮而徙之，由此無敢犯法。」《太平府志》云：「知南豐縣，籍郡邑豪滑者徙之，終任無敢犯。」以著作佐郎，知南豐縣，南豐縣俗風好爭訟，郭維窮治而遷之，風俗以正。

5．至新都縣。

墓志云：「改新都縣，又以治稱。既去，民思之，相與繪公像，祠焉。」《太平府志》云：「改知新都縣，以廉幹聞，既去，百姓遮道留，不獲，生為立祠。」知其深得百姓愛戴。

6．知雅州。

墓志云：「使者薦其材，就知雅州，王蒙正姻明肅太后家，

侵民田幾至百家。有訴者，更數獄無敢直其事，詔公治之。其
行也，人為公憚。公至則拔根摘節，不漏毫末，以田歸民，蒙
正坐除名。」及《太平府志》：「部使者交薦，除知雅州，王
蒙正姻連明肅太后，侵民田幾百家。有訴者，更數獄無敢直其
事，詔維治之，批根解節，秋毫無所貸，以田歸民，蒙正坐除
名。」知郭維在雅州，曾有著名治蹟，剛正不阿。

7・除屯田員外郎，知常州。

　　墓志云：「既歸，天子目之，賜之朱衣，得尚書屯田員外
郎、知常州。至州，索宿姦數人流之，州以無事。」及《太平
府志》：「除屯田員外郎，知常州，民健於訟，狃犴未嘗虛，
維鉤索煽訟者十餘，流之，宿姦畏愳，皆徙避，郡以大治。」
知祥正於常州亦流放善於爭訟之宿奸，使郡得以大治。

8・任提點淮南（今江蘇・揚州市）刑獄。

　　墓志云：「移提點淮南刑獄，吏不治道，聞公至，往往豫
以事求解，部中蕭然。」《太平府志》云：「除淮南刑所，部
吏貪者望風解去。」任職期間，貪官污吏皆不敢留任。

　　據《宋史・食貨志下》言：「康定元年（西元一〇四〇年），
淮南提點刑獄郭維言：『川陝素不產鹽……或以折鹽酒歲課，
願入錢，二千當銀一兩』詔許之。」可知康定元年（西元一〇
四〇年）郭維為淮南提點刑獄，時祥正六歲。

9・遷度支郎。卒。

　　墓志云：「遷度支以卒，慶歷二年正月也。仕二十七年。」
《太平府志》亦云：「遷度支郎。卒」。知郭維卒於慶歷二年
（西元一〇四二年）正月，又由其大中祥符八年（西元一〇一
五年）進士及第時為二十五歲，知郭維享年五十二歲。

12

而郭祥正〈言歸〉詩中所言：「予七齡而孤兮，託慈育以苟生。」當是八歲。

（三）個性。

墓志云：「公剛毅能斷，當事勇，不自恤。」《太平府志》云：「維持己端介，面目嚴肅，然接物恂恂，臨事必酌以情，故所至威望著，而民常安，常民尤化之。」知郭維為一持己端介，剛毅能斷，外嚴內柔，通情達理之君子。

（四）移風易俗。

墓志云：「繇景德、祥符之間，四海平治，寬文法待吏，而吏乃相習為遨嬉浮沉者，或按一吏，則交讒群詆，以為暴刻生事，日浸月積，而民敝于下矣。至公始按吏而獨急于權倖，有大臣出揚不治，曲以禮事公，公奏斥，不報，既代，猶斥之，以是被按一無憾言，以聲威聞，而所至即有惠愛。某嘗羈游過常，里中民有以褻語相罵者，其長者怒曰：『爾欲忘郭屯田邪？』蓋公在常以此法其民。時卒已九年矣，猶不忘之。」及《太平府志》言其「治獄有能名」、「籍郡邑豪滑者徙之，終任無敢犯」、「以廉幹聞」、「既去，百姓遮道留，不獲，生為立祠部。」、「民健於訟，狴犴未嘗虛，維鉤索煽訟者十餘，流之，宿姦畏懾皆徙避，郡以大治。」、「部吏貪者望風解去。」知對於民風之端正，影響直至後世。

二、母親

由郭維墓志謂郭維：「妻張氏，南陽縣君」知祥正之母姓

13

張，封南陽縣君。

　　據祥正〈言歸〉詩：「予七齡而孤兮，託慈育以苟生。捉手以筆兮，口授以經。緒先子之素訓兮，夜未央而丁寧。既束髮以就學兮，入必問其所遊。聞道之進兮，曰使我以忘憂。」（《青山集》卷八‧葉三上）知祥正之啟蒙教育，得自母親之教導。

　　又據〈言歸〉云：「吾母耄兮，戀故鄉。」及〈廣言歸〉云：「慨日月兮往而不返，吾親八十兮事之云晚。」（《青山集》卷八‧葉四上）知祥正之母享有高壽。

三、叔父－郭經、郭縉

　　祥正有叔父二人：

（一）郭經。

1‧仕宦經歷。

　　據《太平府志》知郭維弟－郭經為寶元元年（西元一〇三八年）進士，並言：「經初調宣州司理參軍，遷成都府節度推官，移知梓州永泰縣。」可知郭經曾為宣州（江南東路‧寧國府）司理參軍，遷成都府（成都府路）節度推官，移知梓州（梓州路）永泰縣。

　　又《當塗縣志》‧選舉志言：「仁宗‧寶元元年‧郭經，呂榛榜。歷宣州司理參軍，成都節度推官，移知梓州永泰縣。」（卷十七）

　　祥正於郭經至成都府為節度推官時，有〈送叔父入川〉詩，云：「霰雪滿江海，破帆風易吹。從今孤鳥興，不及共巢時。

14

讒謗寧須辨，神明豈易欺。峽山雲木老，莫動故園悲。」（《青山集》卷二十三・葉八上）言送別之情。

　　據《太平府志》所言：「移知梓州永泰縣，時司馬光知諫院，薦之曰：『謹以立身，敏以從政。』其為正人推獎如此，器幹可知也，」郭經亦為一正人君子。

（二）郭緝。

　　按：據《太平府志》知郭緝為皇祐元年（西元一〇四九年）進士。仕宦不詳。

　　《當塗縣志》・選舉志云：「仁宗・皇祐元年・馮京榜，維，經弟。」（卷十七）亦僅知其重馮京榜。

四、兄長－郭先正、郭聰正。宗弟－郭蒙正

　　兄長二人：

　　郭維墓志云：「子男三人：先正，烏江縣尉；聰正，舉進士；祥正，星子主簿。」又云「以某年月日葬公于某處，公之里也。將葬，先正等以今司封員外郎趙誠書來乞銘。先人與公祥符八年以進士起，而公子且與某游有好也，銘不敢讓。」及《太平府志》言郭維：「三子：先正烏江尉，聰正舉進士，祥正自有傳。」可知祥正有二兄，分別為：

　　（一）郭先正：曾為烏江尉。

　　（二）郭聰正：曾舉進士。

　　由祥正〈竹子灘逢廣漕張公諷〉一詩云：「吾宗有令弟，恩復出君家。」（《青山集》卷二十二・葉六上）並自注言：「吾弟蒙正為公美所薦。」《當塗縣志》・選舉志言郭蒙正：

「神宗‧元豐五年。」（卷十七）舉進士，知蒙正為祥正之宗弟。

五、姊妹

郭維墓志云：「女六人」，唯只一人可考。

另由其詩〈送外甥法真一師〉云：

> 仕祿不及養，勇往學金僊。棄家如脫屣，壞衣披稻田。
> 見汝若見母，令我涕泗漣。我方齠齔時，巨嶽遭摧顛。
> 汝母挈我往，西江赴臨川。愛育比其兒，衣食無頗偏。
> 追隨二三載，思親我言還。是時汝未產，顧今三十年。
> 汝壯我已老，死者歸重泉。悠悠記昨夢，幻妄真可憐。
> 汝能逃世累，趣尚固已賢。京華勿久棲，還當擇深淵。
> 返窮生死本，勿為言句纏。拭我衣上淚，贈汝金石篇。
> （《青山集》卷十六‧葉八下）

可知祥正八歲時曾隨姊往臨川（今江西省‧撫州市），其姊極為愛護祥正，直至祥正十歲左右方回到母親身旁，其姊之子後出家為法真一師。

祥正有〈醉翁操〉一首（《青山集》卷八‧葉五下）。《至元嘉禾志》載其自注曰：「予甥法真禪師以子瞻內相所作〈醉翁操〉見寄，予以為未工也，倚其聲和之，寫呈法真，知可意否。謝山醉吟先生作。」（卷三十一）知東坡之〈醉翁操〉為法真禪師寄與祥正。

又據龍榆生於《東坡樂府校箋》引《澠水燕談錄》：

慶歷中，歐陽文忠公謫守滁州，有琅琊幽谷，山川奇
麗，鳴泉飛瀑，聲若環佩，公臨，聽忘歸，僧智仙，
作亭其上，公刻石為記，以遺州人，既去十年，太常
博士沈遵，好奇之士，聞而往遊，愛其山水秀絕，以
琴寫其聲，為醉翁吟，蓋宮聲三疊，後會公河朔，遵
援琴作之，公歌以遺遵，并為醉翁引以敘其事，然調
不主聲，為知琴者所惜。後三十餘年，公薨，遵亦歿，
其後廬山道人崔閑，遵客也，妙於琴理，常恨此曲無
詞，乃譜其聲，請於東坡居士子瞻，以補其闕，然後
聲詞皆備，遂為琴中絕妙，好事者爭傳。詞不具錄。
惟醉翁中作惟有醉翁，此賢作此弦，下注第二疊泛聲
同此七字，童巔作同巔，回川作回淵。方其補詞，閑
為弦其聲，居士倚為詞，頃刻而就，無所點竄。遵之
子為比邱，號本覺真禪師，居士書以與之云：「二水
同器，有不相入。二琴同手，有不相應。沈君信手彈
琴，而與泉合，居士縱筆作詞，而與琴會，此必有真
同者也。（卷二・葉十七上〈醉翁操〉之附錄。）

由《澠水燕錄》（卷八・葉四上）中云「遵之子為比邱，號本
覺真禪師」知法真禪師當即本覺真禪師，為沈遵之子，是以東
坡寄文告之〔註六〕，法真方以此詞予祥正觀，祥正是以言其
未工，再填作一首。以此推之，法真禪師或即為沈遵之子，祥
正之父卒時，攜祥正往臨川，當即法真之父。

17

六、妻子─孫氏

據李之儀〈郭功甫妻孫夫人挽詞〉：

> 率己名無媿，成家德可尊。蘋蘩招婿婦，翰墨見兒孫。
> 孰不承慈訓，俱來哭寢門。詩人難再得，彤管負詳論。
> （《全宋詩卷九六〇》）

知祥正之妻姓孫，亦能詩畫。

並由〈與內飲有贈〉：「君生不能織，我生不能鋤。兒孫無白丁，生理已有餘。」（《青山集》卷十二·葉五上）知其妻，當為大家閨秀。

七、兒子─郭點、郭燾、郭鼎

（一）郭點

關於祥正之長子點，由祥正之〈將歸行〉詩云：「株作桐鄉三見春，桐鄉雖好大兒死。」（《青山集》卷一·葉六下），知郭點卒於郭祥正任官桐鄉（今安徽省·桐城縣）之時。此將於本章第二節詳論。祥正亦有〈哭子點〉一詩，云：「五歲養育恩，一朝隨埃塵。琅琅讀書聲，在耳猶如新。」及「佳雛墮危巢，異芳零短春。黃泉無白日，青塚多愁雲。」（《青山集》卷十九·葉二下）可知祥正對郭點的教育非常重視，五歲之前即加以啟蒙。郭點五歲病故，對祥正造成很大的打擊，進而影響祥正桐鄉時期之詩風，此將於第四章·第三節「桐鄉、歷陽時期」中探討。

18

（二）郭熹

　　據其漳南之作〈寒食感懷示子熹二首〉云：「鄉關隔寒食，父子共沾襟」（《青山集》卷二十一・葉五下），可知祥正攝守漳南，並獲罪留於漳南時，在祥正身邊之子即郭熹。

　　由〈同蕭英伯登陳安止嘯臺〉：「顧我病且老，況復時運乖。兒歸半道死，旅棺未藏埋。」（《青山集》卷十五・葉一下）言及「嘯臺」，據《方輿勝覽》知位於福建路・漳州，其下並節錄此詩道：「郭功父詩：『縹緲臨渚峰，幔卷濃雲開。秀特不可掩，擎天碧崔嵬。』」（卷十三・葉八下），知此詩作於漳南，所言「兒歸半道死，旅棺未藏埋。」，即郭熹亡於由漳南獨自歸鄉之途中〔註七〕。

　　祥正於〈感懷寄泉守陳君舉大夫〉詩中亦感傷道：「柴門永日淚沾巾，事與心違漸失真。家住江南幾萬里，身留海上已三春。明時枉作銜冤客，皓首翻為哭子人。多謝泉州賢府主，數將書札問悲辛。」（《青山集》卷二十四・葉三下）已身之含冤及喪子之痛。

（三）郭鼎

　　郭鼎之名見於〈中書舍人陳公元輿以詩送吾兒鼎赴尉慎邑卒章見及遂次元韻和答〉（《青山集》卷七・葉十二下）中，並由〈憶小子鼎〉云：「元朝別家去，音信隔三春。讀易應終卷，端居莫患貧。定交疏燕雀，養節慕松筠。冤獄何時辨，思兒淚滿巾。」（《青山集》卷二十一・葉六下）見其獲罪漳南時思念郭鼎之心情。

　　祥正一直等到郭鼎能赴吏選，便完全歸隱。由〈將至歷陽先寄王純父賢守〉中言：「賤子初投阱，收身即棄官。」（《青山集》卷二十三・葉一上）及〈將歸三首〉中言：「掛冠已不早，玄花隨兩眸。休休保殘齡，擊壤歌皇猷。有兒集吏選，餘事復何求。回首天地恩，瞑目終難酬。」（《青山集》卷十六・葉三上之）知祥正於元祐四年（西元一〇八九年）乞歸，時年五十五，郭鼎赴吏選。〔註八〕

　　可知祥正多次歸隱又出仕之因，在於稚子尚未能繼承衣缽。是以祥正於鼎稍能自立時，即迫不及待的「上書乞骸骨」使郭鼎能承其衣缽。由此可知其多次隱居又出仕並非矯作求名，實為真心嚮往隱士生活；然而不得不出仕之因，為妻兒之生計及欲蔭仕其子。

　　據祥正〈中書舍人陳公元輿以詩送吾兒鼎赴尉慎邑卒章見及遂次元輿和答〉，（《青山集》卷七・葉十二下）中稱陳軒為「中書舍人」，而《續資治通鑑長編》元祐六年十一月載：「壬寅左朝請郎祕閣校理守起居舍人陳軒，左承議郎集賢校理守，起居郎孔武仲，並為中書舍人」（卷四六八・葉五下）《續資治通鑑長編》記元祐八年四月戊申事，曰：「中書舍人陳軒為龍圖閣待制知廬州。」（卷四八三・葉一上），知此詩作於元祐六至八年間，其間郭鼎曾為慎邑尉；陳軒贈詩送行，並問及祥正。

第二節　仕宦

本節就郭祥正生平之仕宦經歷分期論之：

一、幼年

仁宗

◎慶曆二年，西元一○四一年，八歲，父郭維卒，蒙父恩蔭，
　隨姊至臨川（江南西路‧撫州）。

又：據《當塗縣志》‧選舉：「慶曆初年，郭祥正，度支郎中，
　維子，累官朝請大夫。」（卷十七）及《太平府志》所言：
　「舉進士，慶曆初。」當為恩蔭，並未曾進士及第。「舉
　進士」三字當為後加者：

（一）《東都事略》中並未言祥正曾「舉進士」，《宋史》
　　　較《東都事略》晚出，主要來源為《東都事略》，是
　　　以「舉進士」當為後加者。

（二）《當塗縣志》‧選舉云：「慶曆初年，郭祥正，度支
　　　郎中維子，累官朝請大夫。」特別標明為郭維之子，
　　　對於其他進士及第者皆言明中舉年次，及為何人榜：
　　　如於祥正之叔父郭經即明言：「仁宗‧寶元元年‧郭
　　　經，呂榛榜。」記郭縉亦言：「仁宗‧皇祐元年‧馮
　　　京榜。」於此可知祥正並未進士及第，故未言何人榜。

（三）蘇轍《欒城集》於元豐三年有〈郭祥正國博醉吟庵〉
　　　之作，《宋史》‧職官志九中〈文臣京官至三師敘遷
　　　之制〉言：「殿中丞，有出身轉太常博士，無出身轉
　　　國子監博士。內帶館職同有出身。」（卷一六九）知

21

任國子博士為「無出身」者轉遷之官銜，「無出身」
即指無進士出身。

由此可證「舉進士」，為《宋史》及《太平府志》誤增。
〔註九〕

又：據其〈言歸〉詩曰：「予七齡而孤兮，託慈育以苟生。」
（《青山集》卷八・葉三上），得知祥正七歲時其父亡故，
然由王安石所作郭維（郭祥正之父）墓志銘云：「遷度支
以卒，慶曆二年正月也。」（《王臨川集》卷九十五）知
當為慶曆二年正月（西元一〇四二年），祥正八歲時。

又：據〈送外甥法真一師〉詩曰：「我方齠齔時，巨嶽遭摧顛。
汝母挈我往，西江赴臨川。愛育比其兒，衣食無頗偏。」
（《青山集》卷十六・葉八下）齠齔時即七、八歲，與祥
正八歲喪父合。「巨嶽遭摧顛」。即比喻父親亡故，頓失
依靠。並言其姊，於其父亡後，攜祥正自西江（廣東路・
肇慶府）到臨川，視祥正如同己出。

◎慶曆四年，西元一〇四四年，十歲，回母親身邊。

又：據〈送外甥法真一師〉詩曰：「追隨二三載，思親我言還。」
在臨川，二、三年後，祥正十歲（慶曆四年・西元一〇四
四年）時，方回到母親身旁。

二、在京

仁宗

皇祐元年，西元一〇四九年，十五歲，在京城。

仁宗皇祐元年（一〇四九年）十五歲至皇祐四年（一〇五
二年）十八歲間曾至京師。

22

又：遊京城事，據其詩中可證。以下列舉之：

（一）由其五十五歲歸隱之作〈將歸三首〉所言：「祿仕四十年，志運良已乖。」（《青山集》卷十六·葉三上）由四十年，知祥正十五歲即至京師為祿仕作準備。

（二）〈鄭致國宣義見過小山留飯敍舊〉詩自注：「皇祐京城之游，惟予獨在。」（《青山集》卷二十三·葉一下）及〈劉交侍禁書報王君安（鐸）改官監懷州武德鎮以詩喜之〉自注曰：「韓、滕、李并予與君安，皆皇祐中京國密友」（《青山集》卷二十七·葉二下）。皇祐年間為西元一〇四九年至一〇五三年，即祥正十五至十九歲。知祥正其間曾住京城。

三、佐星子縣、初次棄官

仁宗

◎皇祐五年，西元一〇五三年，十九歲〔註十〕，以祕閣校理，任星子縣（即江東路·南康軍。今江西省·星子縣）主簿。

又：據《王臨川集》之〈尚書度支員外郎郭公墓志銘〉：「祥正，星子主簿。」知所任為星子主簿。

又：據〈送錢朝請還臺〉：「詮選相逢弱冠前，竹符分得各旛然。」（《青山集》卷二十六·葉六下）知祥正未滿二十歲之前，即應詮選，並以祕閣校理佐星子縣。至和元年，西元一〇五四年，二十歲，與長官不合，棄官而去，過昭亭山（江南東路·寧國府。今安徽省·宣城縣）。

又：此據〈昨游寄徐子美學正〉〔註十一〕詩中所言：「我初佐星子，老守如素仇。避之拂衣去，寓跡昭亭幽。」可知

23

其辭官之因，在與老守不和。此次棄官後先至宣州之昭亭山，後方回青山。

又：二十歲歲末，辭去官職。梅堯臣於至和元年有〈依韻和郭秘校昭亭山偶作〉及〈送郭功甫還青山〉詩。可證祥正當時官職為秘閣校理，後先寓昭亭，再回青山。此將於本章第四節交遊中詳論之。

此次棄官，對於其詩之創作影響甚深，祥正於〈昨游寄徐子美學正〉中言：「篇章自此富，寫詠窮歡憂。」然而卻因為經濟因素，使祥正不得不再次出仕，是以詩中續言道：「慈母待祿養，復尉溢浦州。」

四、德化尉

◎嘉祐三年，西元一〇五八年，二十四歲，至德化、任德化尉〔註十二〕（江南西路・江州。今江西省・九江市）、宰環峰。

又：梅堯臣於嘉祐三年，有贈祥正詩，題為〈次韻答德化尉郭功甫遂以送之〉（《梅堯臣編年校注》卷二十八），知祥正二十四歲即為德化尉。

◎嘉祐四年，西元一〇五九年，二十五歲，為德化尉，宰環峰。

又：據祥正言歸之詩〈望廬山二首〉云：「三十年前溢浦尉，五千里外解符歸」（《青山集》卷二十九・葉七上）。祥正五十五歲時歸隱，三十年前、即二十五歲時為溢浦尉（溢浦江與長江會於德化）。

◎嘉祐五年　西元一〇六〇年　二十六歲　宰環峰，歸為德化尉，蹇於職事遭酷罰。

又：據祥正於〈昨游寄徐子美學正〉中言道：「慈母待祿養，

復尉溢浦州。隨辟宰環峰，磁磁三歲周。纔歸遭酷罰，五體
戕戈矛。」可知於尉溢浦州時，曾隨辟宰環峰三年，環峰今
不審為何地，當在德化附近，詩中並言返回德化後遭罰。

又：據其〈泛江〉〔註十三〕詩之序言：「歲在庚子，月惟孟
冬，蹇予職事，鼓楫長江，而為之辭云。」長江與溢浦江
交會於德化，可知庚子年，即嘉祐五年（西元一○六○年），
時祥正二十六歲，此年冬天，祥正由環峰歸德化後，因蹇
於職事遭罰，此與〈昨游寄徐子美學正〉所言：「纔歸遭
酷罰」互證。

◎嘉祐六年，西元一○六一年，二十七歲，為德化尉，侍呂誨，
棄官。

又：〈將至江夏先寄太守李公擇〉中云：「予嘗尉潯陽日，事
故中丞呂獻可」（《青山集》卷二·葉二下）。《宋史》
呂誨傳云：「誨字獻可，開封人。祖端，相太宗、真宗。
進士登第，由屯田員外郎為殿中侍御史。以彈奏大臣，嘉
祐六年出知江州。」（卷三百二十一）潯陽與德化皆屬於
江南西路·江州，是以嘉祐六年祥正當仍在德化，不久後
方棄官。

　　孔凡禮先生於《郭祥正集·郭祥正年表》以為郭祥正嘉
祐四年，方任職德化尉，而梅堯臣於嘉祐三年所作〈次韻答
德化尉郭功甫遂以送之〉（《梅堯臣集編年校注》卷二十八），
為誤繫於此年，當繫於嘉祐四年。認為由祥正所作〈哭梅直
講聖俞詩〉云：「一別三四秋，音問山中稀。去年集選曹（朝）、
僅瘦馬力羸。訪公國東門，問我來何時。」之語可推知。因
為堯臣卒於嘉祐五年，祥正二十六歲時，言「去年」知祥正

25

當為嘉祐四年，二十五歲時訪堯臣；是以祥正當為嘉祐四年，
二十五歲至京師，方獲派任為德化尉，當為堯臣於嘉祐四年
所作。余以為當為嘉祐三年至德化，於下證之。

（一）由祥正〈哭梅直講聖俞詩〉所云：「一別三四秋，音
　　　問山中稀。」（《青山集》卷十九・葉一下）言三、
　　　四年者，不確定之意。而祥正最遲於至和二年（西元
　　　一〇五五年）二十一歲時曾見堯臣，此將於本章第四
　　　節「交遊」中證之。則三、四秋後當為祥正二十四歲，
　　　祥正當為此時往見堯臣，〈次韻答德化尉郭功甫遂以
　　　送之〉當為梅堯臣嘉祐三年之作，《梅堯臣集編年校
　　　注》並未誤繫。

（二）孔凡禮先生因誤以〈昨游寄徐子美學正〉：「慈母待
　　　祿養，復尉溢浦州。隨辟宰環峰，碌碌三歲周。纔歸
　　　遭酷罰，五體戕戈矛。」中所言「纔歸遭酷罰，五體
　　　戕戈矛」為敘述祥正之母逝世，而不審此為敘述德化
　　　尉時期之事。

　　據祥正〈言歸〉詩云：「吾母耄兮，戀故鄉。」（《青山
集》卷八・葉三上）〈廣言歸〉云：「慨日月兮往而不返，吾
親八十兮事之云晚。」（《青山集》卷八・葉四上）知祥正之
母實享高壽〔註十四〕，至祥正五十五歲時仍在世。是以〈昨
游寄徐子美學正〉中所言之酷罰，即〈泛江〉中所云嘉祐五年
事。即此宰環峰事，為任德化尉後之事。

　　又據其〈泛江〉詩之序言：「歲在庚子，月惟孟冬，蹇予
職事，鼓楫長江，而為之辭云。」知庚子年，即嘉祐五年（西
元一〇六〇年），時歸德化，由「隨辟宰環峰，碌碌三歲周」

言宰環峰三年，逆推最遲為嘉祐三年即獲派為德化尉。

是以祥正於〈哭梅直講聖俞詩〉所云：「去年集選曹（朝）、僅瘦馬力羸。訪公國東門，問我來何時。」之「去年」當為約略之詞。

五、棄官十年

祥正二十七至三十七歲，即嘉祐六年至熙寧四年（西元一〇六一至一〇七一年）間，棄官鄉居。

又：〈送余祕校〉詩中所言：「一官初得遭猛守，十年困辱朱顏凋。」（《青山集》卷四・葉十四下）及〈懷青山草堂〉詩言：「我昔棄官結茅宇，九品青衫安足數。竹筒盛酒騎白牛，醉眠彫（道光本作眼看）天與天語。如何蹭蹬隨辟書，十年又向風塵趨。」（《青山集》卷三・葉十三上）由「十年困辱朱顏凋」及「十年又向風塵趨」可知此次棄官達十年之久。

據楊傑《無為集》之〈屏石謠贈郭功夫〉〔註十五〕及卷二〈治平三年秋七月當塗郭功夫招無為楊次公會於環峰時五雲叟陳德孚以詩寄吾二人因聯句酬之〉〔註十六〕詩中言：「憶昔治平年，姑熟溪上別。歲時激箭急，倏忽三十月」可知治平三年祥正與楊傑二人相遇於環峰，而三十月前即治平元年，與楊傑於姑熟交往，並別於姑熟，故治平元年，祥正在姑熟，治平三年在環峰。

至於此段時期之生活，則相當貧困，由其〈昨游寄徐子美學正〉中所言：「旦夕期殞滅，餘生安敢偷。粗能襄事畢，寒餒妻兒羞。」可知其生活困頓，妻兒寒餒。

六、經鄂州、至邵州武岡縣

神宗

◎熙寧五年，西元一○七二年，三十八歲，移荊湖北路、鄂州。
九月知荊湖南路、邵州武岡縣（今湖南省‧邵陽縣），十一
月又以防禦判官，跟隨章惇平梅山峒蠻。

又：據祥正於鄂州有〈公擇鄂守學士三堂請雨〉（《青山集》
卷三‧葉十下）之作。公擇即李常字，據《宋史》記神宗
熙寧三年四月事：「右正言李常貶通判滑州」（卷十五）。
又於李常本傳中記：「通判滑州。歲餘復職，知鄂州，徙
湖、齊二州」（卷三四四），可知李常熙寧三年通判滑州，
歲餘後即熙寧五年後在鄂州；祥正至鄂州當在熙寧五年
後，又祥正於熙寧五年十一月即至邵州，至鄂州之時間為
熙寧五年十一月前。

又：據〈將至江夏先寄太守李學士公擇〉（《青山集》卷二‧
葉二下）云：「二月發姑熟，三月到潯陽」知祥正此次出
仕，經由鄂州至潯陽方至邵州。是以至鄂州當早於邵州，
故為熙寧五年事。

又：此段時期之遭遇，據其詩〈昨游寄徐子美學正〉中言道：
「復入湖外幕，萬里浮扁舟。幾葬江魚腹，迤邐百端愁。
到官未三月，開疆預參謀。招降五萬戶，給田使鋤耰。論
功軷第一一，謗語達冕旒。」知此時入湖外（指湖南路）
幕，《宋史》及《東都事略》二書亦皆言祥正於熙寧中知
武岡縣。武岡縣屬湖南路，稱湖外幕。並言至邵州不到三
月即有招降之功，卻遭謗語未能受重用。

又：至邵州為防禦判官之時間，《續資治通鑑長編》‧神宗熙

寧五年十一月庚申載：「章惇言招諭梅山蠻猺，令作省月。
皆懽喜，爭開道路迎所遣招諭人。得其地，東起寧鄉縣司
徒嶺，西抵邵陽白沙寨，北界益陽四里河。南止湘鄉佛子
嶺，又言南北江事亦各有序，且言恐進奏院漏洩所奏事。
上令入內內侍省下文字。」（卷二四〇・葉六上）可知梅
山招降事，發生於熙寧五年十一月，祥正又言：「到官未
三月，開疆預參謀。招降五萬戶，給田使鋤耰。」可知祥
正於熙寧五年九月到邵州，十一月立軍功。

又：據《續資治通鑑長編》・記神宗熙寧六年四月事，言：「權
　　邵州防禦判官郭祥正為太子中舍，與江東路家便差遣。章
　　惇言『祥正均給梅山田，及根括、增稅，有勞也。』（卷
　　二四四・葉八上）〔註十七〕知於邵州之官職為防禦判官。

◎熙寧六年，西元一〇七三年，三十九歲，二月至河北。四月入
　　京。因戰功官階升為品階第二十階之太子中舍。居姑熟家中。

又：二月至河北事。據〈中秋登白苧山呈同游蘇寺丞〉中所言：
　　「前年從軍梅山下，林黑只憂偏弩射。去歲點夫大河北，
　　黃土吹衣無晝夜。勞勞功業安在哉，出林之木風先摧。有
　　言不得見天子，卷舌卻出金門來。」（《青山集》卷二・
　　葉九下）此為祥正熙寧七年中秋於姑熟時登白苧山所作，
　　言「前年從軍梅山下，林黑只憂偏弩射」即熙寧五年任荊
　　湖南路、邵州防禦判官招降梅山蠻猺事；「去歲點夫大河
　　北，黃土吹衣無晝夜」即熙寧六年，參與西夏征討之事務，
　　河北（今河北省・大名縣東北。領有今河北阜平、雄縣、
　　霸縣和海河以南，及山東、河南，黃河以北大部分地區）
　　位於黃河之北，北宋時曾為西夏領土，《宋史》・神宗本

29

紀於熙寧六年下云:「二月丙申。王韶復河州,獲木征妻子。任寅,以韓絳知大名府。」(卷十五)與祥正此詩所記錄之時間符合。

又:四月入京。升為太子中舍,因得江東路家便差遣,遂居姑熟家中。據《續資治通鑑長編》‧神宗熙寧六年四月事,言:「權邵州防禦判官郭祥正為太子中舍,與江東路家便差遣。章惇言『祥正均給梅山田,及根括增稅,有勞也。』」知熙寧六年四月祥正以太子中舍之官銜,離開京師,回故鄉家中。〈中秋登白苧山呈同游蘇寺丞〉中所云:「有言不得見天子,卷舌卻出金門來」即言熙寧六年,因戰功入京未能得見皇上。

◎熙寧七年,西元一○七四年,四十歲,居姑熟家中。是年王安石第一次罷相。

又:此次未得重用之因,當為神宗與王安石意見不一,據《宋史》‧章惇傳云:

> 熙寧初,王安石秉政,悅其才,用為編修三司條例官,加集賢校理、中書檢正。時經制南、北江群蠻,命為湖南、北察訪使。提點刑獄趙鼎言,峽州群蠻苦其酋剝刻,謀內附,辰州布衣張翹亦言南、北江群蠻歸化朝廷,遂以事屬惇。惇募流人李資、張竑等往招之,資、竑淫于夷婦,為酋所殺,遂致攻討,由是兩江扇動。神宗疑其擾命,安石戒惇勿輕動,惇竟以三路兵平懿、洽、鼎州。以蠻方據潭之梅山,遂乘勢而南。轉運副使蔡燁言是役不可亟成,神宗以為然,專委於燁,安石主惇,爭之不已。既而燁得蠻地,安石恨燁

30

沮惇，乃薄其賞。進惇修起居注，以是兵久不決。（卷
四百七十一）

可證此次未獲重用，是因轉運副使蔡燁與王安石不合。祥
正跟隨章惇招降梅山，但神宗聽蔡燁之言，最終之功勞為蔡燁
所奪。太子中舍表面是升官，但並未加以留京重用。於此亦可
知此時祥正與章惇、王安石仍為同一陣線，故章惇言其有功也。

七、桐鄉

神宗

◎熙寧八年，西元一〇七五年，四十一歲，春天後由姑熟至桐
　鄉（今安徽省·桐城縣），任簽書保信軍節度判官。是年王
　安石復相。十一月，交趾陷廉州。

又：此期官職，據《宋史》與《東都事略》皆言祥正：「熙寧
　中知武岡縣，簽書保信軍節度判官。」「知武岡縣」言熙
　寧五年任邵州防禦判官事，「簽書保信軍節度判官。」言
　熙寧八年任職簽書保信軍節度判官事（桐鄉屬舒州。保信
　軍節度使領廬、舒州。）〔註十八〕。

◎熙寧九年，西元一〇七六年，四十二歲，在桐鄉，任簽書保
　信軍節度判官。

是年冬十月，王安石二次罷相，十二月郭逵敗交趾兵於富
良江。

又：熙寧九年在桐鄉，據〈贈二李居士（伯時、德素）〉：

　　二子跨黃犢，尋春造龍眠。身披五雲裘，翠髮散垂肩。
　　群兒漫相逐，不識南昌仙。我往一長揖，問我聊停鞭。

31

深林藉草坐，對酌臨潺湲。琅琅聽險語，了了出愛纏。
月殿折芳桂，高名金榜懸。掉頭不回顧，息跡趨淳源。
窮幽採紫芝，長嘯呼青猿。使我慕高節，神魄方森然。
言歸恨不早，白雪羞盈顛。於時業無補，碌碌隨冗員。
交趾近反逆，蟻聚浮戰船。邕廉皆失守，聖主憂南邊。
上將命遠鹵，睿算天所傳。虎熊十萬眾，干戈與雲連。
傾海洗梟巢，拓境除狼煙。悵懷炎瘴地，何日聞凱旋。
北虜恃驕黠，分疆亦逾年。廟謨非不深，遣使皆俊賢。
此事竟未果，艱虞甚防川。安得傳介子，萬里威名宣。
不然隨隱淪，漁釣求深淵。出處兩齟齬，悲歌寫哀絃。
二子顧我笑，汝心殊未堅。浩氣本完潔，胡為自鑱鐫。
請駕逍遙車，共遊方廣田。飢餐種成玉，渴飲華池泉。
我命永不滅，是身猶蛻蟬。世紛速辭謝，來續清淨緣。

（《青山集》‧卷十一‧葉五上）

由其詩中「二子跨黃犢，尋春造龍眠」知時節為春天，地點為
龍眠山（今安徽省‧龍眠縣北。），龍眠山位於淮南西路‧舒
州，即桐鄉附近，生活閒適，故言「於時業無補，碌碌隨冗員」，
並由「交趾近反逆，蟻聚浮戰船。邕廉皆失守，聖主憂南邊。
上將命遠鹵，睿算天所傳」可知當時有交趾反逆，朝廷派遣郭
逵、趙卨討伐之戰事。今考此次戰役之時間，於《宋史》卷十
五‧神宗二中言：

（熙寧八年）十一月，交趾獻欽州。甲申，交趾陷廉州。

（熙寧九年）二月，宣徽南院使郭逵為安南道招討使，罷
李憲，以趙卨副之。詔占城、占臘合擊交趾。

（熙寧九年）十二月丙戌，安南偽觀察使劉紀降。……癸

卯，郭逵敗交阯於富良江，獲其偽太子洪真，李乾德遣人奉表詣軍門降，逵遂班師。

　　由詩中言及趙禼，知此詩當寫作於熙寧九年二月後，又據「悵懷炎瘴地，何日聞凱旋」知此詩寫作之時郭逵尚未獲勝，故於熙寧九年十二月前，和其所言春天相對照，當作於熙寧九年二至三月間，由此詩可知此時往龍眠山訪二李。

　　熙寧十年，西元一〇七七年，四十三歲，春天在桐鄉，後至合肥（今廣西省・合浦縣）治獄歷陽（今安徽省・和縣），又棄官。

　　又：據〈春日懷桐鄉舊遊〉〔註十九〕詩言：「二年桐鄉邑，乘春覽榮芳。」及〈將歸行〉：「噫嘻，數奇不獨李將軍，株坐桐鄉三見春。」可知祥正於熙寧八年春天，即至桐鄉；至熙寧十年春天後方離開。故言「三見春」及「二年桐鄉邑」，時間為二年，卻經歷三個春天。

　　大兒點，及女兒卒於此時。據〈將歸行〉：「噫吁嚱，數奇不獨李將軍，株作桐鄉三見春。桐鄉雖好大兒死，風物滿眼唯悲辛。」（《青山集》・卷一・葉六下）及〈昨游寄徐子美學正〉詩：「得邑敢自訴，斷木當沉溝。兒女相繼死，泣多昏兩眸。」可知大兒點及女兒卒於此。

　　對於桐鄉之生活，除了兒女不幸亡故，祥正仍是十分懷念的。故於〈將歸行〉中言：「桐鄉雖好大兒死」及〈春日懷桐鄉舊遊〉中言「二年桐鄉邑，乘春覽榮芳。日日遶花樹，與客傾壺觴。況有清潤泉，潺潺穿北牆。容有方廣池，白虹臥危梁。誰磨青銅鏡，朗照紅粉粧。唯恐浮雲來，遮我逍遙場。舞娥回浩雪，笛叟鳴鳳凰。醉則臥花下，所惜徂春陽。作詩數十篇，

素壁揮琳琅。」懷念桐鄉之好，及其生活之閒淡。

此時祥正對仕宦依然不灰心，仍欲有所為。故於〈昨游寄徐子美學正〉詩中言：「脫去殊未能，游鱗已吞鉤。春風吹瘦頰，黃塵蒙弊裘。」將自己比喻成已吞鉤之游鱗。

八、合肥、歷陽

神宗

熙寧十年，西元一〇七七年，四十三歲，由桐鄉至合肥，又治歷陽獄，後以殿中丞〔註二十〕致仕，歸隱姑熟。

祥正有數首詩，描寫此期遭遇，以下節錄之：

〈昨游寄徐子美學正〉：

> 得邑敢自訴，斷木當沉溝。兒女相繼死，泣多昏兩眸。
> 脫去殊未能，游鱗已吞鉤。春風吹瘦頰，黃塵蒙弊裘。
> 纔趨合肥府，又鞫歷陽囚。荒庭忘歲月，忽見花枝柔。
> 清明動鄉思，一水嗟滯留。卻憶藏雲會，凋盤薦珍羞。
> 高吟凌李杜，猛飲咍阮劉。野寺想如昨，游人今白頭。
> 倏忽三十年，老大功名休。日轂不暫止，吾生信如漚。
> 有酒尚可醉，餘事皆悠悠。（《青山集》卷十四・葉八上）

〈將歸行〉：

> 株作桐鄉三見春。桐鄉雖好大兒死，風物滿眼唯悲辛。
> 邇來又赴肥上辟、碌碌隨人亦何益。法網深懸無縱鱗，
> 斂翼飢禽憂彈射。噫吁嚱、一寸丹心不堪折，扁州卻

34

憶姑溪月。（《青山集》卷一·葉六下之）

又〈春日懷桐鄉舊遊〉云：

> 詔書徙幕府，籠鳥無高翔。卻治歷川獄，幽憂坐空堂。
> 有女殺其母，逆氣凌穹蒼。郡縣失實辭，吏侮爭持贓。
> 辟刑固無赦，何以來嘉祥。高垣密闇禁，但覺白日長。
> 茫然思舊游，今成參與商。世網未能脫，樂事安可常。
> 咄嗟勿重陳，昏昏燈燭光。（《青山集》·卷十四·
> 葉三上）

由詩中可知：

（一）桐鄉之後即趨合肥治歷陽獄。

　　故言「纔趨合肥府，又麴歷陽囚。」及「邇來又赴肥上辟」、
「詔書徙幕府，籠鳥無高翔。卻治歷陽獄，幽憂坐空堂。」

（二）這段期間由於未被重用、及主管獄事，並不愉快。

　　故言：「碌碌隨人亦何益。法網深懸無縱鱗，斂翼飢禽憂
彈射。噫吁戲、一寸丹心不堪折。」及「詔書徙幕府，籠鳥無
高翔。卻治歷川獄，幽憂坐空堂。有女殺其母，逆氣凌穹蒼。
郡縣失實辭，吏侮爭持贓。辟刑固無赦，何以來嘉祥。高垣密
闇禁，但覺白日長。」皆道出對獄政之不滿，及嚴重之無力感。

（三）此時祥正已經起了歸隱的念頭。

　　如言：「忽見花枝柔。清明動鄉思，一水嗟滯留。卻憶藏
雲會，雕盤薦珍羞。」、「扁舟卻憶姑溪月。」及「茫然思舊
游，今成參與商。世網未能脫，樂事安可常。咄嗟勿重陳，昏
昏燈燭光。」可知已起歸隱之心，故言「清明動鄉思，一水嗟
滯留。」，「世網未能脫，樂事安可常。」不滿於世俗羈絆。

又：據其〈淵傾席上和李天覼四韻時與鐘離中散並予共四人〉
詩曰：「悠悠歲月走驚湍，四十三時便棄官。」（見《青
山集》・卷二十六・葉九上）知此次棄官為祥正四十三歲
時，即熙寧十年。

又：據《宋史》：「聞之，遂以殿中丞致仕。」知祥正以殿中
丞致仕。

九、歸隱姑熟五年

神宗

祥正於四十三歲末至四十六歲，即熙寧十年末至元豐三年
（西元一〇七七年至一〇八〇年），以殿中丞致仕。其隱居時
間，據祥正於〈浪士歌〉序中所云：「郭子棄官合肥，歸隱姑
熟。一吟一酌，婆娑溪上，自號曰醉吟先生。居五年，或者謂
其未老，可任以事，薦于上，上即召之，復序於朝，俾監閩汀
郡。」（《青山集》・卷十四・葉九下）「居五年」當為約略
之詞，實為四年，說參下文「漳南時期」。

又：熙寧十年決定歸隱之原因，《宋史》及《東都事略》皆言
因其：上書乞專聽王安石處畫，王安石卻譏其為小人。
《宋史》言：

> 時王安石用事，祥正奏乞天下大計專聽王安石處畫，
> 有異議者，雖大臣亦當黜。神宗覽而異之，一日問安
> 石曰：「卿識郭祥正乎？其才似可用。」出其章以示
> 安石，安石恥為小臣所薦，因極口陳其無行。時祥正
> 從章惇察訪辟，聞之，遂以殿中丞致仕。

《東都事略》言：

> 時王安石用事，祥正乞天下大計，專聽王安石處畫，
> 有異議者，雖大臣亦當屏黜。神宗問安石曰：「卿識
> 郭祥正乎？其才似可用。」出其章以示安石，安石恥
> 為小臣所薦，乃言祥正無行，不可用。祥正遂屏仕居
> 于姑熟，不復干進，所居有醉吟庵，久之，起為通判
> 汀州，後知端州，復棄去。遂家于當塗之青山以卒。

　　如照《宋史》、《東都事略》所言，祥正知悉此事遂致仕
隱居不出，更可證祥正知所進退。並由祥正與安石多首交往詩
作，甚而哀挽詩中〔註二十一〕絲毫不以此事怨之；更可顯其
超越常人之氣度。

　　今觀《永樂大典》之〈臨汀志〉及《太平府志》所言：

《永樂大典》之〈臨汀志〉：

> 郭祥正字功父，當塗人。家出於青山，一名謝公山，
> 因號謝公山人。初，母夢太白而生。梅聖俞一見曰：
> 「真太白後身」。王荊公稱其詩豪邁精絕。熙寧間仕
> 至殿中丞，簽書保信軍節度判官。即掛冠，號醉吟先
> 生。李伯時為之寫真，東坡作贊，時方強仕，諸公交
> 薦于朝。（卷七千八百九十・葉二上。）

《太平府志》：

> 交遊皆天下名士，李公麟繪其像，陳瓘、王安石、蘇
> 軾皆為贊。而軾與之倡和東啟往還為多。（人物上・
> 卷二十七・葉十二上。）

可知祥正歸隱姑熟五年期間，為時人所尊重，故有：「李伯時為之寫真，東坡作贊，時方強仕，諸公交薦於朝。」之際遇。據《宣和畫譜》所言李公麟：「當時富貴人欲得其筆跡者，往往厚禮願交，而公麟靳固不答。至名人紳士，則雖昧平生，相與追逐不厭，乘興落筆，了無難色。」（卷七·人物三）可知李公麟不輕易為人繪像。又有陳瓘、王安石、蘇軾作贊，可知安石亦曾讚許祥正。

　　余以為祥正可能有上書請專聽王安石處畫，未被採用，至於是否有人謗祥正為小人，則無關其致仕。祥正致仕之原因當在：（一）治獄歷陽，面對獄政，對其精神造成壓迫。（二）上書未被採用，王安石於熙寧九年十月二度罷相。祥正當在此時起歸隱之思。

　　若如《宋史》、《東都事略》所言，因王安石譏其為小人，祥正方致仕。則祥正當不會於安石罷相後致仕不出，祥正亦不會於歸隱之後作〈寄王丞相荊公詩〉（《青山集》·卷二十八·葉一上）一詩，言：「謝公投老宅鍾山，門外江潮去復還。欲買扁舟都載月，一身和影伴公閑。」欲與安石相伴閑。是以祥正非因安石之謗語記恨不出。

　　此次致仕，祥正的生活過得極閑適，交遊廣闊，居於醉吟庵，自號曰醉吟先生。與蘇軾等文人唱和，聲名更加遠播。於是有：「諸公交薦于朝。」及「或者謂其未老，可任以事，薦于上，上即召之，復序於朝，俾監閩汀郡。」之際遇。

十、監閩汀郡

神宗

　　元豐三年，西元一〇八〇年，四十六歲，升為國子博士〔註二十二〕，與蘇轍會於姑熟，召於朝，監閩汀郡，為汀州通判〔註二十三〕，與陳軒交遊。是年章惇參政。

又：據《宋史》言：「以殿中丞致仕。後復出，通判汀州。」
　　及《東都事略》言：「祥正遂屏仕居於姑熟，不復干進，所居有醉吟庵，久之起為通判汀州」。皆言其復出之後至汀州，官職為通判。

又：據《永樂大典》之（臨汀志）言：「尋通判于汀。與陳公軒相驩莫逆。每於暇日滋轡郊行，觴詠萬酢。逮今所傳詩猶百餘篇。」知此時汀州知州為陳軒，祥正與陳軒成為莫逆之交，互相唱和，詩作豐富〔註二十四〕。

◎元豐四年，西元一〇八一年，四十七歲，為汀州通判。
◎元豐五年，西元一〇八二年，四十八歲，為汀州通判。

又：據（次韻俞資深承事二首）中言道：「三年共佐閩中郡，一檝誰招海上蠻。」（《青山集》・卷二十五・葉一下）中知祥正在汀州停留了三年。

　　祥正四十六至四十八歲，即元豐三年至元豐五年（西元一〇八〇年至一〇八二年）。時召入朝為品階第十八階之國子博士，元豐新制後更名為從七品之承議郎。

十一、攝守漳州，召於朝，下吏，留於漳南，再歸姑熟

神宗

◎元豐五年，西元一○八二年，四十八歲，由汀州通判，攝守
　漳州。上復召之，閩使狀其罪，留於漳南〔註二十五〕。
　　是年王珪、蔡確、章惇為相，呂公著罷。
◎元豐六年，西元一○八三年，四十九歲，留於漳南。
◎元豐七年，西元一○八四年，五十歲，留於漳南，三月十三
　日經赦回姑熟，官銜為奉議郎。

　　祥正四十八至五十歲，即元豐五年至元豐七年（西元一○
八二年至一○八四年），時在漳南。元豐五年攝守漳州，復召
於朝，但未達京師時，閩使即狀其罪。獲罪留於漳南，自號漳
南居士。直至元豐七年才經赦歸姑熟。

又：獲罪漳南，據其〈浪士歌〉之自序言：

> 俾監閩汀郡，尋攝守漳南，上復召之，行至半道，閩
> 使者狀其罪以聞。遂下吏，留于漳幾三年。郭子一吟
> 一酌，逍遙乎一室之中，未嘗有憂色，又自號曰漳南
> 浪士。客或疑而問焉。郭子曰：「士有可以憂，有不
> 足以憂者。仰愧於天，俯愧於人，內愧於心，此可以
> 憂矣，反是，夫何憂之有。

作《浪士歌》以釋客問。」可證，於此道出其攝守漳南後，皇
上召回，於回京途中即獲罪，命其留於漳南幾三年。
又：據祥正於〈漳南書事〉中言：「元豐五年秋，七月十九日。
　　猛風終夜發，拔木壞廬室。」（《青山集》卷十五・葉五

上）可知元豐五年即在漳南，於其〈次韻俞資深承事二首〉
中言道：「三年共佐閩中郡，一檄誰招海上蠻。」知祥正
在汀州停留了三年。故祥正最遲在元豐五年即離開汀州至
漳南。並由〈浪士歌〉「幾三年」知其元豐七年方經赦回
姑熟。

又：據《宋會要輯稿》·記元豐七年三月十三日事：「十三日、
　　前汀州通判奉議郎郭祥正勒停，坐權漳州。」（第九十八
　　冊·職官六十六）可知此期官銜已降為奉議郎。

又：此次獲罪之因，由《宋會要輯稿》：「十三日、前汀州通
　　判奉議郎郭祥正勒停，坐權漳州補僧道亨住持，不當受金，
　　悔過還主；及違法差送還人；經赦也。」可知其獲罪之因，
　　為「補僧道亨住持，不當受金，悔過還主。」補僧侶道亨，
　　收受賄賂，於後方悔過歸還。及「違法差送還人。」將已
　　獲赦之人，流配他鄉。即貪贓、枉法二項罪名。

◎元豐七年，西元一〇八四年，五十歲，下吏留於漳南，經赦
　回姑熟，官銜為奉議郎。

又：關於赦回姑熟事，據《蘇文忠公詩編註集成總案》·記蘇
　　軾元豐七年與祥正交往、唱和事曰：「七月舟行至當塗，
　　作天石硯銘跋。辨李白姑熟十詠詩。過郭祥正醉吟庵，畫
　　竹石鬆壁上，祥正有詩為謝，且遺二古銅劍答詩。」（卷
　　二十三·葉六上）可證祥正於元豐七年七月時已回故鄉。

　　元豐八，西元一〇八五年，五十一歲，於姑熟，官銜為奉
議郎。

　　是年三月宋神宗薨，哲宗繼位，太皇太后高氏執政。

哲宗

　　元祐元年，西元一〇八六年，五十二歲，在姑熟，自奉議郎復為承議郎。

　　是年蔡確、章惇罷。以司馬光、呂公著為相。四月王安石卒，九月司馬光卒。

　　祥正五十歲至五十二歲，即元豐七年至元祐元年（西元一〇八四年至一〇八六年），即回故鄉姑熟，此時較汀州時期降一階，為奉議郎。五十二歲，即元祐元年因哲宗即位，才覃恩復為承議郎。

又：據《永樂大典》之〈臨汀志〉言：「攝漳州，忤部使者，陷以他獄。五年而後直，又號漳南浪士。」而於〈浪士歌〉言：「下吏，留於漳幾三年」，之間差距二年，即為經赦之後，回故鄉姑熟鄉居之時間。故正式回復原階承議郎，為元祐元年。

又：據元祐元年，《蘇軾文集》於卷三十八‧制敕有〈郭祥正覃恩轉承議郎〉言：「敕具官郭祥正。朕丕承六朝，陳錫四國，覃及方外，決于有生。矧余通籍之臣，可無增秩之語。祗服休命，永肩一心。可。」言祥正受恩為承議郎，知祥正此時已回復原官，為承議郎。

　　《四庫全書總目提要》云：

　　　今續集中有〈浪士歌〉一首，自序云：「郭子棄官合肥，歸姑孰，自號曰：醉吟先生。

　　　居五年，或者謂其未老，可仕以事，薦於上，上即召之，復序於朝，俾監閩汀郡，尋攝守漳南，上復召之，行至半道，閩使者狀其罪以聞，遂下吏，留於漳幾三

年，又自號曰漳南浪士云云。」集中留漳南詩甚多，
則史所云：「知端州後復棄官」者非也。又〈漳南書
事〉云：「元豐五年秋七月十九日，猛風終夜發，拔
木壞廬室。」〈新昌吟寄穎叔待制〉云：「元祐丙寅
冬，新昌有狂寇，名探其姓岑，厥初善巫呪云云，按
元豐五年至元祐元年丙寅，正合詩序所云，留漳南三
年之數，然則祥正被議下吏，在元豐五年，而其得歸
也，在元祐元年。

《提要》此段所載錯誤有二：

（一）「史所云：『知端州後復棄官』者非也」，即指《宋
史》言：「知端州，又棄去，隱於縣青山，卒。」為非，今觀
《宋史》所言：「後復出，通判汀州，知端州，又棄去，隱於
縣青山，卒。」知《宋史》未言獲罪漳南事，但祥正於元祐三
年，五十四歲時確實任知端州，其後亦確實棄官歸隱（將於端
州時期證之），《提要》於全文中皆不曾提及此經歷，可知未
曾詳讀祥正詩作，又輕易誤解《宋史》。

（二）「按元豐五年至元祐原年丙寅，正合詩序所云留漳
三年之數，則祥正被議下吏在元豐五年，而其得歸也，在元祐
元年。」亦誤，據《蘇文忠公詩編註集成總案》·記蘇軾元豐
七年與祥正交往、唱和事曰：「七月舟行至當塗，作天石硯銘
跋。辨李白姑熟十詠詩。過郭祥正醉吟庵，畫竹石髹壁上，祥
正有詩為謝，且遺二古銅劍答詩。」（卷二十三·葉六上）可
證祥正於元豐七年七月時已在故鄉。並與東坡有姑熟十詠之
辯，共經元豐五年、元豐六年、元豐七年，

亦是三年時間。祥正曰留於漳「幾」三年，其「幾」字即

代表未滿三年，元祐元年，祥正確實不在漳南，但並不代表祥正此年方離開漳南，祥正於元豐七年已遭降級獲釋回鄉，直至元祐元年方復官，故其得歸當在元豐七年，非元祐元年。

十二、遊於廣南東路

哲宗

元祐元年，西元一〇八六年，五十二歲，入朝。

又：據《太平府志》言：「元祐初仕於朝」，可知此期曾至京師。

元祐二年　西元一〇八七年　五十三歲　於廣南東路・廣州，與蔣穎叔遊。

又：與蔣之奇遊事，據祥正多首寫給蔣之奇之詩，如：（廣州越王臺呈蔣帥待制）（《青山集》・卷五・葉十三上）、（石屏臺致酒呈蔣帥待制）《青山集》・卷五・葉十四上）等，可知祥正曾與蔣之奇遊於廣州。《宋史》・蔣之奇傳：「元祐初，進天章閣待制、知潭州。」（卷三四二）今考《北宋經撫年表》知蔣之奇於元祐二年八月己丑，由潭州改知廣州直至元祐四年（卷五）。據〈石室遊〉一詩自注云：「元祐戊辰，二月二十八日，當塗郭功父來治州事。」（《青山集》之卷八・葉十上）知祥正元祐三年二月二十八日即至端州，而元祐二年至元祐三年二月二十八日間，祥正當見之奇在廣州，祥正方能於此地創作許多與蔣穎叔相關之詩作。

元祐三年，西元一〇八八年，五十四歲，升為朝奉郎，二月二十八日，知廣南東路・端州。

此祥正五十三至五十四歲，即元祐二年至元祐三年（西元

一○八七至一○八八年），元祐元年至二年在朝，元祐二年遊廣東路，元祐三年為朝奉郎，知端州。

又：據《永樂大典・臨汀志》言此期：「稍遷朝奉郎」，可知官銜升一階，朝奉郎為正七品。

十三、知端州，致仕

哲宗

元祐三年，西元一○八八年，五十四歲，二月二十八日知端州。

元祐四年，西元一○八九年，五十五歲，知端州，上書乞歸，以朝請大夫致仕。

祥正五十四歲至五十五歲，即元祐三年至元祐四年（西元一○八八至一○八九年），知端州。元祐四年乞歸，升一品為從六品，以朝請大夫致仕，返里直至七十九歲卒於青山。

又：知端州之時間，據〈石室遊〉一詩自注云：「元祐戊辰，二月二十八日，當塗郭功父來治州事，既明年，以其日上書乞骸骨，作〈石室遊〉一首，刻之崖間，記其姓名，與山俱盡。」（《金石續編》卷十六）元祐戊辰即元祐三年，可證祥正於元祐三年知端州，元祐四年上書乞歸。並由〈蒙詔許歸二首〉中言：「眾人應笑乞歸忙」、「昨日恩書許拂衣」（《青山集》卷二十九・葉四下）說明了知端州及歸隱之心情。

由《廣東通志》言祥正：「知端州，自謂留心政術，以靖蠻方，不宜賦詩，時吟一篇，世爭傳之，民樂其詩書之化。」（卷三十九・葉七十四下）可知祥正此時很受百姓愛戴，在詩

壇上亦已赫赫有名。

又：《太平府志》言：「階至朝請大夫，請老而歸家於青山。」

可知祥正以朝奉郎知端州，以朝請大夫致仕。

《宋史》言：「知端州，又棄去，隱於縣青山，卒。」《東都事略》：「後知端州，復棄去。遂家於當塗之青山以卒。」《永樂大典・臨汀志》言：「稍遷朝奉郎高要郡，復棄去。竟不出，有青山集行於世。」知此次致仕即不再出仕，後卒於其家鄉當塗之青山。

十四、歸隱以終

由《全宋詩》所引（明）・嘉靖本《太平府志》云「卒年七十有九。」

即嘉靖《太平府志》郭祥正傳云：「階至朝請大夫，不營一金，惟善畜美石。卒年七十有九。」（卷六）〔註二十六〕知祥正享年七十九歲。

祥正自哲宗・元祐四年（西元一〇八九年）歸隱姑熟，直至徽宗・政和三年（西元一一一三年）年七十九歲卒於家鄉，皆未再出仕。

有關郭祥正留下之古蹟，據文獻記載有：

（一）住宅。

1・《太平府志》記古蹟：

郭祥正宅在東街二條巷，壽俊坊（卷二十五・葉三上）。

2・《當塗縣志》・古蹟・諸宅之一：

朝請大夫郭祥正宅，在城東街二條巷（卷二十七）。

（二）書室。

《明一統志》記姑熟古蹟有：

郭祥正書堂。在府城東二十里，石城山，宋郭功父讀書之所（卷十五·葉十二下）。

（三）墓室。

《大清一統志》記當塗陵墓：

郭祥正墓。在當塗東南青山（卷八十四·葉二十一上）。

（四）廟宇。

1·《入蜀記》記李白祠堂：

十七日，郡集於青山李太白祠堂……，李白烏巾白、衣錦袍；又有道帽氅裘，侑食於側者郭功甫也（卷三）。

2·《當塗縣志》·祠祀·非歲祀而久廢者凡十一祠之一為：

宋朝請大夫郭祥正祠，在青山，李白祠之東廡（卷十三）。

經由現任職於當塗縣文化局之丁俊良先生熱心代為實地尋訪，證明李白祠堂已於文化大革命後重建，其內並未見郭祥正祠；祥正於青山之墓亦已確定未被保留，而位於石城山（今名為石城）之書堂今亦已不留痕跡，深為可惜。

又承南京大學·張宏生教授代為尋訪，得見郭祥正宅所在東街二條巷，惜壽俊坊及祥正宅，今俱已不存在。

第三節　性格

　　前面二節已經由祥正之家族、仕宦瞭解郭祥正；此節將討論郭祥正之處世態度、政治態度及作詩態度，進一步瞭解郭祥正。

一、處世態度　恩怨分明

　　祥正是位自負很高、恩怨分明的詩人。梅堯臣稱未弱冠時的祥正，為太白再世，並以同輩待之，使得祥正名動一時。時人劉摯（一○三○至一○九七年）有〈還郭祥正詩卷〉詩曰：「李杜酒死詩不作，風雅三百年來窮。世儒未必甘汩沒，才不迨志終無功。汾陽有人字功甫，欻然聲價來江東。當時未冠人已識，知音第一惟梅翁。翁主詩盟世少可，一見旗鼓欣相逢。當友不敢當師禮，呼以謫仙名甚隆。（自注：聖俞以君為李白後身，故諸公皆以謫仙稱之。）君亦自謂太白出，世姓雖異精靈同。姑蘇江水瑩寒鑑，江上碧玉排群峰。壯吟豪醉售佳境，日題百紙傾千鍾。」（《全宋詩》卷六八○）描寫祥正未弱冠時得堯臣賞識，尊為太白再世，於是時人皆以謫仙稱之；「君亦自謂太白出」，言祥正亦言己為母夢太白而生，可見祥正並未有自謙之辭。相反的，反而努力的學習李白，創作詩篇，試圖超越太白，並寫作〈醉翁操〉批評東坡詩未工，當東坡之面吟誦己作，向東坡挑戰。

　　祥正的自負，得罪了不少人，使祥正屢遭困頓，於秘閣校理時期，祥正與長官牴牾不合，深感「老守素如仇」，隨即棄官，《當塗縣志》言此時之祥正：「每于太守前侃侃論事，牴牾不合，棄官歸。」〔註二十七〕；攝守漳南時，閩使狀其罪；

王安石言其無行，都因祥正過於自負所引起。祥正自負及倜儻
不羈之氣質，亦是其詩酷似太白之因；與太白大膽的要力士脫
靴，貴妃磨墨之氣質相同。

　　祥正恩怨分明的性格，表現在毅然為安石棄官，及對之儀
之落井下石二事上。

（一）王安石事。

　　安石是新黨的領導人物，祥正與安石相識在棄官十年間；
而後安石主持新政，祥正應章惇辟。由其詩中未言及章惇，知
此次當是受安石提攜，故祥正為安石上書，請神宗聽安石處畫；
當安石於熙寧九年罷官歸隱，祥正亦隨之辭官歸隱，贈詩道：
「欲買扁舟都載月，一身和影伴公閑」表現出對安石的重義。
於安石卒後亦作哀詞道：「悲風白門路，啼血送銘旌」。祥正
對安石是感恩的，以上書、辭官表現在實際行動上。

　　祥正對干安石之尊敬，於《王直方詩話》中亦可見：

〈沙詩〉

> 郭功父與荊公坐，有一人展刺云：「詩人龍太初。」
> 功父勃然，曰：「相公前敢稱詩人，其不識去就如此。」
> 荊公曰：「且請來相見。」既坐。功父曰：「賢道能
> 作詩，能為我賦？」太初曰：「甚好。」功父曰：「只
> 從相公請個詩題。」時方有一老兵，以沙擦銅器，荊
> 公曰：「可作沙詩。」太初不頃刻間，誦曰：「茫茫
> 黃出塞，漠漠白鋪汀。鳥過風平篆，潮回日射星。」
> 功父擱筆，太初緣此名聞東南。（《宋詩話輯佚》）

由此事件可知祥正除了贊同王安石之新法外，亦推崇王安石之詩作，故言「相公前敢稱詩人」。且知祥正是有雅量接受他人詩作優於己處，故見龍太初之詩作，亦能有感而擱筆。

又據胡應麟於《詩藪》中言及荊公門人云：「門士則郭功父，王逢原（令）、蔡天啟（肇）、賀方回（鑄）、龍太初、劉巨濟（涇）。」知祥正與龍太初皆王安石之門士。

（二）李之儀事。

李之儀字端叔。祥正與之儀本來應當是朋友，由之儀《姑溪集》中錄有〈次韻東坡所畫郭功甫家壁竹木怪石〉一詩，可知之儀亦曾至祥正家中，與祥正唱和。

《揮塵後錄》言二人恩怨道：

> 李端叔之儀，以才學聞於世。范忠宣公疾篤，口授其旨，令作遺表。上讀之，稱賞不已，欲召用之，而蔡元長入相，時事大變，且興獄。治遺表內語，端叔坐，除名編管太平州。會赦復官，因卜居當塗。適郭功父祥正亦寓郡下，文人相輕，遂成仇敵。郡倡楊姝者，色藝見稱於黃山谷詩詞。端叔喪偶無嗣，老益無憀，因遂蓄楊於家，已而生子。遇郊禋，受延賞。會蔡元長再相，功父知元長之惡端叔也，乃誘豪民吉生者訟於朝，謂冒以其子受蔭。置鞫受誣，又坐削籍，楊姝者亦被決。功父作俚語快之云：「七十餘歲老朝郎，曾向元祐說文章。如今白首歸田後，卻與楊姝洗棒瘡。」初端叔為郡人羅朝議作墓誌，首云：「姑熟之溪，其流有二：一清而一濁，清者謂羅公，濁者為功父。」

> 功父怨深刺骨焉。久之，其甥林彥振攄執政，門人吳
> 可師道用事，于時相訟其冤，方獲昭雪，盡還其官與
> 子。（《宋人軼事彙編》‧卷十三）

　　文中言：「初端叔為郡人羅朝議作墓誌，首云：『姑熟之
溪，其流有二：一清而一濁，清者謂羅公，濁者為功父。』」
知此糾紛起於之儀先輕詆祥正，故祥正作俚語嗤之。《揮麈後
錄》此說過於偏頗，不得盡信，其因在於：

1‧不取之儀與祥正交遊之作品：

　　李之儀初至當塗時，與祥正亦有詩作往返唱和，李之儀有
〈和郭功甫遊采石〉云：

> 辛歲惜惜無地雪，三首新詩報明發。使君近作采石遊，
> 勝踐傳聞驚久缺。元陽便有欲雪意，和氣先期振巖穴。
> 想見旌旗錦繡張，如從元君朝北闕。後攜一老何奇哉，
> 朱顏鶴髮超塵埃。噭呼江上來席上，迤邐萬古隨雲開。
> 騎鯨仙人不敢避，玉鏡臺郎俄復迴。分明月下遇賞歎，
> 將軍新自天邊來。逡巡落筆轟春雷，落花亂點荒池臺。
> 沉埋蓁莽見一旦，名高此地真當才。從來不許說前輩，
> 寄聲魚鳥休驚猜。直疑乘槎叩月窟，又若登臨望天台。
> 酒行已徹更須酌，醉倒寧辭無算杯。卓然一段極則事，
> 遣我擊節因誰催。（《全宋詩》卷九五〇）

詩中讚揚郭祥正采石遊之作，並云：「沉埋蓁莽見一旦，名高
此地真當才。」肯定祥正之才華，「從來不許說前輩，寄聲魚
鳥休驚猜。」中言祥正不許之儀稱己為「前輩」，又何來祥正
「文人相輕，遂成仇敵」之說。

　　此外李之儀尚有〈次韻郭功甫從何守遊白雲寺〉、〈和郭功甫贈陳待制致仕二首〉、哀悼祥正之妻孫氏〈郭功甫妻孫夫人挽詞〉，及遊於祥正家中所題〈次韻東坡所畫郭功甫家壁竹怪石詩〉詩，詩中皆不見與祥正交惡之語。

2．譏刺之詩當非祥正所作：

　　今關祥正《青山集》詩作中並未有以俚語入詩之作，此為其詩作中有別於宋代詩風之處。此詩當非郭祥正所作。

　　李之儀與郭祥正交惡，由《揮塵後錄》「蔡元長再相」知當在崇寧元年秋七月後，又據黃庭堅《豫章先生遺文》之〈題太平州後園石室壁〉云：

> 郭公父、黃魯直、高大忠、馮彥擇同酌桂漿於此。楊姝彈〈風入松〉、〈醉翁吟〉，有林下之意。琴罷，寶薰郁郁，似非人間。崇寧之元季夏之丁未。（卷十）

　　知於崇寧元年夏季以前郭祥正與李之儀尚且為至友。楊姝亦未嫁與李之儀。

　　又《姑熟居士文集》中二則〈跋梅聖俞與郭功甫詩〉云：

> 余為兒童時，誦〈采石月〉詩，愛其詩，想見其人；既見其人，則知聖俞僅能識其詩爾。今得書觀其所與詩帖，亦與余疇昔所期無以異，豈所謂仁者見之謂之仁！崇寧二年十月十九日，汝墳劉晦叔，建安游定甫、趙郡李端叔。（卷四十二）
>
> 　　聖俞以詩名世，一時偉人，合力挽之，而竟不得進，晚始為國子監直講，《唐書》置局，僅得與討論。書成，將用為館職，而死矣，命不可控，乃至是耶！

或者云：

　　亦可為功父三嘆，余以為不然。聖俞得名如是，
故如是而止；功父之名，不止於是，將不止於是，孰
謂命終不可控哉！崇寧二年十一月一日。（卷四十二）
〔註二十八〕

　　前文，批評祥正之為人，與其詩才不能匹配。後文則言祥
正詩得名，不只因堯臣之讚譽，而因其詩才及努力，故言「孰
謂命終不可控哉！」。

　　由此二文觀之祥正與李之儀交惡，始於崇寧元年至二年
間。李之儀對郭祥正之品性有所質疑，但對於郭祥正之詩才仍
是欽佩的。無論誰是誰非，祥正若真於之儀遭不幸時譏之，仍
是有損己德。（宋）・周紫芝《竹坡詩話》云：

　　郭功父晚年不廢作詩。一日夢中作遊采石二詩，明日
書以示人，曰：「余決非久于世者。」人問其故。功
父曰：「余近詩有：欲尋鐵索拜橋處，只有楊花慘客
愁」之句，豈特非余平日所能到，雖前人亦未嘗有也。
忽得之，不祥。不逾月，果死。李端叔聞而笑曰：「不
知杜少陵如何活得許多歲。」（引自《歷代詩話》）

　　由此可見祥正與之儀之恩怨至死不休，祥正卒後，之儀依
然如此憤恨並加以譏刺；二人之恩怨，不只傷害了對方，也詆
毀了自己的德行。

　　從祥正對於之儀的報怨，可知祥正是位快意恩仇的詩人；
為了報怨，寧可作損人不利己的事，難免令人不滿。這應當是
時人造謠中傷，言安石曰：「臣頃在江東，嘗識之，其為人縱

橫捭闔而薄於行」之因，可見在當時許多人眼中，祥正是位自以為是，有才無德的縱橫之士。

祥正桀驁不馴的自負，和豪邁不羈的個性，為自己樹立了不少敵人，加上支持新黨，無怪乎造謠者，惡意重傷。但其孤傲之自負，也是祥正詩因而奔放豪邁的主要原因。

二、政治態度 支持新政

祥正自始至終都是支持新政的，《四庫全書總目提要》云：

> 續集內有熙寧口號五首，末云：百姓命懸三尺法，千秋誰恤兩端情。近聞崇尚刑名學，陛下之心乃好生云云。殊不似推薦安石者，青山集有奠王荊公墳三首，云：大手曾將元鼎調，龍沉鶴去事寥寥。又云：平昔偏蒙愛小詩，如今吟就誰復知云云，又不似見排於安石者。其是非自相矛盾，蓋述知己之感，所以自明依附之因，刺新法之非，所以隱報擯斥之憾，小人褊躁，忽合忽離，往往如是，不必以前後異詞疑也。

四庫所收《青山集》續集七卷，除了前二卷確實為祥正之作外，後五卷皆為孔平仲所作，見於《朝散集》中（此將於版本中證之）。不滿新法之作，本非祥正之作品，竟因此言祥正為小人，實是千古之冤。祥正於作品中，是一再表示支持新法的，如：

（一）〈謝淮西吳提舉（子中）〉言：「君臣會合前世無，朝廷萬事圖新美。」「自嗟雖老力未衰，命未遇知甘擯死。南山射虎竟殘年，不得封侯亦徒爾。感君欲引西江波，

涸轍行將脫螻蟻。功名成就須報恩，莫道江南無壯士。」
（《青山集》・卷三・葉八上）「君臣會合前世無」即
指神宗與安石的契合；祥正對於朝廷的變動，言為「圖
新美」，可見祥正是讚美新政的。並表明自己願意參與
新政，感謝吳子中的提攜。

（二）〈投獻省主李奉世密學〉言：「熙寧神化邁前古，屢詔
馳車外循撫。大河之北淮之壖，民起疲癃勇歌舞。樞庭
進直腰橫金，君臣道合同一心。」、「賤生流落何可言，
四十栖遲埋冗員。涸鱗悵望一盃水，安用西江皓渺之波
瀾。願公吐和氣，稍回巖谷春。養成赤寸木，為公車下
輪。它年青史上，報德豈無人。」（《青山集》・卷三・
葉十五下）

由「熙寧神化邁前古」、「君臣道合同一心」表達出對
新政的讚賞。而後言「涸鱗悵望一盃水」、「願公吐和
氣，稍回巖谷春」、「為公車下輪」、「報德豈無人」
責則表現出積極參與新政之決心，請求李承之的提拔。

（三）於〈送黃吉老察院〉言：

積學久未遇，忠言今可施。請君略細故，吐出胸中奇。
悉救當世弊，自結明主知。不唯振憲綱，進當司鼎彝。
用廣財已乏，官冗人愈卑。政寬法不舉，將惏邊無威。
家家侈聲樂，淳源變澆漓。土木絢金碧，佛仙競新祠。
此乃心腹疾，豈止為瘡痍。言者曾未及，雖言多恚私。
苟非大奸邪，惡足求瑕玼。舉朝無完人，何以裨明時。
嘗讀喜似篇，左右皆宜之。乃知荊山璧，天地終不遺。
去壺無變容，誠明達神祇。我方臥巖谷，所友麀與麋。

感君營從過，枯木春風吹。又如得黃粱，慰我久苦飢。

承詔不敢留，歡言遽曉違。殷勤何以報，報君以蕪辭。

（《青山集》·卷十七·葉三上）

此詩之作，當在歸隱之後，是以祥正敢肆無忌憚的訴說對時局之不滿。此詩中祥正已充分洞悉時勢，提出問題，包括：

１·「用廣財已乏，官冗人愈卑」

宋代至新政廢後，冗官問題日益嚴重；舊黨領導人物，子孫親戚，或直接或由他人奉承提舉，充塞朝廷；造成冗官充斥。國庫匱乏。〔註二十九〕

２·「政寬法不舉，將懦邊無威」

舊黨奉行消極民族思想，欲以仁德感化強夷，元祐間，司馬光將神宗元豐時期所得西夏土地，歸還西夏，邊關問題日益嚴重，祥正不禁為之擔憂。

３·「家家侈聲樂，淳源變澆漓。土木絢金碧，佛仙競新祠。」

祥正擔憂著舉國上下仍奢侈無度，爭設廟宇。

４·「此乃心腹疾，豈止為瘡痍。」

祥正已進一步看出這些弊病，危及了國之根本。

５·「舉朝無完人，何以裨明時」

此則是祥正最深的感慨，祥正所言之完人，本當指安石，此時安石當已亡故。祥正感慨已無人能力挽狂瀾。

從其政治主張和新黨一致，可知祥正的政治態度，始終是支持新黨的，對於政治的革新，抱著熱切參與的精神，直到安石歸隱後，看到二黨的爭鬥不休，仍憂心不已。致仕之後，仍是無法釋懷。由其〈送黃吉老察院〉詩中所言，可知祥正始終關心國政。

三、作詩態度

（一）下筆即成，豪邁精絕

祥正的詩才，使其詩常常下筆即成，技驚四座。趙與虤《娛書堂詩話》言：

> 郭功甫與王荊公登金陵鳳凰臺，追次李太白韻，援筆立成，一座盡傾。

可見祥正登山臨水應酬之作，多下筆即成。無怪乎安石稱其豪邁精絕，非力學所能逮也，此將於第八章・第一節「前人之評價」中將詳論。

（二）用心刻劃

祥正對詩學是傾全力研究的，宋本《青山集》中收錄祥正一千四百一十七首詩作，尚有散佚於各地方志、筆記者甚多。祥正雖有才氣，仍力求自我突破。由〈醉翁操〉中對音韻的要求，可知祥正對音韻，非常講究。

又祥正於〈臥龍山泉上茗酌呈太守陳元興〉云：「自愧詩學三十年，縮手袖間驚血指。」（《青山集》卷七・葉一上）。於〈奉和蔡希蓬鵠奔亭留別〉云：「我於學詩非無意，黃蘆不並琅玕翠。」（《青山集》卷七・葉四下）於〈贈陳思道判官〉云：「自從梅老死，詩言失平淡。我欲回眾航，力弱不可纜。」（《青山集》卷十五・葉七上）皆可見其傾全力於詩歌創作之決心，並且有改變詩風之雄心。

除此之外，祥正對於詩之用典與修飾，亦是非常用心的，（宋）許顗著《彥周詩話》言：黃魯直愛與郭功父戲謔嘲調，

雖不當盡信，至如曰：「公作詩費許多氣力做甚？」此語切當。有益於學詩者，不可不知也。（引自《歷代詩話》）

　　以黃庭堅作詩，重字字有來歷者，尚且言祥正作詩太過用力，可知祥正於詩之用典、修飾自是非常認真。

（三）尊歐陽公，善於吟誦。

　　祥正少時，最好歐陽修之詩，所以當梅堯臣言恨未見歐陽永叔〈廬山高詩送劉同年〉詩時，祥正即能即席背誦，至而堯臣贈〈依韻和郭祥正祕校遇雨宿昭亭見懷〉詩曰：「一誦廬山高，萬景不可藏。設如古畫詩，極意未能忘。」，由此可知祥正對詩學創作所做的背誦及吟誦功夫。

　　由《王直方詩話》中：「郭功父過杭州，出詩一軸示東坡；先自吟誦，聲振左右；既罷，謂坡曰：「祥正此詩幾分？」坡曰：「十分詩也」。祥正驚喜問之。坡曰：「七分來是讀，三分來是詩。」可知東坡亦承認祥正之詩歌是善於吟誦的。

　　時人稱祥正為謫仙再世，其才足以下筆即成；但祥正於詩作上並不侷限於此。相反的，仍力求突破，用心於音韻，典故。用心於音韻，使其能善長吟誦；用心於典故，使其詩之內容更豐富。

　　祥正對於歐陽修之嚮往，於其集中可見，如〈琅琊行〉言：「我來獨酌惜已晚，醉倒不見歐陽公。」（卷六·葉六下），〈懷文忠公〉言：「平生最愛醉翁詩，遊遍琅邪想醉時，一代風流隨手盡，谷泉巖鳥不勝悲。」（卷二十七·葉七上）皆吐露出不得見歐陽修之悲。

　　由於桀驁不馴的性格，祥正樹立了不少敵人；政治態度又支持新政改革，更成為後世文壇流傳主流，舊黨的攻擊目標，

詩作本當不傳；然其詩學創作的成就，卻使詩篇流傳千古；即便言其為小人的《四庫全書總目提要》亦言其詩：「才氣縱橫，吐言夭拔」、「足見其文章驚邁，時似青蓮，故當時有此品目也，其人至不足道，而其集猶傳，厥有由歟。」肯定祥正之作品。

第四節　交遊

　　本節將就祥正之主要交遊，作一探討，使祥正之生平經歷更清楚。此節以與祥正有較多詩作往返者為對象分論之，包括一、袁陟。二、梅堯臣。三、王安石。四、蘇軾。五、陳軒。

一、袁陟

　　梅堯臣，對祥正是有知遇之恩的。堯臣初見祥正之詩，即嘆為太白後身。二人初次見面時祥正未滿二十歲，堯臣已五十三歲。但堯臣卻當祥正為友輩，不以師長自居，可見對祥正之激賞。

　　祥正與梅堯臣之相識，乃借由袁陟之引薦，故於述祥正與堯臣二人交遊之前，先言祥正與袁陟之交遊。

　　（宋）・王象之《輿地紀勝》於江南西路・隆慶府下云：

> 人物・袁陟：郭祥正能詩，莫知名，陟薦之梅聖俞，自爾有聲。郭祥正嘗曰：「數載汲引，袁之力也。」
> （卷二十六・葉十七上）

　　（宋）・胡仔《苕溪漁隱叢話》：

　　　　袁世弼宦遊當塗，時功甫尚未冠也。世弼愛其才，薦
　　　　於梅聖俞，自爾有聲。功甫嘗謂吾大父清逸云：「數
　　　　載汲引，梅二丈力也，萬埋三尺，不敢忘其賜。」（卷
　　　　三十七）

　　《全宋詩》云：「潘興嗣，字延之，號清逸居士，新建人。
幼以父蔭得官」（卷五三四），知清逸即潘興嗣，此處所引即
潘興嗣所作〈戲郭功甫〉一詩。

　　由其文中知祥正得袁陟之力方得見梅堯臣，時祥正尚未弱
冠，即因得堯臣賞識而聞名於當世。

　　《苕溪漁隱叢話》卷三十七記載：「袁陟，字世弼，號邂
翁，南昌人。慶曆初進士及第，知當塗縣，官至太常博士。三
十四歲卒。」《宋詩話輯佚》則言慶曆六年（西元一〇四八年）
進士，由此而推袁陟若十九歲舉進士，三十四歲卒，即十五年
後過世，則袁陟最遲於西元一〇六三年即亡故，時祥正方二十
九歲。

　　以下將四首二人往來之詩，由其詩情推論，分為二時期之
作：

（一）相識於袁陟知當塗時，別於皇祐二年（西元一〇
　　　　五〇年）祥正十六歲時。

　　按：據《苕溪漁隱叢話》：「袁世弼宦遊當塗，時功甫尚
未冠也。」知二人相識於當塗。又《太平府志》云袁陟：「慶
歷末知當塗」（卷十五），《當塗縣志》卷十二謂慶歷八年知
當塗〔註三十〕，時祥正十四歲；推之袁陟離去時當為皇祐二
年祥正十六歲時。

二人別於皇祐二年（西元一○五○年）祥正十六歲。時祥正尚未有名聲，袁陟已極為讚賞祥正之詩作。

（二）再次相見於，祥正二十二歲辭官之時。

此期二人交遊作品：

1・祥正有〈勸酒二首呈袁世弼〉詩云：

> 湛湛酒杯綠，酣酣炭爐紅。佳人放玉板，拂鏡照芙蓉。四海無波瀾，吾曹方宴閑。大笑凌白日，高吟動南山。百歲能幾何，會少別離多。少年嗟賈誼，壯士憶廉頗。不如醉魂魄，冠巾任傾側。冥然逍遙鄉，杳與塵寰隔。陰雲蔽白日，長風卷驚濤，江上崢嶸百怪嗥。挽君船纜勸君住，且飲百琖之醇醪。吳姬笑臉如櫻桃，鯉魚紅絲落霜刀，醉來不識天為高。共君攀天跨鯨鼇，下識萬物皆勞勞。（《青山集》卷六・葉五上）

詩中表達出極度豪放的傲情，為再次相會，祥正歡極高歌之作，故有「大笑凌白日，高吟動南山。」、「共君攀天跨鯨鼇，下識萬物皆勞勞」年少輕狂之語。

2・祥正於〈送袁殿丞（世弼）〉之作云：

> 與君六年別，愁見雲開露明月。樽中有酒雖獨傾，萬古情懷共誰說。思君談瑤琴，琴聲為君咽。孤鴻高飛不可攀，北風一送何時還。欲問鯉魚更難得，江頭白浪高於山。尺書彼此絕，令人腸百結。昨日聞君來，我心如鑿龍門開。拂拭囊中白玉璞，請君辨之為磨琢。

感君酬價過南山，即見名聲搖海岳。烹羊買酒邀吳姬，今朝會合明朝離。莫嗟兩鬢白雪滿，請看舞袖紅雲飛。雲飛酒闌君遂起，篙子催行趁潮水。君行汲汲過西山，手植松篁春正美。我亦歸青山，白雲相伴閑。若駕鸞鳳赴瑤闕，先到臨川與君別。（《青山集》卷五·葉一下）

所言：「感君酬價過南山，即見名聲搖海岳。」即是感激袁陟提攜之恩，並言己因袁陟之提攜得以名聲振海岳。

　　據梅堯臣於嘉祐元年所作〈送撫州通判袁世弼寺丞〉：「魚腹無書報家信，憑烏為到西山區。西山松柏應更好，及取之官來報掃。」（《梅堯臣編年校注》卷二十六）知袁陟於嘉祐元年，即祥正二十二歲時至撫州之臨川任通判〔註三十一〕；與〈送袁殿丞（世弼）〉中「君行汲汲過西山，手植松篁春正美。我亦歸青山，白雲相伴閑。若駕鸞鳳赴瑤闕，先到臨川（撫州）與君別。」所言「過西山」及「臨川」知所指為同一時間。故祥正此詩作於嘉祐元年，又據此詩所云：「與君六年別，愁見雲開露明月。」知祥正於皇祐二年（西元一○五○年）十六歲時與袁陟別。與前期所證袁陟離開當塗之時間相符合。

3·袁陟所作〈贈郭功甫二絕〉云：

從來多病王僧祐，自小能文謝惠連。各厭塵勞思物外，莫辭攜手訪林泉。雪後姑溪水更深，冥冥寒雨作連陰。旅懷未可頓消遣，思與洛生溪上吟。（《全宋詩》卷四○八）

詩中言己多病，讚美祥正自小能文，並喻為謝惠連。由「各厭
塵勞思物外，莫辭攜手訪林泉。」可知祥正已棄官，袁陟與之
相約，共遊姑溪。

《苕溪漁隱叢話》於袁陟事下，引《潘子真詩話》云：

> 荊公居金陵，為功甫手寫所賦詩一軸，為「從來多病
> 王僧祐，自小能文謝惠連。各厭塵勞思物外，莫辭攜
> 手訪林泉。」又曰：「雪後姑溪水更深，冥冥寒雨作
> 連陰。旅懷未可頓消遣，思與洛生溪上吟。」此兩篇
> 世弼贈功甫詩也。（卷三十七）

知王安石題寫此二詩贈郭祥正。

4・袁陟所作〈贈功甫〉。

方山憶共汎金船，屈指于今五六年。風送梨花吹醉面，月
和溪水上歸轍。浮生聚散應難料，末路窮通盡偶然。欲問故人
牢落事，鹿裘深入白雲眠。（《全宋詩》卷四〇八）

言別後五、六年，即指皇祐二年（西元一〇五〇年）祥正
十六歲別後，嘉祐元年（西元一〇五六年）祥正二十二歲再遇，
詩中言「浮生聚散應難料，末路窮通盡偶然。欲問故人牢落事，
鹿裘深入白雲眠。」似乎極度失意，由〈贈郭功甫二絕〉：「從
來多病王僧佑，自小能文謝惠連。」中言「多病」推之，當為
身體不適。

《苕溪漁隱叢話》於袁陟事下，引《王直方詩話》云：

> 王介甫嘗手書世弼贈郭功父詩云：「方山憶共泛金船，
> 屈指於今五、六年。風送梨花吹醉面，月和溪水上歸

鞾。浮生聚散應難料，末路窮通盡偶然。欲問故人牢
落事，鹿裘深入白雲眠。」

即此〈贈功甫〉詩。

　　祥正與袁陟相識在袁陟知當塗時，約別於祥正十六歲時（西
元一〇五〇年），再遇於祥正二十二歲（西元一〇五六年）歸
隱時。故祥正於〈昨游寄徐子美學正〉中亦言：「念昔未弱冠，
與君昆弟遊。各懷經綸業，壯氣凌陽秋。知音得袁宰，鑑賞稱
琳璆。」（《青山集》卷十四・葉八上）詩中「知音得袁宰」
當即指未弱冠即得袁陟賞識。

　　袁陟推薦祥正於堯臣，使祥正得以揚名當世，惜袁陟英年
早逝，多年後，祥正於〈吊亡友袁世弼太博〉中言：「自掩斯
人骨，西山秀色低。文章驚早悟，壽夭理難齊。絕壑沉寒玉，
空江沒斷霓。兒孫今賣宅，感舊只酸嘶。」（《青山集》卷十
九・葉五上）表現出對好友的不捨，及感慨其亡後兒孫賣宅之
淒涼。

二、梅堯臣

　　關於堯臣與祥正交往之情，見於詩話、筆記者有：
　　《詩話總龜》：

　　　郭功父少時喜誦文忠公詩，一日遇聖俞，聖俞曰：「近
　　　得永叔書云：『〈廬山高詩送劉同年〉，自以為得意』，
　　　恨未見此詩。」功父誦之，聖俞擊節歎賞曰：「使吾
　　　更學作詩三十年，不能道其中一句。」功父再誦，不
　　　覺心醉。遂置酒，又再誦數行。凡誦十數遍，不交一

言而罷。明日聖俞贈功父詩曰：「一誦廬山高，萬景
不可藏。設如古畫詩，極意未能忘。」

《林泉筆記》：

梅聖俞贈郭功父〈采石月〉一首，謂郭功父為太白後
身，生為郭氏子，以報子儀納官貰罪之德。

由此可知梅堯臣對郭祥正之賞識

《宋史》亦言：「郭祥正字功父，太平州當塗人。母夢李
白而生，少有詩聲。梅堯臣方擅名一時，見而歎曰：『天才如
此，真太白後身也』」。二人之心交已達無需言語，「不交一
言」，用心靈欣賞詩作。梅堯臣對祥正之激賞，使祥正得以聞
名當時。關於其交往詩作及交往時間為：

（一）至和元年（西元一○五四年），祥正二十歲，在江南西
　　　路星子縣任官。堯臣五十三歲，丁母憂居宣城。歲暮祥
　　　正訪堯臣。不久後祥正棄官，寓居昭亭，後又回青山。

其時堯臣曾寫了五首詩給他，皆見《梅堯臣集編年校注》
卷二十四。

祥正首次拜見堯臣，堯臣贈以〈採（采）石月贈郭功甫〉

採（采）石月下聞謫仙，夜披錦袍坐釣船。醉中愛月
江底懸，以手弄月身翻然。不應暴落飢蛟涎，便當騎
魚上九天。青山有冢人謾傳，卻來人間知幾年。在昔
熟識汾陽王。納官貰死義難忘。今觀郭裔奇俊郎，眉
目真似攻文章。死生往復猶康莊，樹穴探環知姓羊。

65

　　由「今觀郭裔奇俊郎，眉目真似攻文章」之「今觀」知為堯丞首次見祥正所作，詩中稱言祥正為太白再世，為報郭子儀相救之恩，投生為郭氏子孫，以報其「納官贖死」之恩。

　　《詩林廣記》云：

　　　胡苕溪云：「李白從永王璘之辟，璘敗當誅，郭子儀
　　　請解官以贖其罪，有詔長流夜郎。

　　　聖俞用事，尤為親切，若非姓郭，亦難用矣。」（後
　　　集卷八）

　　聖俞以李白與郭子儀之故事，言祥正為李白再生，用事貼切，為胡仔所稱道。

　　此詩即《林泉筆記》所言贈以〈采石月〉，謂為太白後身之作。

　　又〈依韻和郭祥正秘校遇雨宿昭亭見懷〉云：

　　　君乘瘦馬來，骨竦毛何長。下馬與我語，滿屋聲琅琅。
　　　一誦廬山高，萬景不得藏。出末望林寺，遠近數鳥行。
　　　鬼神露怪變，天地無炎涼。設令古畫師，極意未能詳。
　　　誦說冒雨去，夜宿昭亭傍。明朝有使至，寄多驚俗章。
　　　（自注：郭來誦歐陽永叔〈廬山高送劉復〉）

　　言祥正拜訪堯臣，誦歐陽修之〈廬山高送劉復〉，堯臣讚歎其誦充分表現出歐陽修詩作之境界。

　　又有〈依韻和郭秘校苦寒〉云：

　　　噫風鳴悲鳶鳴哀，雨霰枯木為之摧。昭亭山頭野火滅，

66

海水夜凍迷蓬萊。燭籠以爪自掩耳，酒盞生冰拈不起。
陶潛棄官屋無米，兒嚎妻啼付鄰里。

此詩為和祥正〈苦寒行二首〉之一：「江南饒暖衣絺綌，
今歲春寒人未識。溪流冰合地成坼，一月三旬雪三赤（尺）。」
（《青山集》卷一・葉十上）。即至祥正棄官後，先寓居昭亭，
後又回歸青山。此時堯臣贈詩二首，分別為：
〈依韻和郭秘校昭亭山偶作〉云：

知君棄官後，江上尋名山。心既慣世內，跡欲還人間。
昭亭忽來過，覽古興長歎。野寺拂塵壁，丹陽已斕斒。
殿角虛寶鐸，微風聲珊珊。遺像與筆蹟，始得觀裴顏。
淺井何泠泠，前溪何潺潺。幽幽隨猿鳥，渾渾忘區寰。
裂裳不為媿，餌芝不為難。坐對寒雨中，松上孤鶴還。

由「知君棄官後，江上尋名山。」知祥正此時已棄官，並
於壁上留詩，此詩即〈題宣州天慶觀秋水閣〉，堯臣至昭亭見
其詩，有感於祥正仍欲有所作為，故言祥正「心既慣世內，跡
欲還人間。」
〈送郭功甫還青山〉云：

來何遲遲去何勇，羸馬寒僮肩竦竦。昨日棄為梅福官，
扁舟早勝大夫種。負經不厭關山遙，訪我猶將歲月恐。
得言會意若秋鷹，反翅歸飛輕飽𩿨。明朝到家年始開，
椒花壽酒期親捧。何當交臂須強行，莫作區區事丘壟。

可知祥正欲歸青山時，曾至堯臣家辭行。堯臣亦作詩送之。
詩中表露出對祥正毅然棄官之佩服與讚賞。云：「昨日棄為梅

福官，扁舟早勝大夫種。」即指棄星子主簿事。「梅福官」據《輿地紀勝》記江南西路・南康軍之仙釋云：「梅福。福，西漢時人，為南昌尉，曾隱於都昌之靈溪院。」聖俞以星子位於江南西路・南康軍，用此典故讚譽祥正棄星子主簿之氣節。

（二）至和二年（西元一〇五五年），祥正二十一歲，在青山。

> 堯臣五十四歲，丁母憂，居宣州，九月後，喪服期滿，起程還汴，經歷陽、江寧、真州，至揚州度歲。祥正與聖俞會於江寧，共遊采石渡。臨別時祥正作詩送之，即〈送梅直講（聖俞）〉：

> 清風吹天雲霧開，仙人騎馬天上來。吟出人間見所不可見，常娥織女為之生嫌猜。織女斷鵲橋，常娥閉月窟。從茲不放仙人迴，一落人間五十有四載，唯將文字傾金罍。李白佯狂古來少，騎鯨灩灩飛沿洄。杜甫問訊今何如，應為怪極罹天災。公乎至寶勿盡吐，吐盡吾恐黃河水決崑崙摧。天穿地漏補不得，女媧之力何可裁。長安酒價不苦貴，風月但惜多塵埃。醒來強更飲百盞，酣酣愚智寧論哉。（《青山集》卷五・葉一上）

詩中「一落人間五十有四載」言堯臣五十四歲，時正當堯臣經江寧欲歸汴京之時，為堯臣來訪，故言「清風吹天雲霧開，仙人騎馬天上來」。言堯臣之才力驚人：「公乎至寶勿盡吐，吐盡吾恐黃河水決崑崙摧。天穿地漏補不得，女媧之力何可裁。」吐盡則天地為之震動。其才連天仙都因嫉妒而不放其歸去。可見祥正對堯臣之欽佩與崇拜。

（三）嘉祐三年（西元一〇五八年），祥正二十四歲，堯臣五
十七歲。祥正到京師，並拜見堯臣，堯臣贈詩云：
〈次韻答德化尉郭功甫遂以送之〉

江南有嘉禽，乘春弄清吭。流音入我耳，慰愜若獲覿。
朝聽已孤高，暮聽轉幽曠。何多燕雀群，聲跡不相傍。
始聞汾陽生，文行眾所諒。獨哦青山間，悼古或悲愴。
棄官不屈人，頗學陶元亮。是時予愛之，顏采莫得望。
倐然能見過，遠涉丹湖浪。袖攜一卷詩，行橐更無長。
固與俗人殊，於焉識敦尚。嗟嗟二千石，不知子所向。
駭子發論高，萬仞聳孤嶂。又如決河湍，捧土安可障。
吾方歎璞材，恨未逢良匠。信哉騏驥駒，誰用伯樂相。
自從昔還朝，汩汩走俗狀。未嘗寄子書，子言今行行。
亦似昧相知，曾非事高閣。把筆誠不勤，強意乃為妄。
茲晨去溢城，聊以和子唱。子辭猶瀑布，敢把不知量。

（《梅堯臣集編年校注》卷二十八）

對祥正之品德、詩才都給予肯定，言其品德曰：「倐然能
見過，遠涉丹湖浪。袖攜一卷詩，行橐更無長，固與俗人殊，
於焉識敦尚」言其詩才曰：「吾方歎璞材，恨未逢良匠。信哉
騏驥駒，誰用伯樂相。」作此詩時祥正將至德化（即溢浦）上
任，至京城與堯臣相遇，堯臣贈之。
（四）嘉祐五年（西元一〇六〇年），祥正二十六歲，堯臣五
十九歲，卒。祥正仍為德化尉。
堯臣亡後，祥正有〈哭梅直講聖俞〉云：

生事念死隔，欸如過鳥飛。長空不留跡，清叫竟何之。

死者固已矣，生者謾相思。昭亭雪塞山，相遇忘寒飢。
解劍貰濁酒，果餚躬自攜。掃除長少分，曠蕩文章期。
贈蒙以太白，自謂無復疑。及將起草茅，謹札還先馳。
邀我采石渡，爛醉霜蟹肥。沉吟望夫曲，朗詠天門詩。
險絕必使和，凡魚豈龍追。篇篇被許可，當友不當師
（自注：予嘗以師禮見聖俞，聖俞不予當也。）。凌
晨掛高帆，公行我言歸。一別三四秋，音問山中稀。
去年集選曹，僮瘦馬力羸。訪公國東門，問我來何時。
青芻與白飯，諸子爭賚持。論新復談故，謂我今逾奇。
南還得長篇，萬里銜光輝。此德未云報，仆音裂肝脾。
桓桓萬人英，不遇終愁羈。一官止太學，薄命吁可悲。
所嗟吾道喪，斯文竟何為。譬彼卞子玉，棄置汙濁泥。
鳳來無嘉禾，啄肉紛群鷗。彼蒼厥有主，此理安無欺。
嗚呼如之何，酸嘶復酸嘶。（《青山集》卷十九·葉
一下）

　　將其與堯臣之交往，一一哭出，想起昭亭相知之情，想起
采石渡贈詩，想起「當友不當師」，想起拜訪時，堯臣的禮遇；
而今天人永隔，徒留無限悲慟。

　　祥正於堯臣亡後，復有〈弔聖俞墳〉詩曰：「平生懷抱只
君知，想見音容涕泗潅垂。宅舍已荒兒女散，孤墳秋草自離離。」
（《青山集》卷二十八·葉十下）無限思念之作。

　　堯臣之賞識，稱祥正為太白再世，給予年輕的祥正極大鼓
舞；祥正始終以太白自許，詩風酷似太白，當因堯臣以此勉之。
終祥正之世，祥正再也沒有遇到像堯臣般的知音。

　　與堯臣同名於當時之蘇舜欽，曾寓居於蘇州、滄浪亭，詩

風豪健，與祥正近；余曾怪祥正竟未為蘇舜欽所稱道；今考其
生平，知舜欽卒於西元一〇四八年，時祥正方十四歲，未顯名
於當時，無怪乎二人未有詩文往來。

三、王安石

　　祥正與王安石的交往，見於詩文往返者，顯現出安石對祥
正極為賞識，然於諸多史料中卻載有安石於神宗前斥祥正為小
人之說，甚而《四庫全書》因誤收孔平仲之詩入《青山集》，
竟以祥正思想於新舊兩黨之間，忽合忽離，附會安石言祥正為
小人之說。

　　關於安石斥祥正者有二說，於此分別探討之：

（一）言祥正知邵州武岡縣上書，安石斥之。

　　即祥正三十八歲至三十九歲時，雖立軍功，卻未獲要職，
此說見《東軒筆錄》：

> 王荊公當國，郭祥正知邵州武岡縣，實封附遞奏書，
> 乞天下之計專聽王安石處畫，凡議論有異於安石者，
> 雖大吏亦當屏黜，表辭亦甚辨暢，上覽而異之，一日
> 問荊公曰：「卿識郭祥正否，其才似可用。」荊公曰：
> 「臣頃在江東，嘗識之，其為人才近縱橫，言近捭闔
> 而薄於行，不知何人引薦？而聖聰聞知也。」上出其
> 章以示荊公。公恥為小人所薦，因極口陳其不可用，
> 而止，是時祥正方從章惇辟，以軍功遷殿中丞，及聞
> 荊公上前之語，遂以本官致仕。（卷六·葉五下）

71

關於此說，《續資治通鑑長編》，注云：「此事當考，安石嘗言：『郭逢原，輕俊可使。』獨於祥正乃爾，恐未必爾。」（卷二四四·葉八上）宋人李燾亦認為以安石之為人，對於祥正當不至如此。今試論此說不可信之因：

1·魏泰《東軒筆錄》所記多不可信：

魏泰與祥正雖為同時人，然魏泰之《東軒筆錄》，《四庫全書提要》評其：「用私喜怒，誣衊前人，最後作碧雲騢，假作梅堯臣，毀及范仲淹。晁公武《讀書志》稱其：『元祐中記少時所聞成此書，是非多不可信。』」魏泰操守令人質疑，所記又為道聽途說之語，本不可盡信。

2·言任邵州武岡縣時發生此事，即以殿中丞致仕，跳過了桐鄉、合肥、歷陽時期，可見魏泰對郭祥正之仕宦經歷，並不瞭解。

3·知邵州武岡縣，立軍功不被重用之因，本章第二節已證，為蔡燁進謗語及爭功，章惇亦言祥正「有勞也」，且章惇亦未受重用，實為神宗不悅此役，無關安石。

4·如果此事為真，祥正又於知悉此事後致仕，卻仍對安石尊敬有加，後又有欲隨歸隱之作，豈不更表現出祥正君子之風。

（二）言祥正簽書保信軍節度判官後，即至桐鄉之後上書。

此說以《宋史》為主，郭祥正本傳言：

> 郭祥正，字功父，太平州當塗人，母夢李白而生，少有詩聲；梅堯臣方擅名一時，見而歎曰：「天才如此，真太白後身也。」舉進士。熙寧中知武岡縣，簽書保信軍節度判官。時王安石用事，祥正奏乞天下大計專聽安石處畫，有異議者，雖大臣亦當屏黜。神宗覽而

異之，一日問安石曰：「卿識郭祥正乎？其才似可用。」
出其章以示安石，安石恥為小臣所薦，因極口陳其無
行。時祥正從章惇察訪辟，聞之，遂以殿中丞致仕。
後復出，通判汀州，知端州，又棄去，隱于縣青山，
卒（卷四四四）。

此言祥正於任桐鄉時上書，而後任歷陽時致仕，於時間上
符合。此次上書當確有其事，原因在於祥正於熙寧八年居桐鄉
時，正值安石復相，反對勢力依舊存在，祥正為安石處境擔憂，
故上書請罷一切反對者。但祥正致仕之因，非因安石毀謗，相
反的，當是安石罷官，使祥正對政事的改革失望，才致仕。否
則祥正定不在安石罷官後棄官。

今觀詩話、筆記所錄，可證安石是賞識祥正的。

（宋）·彭乘《墨客揮犀》云：

郭祥正字功甫，有逸才，詩多新意，丞相荊公過金山
寺，于壁間得長篇讀之，反覆諷詠，聞知功甫所為，
由此見重，最愛其兩句云：「鳥飛不盡暮天碧，漁歌
忽斷蘆花風。」又曾題人山居云：「謝家莊上無多景，
只有黃鸝三兩聲。」公乃命工繪為圖，自題其上云：
『此是功甫題山居詩處』，即遣人以金酒鍾并圖遺之。
（卷十·葉八上）

可知安石對祥正之詩才，非常欣喜。將祥正之詩入畫以贈
之。

祥正與安石之交往，文獻可考者有：

（一）治平元年（西元一○六四年），祥正三十歲，棄官歸家
　　　鄉；王安石四十四歲，以母喪居江寧，後又知江寧府。
　　　直到熙寧元年（西元一○七一年），祥正三十七歲，安
　　　石四十八歲以翰林學士入對。

　　二人此期當有來往，從李廌〈題郭功甫詩卷〉言：「臨川
先生久知己，十年執政居公臺。」知安石與祥正相識於安石居
要位之前，可惜此段時間二人並沒有詩作留傳後世。

（二）熙寧四年（西元一○七一年）安石五十二歲升為同中書
　　　門下平章事，祥正三十七歲。隔年，即熙寧五年（西元
　　　一○七二年），祥正即為章惇辟任邵州防禦判官。章惇
　　　為安石所器重，故祥正亦為安石所用，直至熙寧九年。

（三）熙寧九年（西元一○七六年），安石五十七歲，子王雱
　　　卒後，罷相，至江寧府；時祥正四十二歲，在桐鄉。

　　此期兩人亦有書信往來，今可見者為安石寫給祥正之三封
信〈與郭祥正太博書三〉：

　　　　某叩頭，得手筆存問。區區哀感，所不可言。示及詩
　　　篇，壯麗俊偉，乃能至此，良以嘆駭也。輒留巾匭，
　　　永以為玩。山邑少事，不足以煩剸治。想多暇日，足
　　　以吟詠，無緣一至左右，惟自愛重，以副鄉往之私，
　　　幸甚。某叩頭，罪逆餘生，奄經時序，咫尺無由自訴，
　　　伏承存錄，貺以詩書。不勝區區哀感，詩已傳聞兩篇，
　　　餘皆所未見，豪邁精絕，固出於天才，此非力學者所
　　　能逮也。雖在哀疚，把翫不能自休，謹輒藏之巾匭，
　　　永以為好也，知導引事稍熟。希為人慎疾自愛，幸甚。

某叩頭，承示新句，但知嘆愧，子固之言，未知所謂，
豈以謂足下天才卓越，更當約以古詩之法乎。哀荒未
能劇論，當俟異時爾。聞有殤子之戚，想能以理自釋
情累也。某罪逆荼毒，奄忽時序，諸非面訴，無以盡。
（《王臨川文集》·書、卷八、頁二十六）

此三書信，當為熙寧九年之作，原因有四：

1．言「聞有殤子之戚。」祥正之子卒於桐鄉時期，即熙寧七
　年至九年間事，可知此書當作於桐鄉時期之後。

2．言「罪逆餘生，奄經時序，咫尺無由自訴，伏承存錄，貺
　以詩書。」當為安石熙寧九年罷相之心情寫照。

3．「哀感」、「哀疚」為居王雱之喪，王雱卒於熙寧九年。
　　故此三書當為熙寧九年，祥正於歷陽，安石於江寧，二人往
返之書信〔註三十二〕。

　　由此亦可知，安石對於祥正是讚賞的，故言：「示及詩篇，
壯麗俊偉，乃能至此，良以嘆駭也。輒留巾匭，永以為玩。」稱
其詩壯麗俊偉，良以嘆駭。「已傳聞兩篇，餘皆所未見，豪邁精
絕，固出於天才，此非力學者所能逮也。雖在哀疚，把翫不能自
休，謹輒藏之巾匭，永以為好也」言其詩豪邁精絕，出於天才，
非力學所能逮。二人不只詩書往返，亦討論詩作之規範，故有探
討古詩作法之言，可見祥正亦曾向安石請益詩之作法。

4．「山邑少事，不足以煩剸治」正足以形容祥正桐鄉時期為閒
　適之生活。

（四）熙寧九年（西元一〇七六年），安石五十七歲，以使相
　　　判江寧府；時祥正四十二歲，隔年祥正亦隨之致仕。

75

二人同歸江寧後，往來唱和，此期李公麟為祥正作畫，安石為祥正作贊。此後交往之詩文可考者有以下數首：

1・祥正有〈寄王丞相荊公詩〉給安石表明欲同其進退：

> 謝公投老宅鍾山，門外江潮去復還。欲買扁舟都載月，
> 一身和影伴公閑。（《青山集》卷二十八・葉一上）

欲與安石相伴閑，即祥正欲追隨安石隱居，與之共遊；可見祥正對安石始終是敬仰的。

2・安石以〈和功甫〉回祥正〈寄王丞相荊公詩〉之詩：

> 且欲相邀臥看山，扁舟自可送君還。留連山郭今如此，
> 知復何時伴我閑。（《王臨川文集》・律詩卷三）

安石回信，問祥正何時伴我閑？並邀請祥正與之共遊。

另有祥正感安石所作〈和功甫〉詩，而作〈西軒看山懷荊公〉：

> 長憶金陵數往還，誦公佳句伴公閑。如今不復聞公語，
> 獨自西軒臥看山。（自注：公見云：「且欲相邀臥看
> 山。」）（《青山集》卷二十九・葉十上）

此祥正回憶熙寧十年歸鄉時，與安石詩文往來，相伴而遊；而今只能「獨自西軒臥看山」，為別後思念之作。

（五）元祐元年（西元一○八六年），安石六十六歲卒，時祥正五十二歲，並寫有五首哀挽詩。

1・〈王丞相荊公挽詞二首〉云：

間世君臣會，中天日月圓。裕陵龍始蟄，鍾阜鶴隨仙。
畜德何人紹，成書闇國傳。回頭盡陳跡，麟石臥孤煙。
公在神明聚，公亡泰華傾。文章千古重，富貴一豪（毫）
輕。若聖丘非敢，猶龍耳強名。悲風白門路，啼血送
銘旌。（《青山集》卷十九・葉一上）

言安石為國之棟樑：「公在神明聚，公亡泰華傾」；並肯
定其文壇地位言：「文章千古重，富貴一豪（毫）輕」。由「悲
風白門路，啼血送銘旌。」知祥正亦親往送葬。

2・〈奠謁王荊公墳三首〉：

再拜孤墳奠濁醪，春風斜日漫蓬蒿。扶持自出軻雄上，
光焰寧論萬丈高。
大手曾將元鼎調，龍沉鶴去事寥寥。寺樓早晚傳鍾響，
墳草春回雪半消。（自注：公蔣山絕句云他生來聽此
樓鍾。）
平昔偏蒙愛小詩，如今吟就復誰知。籃中不忍開遺卷，
矯矯龍蛇彼一時。（《青山集》卷二十九・葉十六上）

此祥正祭拜安石之墳，言及安石對其提攜之恩，故言：「扶持
自出軻雄上，光焰寧論萬丈高」，及「平昔偏蒙愛小詩，如今
吟就復誰知」偏愛其小詩，知遇之恩。

　　由二人之詩文往還，可知安石對祥正詩作是非常賞識的，故
言其豪邁精絕、出自天才、甚而將其詩入畫，題詩以贈之；為其
畫像作贊。祥正於安石亡後，亦於挽詞即奠謁詩中表現出無限的
感恩，及敬仰。由此可知安石言祥正之奏言不得用，並非質疑其
品格，而是評其所言「雖大臣盡廢之」之策過於偏頗，不得用。

四、蘇軾

　　祥正與東坡的交往開始於熙寧五年以前，即祥正三十八歲任邵州防禦判官前，直至東坡卒。由詩話、筆記中可見，東坡曾不只一次的譏刺祥正，以東坡本性詼諧不羈，想必言語、詩文中容易譏刺他人。其譏刺祥正之記載，包括：

　　《王直方詩話》：

> 郭功父過杭州，出詩一軸示東坡；先自吟誦，聲振左右；既罷，謂坡曰：「祥正此詩幾分？」坡曰：「十分詩也」。祥正驚喜問之。坡曰：「七分來是讀，三分來是詩。」東坡又云：「郭祥正之徒，但知有韻底是詩。」

　　顯然東坡並不十分讚賞祥正之詩，並且加以幽默一番。
　　《入蜀記》云：

> 李太白集有姑熟十詠，予族伯父彥遠，嘗言東坡自黃州還，過當塗，讀之撫手大笑曰：「膺物敗矣，豈有李白作此語者。」郭功父爭以為不然。東坡又笑曰：「但恐是太白後身所作耳。」功父甚憪，蓋功父少時詩句俊逸，前輩或許之，以為太白後身，功父亦遂以此自負，故東坡因是戲之。（卷二）

　　此事據《蘇文忠公詩編註集成總案》卷二十三・葉六上，知發生在元豐七年（西元一〇八四年），東坡由黃州移汝州，經姑熟。時祥正由漳南回姑熟。東坡以「恐是太白後身所作」言其為膺物，詼諧了祥正一番。

　　但由二人詩文往返，卻不見東坡戲謔或祥正懷怨，蓋傳言太過。今將二人交往，詩文可考者依序列之。

（一）熙寧四年（西元一○七一年），祥正三十七歲，任邵州
　　　　防禦判官之前，棄官於鄉。東坡三十六歲，出監官告院，
　　　　除杭州通判。

　　蘇軾有〈與郭功父七首〉之二首，當書於由監官告院出任杭州通判時。

　　　　一、

　　　昨日承顧訪，殊慰久闊。經夕起居佳否？某出院本欲往
　　　見，以下痢乏力未果，想未訝也。略奉啟，布謝萬一。

　　　　二、

　　　久別，忽得瞻奉，喜慰可量。既以不出，又數日臥病，
　　　遂阻言笑，愧悚不可言。稍涼，起居佳否？某下痢雖
　　　止，尚贏薾也。謹奉啟，布謝萬一。（《蘇軾文集》·
　　　卷五十一）

此「出院」當指出監官告院，故知為熙寧四年東坡出監告院，除杭州通判時所作，二首皆言下痢，身體不適，無法親訪祥正。

（二）元豐元年（西元一○七八年），祥正四十四歲隱居於姑
　　　　熟，東坡四十三歲於徐州建黃樓。

　　祥正作〈徐州黃樓歌寄蘇子瞻〉，詩中言道：「斯民囂囂坐恐化魚鱉，刺史當分天子憂。植材築土夜連晝，神物借力非人謀，河還故道萬家喜，匪公何以全吾州，公來相基疊巨石，屋成因以黃名樓。黃樓不獨排河流，壯觀彈壓東諸侯。」（《青山集》卷二·葉十三下）歌誦東坡之功在徐州，並恭賀黃樓的完成。

（三）元豐七年（西元一○八四年），祥正五十歲，由漳南獲
　　　赦歸姑熟；東坡四十九歲，由黃州移汝州經姑熟。

　　此次相遇，祥正與東坡做了姑熟十詠的學術討論。東坡亦
於祥正家壁上畫上竹石，黃庭堅、李端叔皆有和詩。祥正亦因
而送詩、劍以謝。

　　按：《蘇文忠公詩編註集成總案》・記元豐七年與祥正交
往、唱和事曰：「七月舟行至當塗，作天石硯銘跋。辨李白姑
熟十詠詩。過郭祥正醉吟庵，畫竹石縣壁上，祥正有詩為謝，
且遺二古銅劍答詩。」（卷二十三・葉六上）描寫此次相遇及
學術討論。

　　關於畫竹之事，今祥正之詩已佚，可見者唯蘇軾、黃庭堅、
李之儀之作。

　　蘇軾〈郭祥正家醉畫竹石壁上郭作詩為謝且遺二古銅劍〉
云：

> 空腸得酒芒角出，肝肺搓牙生竹石。森然欲作不可回，
> 吐向君家雪色壁。平生好詩仍好畫，畫牆浣壁長遭罵。
> 不瞋不罵喜有餘，世間誰復如君者。一雙銅劍秋水光，
> 兩首新詩爭劍鋩。劍在床頭詩在手，不知誰在蛟龍吼。
> （《蘇軾詩集》・卷二十三）

記錄了整件事的經過，「畫牆浣壁長遭罵，不瞋不罵喜有餘」
表現出文人相知相惜之浪漫，並言祥正之詩與劍爭鋒，惜祥正
此詩今不得見。關於此事李之儀及黃庭堅皆有唱和之作：

　　《蘇軾詩集》此詩引黃螢註云：

> 家藏山谷此詩真跡。題云：「次韻東坡先生屏間墨竹」

止此六句。功甫跋云：「東坡作予家漆屏之上。觀魯
直之詩，可以見其彷彿矣。」（卷二十三）

所云即《全宋詩》所錄黃庭堅之〈書東坡畫郭功父壁上墨竹〉，
詩云：

郭家鬃屏見生竹，惜哉不見人如玉。凌厲中原草木春，
歲晚一棋終玉局。巨鼇首戴蓬萊山，今在瓊房第幾間。
（卷一○一七）

由《山谷詩》內集卷二，目錄言：「崇寧元年，黃庭堅是歲春
初，在荊南。既而經岳鄂路，歸洪州分寧。遂往袁州萍鄉，省
其兄元明。還至江州與其家相會。六月赴太平州，九日而罷管
句洪州玉隆觀。九月至鄂州，寓居逾年。」〔註三十三〕知崇
寧元年（西元一一○二年）黃庭堅至太平府，與祥正有密切之
交遊。黃庭堅崇寧元年六月至九月間在太平州，時祥正亦賦閒
在家。與《山谷年譜》所編崇寧元年〈書東坡畫郭功父壁上墨
竹〉詩唱和，之時間相符合。

黃庭堅此期並有多首詞作呈於郭祥正，包括〈虞美人〉、
〈木蘭花令〉、〈南柯子〉等皆於注中言及呈與郭祥正。

李之儀亦有〈次韻東坡所畫郭功甫家壁竹怪石詩〉詩云：

大枝憑陵力爭出，小幹縈紆穿瘦石。一盃未釂筆已濡，
此理分明來面壁。我嘗傍觀不見畫，只見佛祖遭呵罵。
人知見畫不見人，紛紛豈是知公者。汗流几案慘無光，
忽然到眼如鋒鋩。急將兩耳掩雙手，河海振動雷電吼。
（《全宋詩》卷九六五）

（四）元祐元年（西元一〇八六年）、祥正五十二歲，在姑熟；
　　　蘇軾五十一歲遷中書舍人在京師。

　　此時蘇軾有〈郭祥正覃恩轉承議郎〉制敕（《蘇軾文集》
卷三十八）。

（五）紹聖三年（西元一〇九六年）、祥正六十二歲，在姑熟；
　　　蘇軾六十一歲在惠州。

　　此時祥正寄了一首詩給東坡。《詩林廣記》後集中有〈寄
東坡〉一詩：

　　　　平生才力信瑰奇，今在窮荒豈易歸。正似雪林枝上畫，
　　　　羽翰雖好不能飛。（自注：功甫觀東坡畫雪畫有感，
　　　　作詩寄惠州。後東坡北歸，又用前韻寄之。）（卷八）

　　詩中感歎東坡之遭遇，東坡於五年後，即建中靖國元年（西
元一一〇一年）歸鄉途中遇祥正，東坡有和詩，名為：〈次韻
郭功甫觀予畫雪雀有感〉王子仁註曰：「功甫觀先生畫雪雀有
感，作詩寄惠州。」可知此詩為祥正於東坡貶惠州時所作，東
坡則於五年後至靖國元年相遇後，方加以唱和。由祥正詩中「平
生才力信瑰奇」中，可見祥正是讚賞東坡的，詩中寄以無限關
懷。

（六）元符三年（西元一一〇〇年）、祥正六十六歲，在姑熟；
　　　蘇軾六十五歲遇大赦，由儋州量移至廉州。

　　此時祥正寄詩〈用前韻寄東坡〉安慰東坡道：

　　　　秋霜春雨不同時，萬里今從海外歸。已出網羅毛羽在，
　　　　卻尋雲跡帖上飛。（自注：此詩東坡北歸後，依其韻
　　　　答之。）（《詩林廣記》後集卷八）

「已出網羅毛羽在，卻尋雲跡帖上飛」賀東坡重獲自由。
《蘇東坡全集》中亦錄〈移合浦郭功甫見寄〉一詩云：

> 君恩浩蕩似陽春，合浦何如在海濱。莫起明珠弄明月，
> 夜深無數採珠人。（卷十四）

此祥正有感於東坡一再遭貶謫，今日幸而歸來，以蚌為喻，
勸其勿再開口譏刺，以免落入陷阱之中。

「合浦」（今廣西省・合浦縣）據《方輿勝覽》（卷三十
九・葉一下）知為廣西路・廉州所管轄，可知祥正此作作於東
坡由儋州量移至廉州時。

（七）建中靖國元年，（西元一一〇一年）、祥正六十七歲，
　　　在姑熟；蘇軾六十六歲，於六月，以疾告老於朝，以本
　　　官致仕。

祥正一聽聞東坡棄官，即作〈寄致政蘇子平大夫〉詩，云：

> 十年想見蘇夫子，聞說腰金便棄官。雲在皖山峰上住，
> 龍歸潛水窟中蟠。已無俗壑心休洗，更有春醪盞不乾。
> 我亦江南專一壑，憶君相伴把漁竿。（《青山集》卷
> 二十六・葉二上）

以表思念，歡喜之情，並邀東坡來訪。東坡亦受其邀請，
拜訪祥正。

《蘇文忠公詩編註集成總案》（卷四十五・葉十下）・記
建中靖國元年東坡與祥正事，包括：

1・祥正親迎東坡，訴說往日寄詩之心情。

四月二十四日，郭祥正來迎，述觀公所畫雪雀二什。祥正
親往迎接，並訴說往日觀東坡畫雪雀之感。

2．祥正致餽遺，東坡作書以報。

　　二十五日，致餽遺，公欲報謁作書。既乃悟是日為宮師忌日，不赴。和祥正觀雪雀詩。

　　此即《蘇軾文集》中〈與郭功父七首〉之六、七：「昨辱寵臨，久不聞語，殊出意表。蓋所謂得未嘗有也。經宿起居佳勝，閒居致厚餽，敗賜慚感。只今上謁次，一肉足矣，幸不置酒。」所言。（卷五十一）

　　東坡本欲往祥正家，但寫完送出之後，想到此日有私忌不宜，又書到：

> 某今日私忌，未敢上謁。辱詩和呈，為一笑。青皮一
> 片，不以餉公，則無與嘗者矣。

　　告知無法前往，只能贈詩答謝。所贈之詩，即為〈次韻郭功甫觀於畫雪雀有感二首〉見《蘇軾詩集》：

> 早知臭腐即神奇，海北天南總是歸。九萬里風安稅駕，
> 雲鵬今悔不卑飛。
> 可憐倦鳥不知時，空羨騎鯨得所歸。玉局西南天一角，
> 萬人沙苑看孤飛。（卷四十五）

　　次韻祥正於東坡惠州時期所贈之詩，以謝祥正當年之勸解。詩中「雲鵬今悔不卑飛」及「萬人沙苑看孤飛」表現出無限的感慨。

3．東坡拜訪祥正，祥正言邵州風土民情。

　　二十六日，報謁，聞祥正言谿洞蠻神事李師中事，作記。

　　此記即《蘇軾文集》之〈谿洞蠻神事李師中〉：

　　過太平州，見郭祥正，言：「嘗從章惇辟，入梅山谿洞中，說諭其首領，見洞主蘇甘家有神畫像，被服如士大夫，事之甚嚴。問之，云：『此知桂府李大夫也。』問其名，曰：『此豈可名哉！』叩頭稱死罪數四，卒不敢名。」徐考其年月本末，則李公師中誠之也。誠之嘗為提刑，權桂府耳，吾識誠之，知其為一時豪傑也。然小人多異議，不知夷獠乃爾畏信之，彼其利害不相及爾。（卷七十二）

　　談論祥正邵州時期所見所聞，言李師中之受蠻夷崇拜，在朝卻受小人異議。東坡起同病相憐之感。

　　東坡另有三封信給祥正，不審為何時所作，見於《蘇軾文集》中〈與郭功父七首〉之三、四、五分別為：

　　兒子歸來，別無可為土物，御筆一雙，賜墨一圭，新茶兩餅，皆得之大臣家真物也。不罪浼瀆。

　　辱訪臨，感作。獨以忽遽為恨，迫行不往謝，惟寬恕。乍熱，萬萬自重。不宣。

　　別來瞻仰無窮，風雪凝寒，從者勤矣。辱書，承起居甚佳，為使者即至，必且暫還，惟萬萬自重。（卷五十一）

　　於詩文中可感受到關懷的情誼，祥正與東坡之交，為君子之交，祥正於東坡不如意時，總不忘安慰他。但二人或因分屬新、舊黨，政治理念不同，始終未能深交。而東坡對祥正之詩，雖偶有和作或次韻，卻並沒有到賞識之地步。

　　至於東坡嘗言祥正「只知有韻底是詩」。祥正亦有〈醉翁

操〉一首（《青山集》卷八・葉五下）。《至元嘉禾志》言其
自注曰：「予甥法真禪師以子瞻內相所作〈醉翁操〉見寄，予
以為未工也，倚其聲和之，寫呈法真，知可意否。謝山醉吟先
生作。」（卷三十一）批評蘇軾於聲律未工。

東坡言祥正「只知有韻底是詩」事，據《王直方詩話》：
「郭功父過杭州，出詩一軸示東坡；先自吟誦，聲振左右」知
祥正此作作於元祐四至六年（西元一○八九至一○九一年）東
坡任杭州時，即祥正五十五歲歸隱後經杭州所作。

是以祥正亦於元祐七年（西元一○九二年）批評蘇軾所作
〈醉翁操〉「未工」。〔註三十四〕。

由此事件能知，東坡是讚同祥正詩之音律及用韻的，祥正
與東坡二人對詩作重音韻亦或內容之看法相異，東坡重內容，
祥正重音律。今觀祥正之〈醉翁操〉確實不如東坡之〈醉翁操〉，
詞意婉轉動人。

東坡與祥正仕宦態度上亦有著極大之差異：對仕宦的態
度，東坡是百折不撓的，直到六十六歲，方以疾病告老於朝，
當年七月即卒。祥正則於五十五歲即歸隱不出。在祥正看來，
東坡一再被貶謫，不如辭官歸隱，故有「平生才力信瑰奇，今
在窮荒豈易歸。正似雪林枝上畫，羽翰雖好不能飛。」之嘆。
然東坡自始至終並未後悔，最後仍和到「可憐倦鳥不知時，空
羨騎鯨得所歸。玉局西南天一角，萬人沙苑看孤飛。」雖然感
慨，但仍是願意孤飛的。

政黨、仕宦態度、及詩學上理念的差異，使東坡、和祥正
未能有更深的交往，但彼此仍是相知相惜的，故祥正於東坡棄
官經當塗時仍親迎東坡，以表其關懷之心。

五、陳軒

　　陳軒字元輿，祥正於元豐三年至元豐五年（西元一〇八〇年至一〇八二年）任汀州通判，時陳軒為太守，二人觸詠酬唱不絕，直至祥正攝守漳州、獲罪留於漳州、歸隱之後，仍然書信往返不斷。是祥正極為感謝與珍視的好友。《宋史・藝文志》言陳軒有《臨汀集》六卷，惜已失傳。

　　祥正《青山集》中，和元輿唱和之詩可分為三個時期：

（一）祥正任汀州通判，元輿知汀州。

　　於祥正四十六至四十八歲通判汀州時，認識了元輿，並一見如故，《方輿勝覽》福建路・汀州，記：「皇朝陳軒為守。黃魯直贈詩：『平生所聞陳汀州，蝗不入境年屢豐』。郭祥正為別駕，與陳軒登山臨水，觸詠酬唱極多。」（卷十三・葉十四下）可知元輿治理汀州時，汀州民生富裕，並與祥正二人登山臨水唱和不絕。

　　《永樂大典》云：〔註三十五〕

　　　　元豐中，郡守陳公軒有詩云：「渡溪綠石磴，間寺轉松崗。」又與郡倅郭公祥正游南山倡和長篇（自注：見《鄞江集》）。

　　　　法林家袈裟院，在長汀縣西法林院。……自郡守陳公軒，郡倅郭公祥正烹茗泉上，倡和長篇凡八。郭命名新泉，泉價頗高。陳詩云：「逗石無聲下無穴，停之不盈酌不竭。銀瓶送響落清甃，鏡奩破碎冰壺洌。」又云「奇哉江南郭夫子，一飲能令泉價美。」郭云：「惜哉無名人不聞，惟有寒泉弄清泚。」（卷七千八

百九十一引〈臨汀志〉）

知此時有多首唱和之作。

祥正與元輿往來之詩書甚眾，今節錄各首中言此期二人交往情形者，列之：

1．〈臥龍山泉上茗酌呈太守陳元輿〉詩云：

> 自愧學詩三十年，縮手袖間驚手指。君如歐陽公，我非蘇與梅。但能泉上伴君飲，高詠閣筆無由陪。（《青山集》卷七・葉一上）

將元輿之詩才，比作歐陽公；自己則無蘇舜欽與梅堯臣之才，雖為自謙之詞，但可見祥正對陳軒詩才之欣賞。由此亦可知祥正始終極為尊敬歐陽修、蘇舜欽與梅堯臣。

2．〈次韻元輿言懷〉詩云：

> 與君交臂每忘憂，用即三公尚黑頭。美化流行非乳虎，新詩老重似雎鳩。（《青山集》卷二十四・葉四下）

描寫二人論詩之樂，並讚美陳軒之詩「老重似雎鳩」。以詩經比之。

3．〈次韻元輿臨汀書事三首〉詩云：

> 「如今太守真黃霸，里巷歌謠善治聲。」
> 「史君得意同民樂，日詠笙歌倒醉顏。」
> 「臥龍勝事堪圖畫，迴壓閩南七八州。」（《青山集》卷二十四・葉五上）

讚美陳軒與民同樂，及人民之愛戴。

4・〈雨中南樓望西方僧舍要元輿同賦〉詩云：

> 溪聲遠與鐘聲雜，山影分從電影開。不得畫工如立本，
> 史君吟寫最多才。（《青山集》卷二十四・葉五下）

與陳軒同遊，邀請陳軒一同描寫景色，並讚美陳軒之詩，祥正
與陳軒結識於汀州，並且相知甚深，這段時期祥正過得非常愉
快，寫景、應酬之詩作皆表現出無憂無慮的閒情，當是受與陳
軒交遊之影響。陳軒與祥正成為至友，一起論詩、唱和，豐富
了祥正汀州時期的生活。

（二）祥正攝漳州、至獲罪留漳。

　　此為祥正四十八歲至五十歲，攝守漳州，又因罪留漳州之
時。此期元輿不只一次寄詩、贈酒並來訪，使祥正在困頓的生活
中，感受到友情的珍貴。今節錄祥正詩中對元輿的感激與懷念：

1・〈元輿憐我復有漳南之行，以麴局不可出，遂置一樽，託
　　公域弟酌發，眷眷之情於此可見矣以四韻謝元輿並呈公域
　　弟〉詩云：

> 憐我萬里別，南荒多瘴埃。身為官事隔，酒託故人開。
> 飲德知難報，論歡默可猜。宗家有毛女，冰潔勝寒梅。
> （自注：公域妻姻姓毛，毛女古仙人也。）（《青山
> 集》卷二十二・葉一上）

元輿此時已離開汀州，卻不忘故友將有遠行，託人贈酒送別，
可知二人情誼之深。

2・〈南樓有懷元輿〉云：

> 靡迤物華春又盡，紛霏塵事老何求。史君閑暇須遊樂，
> 莫為愁人罷樂遊。（自注：元輿以予宅禁而未嘗把酒，
> 豈可以僕而廢他客乎！）（《青山集》卷二十四・葉
> 四下）

漳州與汀州皆有南樓，使祥正想起了元輿；注中言元輿因祥正於
漳南不可飲酒，竟至不願交遊飲酒。「史君閑暇須遊樂，莫為愁
人罷樂遊」可以想見祥正心中的悸動，有友如此，夫復何求。

3・〈曉起聞禽寄元輿〉云：

> 救過須三省，觀空止一塵。賢交如未棄，時送濁醪醇。
> （《青山集》卷二十一・葉五下）

祥正獲罪漳南，無酒可喝，向元輿討酒喝；若非深情至交，祥
正應不出「賢交如未棄，時送濁醪醇」之語。

4・〈謝元輿送鮮鯉煮酒〉言：

> 鮮鯉江湖味，香醪日月春。撫循時有贈，贈暖遂忘貧。
> 玉縷空投筋，金波謾入脣。交情今乃見，晚節共松筠。
> （《青山集》卷二十二・葉一下）

「撫循時有贈，贈暖遂忘貧」、「交情今乃見，晚節共松筠」
表現出對於元輿不忘貧賤友人的感激，足以使貧賤中的祥正忘
記一切憂愁。

5・〈元輿攜酒見過三首〉下言：

> 酒味年來美，攜觴約屢過。交情貧始見，詩思老仍多。

90

（《青山集》卷二十一・葉三）

元輿甚而親往探視祥正，祥正依舊只能言「交情貧始見」，對
於元輿之友情，祥正竟至無言以對。

6・〈次韻元輿見寄二首〉，見《青山集》言：

> 萬里還家唯有夢，一身投獄豈忘情。何時共擲滄溟釣，
> 醉倚三山欲繪鯨。（卷二十四・葉九上）

表現出祥正對家鄉的思念，及懷念與元輿相遊共渡的日子。祥
正在獲罪漳南困頓的時期中，有元輿深情的關懷和接濟，使祥
正釋懷不少。

（三）祥正歸隱之後。

祥正五十五歲歸隱之後，子鼎至慎邑為尉，陳軒亦有詩贈
之，祥正亦作〈中書舍人陳公元輿以詩送吾兒鼎赴尉慎邑卒章
見及遂次元輿和答〉詩謝之，詩中言道：「我在江湖寄此身，
碧蘆青荇遠黃塵。感君問我尚安否，病樹前頭萬木春。強汎月
船追李白，無人愛客似田文。」（《青山集》卷七・葉十二下）
可知元輿於祥正致仕後，對祥正仍不減關懷之情，祥正回謝其
深情，並感慨無人似元輿般愛護自己，將元輿比喻成田文，起
知己難求之嘆。

元祐八年（西元一〇九三），陳軒以龍圖閣待制知盧州時，
祥正赴盧州會陳軒，一訴別情，時祥正五十九歲。

按：據《續資治通鑑長編》記元祐八年（西元一〇九三年）・
夏四月戊申事曰：「中書舍人陳軒為龍圖閣待制知盧州。」（卷
四八三・葉一上）又據《北宋經撫年表》言：「紹聖元年（西

元一○九四年）。陳軒。是月乙酉，以知廬州。龍圖閣待制陳軒知杭州。」可知陳軒只有西元一○九三年知廬州。

於此節錄廬州之會時期之作品：此期作品祥正皆稱元輿為待制：

〈元輿待制以書酒見招〉言：

驛騎東來得素書，便趨賓榻駕柴車。賦詩我未如陶令，養浩君能似子輿。（《青山集》卷三十・葉三上）

元輿寫信、贈酒邀歸隱中的祥正來廬州相會，祥正見招即動身前往。

〈次韻和元輿待制後浦宴集三首〉，詩云：

> 只今且挈茗盃遊，滄浪同泛採蓮舟。君當復入玉堂去，為我還思採蓮處。官池不屬野人遊，畫鼓喧喧駕鷁舟。賓從欣陪史君去，筵開正在紅雲處。（《青山集》卷七・葉十三上）

於唱和之間，表露出雖然元輿人在公堂，祥正遊於鄉野之間，然二人之情誼依舊。

此次相會，祥正尚有〈元輿待制藏舟浦宴集〉、〈元輿待制招飲衣錦亭〉等作，描寫歸隱後之心情，豐富了祥正隱居後的詩作。

陳軒對祥正的欣賞與愛護，是文人惺惺相惜的表率，不因祥正獲罪而變；不因祥正致仕而變，祥正有友如此，何其幸也。陳軒之作品已亡佚，不得見其《臨汀集》，實感遺憾。

梅堯臣、王安石、蘇軾、陳軒與祥正之交遊，使祥正之生平遊歷更清楚的呈現出來，並且進一步瞭解祥正詩作背後的心情。

註解

註一：《宋史》、《東都事略》、《臨汀志》，皆言：「郭祥正字功父」。但當代詩人多稱其「郭功甫」，如梅堯臣有〈采石月贈郭功甫〉、〈送郭功甫還青山〉詩；袁陟有〈贈郭功甫〉詩；潘興嗣有〈戲郭功甫〉詩；李鷹有〈題郭功甫詩卷〉詩。父、甫通用。

註二：（宋）‧祝穆《方輿勝覽》，青山下曰：「在當塗縣東南三十里。《寰宇記》：齊宣城太守謝朓，築室於山南，遺址猶存。絕頂有謝公池，唐‧天寶改為謝公山，朓詩云：『還望謝公郭』。山下有青草市，一名謝家市。郭功父〈懷青山草堂〉詩：『三峰連延一峰尊，龍山白紵如兒孫。重崗複嶺控官道，北望金陵真國門。石崩廢井謝公宅，龜仆斷碣長庚墳。斯人白骨已化土，英氣往往成煙雲。』」（卷十五、葉一下）郭祥正多次隱居青山，故以謝公山人為號。

註三：《永樂大典》‧卷七千八百九十《臨汀志》‧葉二上言郭祥正曰：「熙寧中仕至殿中丞，簽書保信軍節度判官，即掛冠號醉吟先生。」郭祥正熙寧十年隱居於姑熟，此號為其隱居姑熟時所取。此時蘇轍曾贈以〈郭祥正國博醉吟庵〉，詩云：「姑孰溪頭醉吟客，歸作茅庵劣容席。團團鵠卵中自明，窗前月出夜更清。醉吟自作溪上語，不學擁鼻雒陽生。詩成付與坐中讀，知有清溪可終日。作詩飲酒聊復同，誰來共枕溪中石。圓天方地千萬里，中與此間大相似。翳然一息不自停，水火雷風相滅起。直須只作此庵看，歌罷曲肱還醉眠眠。不用騎鯨學李白，東入滄海觀桑田。」（《全宋詩》卷八五六）

註四：於〈浪士歌〉自序云：「郭子棄官合肥，歸隱姑熟，一吟一酌，婆娑溪上，自號曰醉吟先生。居五年，或者謂其未老，可以任事，薦于上，上即召之，復序於朝。俾監閩汀郡。尋攝守漳南，上復召之，行至半道，閩使者狀其罪以聞。遂下吏，留于漳幾三年。郭子一吟一酌，逍遙乎一室之中，未嘗有憂色，又自號曰漳南浪士。客或疑而問焉。郭子曰：「士有可以憂，有不足以憂者。仰愧於天，俯愧於人，內愧於心，此可以憂矣，反是，夫何憂之有。作〈浪士歌〉以釋客問。」（《青山集》卷十四‧葉九上）

註五：據《山谷詩全集》目錄知：黃庭堅元祐四年至六年之間，皆在史局，時郭祥正方自端州歸隱。此詩據《全宋詩》所記為黃庭堅熙寧四年所作（卷一〇〇），四部備要本則於卷十一元祐四年己巳至六年癸酉夏下云：「故此數年之間，作詩絕少，頤軒詩及寄題郭功甫潁州西齋。（東坡有和篇而山谷此詩見於外集）」。由「君家舊事皆青史，今日高材未白頭。莫倚西齋好風月，長隨三徑古人遊。」勸祥正再度出仕

之語，知當為祥正閒居時所作。今審祥正之生平當為元祐四年至八年間所作，時祥正由端州歸隱。而熙寧四年時祥正方出仕，與詩中所言不合。又據蘇軾之和詩〈次韻黃魯直寄題郭明父（府推）穎川（州）西齋二首〉，為元祐四年所作，詩云：「樹頭啄木長疑客，客去而嗔定不然。脫轄已應生井沫，解衣聊復起庖煙。平生詩酒真相污，此去文書恐獨賢。早晚西湖映華髮，小舟翻動水中天。」、「寂寞東京月旦州，德星無復綴珠旒。莫嗟平輿空神物，尚有西齋接勝流。春夢屢尋湖十頃，家書新報橘千頭。雪堂亦有思歸曲，為謝平生馬少游。」（《全宋詩》卷八一四）。

註六：《澠水燕錄》（見卷八·葉四上）所云，即〈書醉翁操後〉（《蘇軾文集》·卷七十一）詩云：「二水同器，有不相入。二琴同手，有不相應。今沈君信手彈琴，而與泉合，居士縱筆作詩，而與琴會，此必有真同者矣。本覺法真禪師，沈君之子也，故書以寄之。願師宴坐靜室，自以為琴，而以學者為琴工，有能不謀而同，三令（合）無際者，願師取之。元祐七年四月二十四日。」知蘇軾此作作於元祐七年。

註七：孔凡禮先生之〈郭祥正年表〉第五六四頁言：「大兒。失其名。……〈將歸行〉：『桐鄉雖好大兒死。』」及〈同蕭英伯登陳安止嘯臺〉：『兒歸半道死』，此當為另一兒，詩作于漳州」皆不知二子姓名，據本文考之，大兒確認為郭點，〈同蕭英伯登陳安止嘯臺〉中所指死於歸鄉途中者，即為郭煮。

註八：〈石室遊〉詩《金石續編》卷十六補中錄其詩，序曰：「元祐戊辰二月二十八日，當塗郭祥正功父來治州事。既明年，以此日上書乞骸骨，作〈石室遊〉一首，刻之崖間，記其姓名，與山俱盡。」（《青山集》卷八·葉十下）戊辰年即元祐三年（西元一〇八八年）、知祥正元祐四年、五十五歲時「上書乞骸骨」。「石室」在端州，據《永樂大典》所云：「稍遷奉議郎、高要郡（在端州）復棄去，竟不出。」知祥正此期之官銜高於奉議郎。

又考《宋史、職官志卷一百二十三》：「元祐四年，詔：『應乞致仕而不願轉官者，受敕後，所屬保明以聞，當與推恩。中大夫至朝奉郎及諸司使，本宗有服親一人，蔭補恩澤。」時祥正官至朝奉郎。故郭鼎當是受祥正乞致仕之蔭。

註九：孔凡禮先生之（《文學遺產增刊十八輯》·山西人民出版社·頁一九三至二〇一）〈郭祥正略考〉及《郭祥正集》中所編〈郭祥正年表〉皆誤以為祥正曾進士及第，並考《太平府志》所言祥正為慶歷進士，然慶歷年間為西元一〇四一至一〇四八年，時祥正未滿十四歲，不可

　　能投考進士，而推論皇祐年間曾舉行二次貢舉，一為元年，一為五年。皇祐五年（西元一〇五三年），時祥正十九歲，此年齡較可能中進士。和梅堯臣皇祐六年寫給祥正多首詩，稱其為「郭秘校」之時間最接近，因而判定祥正於皇祐五年中進士。然而相關資料皆未曾言祥正皇祐年間中進士，今觀其相關資料祥正當未曾舉進士，亦未曾進士及第，而為慶歷初蒙父之恩蔭。其入仕管道為蔭仕。

註十：孔凡禮先生以祥正此年進士及第，考證見註九。

註十一：〈昨游寄徐子美學正〉（《青山集》卷十四・葉八上）為祥正一生仕宦之重要傳記資料，全詩錄於第五章・第一節「自我感懷」中。

註十二：楊志玖於《中國古代官制講座》頁二六六中言：「宋制知縣或縣令的職權是主管一縣的職務」，「丞是縣的副長官」，「另設主簿、尉等。主簿掌管官物出納，銷注簿書。尉的職位居主簿之下，掌管訓練弓手，維持治安。」相當於今日縣警察局長。

註十三：〈泛江〉以楚辭體創作，言其元祐五年蹇於職事，有責之情：「士有以處兮，無畝以耕。眷餘緒之尚抽兮，慨慈親以遲榮。徐虛縮瑟以內習兮，予寔愧乎先民之心。惝恍惻愴其不得已兮，被命於九江之潯。戴皇天之休兮，廩足以飽。度白日之難兮，誰察予情。汹汹兮北風，怒浪兮滔天。」（《青山集》卷八・葉四下）漳南居士為祥正之號。

註十四：孔凡禮先生之〈郭祥正年表〉於嘉祐八年（一〇六三）祥正二十九歲下，以為〈昨遊寄徐子美學正〉中所云：「繩歸遭酷罰，五體戕戈矛。」為敘述祥正之母卒。然祥正之母享高壽至八十歲以上，以此推之五十二歲方生祥正，於理不合。

註十五：楊傑〈屏石謠贈郭功夫〉：「屏石屏石何嶄巖，云初得自江之南。沙埋土蝕幾千載，無人辨別嗟沉淹。淨空居士物鑒精，獲之不貴黃金兼。清泉洗滌露貞璞，野雲凝結堆濃藍。巫峽山前暮雨霽，參差十二排峰尖。比干骨朽心不朽，通竅至今存四三。蜂房蟻垤豈足數，或疏或密爭鐫嵌。銅臺古研置其下，一片皴碧沉寒潭。唐朝牛公嗜怪石，取之不已其亦貪，爭如夫君一勝百，得此自足無傷廉。我當乘醉到君家，臨風叩以蒼玉簪。其聲清越合律呂，箜虡可與大樂參。何當琢磨中勾股，列為編磬歌雲咸。問君考擊薦郊廟，孰若藏在青山庵。」（《無為集》卷一）淨空居士為祥正之號，由此作可知祥正喜愛收集怪石。

註十六：據楊傑〈治平三年秋七月當塗郭功夫招無為楊次公會於環峰時五雲叟陳德孚以詩寄吾二人因聯句酬之〉詩中言：「空山坐寥落，匹馬

邀俊哲。入門肆高談，清風埽煩熱。功父憶昔治平年，姑熟溪上別。歲時激箭急，倏忽三十月。次公讀書非少略，欲論先卷舌。歸田殊未成，累累逐羈靮。功父執謂趙魏老，不能佐滕薛。由來歲大寒，松柏見孤節。次公朋心久愈至，忠規補殘缺。兒童喜父執，釘餖起羅列。功父壺有玉泉酒，庖有冰裙鱉。野芟剖珠璣，秋瓜咀霜雪。次公新粳刈且春，香炊軟三淅。放匕聊醉飽，百憂旋磨滅。功父 升平擊堯壤，險怪探禹穴。吐氣直虹蜺，落筆淬金鐵。次公詞源河漢翻，俯視隄防決。文章貴天成，追逐幾竄竊。功父抵掌萬古事，高下爭螳蛭。挹酌華陽水，蕩滌塵土咽。次公吾心了何染，本理忘巧拙。聖賢久不作，情偽愈分別。功父竹陰臥片石，浩歌聲欲閴。山童倏及門，喜音屈高潔。次公傳聞脫世累，天境妙搜抉。疏簾卷危閣，九峰青嶙嶫。功父吟餘琴一弄，鏗然響環玦。老鶴不敢鳴，千里飛雲絏。次公次公君素交。嗟予尚契闊，疇能枉籃輿，相期出寥沈。」（楊傑《無為集》之卷一）。

註十七：據孔凡禮先生〈郭祥正年表〉所引《續資治通鑑》，記熙寧五年，十一月事：「章惇招降梅山峒蠻。蠻姓蘇氏，舊不通中國。其地東接潭，南接邵，西接辰，北接鼎、澧。惇招降之，籍其地，民萬四千八百餘戶，田二十六萬四百餘畝，均定其稅，使歲一輸，築武陽、開陝二城，置新化縣，隸邵州。」（卷六十九）所云，知章惇所言「祥正均給梅山田，及根括、增稅，有勞也。」之「均給梅山田」即「籍其地」畫分土地，平均給予，使人民得安於耕重。「根括、增稅」當指「民萬四千八百餘戶，田二十六萬四百餘畝，均定其稅，使歲一輸。」使田畝總數，一目暸然，增加稅收之功。

註十八：楊志玖《中國古代官制講座》二六五頁云：「各州還設各種幕職官和監察官。幕職官有節度掌書記、觀察支使、判官、推官等，負責協助本州長官治理郡政，總管各案文。」

註十九：引自〈春日懷桐鄉舊遊〉：「二年桐鄉邑，乘春覽榮芳。日日遶花樹，與客傾壺觴。況有清澗泉，潺潺穿北墻。容有方廣池，白虹臥危梁。誰磨青銅鏡，朗照紅粉粧。唯恐浮雲來，遮我逍遙場。舞娥回皓雪，笛叟鳴鳳凰。醉則臥花下，所惜徂春陽。作詩數十篇，素壁揮琳琅。詔書徙幕府，籠鳥無高翔。卻治歷川獄，幽憂坐空堂。有女殺其母，逆氣凌穹蒼。郡縣失實辭，吏侮爭持贓。辟刑固無赦，何以來嘉祥。高垣密闌禁，但覺白日長。茫然思舊游，今成參與商。世網未能脫，樂事安可常。咄嗟勿重陳，昏昏燈燭光。」（《青山集》·卷十四·葉三上）

96

註二十：《宋史》·職官志九中〈文臣京官至三師敘遷之制〉言：「太子左
　　　　右贊善大夫、中舍、洗馬。轉殿中丞。內帶館職同有出身。」（卷
　　　　一六九）由太子中舍升殿中丞，可知升了一階。

註二十一：關於與王安石交往之作，將於本章·第四節「交遊」中細論。

註二十二：蘇轍《欒城集》於元豐三年有〈郭祥正國博醉吟庵〉之作，可知
　　　　　祥正此時已升了一級，為從七品。《宋史》·職官志九中〈文臣
　　　　　京官至三師敘遷之制〉言：「殿中丞，有出身轉太常博士，無出
　　　　　身轉國子監博士。內帶館職同有出身。」（卷一六九）知祥正升
　　　　　一階，以國子監博士召於朝。

註二十三：《宋史》·職官志七中言：「通判……職掌倅貳郡政，凡兵民、
　　　　　錢穀、戶口、賦役、獄訟聽斷之事，可否裁決，與守臣通簽書施
　　　　　行。所部官有善否及職事修廢，得刺舉以聞。」（卷一六九）有
　　　　　實際職權。

註二十四：孔凡禮先生《郭祥正集》所編〈郭祥正年表〉中舉《永樂大典·
　　　　　臨汀志》之例，云：「《永樂大典》卷七千八百九十三引〈臨汀
　　　　　志〉謂軒于元豐六年以朝請郎知州事。按：祥正多次言及在漳州
　　　　　幾三年，見元豐七年紀事。以情度之，祥正通判汀州，當為本年
　　　　　事。『元豐六年』當為『元豐三年』之誤。」余以為此說甚是，
　　　　　又如〈漳南書事〉云：「元豐五年秋，七月十九日。」亦可証祥
　　　　　正元豐五年已離開汀州，陳軒當於元豐五年前知汀州。

註二十五：孔凡禮先生《郭祥正集》中所編〈郭祥正年表〉中言祥正元豐五
　　　　　年獲罪之後，經汀州，停留至元豐六年夏季方至漳南。以〈元興
　　　　　憐我復有漳南之行以麴局不可出遂置一樽託公域弟酌發眷眷之情
　　　　　於此可見矣以四韻謝元興並呈公域弟〉（《青山集》卷二十二·
　　　　　葉一上）言：「復」及〈再登南樓懷元興三首〉云：「憂患欣逢
　　　　　賢故人，南樓解榻振衣塵。」（《青山集》卷二十七·葉八下）
　　　　　〈別南樓〉云：「寄榻六十日，朝朝上碧城。」（《青山集》卷
　　　　　二十一·葉七上）為祥正寄居於汀州之證。似不可信，其因在於：
　　　　　1·祥正自言獲罪之後留於漳南幾「三」年，祥正元豐七年即歸
　　　　　　　姑熟，以此推之，至遲於元豐五年歲末當至漳南。
　　　　　2·既已獲罪，不當逗留於汀州直至夏季。
　　　　　3·據《方輿勝覽》知福建路·漳州亦有「南樓」（卷十三·葉
　　　　　　　九下），此處之「寄榻」當指至漳南後寄居此處。
　　　　　4·「復」有漳南之行，當為祥正經汀州至漳南時路過時，陳軒
　　　　　　　令人送行。

　　　　5．祥正至漳南後，陳軒亦曾至漳南探望，是以有「憂患欣逢賢
　　　　　　故人，南樓解榻振塵埃。」之語。

註二十六：此轉引孔凡禮先生《郭祥正集》附錄三「郭祥正研究資料續輯」，
　　　　　　《嘉靖太平府志》今未能得見。文中所云：「不營一金，惟善畜
　　　　　　美石。」與註十五所錄楊傑〈屏石謠贈郭功夫〉詩：「屏石屏石
　　　　　　何嶄巖，云初得自江之南。沙埋土蝕幾千載，無人辨別嗟沉淹。
　　　　　　淨空居士物鑒精，獲之不貴黃金兼。」言祥正喜玩石合。

註二十七：據《當塗縣志》・人物・文學言：「郭祥正，維季子，字功甫，
　　　　　　母夢李白而生，少倜儻不羈，詩文有逸氣，梅堯臣曰：『天才如
　　　　　　此，真太白後身也！』詠采石月贈之。王安石亦稱其詩豪邁出于
　　　　　　天才，非力學所能逮。舉進士，慶歷初，除祕閣校理、德化尉，
　　　　　　每于太守前侃侃論事，牴牾不合，棄官歸。」（卷二十）

註二十八：此三條引文轉引孔凡禮先生《郭祥正集》附錄三「郭祥正研究資
　　　　　　料續輯」。

註二十九：此參考羅家祥著《北宋黨爭研究》・第三章「元祐新、舊黨之爭」。

註三十：此參見孔凡禮先生〈郭祥正年表〉。

註三十一：孔凡禮先生〈郭祥正年表〉。誤以〈送撫州通判袁世弼寺丞〉一
　　　　　　詩為梅堯臣於嘉祐二年所作，推而以為二人別於祥正十七歲，再
　　　　　　見於祥正二十三歲。

註三十二：孔凡禮先生於山西人民出版社《文學遺產增刊十八輯》中〈郭祥
　　　　　　正略考〉頁二○○，以為此作於元豐元年之後，余以為當在熙寧
　　　　　　九年，以王安石詩中多言「哀感」、「哀疚」，當為王雱之喪，
　　　　　　王雱卒於熙寧九年，故當為熙寧九年作，且由文意知祥正尚未歸
　　　　　　隱，當非元豐元年作品。

註三十三：此引自孔凡禮先生〈郭祥正年表〉崇寧元年條。

註三十四：此參考孔凡禮先生〈郭祥正年表〉元祐七年（西元一○九二年）
　　　　　　條，云：「《蘇軾文集》卷七十一〈書醉翁操後〉，云及寄所作
　　　　　　與法真禪師，并為之書後。軾文作于本年四月二十四日。」是以
　　　　　　當在元祐七年之後所作。

註三十五：此參考孔凡禮先生〈郭祥正年表〉元豐四年條。

第三章　《青山集》之版本

第一節　《青山集》之版本

　　本節將就郭祥正《青山集》之版本作一整體瞭解，就其卷數之不同而言，《青山集》有：

　　六卷本、十卷又六卷本、三十卷本、三十四卷本、三十五卷本、三十七卷本。今分論之：

一、六卷本

　　此本為閩地謝氏鈔本，今已不可見。最早見於（清）王士禎・康熙二十八年所刊之《居易錄》：

　　郭祥正功父《青山集》，閩謝氏寫本六卷：古詩二卷、近體詩四卷、七言歌行僅二篇，或有闕文也。祥正多與王安石倡和之作，李之儀晚居姑孰，與祥正有隙，至為詩排詆最力，蓋各有所主也。方安石當國，祥正上言，請以天下大計專聽相公區畫，罷一切異議者，其人可知已。詩格亦不高，偶喜其三絕句云：「原武城西看杏花，紛紛紅雪委泥沙。何如姑孰溪頭見，照水蒙煙小謝家」。又：「渡江興泊江干草，草襯殘花色未乾。慣在釣魚船上住，一蓑一笠伴春寒。」又：「籃輿投曉出重城，桃李無言似有情。淡白輕紅能幾日，可憐吹洗過清明。」又：

「稻秧才一寸，鼇子始三眠。」句。（卷十・葉七下）

王氏所見之《青山集》為「古詩二卷、近體詩四卷、七言歌行僅二篇」之六卷本，疑其已有闕文。並言此本多收與王安石倡和之作。

孫星衍於嘉慶五年所輯之《孫氏祠堂書目》亦言：「青山集六卷・宋郭祥正撰」（內編卷四・葉十七下）可知六卷本亦曾為孫星衍所收藏。

另（清）黃丕烈撰，民國王大隆所輯之《蕘園藏書題識續錄敘錄》中，黃丕烈言曾見過六卷本。且於「青山集六卷」下注有「舊鈔本」三字。並云：

> 余於數年前海鹽友人攜舊鈔郭青山集求售，止六卷；因其與陳錄三十卷之說不合，還之，後檢《居易錄》，知郭祥正青山集閩謝氏寫本六卷，古詩二卷、近體詩四卷，余所見者當即此，惜已交臂失之矣。頃有湖估持青山集二本：一即前所見者，一三十卷本。三十卷本鈔較後有硃筆校，似曾見過，六卷本者疑。六卷本異同處為勝，遂留六卷本而舍其三十卷本。而思三十卷，陳錄所云必係古本。復從書友借校，知近體詩不過敘次倒置。三十卷閒有多而無少。若古體則彼此互有多少，在五古內而七言古，及長短句、歌行、雜體六卷中所少紛如，始知三十卷非盡無用也。擬將別錄其少者附後。三十卷本舛誤不一，分體分卷多所未協，不知即陳錄所云之舊本否？嘉慶十一年丙寅春三月九日，蕘翁識。（卷八・葉十九上）

可知黃氏亦曾親眼見到六卷本，此本為閩地謝氏寫本，內容為古詩二卷、近體詩四卷。黃氏並以三十卷與六卷比較之；比較結果，近體詩三十卷較多，古體詩則互有多少，長短句、歌行、雜體則三十卷本為多。

此本今不審藏於何處，今僅能就「十卷又六卷」本中知其大概，

二、「十卷又六卷」本

此本藏於大陸‧北京圖書館，為清抄本，吳焯校並跋。六冊‧九行二十字無格。今得其微卷。

題「鈔本青山集。六本三十卷。宋郭祥正功甫撰。繡谷亭尺鳧公舊藏孤本。」

即言此版本分為六冊，編者先得六卷本；將其與三十卷本對照，六卷本所少者，編為十卷，錄於六卷本之前。

吳焯之跋云：

> 康熙戊戌得《青山集》後二十卷，編題六卷，其明年己亥，借家石倉本補完前十卷，又四年雍正癸卯始裝整成帙，求其舊序不可得，姑以通考及居易錄存之，而白其冊首，以俟摭錄，乃題其籤曰「青山集完本摠三十卷」，所以仍通考之目也，新城所見亦止後二十卷，其云七古僅二篇，皆在前十卷中，然編次宜先五言而後七言，且七古末間雜近體，則此本亦恐出後人輯錄，非原編也。青山古詩絕佳，置之小畜、宛陵間洵堪伯仲，呂氏錄宋人至百家，而斯不與選，是可與

言詩哉。是歲七月二十又七日。

下有「臣焯」印。

並錄有各家評論：

馬氏通考青山集三十卷

陳氏振孫書錄解題云：「朝奉郎當塗郭祥正功父撰。初見賞于梅聖俞，後見知于王介甫，仕不達而卒。李端叔晚寓其鄉，祥正與之爭名，未嘗同堂，至為俚語以譏誚，則其為人不足道也。

張浮休評：「郭祥正詩如大排筵席二十四味，終日揖讓，而入口者少。」

漁洋山人居易錄：

郭祥正功父《青山集》閩謝氏寫本六卷，古詩二卷，近體詩四卷，七言歌行僅二篇，或有闕文也，祥正多與王安石倡和之作，李之儀晚居姑孰與祥正有隙，至為詩排詆最力，蓋各有所主也。方安石當國，祥正上言請以天下大計專聽相公區畫，罷一切異議者，其人可知已。詩格亦不高，偶喜其三絕，句云：「原武城西看杏花，紛紛紅雪委泥沙。何如姑孰溪頭見，照水蒙煙小謝家」。又：「渡江乘興泊江干，草襯殘花色未乾。慣在釣魚船上住，一蓑一笠伴春寒。」又：「籃輿投曉出重城，桃李無言似有情。淡白輕紅能幾日，可憐吹洗過清明。」又句有：「稻秧才一寸，蠶子始三眠。」

其後收錄卷一至卷十作品，於各卷之前皆有詳細目錄。至卷十結束後，又有跋言道：

文獻通考《青山集》三十卷，此本竟脫去前十卷，因假吾家石倉藏本錄增，而此以下亦照原編三十卷題於

102

額，以仍通考之舊第。不知此本何人所編恨無序跋可考，石倉本亦缺數卷，又以此本方得校全，竭吾兩人之智力，且積累年之久，始能成一完書，蓄書之難如此。已亥清明後鑒閣，丁香初，據几靜坐因題繡谷。

由「康熙戊戌得《青山集》後二十卷，編題六卷」知吳焯於康熙五十七年（西元一七一八年）得《青山集》後二十卷之內容，此本編為六卷，並由「其明年己亥，借家石倉本補完前十卷」知吳焯於康熙五十八年（西元一七一九年）以其家藏石倉本《青山集》三十卷對照補成前十卷，知此書成於康熙五十八年（西元一七一九年）。但由後跋所言「石倉本亦缺數卷」知其家藏石倉本亦缺數卷，於是互相增錄以成此本，為全本，並由前序所言「新城所見亦止後二十卷」及「竭吾兩人之智力，且積累年之久始能成一完書，蓄書之難如此。」知此書為吳焯及王士禎二人費時一年所編錄。

吳焯據《國朝書人輯略》：「字凌州，揚州人。退翁弟子，子溥，字茶溪，繼之。」（卷四）知為揚州人。

「繡谷亭」即吳焯室名。

今觀此本前十卷與宋本《青山集》前十卷分卷幾乎全同，僅缺〈古松行〉、〈醉歌行〉、〈古劍歌〉、〈漁舟歌〉、〈楚江行〉五首歌行，多〈桃源行寄張兵部〉一首歌行；又其前十卷所增及所闕，皆與三十四、三十五、三十七卷本相同，知三十四、三十五、三十七卷本之底本當與石倉本同，而石倉本所缺之數卷，當尚有宋本《青山集》三十卷本之卷十一、十二，由三十四、三十五、三十七卷本雖編卷不同，皆闕漏此二卷〔註一〕。可知所源之本當與石倉本同，是以皆遺失此二卷，惜石

倉本今日不審藏於何處，不可得見。

　　而其又六卷本所錄，當即《居易錄》所云之《青山集》六卷本，今由其又六卷所收錄之詩作，與《居易錄》王士禎所記載及《蕘園藏書題識續錄敘錄》中黃丕烈就所見六卷本與三十卷本加以比較之結果相合，可知今日得見之六卷本當為「十卷又六卷本」中又六卷所本。

（一）今觀各家所言可知：

1・「十卷又六卷本」之前十卷，吳焯所言：「七古僅二篇，皆在前十卷中。」，即《居易錄》所云六卷本「七言歌行僅二篇，或有闕文也。」中所云之闕文，此闕文即「十卷又六卷本」之前十卷。又吳焯所言：「先五言而後七言」即今「十卷又六卷本」中又卷一為五言古詩；而「十卷又六卷本」又卷二為七言古詩。吳焯所言：「且七古末間雜近體」，即指「十卷又六卷本」又卷二，雜以古律哀挽之作。

2・「十卷又六卷本」之又卷一、又卷二即《居易錄》所云：「古詩二卷」；「十卷又六卷本」之又卷三、又卷四、又卷五、又卷六當即《居易錄》所云「近體詩四卷」。

　　可證《居易錄》所言之六卷本，與吳焯所言「十卷又六卷本」之又六卷相同。

（二）再對照「十卷又六卷」本中之又六卷（以其當同於《居易錄》所云六卷本）與宋本三十卷之異同，可知：

1・又卷一：即宋本三十卷中之卷十三、卷十四、卷十五、卷十六、卷十七。

　　即宋本三十卷本之五言古詩部分，「十卷又六卷」本闕卷

九、卷十一、卷十二。

2．又卷二：即宋本三十卷中之卷十八、卷十九。

即宋本三十卷本之卷十八，五、七言古詩部分；及卷十九，古律哀挽類，吳焯於序言「（且）七古末間雜近體，則此本亦恐出後人輯錄，非原編也。」即指卷十九錄古律哀挽類，非古詩，與此卷前半部所錄七古不同。

3．又卷三：即宋本三十卷中之卷二十、卷二十一、卷二十二、卷二十三。

此即宋本三十卷中之五言律詩部分。

宋本三十卷多〈寒食元輿見要南樓把酒〉、〈靖節真像乃庸畫思得伯時貌之遂以一絕寄簡〉，是以《蕘園藏書題識續錄敘錄》中黃丕烈比較三十卷本與六卷本云「復從書友借校，知近體詩不過敘次倒次，三十卷閒有多而無少。」。

4．又卷四：即宋本三十卷中之卷二十四、卷二十五、卷二十六、卷二十七（至〈題史君梁正叔浩然堂〉）。

即宋本三十卷中之七言律詩部分。

5．又卷五：即宋本三十卷中之卷二十七（始於〈次韻和孔周翰侍郎洪州絕句十首〉）、卷二十八、卷二十九、卷三十（至〈慎宰練德符招飲僧舍二首〉）

即宋本三十卷中之七言絕句部分。

6．又卷六：即宋本三十卷中之卷三十（始於〈春草碧色〉）

即宋本三十卷中之五言絕句部分。

《蕘園藏書題識續錄敘錄》所言「若古體則彼此互有多少，在五古內而七言古，及長短句、歌行、雜體六卷中所少紛如」當即指六卷本闕三十卷本之卷一至卷十二。言古體互有多少

者，因未能得知閩謝氏六卷本所錄之二首七古為何，故不知閩謝氏六卷本多於三十卷本之古體者為何。

由此可知「十卷又六卷本」之又六卷情況與黃丕烈於《蕘園藏書題識續錄敘錄》中所言之閩謝氏六卷本相近，「又六卷本」當源於閩謝氏六卷本。吳焯並增補石倉本《青山集》所錄，而閩謝氏六卷本未錄者，編為卷一至卷十，為「十卷又六卷本」之前十卷，並言石倉本已有闕漏，所闕漏當即今所見宋本《青山集》三十卷本之卷十一、十二。

三、三十卷本

三十卷本，即宋本原貌。《宋史・藝文志》亦記：「郭祥正集三十卷」。

三十卷本分藏於：

（一）大陸・北京圖書館。

據《北京圖書館古籍善本書目》所言共有四種

1・《青山集》三十卷　宋・郭祥正撰　宋刻本　十冊　十行二十字白口左右雙邊。

2・《青山集》三十卷　宋・郭祥正撰　清影宋抄本　八冊　十行二十字無格。

3・《青山集》三十卷・附錄一卷　宋・郭祥正撰　清道光九年宋鈂、吳立堅、葛鐏刻本

傅增湘校並跋　八冊　十行二十一字白口左右雙邊。

此本傅增湘刪續集五卷，為據清道光九年宋鈂、吳立堅、葛鐏刻本所改，為民國刻本。

4．《青山集》三十卷　宋・郭祥正撰　清抄本　三冊　九行
二十字無格。

（二）臺灣・國家圖書館。

為北京圖書館、宋刻本製成之微卷。

（三）臺灣・中央研究院歷史語言研究所。

1．《青山集》三十卷　宋・郭祥正撰　民國十三年・蔣汝藻
輯・密韻樓景宋刊本・第十至十五冊　全本無刻印　十行
二十字白口左右雙邊。

2．《青山集》三十卷　宋・郭祥正撰　民國十三年・蔣汝藻
輯・烏程蔣氏密韻樓景宋刊本・第十至十五冊　藍色字框・
仿宋本紅色刻印　十行二十字白口左右雙邊。

（四）臺灣・國立師範大學中國文學研究所。

《青山集》三十卷　宋・郭祥正撰　民國十三年・蔣汝藻
輯・烏程蔣氏密韻樓景宋刊本・八冊　全本無刻印　十行二十
字白口左右雙邊。

此本為東北大學寄存圖書。

（五）日本・東京大學東洋文化研究所。

《青山集》三十卷　宋・郭祥正撰・景宋本・密韻樓景宋
本七種。

宋本《青山集》為三十卷本，今可見之三十卷本，多為影
宋本。此就三十卷中最重要之宋本《青山集》作一版本介紹。

由各圖書館所藏，知宋本《青山集》三十卷，當有二本流

傳，一本為有朱色印，一本為無朱色印。

（一）有朱色印本。

　　此本宋本，今不審為何人所收藏，與傅增湘《藏園群書經眼錄》集部二中所記全同，傅增湘所見當即此本。其景宋本今藏於臺灣・中央研究院歷史語言研究所。

　　青山集三十卷。版框高二十・三公分，寬十四・五公分。半葉十行，行二十字，白口，左右雙闌。版心為黑魚尾，下刻卷數，葉數及刻工姓名。

　　目錄首行題「青山集目錄」，次行低四字曰：「當塗郭祥正字功父」，三行低二格曰「卷第一」，四行低三字曰「歌行三十首」。目錄後空一行題「青山集目錄終」。本書首行題「青山集卷第一」，次行與目錄同，三行低二格曰「歌行三十首」，四行詩題低四格。

　　版心下方記刊工人名，有陳榮、陳脩、陳震、陳伸、黃淵、黃祥、黃寶、王明、王彥、汪靖、毛方、毛用、莊文、邊皓、閔昱、施光、楊說、楊詵、楊英、李璋、章旼、章英、馮詔諸人。宋諱真、敬、桓、完、樹皆為字不成。有宋代補板。

　　卷中有官藏朱色印記二，分別為。

１・朱色印記，長十六公分，寬八・五公分。

　　「嘉興府府學官書依條不許借出係知府

　　何寺正任內發下嘉定甲戌七月　日記

　　從政郎充嘉興府府學教授　潘　友德○

　　宣義郎添差權通判嘉興軍府事彭　　放○

　　朝奉郎通判嘉興軍府事　　沈　　永○

　　承議郎權發遣嘉興軍府事　　何　求仁○」

嘉定甲戌年，即嘉定七年，西元一二一四年所印，即祥正
卒後一百〇一年。由此知此本刻於嘉定七年，西元一二一
四年之前。

2·朱色印記，無框，長約十三公分，寬約四公分。

「嘉興府學官書準

令不許借出咸淳貳　官印

年拾壹月旦日重印」

此為宋·咸淳二年，西元一二六六年所印。

收藏印列下：

（1）「謙牧堂藏書記」：方印·紅底白字，此錢謙益之印。

（2）「兼牧堂書畫記」：方印·白底紅字，此錢謙益之印。

（3）「朱彝尊印」：方印·紅底白字，此朱彝尊之印。

（4）「曝書亭珍藏」：圓印·白底紅字，此朱彝尊之印。

（5）「春草堂圖書印」：不審何人。

（6）「姑餘山人」：不審何人。

（二）：無朱色印本。

此本格式同於有朱色印本，二者之異主要在朱色印之有
無。無朱色印本，現存大陸：北京圖書館。為民國十三年，蔣
汝藻輯·密韻樓景宋刊本·無印章本之底本。此本之景宋本今
可見者有二：

1·藏臺灣·中央研究院歷史語言研究所。

2·藏臺灣·國立師範大學中國文學研究所。

二者之異，在於：

（1）前者分為六冊，後者分為八冊。

前者分冊為：第一冊　卷一至卷三

109

　　　　　　　　第二冊　　卷四至卷七
　　　　　　　　第三冊　　卷八至卷十三
　　　　　　　　第四冊　　卷十四至卷二十
　　　　　　　　第五冊　　卷二一至卷二六
　　　　　　　　第六冊　　卷二七至卷三十
　　後者分冊為：第一冊　　卷一至卷三
　　　　　　　　第二冊　　卷四至卷六
　　　　　　　　第三冊　　卷七至卷十
　　　　　　　　第四冊　　卷十一至卷十三
　　　　　　　　第五冊　　卷十四至卷十七
　　　　　　　　第六冊　　卷十八至卷二三
　　　　　　　　第七冊　　卷二四至卷二七
　　　　　　　　第八冊　　卷二八至卷三十

（2）後者於目錄終，附一女子圖，後頁名曰「湘君」。

　　於此可知流傳之宋本至少有二本，一本為藏於中央政權，無私人藏印之宋本，即無朱印本，此本今藏於大陸‧北京圖書館。一本本藏於嘉興府學，有嘉興府學官印，後入江浙藏書家之私人藏書閣中，即有朱印本，此本宋本今不審藏於何地。民國十三年蔣汝藻將二種宋本，分別刊刻，成影宋本；是以今日所見之「烏程蔣氏密韻樓影宋本甲子仲春羅振玉署」，有朱印本及無朱印本二種。

　　此外由（清）瞿鏞編《鐵琴銅劍樓藏書目錄》卷二十‧葉三十七下曰：

　　青山集三十卷，影鈔宋本。題當塗郭祥正功父撰，此本卷數與陳氏《書錄解題》合。王漁洋所見閩謝氏寫本，非全帙也。

110

舊為曹氏藏本，卷首有棟亭曹氏藏書朱記。

　　可知此本為曹寅所藏影宋本，並由此可知烏程影宋本，並非最早之影宋本，早在清代即有影宋本問世。

　　曹寅其人據《清史列傳》，云：

> 曹寅字子清，漢軍正白旗人，父璽官工部尚書，寅官通政使，江寧織造，兼尋視兩淮鹽政，性嗜學，校刊古書甚精，嘗刊《音韻五種》，及《棟亭十二種》，工詩，出入白居易、蘇軾之間，著有《棟亭詩鈔》八卷，又好騎射，嘗謂：『讀書、射獵自無兩妨，又著有詩鈔別集四卷、詞鈔一卷（卷一○四）

《國朝詩人徵略初編》云：

> 曹寅字子清，號棟亭漢軍人，官通政使有《棟亭詩鈔》，其詩出入於白居易、蘇軾之間（四庫提要），曹子清好射，以為讀書射獵自無兩妨。

《國朝書人輯略》云：

> 曹寅字子清，號棟亭漢軍旗人。官兩淮鹽政。工詩詞，善書。儀徵余園門榜「江天傳舍」四字是所書也。

知曹寅字子清，號棟亭。為好詩作之校刊家。其詩風則近蘇軾及白居易。

四、三十四卷本

　　此本為明代張立人手鈔本，此本今藏於日本：靜嘉堂文庫。

於《靜嘉堂文庫漢籍分類目錄》中錄：「青山集（明）張立人・手抄本・三四卷・（宋）郭祥正撰・寫本・四冊・十三函。」今得日本所藏本之投影本。知此本分四冊，第一冊錄卷一至卷九；第二冊錄卷十至卷十八；第三冊錄十九至卷二十七；第四冊錄卷二十八至卷三十四。

前人關於此本之記載有：

（一）（清）金檀所著之《文瑞樓藏書目錄》云：

郭祥正《青山集》三十四卷。鈔本。當塗人進士殿中丞，復知端州。（卷六・葉八下）

（二）錄於（清）陸心源所著之《儀顧堂題跋序》云：

青山集二十四（為三十四之誤）卷，題曰：「當塗郭祥正字功父」。四庫全書著錄本三十卷續集七卷，與書錄解題合。此本為張立人手鈔，每卷有目。卷一「楚詞體」，卷二、卷三「歌行體」，卷四卷至十一「五古」，卷十二至十九「長句古詩」，卷二十卷二十一「雜題古詩」，卷二十二至二十四「五律」，卷二十五至二十八「七律」，卷二十九、三十「五絕」，卷三十一至三十四「七絕」，附〈繁昌御書閣記〉、〈青山白雲記〉二首。較四庫多四卷，少續集七卷，惜插架無閣本，不能校其同異耳。荊公在當時富鄭公、司馬溫公皆極推重，史稱祥正上書神宗，請專任荊公，未免意見之偏，不足為深罪。其罷歸也，徜徉泉石，賦詩自娛，人品亦不為不高，視呂惠卿、曾布之迎合躁進，有霄壤之別。其與荊公倡和，始終如一，和章附載集中，荊公之沒，過墓賦詩，推服尤至，不以炎涼易節，未可以文士薄之。（卷十一・十五上）今所得三十四卷本不見

此跋，此跋中有幾點值得注意者，為：

1．所言之三十四卷本之分卷、目錄與今所得日本靜嘉堂文庫藏
　　本投影本皆吻合。是以今就所得三十四卷本考陸心源所言。

2．言：「四庫全書著錄本三十卷續集七卷，與書錄解題合」
　　為誤。

　　　陳振孫《書錄解題》云：「青山集三十卷……其為人不足
道也。」（卷二十・葉九下）為三十卷，無續集七卷，陸心源
誤以為與三十七卷本卷數合。

3．言「較四庫多四卷，少續集七卷，惜插架無閣本，不能校
　　其同異耳。」以其未能得見四庫三十七卷本，故誤言「較
　　四庫多四卷，少續集七卷」，今以三十四卷本與三十卷宋
　　本比較，知三十四卷本所收錄之詩作約為三十卷本闕卷十
　　一、十二；而三十七卷本則前三十卷及續集卷一、卷二所
　　收錄之詩作約為三十卷本闕卷十一、十二，並誤增續集卷
　　三、四、五、六、七，五卷孔平仲《朝散集》之作。三種
　　版本將於本章第二節詳細比較之。

　　　是以三十四卷本之內容並未較三十七卷之正編三十卷本多
四卷。當為三十七卷本，較三十四卷本多續集卷三、四、五、
六、七。

4．陸心源對祥正之作品能確實閱讀，並給予深刻而公允之評
　　價。

　　　其據以駁斥俗評祥正為小人之因，在於：

（1）富弼、司馬光亦曾支持王安石新政。

　　　云：「荊公在當時富鄭公、司馬溫公皆極推重，史稱祥正
上書神宗，請專任荊公，未免意

見之偏，不足為深罪。」言祥正上書請罷一切反對王安石者，實推敬安石、變法心切，欲有所作為，不足深罪。

（2）能安於歸隱。

「其罷歸也，徜徉泉石，賦詩自娛，人品亦不為不高，視呂惠卿、曾布之迎合躁進，有霄壤之別。」毅然歸隱之精神，與呂惠卿、曾布一心仕宦、爭權奪利之行為相較，更顯其高超之品德。

（3）敬重安石，不因安石失勢、亡故而更改。

云：「其與荊公倡和，始終如一，和章附載集中，荊公之沒，過墓賦詩，推服尤至，不以炎涼易節，未可以文士薄之。」顯現出祥正對安石之重義。

關於陸心源此跋，胡玉縉於《四庫全書總目提要補正目錄》亦引此說，並言：「玉縉案：『陸說甚是，《提要》竟以為小人編躁，忽合忽離，實乃太過。』」今幸而得見此三十四卷本，於此略加敘述：

全本無格‧一葉十行‧二十字。全書前，錄郭祥正傳，題為〈本傳〉文曰：

> 郭祥正字功父，當塗人也，其母夢李白而生。祥正少有詩名，梅堯臣曰：「天才如此，真太白後身也。」王安石亦歎美其詩。熙寧中知武岡縣，僉書保信軍節度判官。時王安石用事，祥正奏乞天下大計專聽王安石處畫，有異議者，雖大臣亦當屏黜。神宗問安石曰：「卿識郭祥正乎？其才似可用。」出其章以示安石，安石恥為小臣所薦，乃言祥正無行，不可用。祥正遂致仕，居于姑熟，不復干進。所居有醉吟庵，久之起

為，通判汀州，後知端州，復棄去，遂家當塗之青山
以卒。

此傳九行，一行二十字，抄錄自《東都事略》之郭祥正傳。

並於各卷前詳列全卷之詩目，形式為「青山集卷第一目錄」
換一行，於下標明「當塗郭祥正字功父」換一行標明「楚詞體」
再換一行標明詩題「補到難」。

此三十四卷本所收錄詩作，約為宋本三十卷本闕卷十一、
十二之作，重新編排，略有增刪。其詳細分卷將於本章第二節
詳論。

五・三十卷又附錄一卷、續集五卷本

此本為清代通行本，最早刊刻於清・嘉慶年間，由《增訂
四庫簡明目錄標注》中所言曾見「清嘉慶晉梅清書塾刊三十卷
本・續集五卷・附錄一卷」本，可知嘉慶年間此本已傳。

即至道光九年，又重刊此本，即《增訂四庫簡明目錄標注》
中所言「清道光九年刊本三十卷・又續集五卷」，即今之振綺
堂刻本，未言附錄一卷，當為其漏列。

嘉慶本今藏於日本・尊經閣文庫。《尊經閣文庫漢籍分類
目錄》記曰：「《青山集》三十卷・同附錄・《青山續集》五
卷・宋郭祥正撰・清嘉慶版・六冊」

道光九年刊本今藏於臺灣・中央研究院歷史語言研究所，
及日本・靜嘉堂文庫。於《靜嘉堂文庫漢籍分類目錄》中錄：
「青山集（宋郭功甫詩全集）。三○卷續五卷附一卷。宋郭祥
正撰。清道光九年刊本。四冊。三十函。」

以下將就藏於臺灣·中央研究院歷史語言研究所之道光九
年刊本，作一探討。

此本版高十七·七公分、版寬十三·五公分。全本十行二
十一字。僅卷一·葉一上增一行為十一行。版心為黑魚尾，魚
尾上標明「青山集」，魚尾下標明卷數及葉數，封面標為：

道光九年鐫
宋郭功甫詩全集
本衙藏板

繼以朱珪於嘉慶八年癸亥四月所作序，及阮元於嘉慶四年
十月二日所作之序二篇。可知此版即嘉慶版所重刻。

道光九年刊本之朱珪序：

當塗葛生鐔寄余青山集三十卷、續集五卷，為生與宋
孝廉鉞、吳明經立堅等重刻本。請余為序。按先兄　竹
君所進錄於四庫全書集部第七者，實續集七卷；今少
二卷，豈有所闕，并嫄考。功甫在《宋史·文苑傳》
稱其母夢李白而生祥正，梅堯臣歎為太白後身，譽之
至矣。傳又摘其諛頌王安石，安石恥為小臣所薦，因
極口陳其無行，一若文行瑕瑜不揜者，是以總目中亦
有褊躁合離之論。然或其少年弔詭鬥捷、捭闔不羈者
之所為，而荊公矯枉沽直，遂致流傳詬病，其實當時
朋黨出入之間，亦未足以一節之不檢，確然定其邪正
之歸也。今讀其古體詩豪邁縱橫，頗有不肯跼縮溝猶
之態。平生枕葃青蓮，亦可謂尚友百世之師者。若夫
太白陵踏靈空、俯視滄海，實有英光浩氣，溢乎豪墨

之外；又豈可以侔色揣聲、片鱗半爪，遂頡頏而抗駕
之哉。語先生之志則大矣，以之侑食青山祠，列之北
宋名家，亦不負其睎驥千里之願也已，并志以詩：『青
山拔起凌江濱，遠與蜀岷連支垠。神人騎龍戲空界，
攀援猿鶴稱兒孫。太白光芒燄萬古，誰其匹者少陵杜。
幾人淬屬規雷破，獨上雲梯夢天姥。歐王坡谷北宋豪，
浪士竊比青蓮高。滄浪清濁或自取，詩文流別隨風騷。
送迎海外唱和詞，臭味亦復無差池。古劍雙投醉竹畫，
晁秦同傳夫何疑。

嘉慶八年癸亥四月下浣大興朱珪識。

　　由朱珪之序，知《青山集》入四庫全書集部第七，為朱彝
尊所獻，朱彝尊所獻之本雖多二卷續集，但三十五卷本收錄總
數並不少於三十七卷本，此將於第二節比較中證之。

　　嘉慶八年癸亥（西元一八〇三年）四月下浣，朱珪所見此
本，為其學生當塗葛錞、宋鉞、吳立堅等重刻本，請朱珪為序。

　　朱珪所見此本仍有五卷孔平仲之詩，是以朱珪不能駁斥四
庫總目編躋合離之論，而云：「

　　然或其少年弔詭鬥捷、掉闔不羈者之所為，而荊公矯枉沽
直，遂致流傳詬病，其實當時朋黨出入之間，亦未足以一節之
不檢，確然定其邪正之歸也。」言宋代黨爭互以「小人」攻擊，
不當以此定其邪正，給予祥正較公正之評價。

　　朱珪給予祥正之詩極高之評價，言其古體詩豪邁縱橫，及
「語先生之志則大矣，以之侑食青山祠，列之北宋名家，亦不
負其睎驥千里之願也已。」侑食太白之地位。並贈詩言「歐王
坡谷北宋豪，浪士竊比青蓮高。」祥正生於北宋四大家縱橫之

時，獨享太白再世之稱號，可見其名家之地位。

阮元序曰：

> 宋郭功甫先生詩集序。元憶少時於宋人詩酷嗜坡仙及
> 放翁集；後入詞垣，見同輩有手鈔郭功甫先生韻本，
> 僅百餘篇耳，元備錄之為巾箱翫。竊謂此詩古體，直
> 與韓、李並驅，近體亦不讓王、孟諸大家，何以操選
> 政者多不之及，抑少刻本行世耶，不可解。已歲乙卯，
> 當塗吳孝廉攜功甫先生刻本遺元，愛而讀之，得窺全
> 貌。既又聞竹君朱世伯進呈列入四庫，坊間鋟刻紛紛，
> 幾於家置一本。文字之抑而彌伸，信有是耶。後元考
> 宋史暨諸家敍跋，並恍然於此卷所以抑塞而就湮者。
> 第與王安石倡和，未能有先見之明如老泉耳！夫介甫
> 於神宗未用，新法未立之先，固一代文人之傑出者也，
> 今讀其文與詩不謂之大手筆可乎？竊謂以文會友，而
> 不能以友輔仁。介甫之開罪於功甫多多矣，於功甫何
> 病焉。況介甫之韻文、久經傳世，世第非其人，未有
> 非其詩與文者，乃於功甫獨黟之如是嚴耶？丁巳秋朱
> 石君老師郵寄是卷，屬元詳序。噫！何敍哉。亦聊以
> 夙所怪其不傳，與今所決其必傳者筆之而已。至是卷
> 之斑駁陸離，動中繩墨，則自有善讀者在，元不多贅。
> 時嘉慶四年十月二日芸臺阮元識。

此為阮元嘉慶四年（西元一七九九年）十月二日所序，所
見當為初刻本，早於朱珪嘉慶八年之重刻本，序中云「已歲乙
卯，當塗吳孝廉攜功甫先生刻本遺元，愛而讀之，得窺全貌。」

即嘉慶二年（西元一七九七年）丁巳年見此本刻本，並序之。又由：「後入詞垣，見同輩有手鈔郭功甫先生韻本，僅百餘篇耳，元備錄之為巾箱翫。」知阮元曾得手鈔本《郭功甫先生韻本》，此本僅百餘篇耳。又言「丁巳秋朱石君老師郵寄是卷，屬元詳序。噫！何敘哉。亦聊以夙所怪其不傳，與今所決其必傳者筆之而已。至是卷之斑駁陸離，動中繩墨，則自有善讀者在，元不多贅。」知此本為阮元之師朱珪於嘉慶二年（西元一七九七年）丁巳年，囑其題序，阮元於嘉慶四年十月二日始完成此序。且阮元所見此卷已「斑駁陸離，動中繩墨」。

序文中並記載《青山集》收入《四庫全書》時，坊間爭刻之情形「幾於家置一本」之盛況。

對於安石言祥正之非一事，一反眾人責祥正為小人，反責安石「竊謂以文會友，而不能以友輔仁。介甫之開罪於功甫多多矣，於功甫何病焉。」不能以友輔仁，謗祥正之非。阮元讚美祥正之詩云：「竊謂此詩古體，直與韓、李並驅，近體亦不讓王、孟諸大家，何以操選政者多不之，及抑少刻本行世耶，不可解！」古體與韓愈、李白並驅，近體不輸於王維、孟浩然等大家，不解其詩因何「世少刻本」。並言「恍然於此卷所以抑塞而就湮者，第與王安石倡和，未能有先見之明如老泉耳」，推想此集不傳之因當在與王安石倡和，未能如蘇洵之識安石有「不近人情」之失〔註二〕。

目錄葉一上、行一標明「青山集目錄」，行二低二格言「卷一　　楚詞體」卷二至卷三十與卷一平行列之。

繼以卷一・葉一上・行一標明「青山集卷第一」。二、三、四行則著明：

「吳立堅碻山　　當塗宋郭祥正功甫著　　同里後學宋鍼
西衡校刊葛　錞以和　　」

第五行低二格標明「楚辭體」。第六行低四格著明篇名「補
到難」下接以「并序」二靠右小字。第七行低一格言補道難之
序。第十一行開始詩文。

此本分三部份：

（一）正集三十卷：為詩作內容。

（二）附錄一卷：為祥正所作記二篇，賦一篇。分別為：

　　　１‧〈繁昌建御書閣記〉。

　　　２‧〈青山記〉。標明「當是青山白雲記」。

　　　３‧〈石室賦〉。

（三）續集五卷為誤收孔平仲《朝散集》之詩。

三十五卷本之正編三十卷所收錄之詩作，約為宋本三十卷
闕卷十一、十二，重新編排，略有增刪。其詳細分卷將於本章
第二節詳論。

六、三十卷又附錄一卷、續集七卷本

此本為明刊本，為朱彝尊所進呈朝廷，四庫據以刊刻之本。
言及此版本之目錄有：

（一）（清）邵懿辰撰、（清）孫詒讓等參校之《四庫簡明目
　　　錄標注》言：

《青山集》三十卷、續集七卷，宋郭祥正撰。王士禎《居
易錄》記其集寫本僅六卷。此本首尾完具，且別得續集，合為
一編，亦罕覯之祕笈也。

（二）（清）莫芝之撰、（清）莫繩孫編《邵亭知見傳本書目》

言：

《青山集》三十卷、續集七卷。宋郭祥正撰。抄本。明刊本。

（三）《八千卷樓書目》：

《青山集》三十卷、續集七卷。宋郭祥正撰。嘉興刊本。

（四）《四庫目略》：

青山集 續集	宋郭祥正撰	三〇七	振綺堂有鈔本三十卷。道光九年刊本三十卷、又續集五卷。嘉興刊本。	祥正此集，首尾完具，為罕靚之秘笈。續集七卷，莫審誰所編次。其詩才氣縱橫，吐言天拔，在熙寧元祐之間，能自成一家。

可知《青山集》三十卷、續集七卷，為明・嘉興刊本。此本並未流通於書坊，為罕見之版本，朱彝尊進呈朝廷，據此以為《四庫全書》集部第七之本。

明刊原本，今存於日本靜嘉堂文庫。此本所收，可分三部份：

（一）正集三十卷：為宋本《青山集》部分內容。

（二）附錄一卷：為祥正所作記二篇，賦一篇。分別為：

1・〈繁昌建御書閣記〉。

2・〈青山記〉。

3・〈石室賦〉。

（三）續集一、二卷，分別為宋本《青山集》三十卷本之卷十三、卷十四。續集卷三、四、五、六、七卷為孔平仲《朝散集》之詩，和道光九年刊本《郭功甫詩全集》續五卷所收皆同。

《四庫全書總目提要》之誤，於第二章・第二節・「仕宦」及第三節・「性格」中已詳論。

又郭祥正之詩集於其在世時，已刊刻流傳，由其〈穎叔為余親札補到難并和篇開刻既成以二絕句送上〉詩云：

> 投老文章遇知己，感公書我到難詩。銀鈎玉鈕徒稱妙，大庾嶺南無此碑。
>
> 英詞妙翰兩無雙，彼有浯溪此北江。下視塵寰真一撮，到無難處為公降。（《青山集》卷二十九・葉三上）

知蔣之奇曾於郭祥正詩作開刻前，書祥正之〈到難詩〉贈之，並加以和作。祥正於詩作刊刻之後方贈以此詩，謝之。

今日所見三十四卷本、三十五卷本及三十七卷本之首篇皆為〈補到難〉一詩，與宋本三十卷起於〈古松行〉相異，是以三十四卷本、三十五卷本及三十七卷本所源之本，宋代或已有刊刻。

大陸：北京大學《全宋詩》第十三冊・卷七四九至卷七七九，所收錄之郭祥正作品三十一卷，以北京圖書館，宋本三十卷本為底本，校以三十五卷本、三十七卷本；所增一卷為輯三十五卷本、各地方志，及詩話類而成。

第二節　《青山集》各版本之異同

由本章第一節所述，知郭祥正《青山集》有多種不同卷數之本流傳，其主要分歧現象有二：

一、各版本同一詩體所屬卷數不同。於〔附錄二〕中附錄三十卷、三十四卷、三十五卷、三十七卷本各卷本，詩體所屬卷數之對照表。二、各版本收錄之詩作偶有闕漏，及重複收錄

之現象，本節將以同一詩體，探討各本所收卷次之異同。三、三十五卷本續集卷一至卷五、三十七卷本續集卷三至卷七為誤收孔平仲《朝散集》之作，亦將於本節論證之。

　　本節以詩體為標題，比較三十卷、三十四卷、三十五卷、三十七卷本之差異。

　　不錄「十卷又六卷本」之因，在於此本為吳焯合石倉本與六卷本二種版本而成，前十卷為三十卷本之卷一至卷十，僅闕漏〈古松行〉、〈醉歌行〉、〈古劍歌〉、〈漁舟歌〉、〈楚江行〉五首及〈桃源行寄張兵部〉一首。各卷所收錄與三十卷本卷一至卷十幾乎全同；又六卷所收錄之詩作約為三十卷本之卷十三至卷三十所收錄者，其各卷與三十卷本《青山集》之異同，已於上節論述之，不再贅述。

　　此節以三十卷本之分體為標題，分為：一、歌行體。二、長句古詩。三、雜題古詩。四、楚辭體。五、五言古詩。六、和李白詩。七、五、七字占詩。八、古律哀挽。九、五言律詩。十、七言律詩。十一、七言絕句。十二、五言絕句。並以三十四卷、三十五卷、三十七卷本同一詩體收錄之情形，逐一說明。

　　並於十三、誤收孔平仲《朝散集》之作中，討論三十五、三十七卷本所增收之作。分十三段論述之。

一、歌行體

　　三十卷本　錄三十二首。在卷一。
　　三十四卷本　錄三十一首。在卷二、三。
　　三十五卷本　錄三十三首。在卷二。
　　三十七卷本　錄三十一首。在卷二、三。

（一）三十卷本收錄，而三十四、三十五、三十七卷本闕者：

〈古松行〉、〈醉歌行〉、〈古劍歌〉、〈漁舟歌〉、〈楚江行〉五首。

（二）三十四、三十五、三十七卷本錄，而三十卷本闕者：

有〈桃源行寄張兵部〉一首。

（三）三十四、三十五、三十七卷本收錄於歌行體，而三十卷本見於他卷者。包括：

1 ·〈姑蘇行〉二首之注明「送胡唐臣入幕又送朱伯原秘校」：三十卷本此二詩在卷七及卷十二，題目為〈姑蘇行送胡唐臣奉議入幕〉及〈送朱伯原秘校〉，分入長句古詩、五言古詩內。

三十四卷本：此詩重複收錄。一見卷二，於〈姑熟行〉題後加「又送朱伯原秘校」錄二首姑蘇行。一見卷十八，題目與三十卷本同為〈姑蘇行送胡唐臣奉議入幕〉，重複收錄一首。

三十七卷本：此詩重複收錄。一見卷二，於〈姑熟行〉題後加「又送朱伯原秘校」增收一首姑蘇行。一見卷十四，題目與三十卷本同為〈姑蘇行送胡唐臣奉議入幕〉，重複收錄一首。

而三十五卷本，雖未重複收錄，亦將二首〈姑熟行〉錄於卷二，歌行體。

2 ·〈送姚太博彥聖〉：三十卷本見於卷五，長句古詩內。

而三十四卷本此詩重複收錄。一見卷二，作「送姚彥經歌

行」。一見卷十六，入長句古詩，詩題同三十卷本，二詩僅有數字之異。

　　三十七卷本此詩重複收錄。一見卷二，詩題作「送姚彥經歌行」。一見卷十二，入長句古詩，詩題同三十卷本。二詩僅有數字之異。

　　而三十五卷本詩題作〈送姚太博歌行彥聖〉入於歌行體。

３・〈前雲居行寄元禪師〉、〈後雲居行寄和禪師〉二首，他本屬長句古詩之作，歸卷二歌行體。

　　此二詩三十卷本在卷四，三十四卷本屬卷十八，三十七卷本在卷十四。

　　是以三十卷本歌行體錄三十二首，三十四、三十五、三十七卷本減去闕漏之五首，當為二十七首。二十七首加上三十卷本所闕漏之〈桃源行寄張兵部〉為二十八首，再加上三十卷本歸於其他詩體，而三十四、三十五、三十七卷本歸於歌行體之〈姑熟行〉二首及〈送姚彥經歌行〉一首，故三十四、三十五、三十七卷本為三十一首歌行體。三十五卷本又將〈前雲居行寄元禪師〉、〈後雲居行寄和禪師〉二首本屬長句古詩之作，歸至歌行體，故為三十三首。

二、長句古詩

　　三十卷本　收錄一五八首。在卷二、三、四、五、六、七。

　　三十四卷本　收錄一六一首。在卷十二、十三、十四、十五、十六、十七、十八、十九。

　　三十五卷本　收錄一五九首。在卷九、十、十一、十二、十三、十四、十五、十六。

三十七卷本　收錄一六一首。在卷八、九、十、十一、十二、十三、十四、十五。

（一）三十、三十四、三十七卷本錄於長句古詩，三十五卷本錄於歌行體者：

1・三十五卷本之長句古詩，缺三十卷本錄於卷七、三十四卷本錄於卷十八、三十七卷本錄於卷十四之〈姑蘇行送胡唐臣入幕〉一首。

2・又缺三十卷本錄於卷五，三十四卷本錄於卷十六，三十七卷本錄於卷十二之〈送姚太博彥聖〉一首，共二首。此二首三十五卷本歸於卷二歌行體，故於歌行體少二首，為一五六首。

3・又三十五卷本之〈前雲居行寄元禪師〉、〈後雲居行寄和禪師〉二詩見於歌行體中，當再減去二首而為一五四首。

（二）三十五卷本重複收錄者：

三十五卷本亦有重複收錄者，三十卷本位於卷三、三十四卷本見於卷十四、三十七卷本見於卷十之〈公擇鄂守學士三堂請雨〉、〈酬魏炎秀才〉二詩重複收錄在同卷。因而使長句古詩總數又多二首，而為一五六首。

（三）三十卷本錄於五、七字古詩，三十四、三十五、三十七卷本錄於長句古詩者：

又三十四卷本之卷十八、三十五卷本之卷十四、三十七卷本之卷十四，錄三十卷本之五、七字古詩〈擬桃花歌〉、〈怡軒吟贈番易張孝子〉、〈憶敬亭山作〉於長句古詩內，故各加三首，分別為三十四卷本收錄一六一首，三十五卷本收錄一五

九首，三十七卷本收錄一六一首。

三、雜題古詩

三十卷本　收錄三十首　在卷六。

三十四卷本　收錄三十首　在卷二十。

三十五卷本　二十九首　在卷十六。

三十七卷本　三十首　在卷十六。

僅三十五卷本之雜題古詩，較三十四、三十五、三十七卷本雜題古詩少〈雜言寄耿天騭〉一詩，此詩三十五卷本見於卷一楚辭體中。故三十五卷本雜題古詩較他本少一首為二十九首。

其餘各本收錄全同。

案：今觀〈雜言寄耿天騭〉並非楚辭體，此當為三十五卷本之誤。

四、楚辭體

三十卷本　收錄二十首。在卷八。

三十四卷本　收錄二十首。在卷一。

三十五卷本　收錄二十一首。在卷一。

三十七卷本　收錄二十首。在卷一。

僅三十五卷本，收錄三十卷本卷六，三十四卷本卷二十，三十七卷本卷十六雜題古詩之〈雜言寄耿天騭〉一首。故共三十一首。

五、五言古詩

三十卷本　收錄二五〇首。在卷九、十一、十二、十三、十四、十五、十六、十七。

三十四卷本　收錄一九〇首。在卷四、五、六、七、八、九。

三十五卷本　收錄一八九首。在卷三、四、五、六。

三十七卷本　收錄一八九首。在卷四、五、六、續集卷一、續集卷二。

（一）三十卷本中收錄，而三十四卷本、三十五卷本、三十七卷本中闕漏者：

1・三十卷本之卷十一及卷十二，共六十一首。故三十四卷本、三十五卷本、三十七卷本當減六十一首為一八九首。

2・三十卷本錄在卷十二之〈送朱伯秘校〉，三十四、三十五、三十七卷本錄在歌行體，是以三十四、三十五、三十七卷本當減一首，為一八八首。

（二）三十四卷本、三十五卷本、三十七卷本中重複者：

1・三十卷本卷十六之〈鵠奔亭呈帥漕二公〉，三十四卷本此詩重複收錄，一見卷七，詩題與三十卷本同為〈鵠奔亭呈帥漕二公〉，一見卷八題為〈鵠奔亭〉，節錄此詩而成。三十五卷本此詩亦重複收錄，一見卷五，詩題與三十卷本同為〈鵠奔亭呈帥漕二公〉，一見卷三題為〈鵠奔亭〉，亦節錄此詩而成。三十七卷本此詩亦重複收錄，一見卷四題為〈鵠奔亭〉，節錄此詩而成，一見續集卷二，詩題與三十卷本同為〈鵠奔亭呈帥漕二公〉。故三十四卷本、三十五卷本、三十七卷本此詩皆重複收錄於五言古詩體，當加一首重複者為一八九首。

　　案：此當因節錄體〈鵠奔亭〉刻石於當地，編者收錄時，誤為相異之二首，故重複收錄，今觀三十卷本之〈鵠奔亭呈帥漕二公〉，節錄成：

> 新江自南來，西與端江匯。寒光入靈羊。一碧浸羅帶。
> 屹然鵠奔亭，遺音溢千載。羽儀莫可見，窈窕想姝態。
> 遭戕瘞同坎，襦布久不壞。訴冤如生平，隱顯一何怪。
> 讎人闔戶戮，化質摶風快。且將憂患辭，浩蕩煙霄外。
> 烏飛并劍躍，類與神靈會。物變固難窮，撫事增感慨。
> 周侯昔行部，美績此尤最。江生引為言，建平平捐罪。
> 宋興跨唐虞，乾坤正交態。黃華命俊哲，枉橫無纖芥。
> 琳琅斯亭篇，證古欲陳戒。殺人貴滅口，覆族竟自敗。
> 姦諛誅既死，潛德發幽晦。堅珉可磨鑴，榮光庶長在。
> （《青山集》卷十六・葉二上）

如三十四卷本所節錄於卷八之〈鵠奔亭〉
　　新江自南來，西與端江匯，屹然鵠奔亭，遺音溢千載。
　　與《方輿勝覽》鵠奔亭下云：「新江自南來，西與端江匯，屹然鵠奔亭，遺音溢千載。」（卷三十四・葉十八上）所錄全同。知當鈔錄自地方志。

2・三十卷本卷十之〈題化城寺新公清風亭用李白元韻〉，三十四卷本此詩重複收錄，一見卷八題作〈化城寺清風亭〉，一見卷十一，詩題同三十卷本，二詩僅數字之異。三十七卷本此詩重複收錄，一見卷四，詩題作「化城寺清風亭」。一見卷七，詩題同於三十卷本，二詩僅數字相異。故三十四卷、三十七卷本加一首為一九〇首，三十五卷本未重複，

仍為一八九首。

案：此亦編者未細審詩作內容，觀詩題不同，以為相異，故重複收錄。

（三）三十七卷本收錄於續集卷一、續集卷二題為「古詩」者：

即三十卷本之卷十三、十四，三十四卷本之卷五、卷六，三十五卷本之四、五；僅三十七卷本續集卷二，闕〈月下留二君儀〉一詩。故三十七卷本較三十卷本再少一首，共一八九首。

六、和李白詩

三十卷本　收錄四十三首。在卷十。

三十四卷本　收錄四十一首。在卷十一（題為五言古詩）。

三十五卷本　收錄四十一首。在卷七。（稱五言古詩，此卷六十八首之前四十一首與三十四卷本之四十一首同為和李白詩，其餘二十七首，三十卷本錄於卷十八・五、七字古詩中，將於後論之。）

三十七卷本　收錄四十一首。在卷七（稱五言古詩）。

三十卷本收，三十四、三十五、三十七卷本不收者：

三十四、三十五、三十七卷本皆不收三十卷本卷十之〈追和李白登金陵鳳凰臺二首〉，三十四卷本錄於卷二十八，三十五卷本錄於卷二十四，三十七卷本錄於卷二十四，七言律詩中。

故於此減二首，成四十一首。

此處三十卷本以內容分，與詩體分卷之體例不合；他本以詩體分，故將〈追和李白登金陵鳳凰臺二首〉歸於七言律詩之列。

七、五、七字古詩

三十卷本　　收錄三十首。在卷十八。

三十四卷本　　收錄二十九首。在卷十（題為五言古詩）。

三十五卷本　　收錄二十七首。在卷七之二十七首（題為五言古詩）。

三十七卷本　　收錄二十八首。在卷六（題為五言古詩）。

三十卷本題為五、七字古詩，三十四、三十五、三十七卷本歸於五言古詩中，於此可見三十卷本分類較詳細，將五言古詩中雜以七字句者，歸為五、七字古詩一類。

以下三十四、三十五、三十七卷本重複收錄及錄於長句古詩之情況：

（一）三十卷本收為五、七字古詩，三十四、三十五、三十七　　　卷本收錄為長句古詩者：

三十卷本中〈擬桃花歌〉、〈怡軒吟贈番易張孝子〉、〈憶敬亭山作〉三首，三十四卷本錄在卷十四，三十五卷本錄在卷十四，三十七卷本錄在卷十四，皆別屬長句古詩體，故減三首，三十四、三十五、三十七卷本成二十七首。

（二）三十四、三十七卷本中重複收錄者：

三十四、三十七卷本中重複收錄〈五仙謠〉一詩，此詩三十卷本見於卷十五・五言古詩中；三十四卷本重複收錄，一見卷六・詩題同於三十卷本，一見卷十作「坡山五仙觀」，二詩僅數字之異；三十七卷本，此詩重複收錄，一見卷六，詩題作「坡山五仙觀」，一見續集卷二，詩題同三十卷本，二詩僅數字之異。是以三十四、三十七卷本加一首共二十八首，三十五卷本則仍為二十七首。

131

（三）又三十卷本錄於卷十六、三十五卷本錄於卷六、三十七
　　卷本錄於續卷二之五言古詩〈和姜伯輝見贈醉吟畫詩〉，
　　三十四卷本重複收錄，一見卷七，詩題同於三十本，亦
　　為五言古詩，一見卷十，詩題作〈賀姜伯耀見贈醉吟畫
　　詩〉，二詩僅有數字之異。是以三十四卷本卷十較他本
　　多錄一首，再加一首成二十九首。

　　案：此以三十卷本為標準，觀三十卷本錄於五、七字古詩
者，其他各本重複收錄之情況。

八、古律哀挽

　　三十卷本　收錄三十首，在卷十九。
　　三十四卷本　收錄三十首，在卷三十四。
　　三十五卷本　收錄三十首，在卷三十。
　　三十七卷本　收錄三十首，在卷三十。

　　收錄皆同，僅三十四卷、三十五卷、三十七卷本皆歸為正
集之最末。

九、五言律詩

　　三十卷本　收錄二〇一首，在卷二十、二十一、二十二、
二十三。
　　三十四卷本　收錄二〇三首，在卷二十一、二十二、二十
三、二十四。
　　三十五卷本　收錄二〇三首，在卷十七、十八、十九、二十。
　　三十七卷本　收錄二〇三首，在卷十七、十八、十九、二十。

三十四卷本之卷二十三、三十五卷本之卷十九、三十七卷本之卷十九所收〈廣福禪寺〉、〈馬仁山〉二詩,三十卷本中不錄。是以三十四、三十五、三十七卷本較三十卷本多二首。

案:〈廣福禪寺〉、〈馬仁山〉二詩為三十卷本所無。

十、七言律詩

三十卷本　　收錄一七四首。在卷二十四、二十五、二十六、二十七之七言律詩部分。

三十四卷本　　收錄一七九首。在卷二十五、二十六、二十七、二十八。

三十五卷本　　收錄一七七首。在卷二十一、二十二、二十三、二十四。

三十七卷本　　收錄一七九首。在卷二十一、二十二、二十三、二十四。

(一) 三十卷本卷十‧追和李白詩之〈追和李白登金陵鳳凰臺二首〉,三十四卷本錄於卷二十八,三十五卷本錄於卷二十四,三十七卷本錄於卷二十四,七言律詩中。故三十四、三十五,三十七卷本較三十卷本多二首。成一七六首。

案:〈追和李白登金陵鳳凰臺二首〉本為七律,然三十卷本以其歸獨立一卷之「和李白詩」,故以此二詩歸之,就詩體分類而言,當以三十四卷、三十五卷、三十七卷本為是。

(二) 又三十卷本中歸於卷二十八‧七言絕句之〈原武按堤雜詩六首〉第一首,三十四卷本錄於卷二十八,題為〈原

133

武按堤〉；三十五卷本錄於卷二十四，亦題為〈原武按堤〉；三十七卷本錄於卷二十四，亦題為〈原武按堤〉。成一七七首。

　　案：今審〈原武按堤雜詩六首〉第一首有五十六字，不同於其他五首只二十八字，當以三十四、三十五卷、三十七卷本所入之詩體為是；三十卷本以其詩名相同，故誤入同詩體。

（三）三十四、三十七卷本重複收錄者：

1・〈蕪陰北寺檜軒〉。三十卷本錄於卷二十六。三十五卷本錄於卷二十三。

　　三十四卷本此詩重複收錄，一見卷二十七，題目與三十卷本同，一見卷二十八，題為「赭山滴翠軒」，二詩僅有數字之差異。

　　三十七卷本此詩重複收錄，一見卷二十三，題目與三十卷本同，一見卷二十四，題為「赭山滴翠軒」，二詩僅有數字之差異。

　　三十四卷本與三十七卷本題為「赭山滴翠軒」者內容全同。是以三十四、三十七卷本多一首，為一七八首。

2・〈廣慶寺〉。三十卷本錄於卷二十五。三十五卷本錄於卷二十二。

　　三十四卷本此詩重複收錄，一見卷二十六，詩題同三十卷本，一見卷二十八，詩題為「峽山飛來寺」，二詩只有數字之差異。

　　三十七卷本此詩重複收錄，一錄卷二十二，詩題同宋本，一錄卷二十四，詩題為「峽山飛來寺」，二詩只有數字之差異。

三十四卷本與三十七卷本題為「峽山飛來寺」者則全同。
是以三十四、三十七卷本再多一首，成一七九首。

十一、七言絕句

三十卷本　　收錄三一二首。錄在卷二十七之絕句部分、卷二十八、二十九、三十之七言絕句部分。

三十四卷本　收錄三一○首。錄在卷三十一、三十二、三十三。

三十五卷本　收錄三一○首。錄在卷二十七、二十八、二十九。

三十七卷本　收錄三一○首。錄在卷二十七、二十八、二十九。

（一）三十卷本錄於七言絕句，三十四、三十五、三十七卷本錄於七言律詩者：

〈原武按堤雜詩六首〉第一首。三十卷本中歸於卷二十八·七言絕句之〈原武按堤雜詩六首〉第一首，三十四卷本錄於卷二十八，三十五卷本錄於卷二十四，三十七卷本錄於卷二十四，皆題為〈原武按堤〉。

案：今審此首有五十六字，當以三十四、三十五卷、三十七卷本所入之詩體為是；三十卷本當以詩名相同，故誤入同詩體。故三十四、三十五卷、三十七卷本當減一首成三一一首。

（二）三十卷本錄，三十四、三十五、三十七卷本闕者：

〈無思軒〉一詩，三十卷本見卷二十九，三十四、三十五、三十七卷本闕。故三十四、三十五、三十七卷本再減一首成三一○首。

十二、五言絕句

　　三十卷本　　收錄一三七首，錄在卷三十之五言絕句部份。

　　三十四卷本　收錄一三九首，錄在卷二十九、三十。

　　三十五卷本　收錄一三八首，錄在卷二十五、二十六。

　　三十七卷本　收錄一三八首，錄在卷二十五、二十六。

（一）三十四、三十五、三十七卷本錄，而三十卷本闕者：

　　〈蒼王洞〉詩，三十卷本不存，三十四卷本錄於卷三十，三十五卷本錄於卷二十六，作〈蒼玉洞〉，三十七卷本錄於卷二十六〈蒼王洞〉，而詩作內容全同。故三十四、三十五、三十七卷本多一首成一三八首。

（二）三十四卷本重複收錄者：

　　〈錢源〉詩三十卷本錄於卷三十，三十五卷本錄於卷二十五，三十七卷本錄於卷二十五。三十四卷本重複收錄，一錄於卷二十九、一錄於卷三十，二詩全同。故三十四卷本再加一首成一三九首。

十三、誤收孔平仲《朝散集》作品之證

　　三十五卷本續集卷一至卷五及三十七卷本續集卷三至卷七，皆為誤收孔平仲《朝散集》之作：

（一）所收錄者得見於孔平仲《朝散集》中。

　　三十五卷本，續集卷一至卷五及三十七卷本續集卷三至卷七之作品中，除三十七卷本中〈宿鍾山贈泉禪師〉一詩為重複收錄於續集卷二及續集卷四中，且見於三十卷本之卷十六、三十四卷本之卷七、三十五卷本之卷六，確實為郭祥正所作之五

言古詩外，其餘各首皆見於孔平仲《朝散集》中。

今條列三十五卷本，續集卷一至卷五及三十七卷本續集卷三至卷七之作品，與民國十年南昌豫章叢書編刻局刊本之豫章叢書一九三至一九八冊《朝散集》十五卷對照〔附錄二〕，可證皆為《朝散集》中作品。

於此可證三十五卷本，續集卷一至卷五及三十七卷本續集卷三至卷七中之作品與孔平仲《朝散集》所收作品重複，至於為郭祥正所撰或孔平仲所撰，則可由以下之分析瞭解。

（二）由作品內容觀之

由作品內容觀之，由稱經父、常父為兄弟及批評新政二點，知非為郭祥正所為，而為孔平仲所為。

1・稱經父、常父為兄弟。

經父為孔文仲之字、常父為孔武仲之字、二人皆為孔平仲之兄，時稱「三孔」，皆有詩名；而三十五卷本，續集卷一至卷五及三十七卷本續集卷三至卷七詩中，言及經父、常父者有：〈和常父寄經父〉、〈和經父秋夕〉、〈喜經父閣試第一〉、〈喜經父制策第一〉二首、〈和經父寄張繢〉二首、〈阻風呈經父〉、〈至日阻風飲於轉運行衙呈經父〉、〈和經父登黃鶴樓〉、〈寄經父〉、〈次韻和常父渡江守經父〉、〈和常父望吳亭〉、〈和常父初五日渡江〉、〈和常父湖州界中〉、〈常父寄蕈〉、〈寄常父〉十一首、〈常父寄半夏〉、〈游江寧天慶觀久視軒見梅已落有寄常父兄〉、〈和常父〉、〈常父相率作吳丞相挽詞〉、〈次韻和常父二首〉、〈和常父見寄〉三十五首。且詩中多以「家書」、「兄弟」、「吾家」稱之。如：

（1）三十七卷本〈寄常父二首〉之二，詩云：

> 不得家書又幾朝，思親夢斷不堪招。欲歸每恨川途遠，
> 久客空驚歲月消。雪意尚濃雲黯淡，角聲吹絕晚蕭條。
> 相思惟有兄相近，回首誰能慰寂寥。（續集卷七·葉
> 十六上）

由「不得家書又幾朝，思親夢斷不堪招」中言「家書」、
「思親」；「相思惟有兄相近，回首誰能慰寂寥。」中稱「兄」
可知與常父為兄弟關係，可證作者為孔平仲，非郭祥正。

（2）三十七卷本〈和常父見寄〉詩云：

> 濟南風物稱閒官，兄弟偕遊意益歡。幽圃水聲從地湧，
> 畫橋山色逼人寒。別來夢想猶相接，它處塵埃不足觀。
> 寂寞東齋又經夏，落花新葉共誰看。（續集卷七·葉
> 十九上）

由「濟南風物稱閒官，兄弟偕遊意益歡」中言「兄弟偕遊」，
及「別來夢想猶相接，它處塵埃不足觀」中言「別來」，知為
作者與兄常父相偕遊，別後所寄，可證為常父之弟孔平仲所作，
而非郭祥正所作。

（3）三十七卷本〈喜經父制策第一〉云：

> 過閣程文推首出，臨軒親策復先鳴。大科江左未嘗有，
> 此事吾家真最榮。獨步以才高宇宙，橫飛不日到蓬瀛。
> 翩翩斥鷃蒿萊下，豈識鵬摶九萬程。親策賢良第一番，

吾家羽翼蔚高騫。當時棄祿嫌民掾，此日登科勝狀元。
四海望風期將相，三親聞榜慶兒孫。台州已有公台兆，
預約當行必踐言。（續集卷六·葉四上）

《宋史》孔文仲傳曰：「孔文仲字經父，臨江新喻人。性
狷直，寡言笑，少刻苦問學，號博洽。舉進士，南省考官呂惠
卿，稱其詞賦贍麗，策論深博，文勢似荀卿、楊雄，白主司，
擢第一。」（卷三四四·列傳第一〇三）云「擢第一」，與本
詩〈喜經父制策第一〉所記相合，且詩中言「大科江左未嘗有，
此事吾家真最榮」及「親策賢良第一番，吾家羽翼蔚高騫」中
一再言「吾家」，可證為孔平仲所作，非郭祥正所作。
2·批評新政。

《四庫全書總目提要》以〈熙寧口號五首〉責祥正此詩與
其支持王安石新法之詩作及上書請罷反對新法之思想相違背，
因而言其為「小人褊躁，忽合忽離」，實則正因此作所言與祥
正詩中一貫支持新法者不合，更可證此作非祥正之作。

《宋史》記孔文仲事曰：「熙寧初，翰林學士范鎮以制舉
薦，對策九千餘言，力論王安石所建理財，訓兵之法為非是，
宋敏求第與異等。安石怒，啟神宗，御批罷歸故官。」（卷三
四四·列傳第一〇三）孔平仲其兄文仲反對新法如此激烈，平
仲亦承之，《宋史》孔平仲傳曰：「文仲卒，歸葬南康。詔以
平仲為江東轉運判官護葬事，提點江浙鑄錢，京西刑獄。紹聖
中，言者訐其元祐時附會當路，譏毀先烈，削校理，知衡州。
提舉董必劾其不推行常平法，陷失官米之直六十萬。置獄潭州。
平仲疏言：『米貯倉五年半，陳不堪食，若非乘民闕食，隨宜
泄之，將成棄物矣。儻以為非，臣不敢逃罪。』乃徙韶州。」

（卷三四四）因元祐中支持舊黨，於新黨重起之紹聖時招禍；
徙韶州事，由《宋史》‧記董必傳云：「紹聖中，提舉湖南常
平。時相章惇方實眾君子於罪。孔平仲在衡州，以倉粟腐惡，
乘饑歲，稍損價發之。必即劾其戾常平法，置鞫長沙。以承惇
意，無辜繫訊多死者。平仲坐徙韶州。」（卷三五五）知亦是
新舊黨爭所起，由此知孔平仲於黨爭中是支持舊黨的。

今觀三十七卷本〈熙寧口號五首〉，詩云：

> 日坐明堂講太平，時聞深詔下青冥。數重遣使詢新法，
> 四面興師剪不庭。
> 萬戶康寧五穀豐，江淮相接至山東。須知錫福由京邑，
> 天子新成太一宮。
> 祇因羌落久紛紛，砥礪廉隅自聖君。能使普天無賄賂，
> 此風曠古未嘗聞。
> 近聞寇盜埋戈殳，萬戶輸金入大爐。百鍊剛刀斫西夏，
> 萬鈞強弩射單于。
> 百姓命懸三尺法，千秋誰恤兩端情。近聞崇尚刑名學，
> 陛下之心乃好生。（續集卷七‧葉二十一下）

詩中言「數重遣使詢新法，四面興師剪不庭。」新法造成之興
訟不絕，「百鍊剛刀斫西夏，萬鈞強弩射單于」下云「百姓命
懸三尺法，千秋誰恤兩端情」描寫朝廷興兵及新法實行對人民
之雙重迫害，與祥正所作〈謝淮西吳提舉（子中）〉一詩中所
言：「君臣會合前世無，朝廷萬事圖新美。」（《青山集》‧
卷三‧葉八上）之支持新政，及〈南雄除夜讀老杜集至歲云暮
矣多北風之句感時撫事命為題篇〉云：「鬼章雖獲萬國賀，防

140

邊未可旌旗空。中原將帥誰第一，願如衛霍皆成功。廟堂赫赫
用耆舊，熟講仁義安羌戎。」（《青山集》卷五・葉十二下）
之主戰思想，背道而馳。可知〈熙寧口號五首〉絕非祥正作品。

　　〈熙寧口號五首〉反對新法所造成之興訟不絕及戰爭傷
害，與孔平仲反對新法之主張相符合，當是孔平仲之作。

　　是以《四庫全書總目提要》以祥正之〈熙寧口號五首〉評
祥正為小人，實為冤誣祥正。

　　三十五卷本續集卷一至卷五及三十七卷本續集卷三至卷
七，由其得見於孔平仲《朝散集》中，且詩作內容中支持新法，
及多稱孔文仲、孔武仲為「兄」，知確實為誤收孔平仲《朝散
集》之作。

　　由上可知三十卷本共收錄詩作一四一七首，三十四卷本共
收錄詩作一三六三，三十五卷本去除誤收之續集五卷，共收錄
詩作一三五七首，三十七卷本去除誤收之續集卷三至卷七，共
收錄詩作一三六〇首。

　　各本之主要差異在於：

（一）三十卷本之卷十一、卷十二為各本所闕。

（二）而三十四卷本所抄之本尚未有孔平仲之作誤入。

（三）三十五卷本與三十七卷本之來源當相同。以其：

1・三十五卷本誤收之續集五卷與三十七卷本誤收之續集卷三
　　至卷七，所誤收者內容、次序皆同。是以知此二種版本所
　　引用之本已誤入此五卷作品。

2・三十五卷本與三十七卷本，各詩所屬之卷數幾乎全同。
　　二本除三十五卷本之卷二，三十七卷本分錄於卷二、卷三。
　　三十五卷本之卷三一部份，三十七卷本錄於卷四。

三十五卷本之卷三一部份及卷四，三十七卷本錄於續集卷一。

三十五卷本之卷五、卷六一部份，三十七卷本錄於續集卷二。

三十五卷本之卷六一部份，三十七卷本錄於卷五。

三十五卷本之卷七，三十七卷本分錄於卷五。

其餘各詩所屬卷數皆同。

此處錯亂之因，或以三十七卷本所引用之本為三十五卷本所引用本之錯簡者，其卷二、卷三、卷四、卷五、卷六，是以多入續集卷一、卷二。

是以推斷三十五卷、三十七卷本所引用之本當近似。

註解

註一：此將於本章第二節中詳論收錄之差異。

註二：《宋文鑑》錄蘇洵〈辨姦論〉言王安石：「凡事之不近人情者，鮮不為大姦慝。」《芥隱筆記》中亦記：「荊公在歐公座，分韻送裴如晦知吳江，以黯然銷魂唯別而已矣分韻時客與公與八人｜荊公、子美、聖俞、平甫、老蘇、姚子強、焦伯強也，老蘇得而字押，談詩究乎而，荊公又作而字，二詩：『采鯨抗波濤，風作鱗之而。』又云：『傲兀何賓客，相忘我與而。君子不欲多上人。』王蘇之憾，未必不稔於此。」（錄自《宋人軼事彙編》卷十二）蘇洵評王安石非君子之事。

第四章　郭祥正各時期之詩歌風格

本章就《青山集》之詩作中可編年者，分屬各時期，並由此探討郭祥正於各時期所表現之詩風作一概述。郭祥正於各時期間多次辭官不仕，其詩作則附入各時期之後加以敘述；又《青山集》中無法確認出郭祥正任星子主簿前之作品，大抵未弱冠前之作品，由梅堯臣初見郭祥正所言，疑似李白之作，此期當極力模仿李白。

第一節　星子、德化時期

本節將就祥正十九歲佐星子後至十年棄官之心境與詩風，分二期論之。一、星子時期。二、德化時期。

一、星子時期

祥正於皇祐五年（西元一〇五三年）十九歲時為星子主簿，官銜為祕閣校理，佐地為江南東路・南康軍之星子縣。直至二十歲與長官不合，棄官而去，寓跡昭亭，回故鄉。青山〈昨游寄徐子美學正〉中言「我初佐星子，老守如素仇。避之拂衣去，寓跡昭亭幽。篇章自此富，寫詠窮歡憂。」可知祥正佐星子之後，詩作創作更進一層。

此期詩學之創作主要受梅堯臣影響，祥正二十歲前在袁陟

的引薦下至江南東路‧宣州拜見了堯臣；棄官後經宣州昭亭山，
亦曾往拜見梅堯臣；二十一歲回故鄉後，堯臣經江寧時亦至祥
正家中拜訪。

　　祥正此期之創作，可知者有：〈廬山三峽石橋行〉、〈題
宣州天慶觀秋水閣〉、〈苦寒行〉等詩，觀此三詩，可見祥正
此時即展現其驚邁豪絕之風，並因與梅堯臣之相交，祥正亦致
力於有關民生疾苦之作。今就其言景及民生疾苦之作論之。

（一）言景作品

　　祥正此期所描寫之風景之作，有〈廬山三峽石橋行〉寫三
峽石橋云：「銀河源源天上流，新秋織女望牽牛。洪波欲渡渡
不得，比鵲為橋誠拙謀。胡不見廬山三峽水，此源亦接明河底。
擘崖裂嶂何其雄，崩雷泄雲勢披靡。飛鳥難過虎豹愁，四時白
雲吹不收。燭龍此地無行跡，六月遊子披貂裘。誰將巨匠鑿大
石，突兀長橋跨蒼壁。行車走馬安如山，下視龍門任淙激。」
（《青山集》卷一‧葉三下）「洪波欲渡渡不得，比鵲為橋誠
拙謀。」道其雄壯連鵲鳥亦無法橫越，繼言其擘崖裂嶂、崩雷
泄雲，連飛鳥、虎豹、燭龍皆難以橫越，以襯托石橋之奇險，
祥正於此詩已現其驚邁豪絕之詩風，《輿地紀勝》收錄全詩為
江南東路‧南康軍‧三峽石橋之代表作。

　　祥正尚有〈題宣州天慶觀秋水閣〉之作：

> 偶登秋水閣，靜吟秋水篇。初不辨牛馬，河伯方欣然。
> 及見北海若，始驚大小懸。大小不相借，致令蠻蠻蚿。
> 學者儻悟此，心忘真乃全。白雲散林表，蒼山落簷前。
> 中有醉道士，兀兀知何年。寒風洒面醒，暖日曝背眠。

　　彈琴不終曲，撫掌望青天。誰來達渠意，勿作虛名傳。
（《青山集》卷十一‧葉十一上）

　　此詩為祥正棄官，寓跡昭亭山之作。為祥正與老守不合，求去之時所作，故已有玄言詩之味道，有感於「學者儻悟此，心忘真乃全」及「誰來達渠意，勿作虛名傳。」，雖有感於物外相虛幻，仍欲有所作為，不願徒留虛名。堯臣觀此詩則有〈依韻和郭秘校昭亭山偶作〉之作：「知君棄官後，江上尋名山。心既慣世內，跡欲還人間。」知祥正仍欲有所作為，欲留名青史也。由二首祥正寫景言懷之作，可知祥正年少之詩風已表現出豪邁之風，並且已有議論入詩，及於詩中言玄理之傾向。

（二）反映民生之作

　　有〈苦寒行〉二首之作。梅堯臣有和詩〈依韻和郭秘校苦寒〉，可知堯臣亦讚許此詩。〈苦寒行〉二首作於祥正任秘閣校理時期，由於為堯臣所讚賞而揚名當世。此期尚有〈前春雪〉及〈後春雪〉等民生疾苦之作，此將於第五章‧第五節「反映民生之作」中細論。

二、德化時期

　　祥正二十四至二十七歲任職於江西路‧江州之德化，此期作品所表現之風格亦是豪邁至極之風。
　　此期無論詠景及應酬交遊之作，多表現如李白豪放不羈之神仙色彩，如〈谷簾水行〉〔註一〕形容景色道：「臥來北斗諫以起，驚風吹落青山隅。溶溶萬古萬萬古，竟誰能辨為真虛。
　　我來吟哦不知晚，山雲四暗山魈呼。」「安得長鯨駕天險，

145

下視靈源知有無。」（《青山集》卷一‧葉四上）此氣吞江海
之勢，唯太白詩中可見。

此期之應酬交遊作品〈留題九江劉秀才西亭〉中〔註二〕
形容西亭道：「西亭有榻醉可臥，下臨大江萬頃之洪濤。長帆
出沒送孤鳥，月飛不過哀猿嗥。更愛雙劍峰，正落南窗外。天
公好仁不用武，太古光鋩未磨淬。誰懷奸佞心，見之膽應碎。」
（《青山集》卷一‧葉十五下）亦是充滿太白古詩：「玄風變
太古，道喪無時還。」（《李白集校注》卷二）及「太古歷陽
郡，化為洪川在。江山猶鬱盤，龍虎祕光彩。蓄洩數千載，風
雲何霑霿！特生勤將軍，神力百夫倍。」（《李白集校注》卷
八）狀太古時期之豪邁，如萬頃之洪濤，如太古之光鋩，令人
見之膽碎。

祥正二十六歲蹇於職事遭酷罰，二十七歲隨即棄官，此時
有多首楚辭體作品，描寫其為世俗所不容，行吟澤畔之苦，代
表作為〈泛江〉〔註三〕及〈殤愁〉。如〈泛江〉言：「撫慈
膝兮出門，淚漣洏兮就船。事將有責兮，死豈予之所畏。蓋忠
未足以盡報兮，孝未克以自信。惟行止之坎坎兮，適簡罪以冀
生。度白日之難兮，誰察予情。蛟齧齒兮岸摧，蜃矯首兮波分。
妖鱗怪鼉曾莫識其名兮，怒谺牙以相矚。數將傾而還復兮，予
委命乎上靈。幸生全而就泊兮，夜風止而月吐。曠上下之澄徹
兮，適縱觀乎琉璃之府。北斗揚光兮，百怪潛伏。岸芷露翠兮，
汀蘭放芬。起予思之無窮兮，既跼影以自慰，又苦辭以招魂。
辭曰：始凶終吉，魂兮歸來，奚往而失。」（《青山集》卷八‧
葉四上）無論形式之纏綿，內容之悲慟皆仿楚辭，此實因所感
相同。〈殤愁〉言：「氣氛氛兮隘如，魂颺颺兮寧居。慧言在

耳兮疇能捨諸，異質沉壤兮委夫頑虛。鴻鴈零飛兮若獨何趨，蘭茝早悴兮天孰與辜。」（《青山集》卷八‧葉五上）描寫魂魄不知何往之傷，亦為楚辭體。

在獲罪之際，祥正感於與屈原相同之身世，故以楚辭體表現出不得用之寂苦。

棄官期間祥正生活雖如〈昨游寄徐子美學正〉中所言：「纔歸遭酷罰，五體戕戈矛。且夕期殞滅，餘生安敢偷。粗能襄事畢，寒餓妻兒羞。」（《青山集》卷十四‧葉八上）但祥正並未因此而絕意仕進，於其應酬交遊之作中，可見祥正仍欲有所作為，今觀其〈送余祕校〉：

> 蒼山棟雲猶未消，君騎瘦馬來飄飄。入門下馬與我語，琅琅滿室鳴蕭韶。一官初得遭猛守，十年困辱朱顏凋。恨無田園即長往，醉臥白日歌唐堯。去干斗粟活妻子，誰念塵滓污瓊瑤。相逢太息不能已，解衣貰酒愁魂消。紅梅零落雪霜洗，蒼雁蹭蹬狐狸驕。男兒功名顧有命，太公七十方漁樵。否極泰來如覆手，闊步自此凌煙霄。側聞丞相開東閣，肯使斯人重折腰。（《青山集》卷四‧葉十四上）

由詩中「一官初得遭猛守，十年困辱朱顏凋」知此形容棄官十年之遭遇，詩中「男兒功名顧有命，太公七十方漁樵。否極泰來如覆手，闊步自此凌煙霄。側聞丞相開東閣，肯使斯人重折腰。」雖勸勉余祕校，實期勉自己，朝政已新，國家唯才是用，當有所作為，祥正寫作此詩時當未出仕，由十年困辱及祥正二十七歲遭罰，而後棄官，知此約為祥正三十六、七歲時

作，即神宗熙寧三、四年時，王安石熙寧三年任相，歐陽修於熙寧四年致仕，祥正欲於此時出仕。

　　歸納祥正於此二期之詩風為，少年學李白之作，詩風豪邁而不羈，並以此見賞於梅堯臣，堯臣嘆其為太白再世；見賞於堯臣之後，或因初次為宦，或因受梅堯臣〈寄滁州歐陽永叔〉詩中「不書兒女書，不作風月詩，唯存先王法，好醜無所疑。」之影響，而有許多關心民生疾苦之作；至任職德化尉時，祥正之主要詩風│「神似太白」已可充分看出，棄官之際又以其心境同於屈原，而有楚辭體消極之作；王安石執政後，朝政一新，則欲有所作為，故將其心聲應用於應酬交遊之作中。

第二節　鄂州、邵州時期

　　祥正於三十八歲，即熙寧五年時結束十年的棄官生涯，再度出仕，經鄂州、至荊湖南路‧邵州，立了招撫梅山峒蠻之功，朝廷尚未論功行賞時，參與王韶收復河北之戰事，至熙寧六年朝廷下旨升祥正為太子中舍，並命其歸江東路家以便差遣，祥正方還鄉。

　　祥正經過十年漫長的棄官生活，再度出仕，對於自己，對於朝政之更新，皆有相當大的期許。故於經鄂州、至任邵州防禦判官時，詩風都充滿了積極進取的色彩及議論性質，以下就此二期所表現之詩風分別論之。

148

一、鄂州時期

　　祥正於至邵州前，先至荆湖北路‧鄂州，留下多首詠史之作。

　　今觀其鄂州時詩，可見其對征戰沙場充滿嚮往，詩風中多出現對古戰事之嚮往，使此期之詠史著作氣勢萬千，如〈樊山〉中云：「曹操劫神器，欲竊禪讓名。吳蜀恥北面，鼎峙方戰爭。殺人如繪魚，天地厭血腥。至今武昌邑，尚傳吳主城。長江吞八極，圓壇窺杳冥。想當禋郊時，志勇掃攙槍。」（《青山集》卷十三‧葉十下）寫漢末激烈戰事，並評斷歷史之是非。〈鸚鵡洲行〉：「嗟哉鼓史狂而癡，天運往矣安能追。四方血戰殊未已，三赤梲杖真何為。君不見武昌之國鸚鵡洲，至今芳草含春愁。可行則行止則止，死無所益令人羞，死無所益令人羞，黃祖曹公均一丘。」（《青山集》卷一‧葉四上）〔註四〕詩中亦將戰亂中之英雄不遇表達出來，但祥正於結語處卻用重句表示禰衡之死為「死無所益令人羞」，祥正認為大丈夫當立功沙場，不當因一時之快意而作無益國家之犧牲。祥正此時一心要有所為，故有此語。

　　於〈公擇鄂守學士三堂請雨〉〔註五〕為百姓請雨之作，亦道「朝廷日夜傳新令，輔弼賢良元首聖。陰陽調燮神相之，忍使斯民飢以病。」對新政表示了支持。

　　祥正在即將赴任邵州時，對於自己的仕途充滿了希望，故詩中表現出積極進取之精神，並進一步學習韓愈以文為詩之形式，其應酬交遊之作中，亦多歌功誦德之作，多有請求提攜之意。

二、邵州時期

　　祥正於邵州立了軍功，雖然日後思及此期遭遇的艱辛時，在〈昨遊寄徐子美學正〉詩中曾言「復入湖外幕，萬里浮扁舟。幾葬江魚腹，迤邐百端愁。」，但由於「到官未三月，開疆預參謀。招降五萬戶，給田使鋤耰。」有所作為，故祥正此時對政治、人生充滿了希望，使其以文為詩及議論入詩之現象更為明顯。

　　今觀其〈送湖南運判蔡如晦赴闕〉〔註六〕中歌誦蔡奕言：「鶚飛不在泥，決有青雲趣。鳳凰不妄出，恐為時所誤。桓桓南都賢，幸遭明主顧。垂紳正手板，磊落奏治具。」「君來萬家春，君去秋色暮。清湘似君心，偏使醜影懼。何時到金闕，顯用期必遇」歌誦朝廷道：「朝廷方更化，免役出金助。深沉詳施為，委曲善告諭。有司絕誅求，比屋樂農務。貧富一以均，歌頌喧道路。」此時蔡奕立功，獲召回朝，祥正贈詩盼蔡奕能於聖上面前為己多加以美言，故稱美蔡奕，又稱美朝廷，並直言道：「信哉顏淵氏，必用孔子鑄。邦家不乏才，社稷永盤固。伊予亦何人，不異置中兔。時命適大謬，與物竟多迕。卑棲邵陵幕，竊祿飽嬰孺。不才甘委置，朽木費吹噓。一朝逢知己，拔茅冀連茹。翻思刷羽翰，翩翩廁駕鷺。不然棄已歸，築室幽閑處，吐納元和津，萬事不掛慮。韓子亦嘗云，豈肯居沮茹。」將蔡奕比為孔子，自己比為顏淵，希望蔡奕加以提攜，並引韓愈之語。全詩用鋪陳、敘述方式表現，如一篇散文，受韓愈以文為詩詩風影響。

　　並於〈湘西四絕堂再送蔡如晦〉序曰：「用韓退之游湘西韻一首。」（《青山集》卷十二・葉六下）可證其直接學習韓

愈，詩中亦自注曰：「蔣穎叔自御史府謫道州《遊岳麓山道寺
林》之四絕，於是為文進歐陽詢書道林寺牌，退裴休書詩版，
進韓退之詩，退宋之問詩。」〔註七〕言其尊韓愈之詩與蔣穎
叔同。詩中「嘗讀大易辭，可止戒遇險。」、「清湘稚子浴，
其樂吾與點。」、「佛宮敞金碧，儒舍陋茅广。」學韓愈直接
引《論語》之語，以文為詩，並且與韓愈同言儒、佛之不平，
以議論入詩。

　　祥正於邵州時期，刻意學習韓愈以文為詩及議論入詩的特
色，當由於其較能充分表現此時積極進取之精神，及達到表達
政見之功能。

　　祥正因梅山蠻猺事論功行賞而入京，卻未能見到皇上，升
為太子中舍後，令歸江東路家中，這次未能獲朝廷重用，對祥
正造成相當大的打擊，使其詩風由積極轉為消極。

　　三十九歲至四十歲閒適於故鄉，思及一切努力竟至如此，
此時有〈中秋登白苧山呈同游蘇寺丞〉之作，詩曰：「前年從
軍梅山下，林黑只憂偏弩射。去歲點夫大河北，黃土吹衣無晝
夜。勞勞功業安在哉，出林之木風先摧。有言不得見天子，卷
舌卻出金門來。」「明年此會定南北，沉思使我增離憂。荊榛
滿眼世路惡，恩忘水覆終難收。田文昔日三千客，去住如今均
一丘。」描寫其勞勞之功業，竟至不得見天子；進而對未來仕
途充滿不安全感，為人情之險惡擔憂。祥正於此已深感官場之
無奈，卻仍未完全看破，表現出舉棋不定之傷感。

　　此期祥正之詩風由鄂州、邵州之極端進取，到歸鄉之憂憤
難解。

第三節　桐鄉、歷陽時期

　　熙寧八年春天，祥正四十一歲，由姑熟至桐鄉任職，直至四十三歲至合肥並治獄歷陽，祥正由於兒子之亡故，而起歸隱之思，至安石辭官，又為治獄生活所苦，祥正隨即棄官，此次致仕直至四十六歲。今分論之：

一、桐鄉時期

　　祥正於桐鄉時期（淮南西路・安慶府），徜徉山水之間，與僧侶往來，生活閒暇而舒適，但長子郭點卻亡於此時，使祥正悲慟不已，於日後言及桐鄉，即思及愛子。

　　祥正於桐鄉時期，遊於龍眠山，與李公麟及修顒禪師遊，其〈贈二李居士（伯時、德素）〉詩中描寫欣羨二人之隱士生活，卻又心繫邊疆之危，難以歸隱，故於言「言歸恨不早，白雪羞盈顛。於時業無補，碌碌隨冗員。」之後又憂國政道：「交趾近反逆，蟻聚浮戰船。邑廉皆失守，聖主憂南邊。」（《青山集》・卷十一・葉五上）終以「世紛速辭謝，來續清淨緣。」欲辭官之語。卻於〈舒州使宅天柱閣呈朱光祿〉嘆道：「伊予困躓坐小邑，悵望珠履參華筵。」（《青山集》卷二・葉八下）仍欲至朝廷有所作為。

　　此期詩風除已有歸隱之思卻未能割捨國事外，由於與僧侶之交往，詩中亦大量使用佛家語，如〈龍眠行留別修顒禪師〉中道龍眠之美「桐鄉山水天下名，龍眠氣勢如長城。重岡複嶺跨三郡，磐壓厚地攢青冥。」（《青山集》卷七・葉七下）之後言「我來抉弊眼除眯，顒自壽至人天迎。隨車貝葉五千卷，寶藏突兀同時成。張翁好施古亦少，助我福地還中興。」、「晨

廚千僧用無盡，琅玕引溜何泠泠。」、「叩師玄關問至理，心地拂拭菱花明。妙峰勝會豈殊此，迷即成凡隨死生。」幾至以佛語堆積而成。於〈留題潛山山谷寺〉〔註八〕中亦用「粲祖傳衣當第三，至今異骨藏斯巖。我朝重賜七寶塔，舍利感應符至誠。」、「歸來拂榻坐虛堂，軟煮黃菁薦香飯。千年遺跡安足誇，幻妄非真生有涯。」之佛語。

祥正於桐鄉詩中多佛語之因，除閒暇之際與佛僧進一步來往外，失去郭點當是其思想轉變原因之一，故有「妙峰勝會豈殊此，迷即成凡隨死生。」及「千年遺跡安足誇，幻妄非真生有涯。」之悟。

二、歷陽時期

祥正於四十三歲治獄淮西路・和州之歷陽，由於不喜歡獄政之殘酷，又受王安石罷相影響，祥正已決心歸隱，對仕途灰心，思念故鄉成為祥正此期之主要詩風。

如〈將歸行〉中心傷道：「桐鄉雖好大兒死，風物滿眼唯悲辛。邇來又赴肥上辟、碌碌隨人亦何益。法網深懸無縱鱗，斂翼飢禽憂彈射。噫吁嚱、一寸丹心不堪折，扁州卻憶姑溪月。」、「休休休，歸去來，計已決。肯學腐儒空有言，辜負春鵑口流血。」（《青山集》卷一・葉六下）悲歎自己的遭遇，並言歸計已決。〈懷青山草堂〉亦悔而道曰：「我昔棄官結茅宇，九品青衫安足數。竹筒盛酒騎白牛，醉眠彤天與天語。如何蹭蹬隨辟書，十年又向風塵趨。只今兩鬢滿霜雪，功業不成思舊廬。」（《青山集》卷三・葉十三上）當初不該再出仕，由「如何蹭蹬隨辟書，十年又向風塵趨」見其已有歸隱之思。

又〈東望〉中言：「歷陽望姑熟，撫掌衣帶隔。」「誰人對鄉關，跬步歸未得。」（《青山集》卷十四·葉三下）都表達出祥正之歸思，亦知此為歷陽時期作品。

祥正任歷陽之後方決心歸隱，故歷陽時期所作之詩多有不如歸去之意。

祥正此次歸隱，獲得眾人之認同，《太平府志》言：「即掛冠，號醉吟先生。李伯時為之寫真，東坡作贊，時方強仕，諸公交薦於朝。」故祥正此期之詩作主要為應酬交遊而作。

四十四歲時有〈徐州黃樓歌寄蘇子瞻〉〔註九〕：「斯民囂囂坐恐化魚鼈，刺史當分天子憂。植材築土夜連晝，神物借力非人謀。河還故道萬家喜，匪公何以全吾州。」詩中不只讚美蘇軾，又：「聖祖神宗仗仁義，中原一洗兵甲休。朝廷尊崇郡縣肅，彭門子弟長歡游。」歌誦朝廷。

四十六歲時作〈贈陳思道判官〉詩中言：「自從梅老死，詩言失平淡。我欲回眾航，力弱不可纜。栖遲二十年，時時漫孤噉。忽逢陳夫子，兩目海水湛。為我聊一吟，粹芳超俗豔」、「何當叩相閣，斯人願收斂。置之翰林中，萬丈看光燄。」（《青山集》卷十五·葉七上）此堯臣卒後二十年之作，堯臣於祥正二十六歲時亡，故此為祥正四十六歲之作，詩中對於陳思道讚賞有加，亦是應酬交遊之作。

祥正此次歸隱並未自憐自歎，反而與友人唱和交遊，由〈浪士歌〉序中言：「郭子棄官合肥，歸隱姑熟。一吟一酌，婆娑溪上，自號曰醉吟先生。」

祥正於桐鄉、歷陽時期之詩風多思鄉、消極之作，偶有悲憤之語。

第四節　汀州、漳南時期

祥正四十六歲獲薦，召於朝後，被派任至汀州，直至四十八歲改任漳州後，獲罪留於漳南，五十歲回姑熟，五十二歲方回復官職。此期詩風之轉變為：

一、汀州時期

祥正於歸隱之後從仕，被派任至福建路・汀州，於此與陳軒共事。陳軒非常欣賞祥正，時與祥正共遊，並邀祥正共賦美景，此時期祥正之作，亦多應酬交遊之作，二人之唱和於第二章・第四節「交遊」中已詳述。

此期詩風已趨平淡，如〈臥龍山泉上茗酌呈太守陳元輿〉：「君攜天上小團月，來就斯泉烹一啜。不覺兩腋習習清風生，便欲飛歸紫金闕。挽君且住君少留，人生難得名山遊。」（《青山集》卷七・葉一上）表現出安於現狀之閒適。〈雨中南樓望西方僧舍要元輿同賦〉中曰：「殘春絲雨洗氛埃，一日重城望數回。熟色淺深添草樹，輕綃高下覆樓臺。溪聲遠與鐘聲雜，山影分從電影開。不得畫工如立本，史君吟寫最多才。」（《青山集》卷二十四・葉五下）詩中充滿了閒情。而漳州時期詩風則由汀州時期之安閒一轉為寂寥。

二、漳南時期

祥正於漳南時期作品豐富，多絕句、律詩之作，所表現之詩風，以自我感傷，及憂心民生為主要特色，雖然努力自放於山水之間，號滄浪居士，但詩中仍不免悲情。

　　祥正於〈感懷寄泉守陳君舉大夫〉詩中云：「柴門永日淚沾巾，事與心違漸失真。家住江南幾萬里，身留海上已三春。明時枉作銜冤客，皓首翻為哭子人。多謝泉州賢府主，數將書札問悲辛。」（《青山集》卷二十四・葉三下）句句傷痛，充滿思鄉、哭子之情。〈次韻元輿雨中見懷〉：「悲歌半夜彈雄劍，恨血千年變土花。」（《青山集》卷二十四・葉七上）〈次韻元輿見寄〉：「強傾濁酒消塵事，每見荒榛憶舊居。」（《青山集》卷二十四・葉九上）〈同蕭英伯登陳安止嘯臺〉言：「顧我病且老，況復時運乖。兒歸半道死，旅棺未藏埋。」（《青山集》卷十五・葉一下）都表現出極度消極之感傷。

　　祥正此期自號「滄浪居士」，亦時有自放山水之作，如〈漳南王園樂全亭席上呈同遊諸君坐客劉公曰有水一池有竹千竿可以賦詩浪士勇起索筆即其言綴成長調文不加點〉中言：「樂全乎，且飲酒，猶醒懷沙亦何有。」（《青山集》卷二・葉十四下）〈圓山謠〉〔註十一〕中亦自釋道：「吟詩賣藥同至樂，安用包羞拘一官。」（《青山集》卷六・葉七下）

　　祥正於漳南時期與佛僧之往來更頻繁，甚而寄居寺院，以此自釋，如：〈普利寺自周上人高明軒〉言：「豈慕富且貴，寧憂賤與貧。我來勿厭數，從爾陶天真。」（《青山集》卷十五・葉三上）及〈同陳安止登高明軒〉言：「已知隔人寰，日落山更幽」（《青山集》卷十五・葉三下）都表現出安於閒適之風。

　　放漳南時由於受水患所苦，祥正獲罪於此，與百姓過著相同之生活，身有同感，故此期亦多有關民生疾苦之作，如〈漳南書事〉記元豐五年秋，七月十九日颱風對居民的傷害，道「緣何漳南民，憔悴抱愁疾。」（《青山集》卷十五・五上）〈稍

霽二首〉言水患：「僅能存井邑，不復念耡耘。」、「小艇家家有，危橡處處扶。」（《青山集》卷二十二‧葉五上）〈自和二首〉言水患：「吾民方乏食，何以慰耕耘。」、「馬牛真不辨，老稚亂相呼。」（《青山集》卷二十二‧葉五上）將百姓為天災所苦之情道出。

獲罪漳南時期，由於心情之改變，祥正詩風一轉，多寫自我感傷，及生活之落寞，體製亦一改好用古詩體之鋪陳，而以絕句、律詩之形式表現。

祥正五十歲獲釋回鄉後，詩風又回到往日應酬交遊，詠景寫物之中。

此期與蘇軾、蘇轍皆有交遊，與蘇軾則有姑熟十詠之辯，祥正此時所作多為追和之作，如：〈追和李白姑熟十詠〉中追和太白所詠之姑熟溪、丹陽湖、謝公宅、凌歊臺。桓公井、慈姥竹、望夫山、靈墟山、天門山。由於多為詠景追和之作，多數詠江東路‧太平州之作，難以確認為何次歸隱所作。

祥正汀州時期之閒適詩風，影響漳南時期詩風，是以雖遭不幸，亦能自釋其懷，有閒適之情。

第五節　廣東路、端州及晚年歸隱時期

祥正五十二歲恢復原官職後，即跟隨蔣穎叔至廣東路，五十四歲知端州，五十五歲歸鄉，於此段期間祥正亦多應酬交遊、風景描寫之作，但於廣東路所作，充滿了地方色彩，飛仙傳說，端州所作則有淵明之風。於下分一、廣東路時期。二、端州時期。三、晚年歸隱時期。

一、廣東路時期

　　祥正至廣州，有感於此地有別於他地之信仰、風俗，進而影響其詩風，如〈蒲澗奉呈蔣帥待制〉（《青山集》‧卷五‧葉十三下）：「元戎要賓鎚大鼓，老蠻獻饌燒肥羊。」，言「老蠻」；〈五仙謠〉〔註十二〕：「番禺五仙人，騎羊各一色。」，言「番禺」及「五仙」都充滿了地方色彩。

　　其風景之作則豪邁一如其風，如：〈九曜石奉呈同游蔣帥穎叔吳漕翼道〉〔註十三〕：「番禺西城偏，九石名九曜。危根插滄浪，古魄鎮臨眺。何人試巧手。鑿此混沌竅。森森毛髮散，偉偉儀形肖。」（《青山集》卷十五‧葉十下）言「危根」、「古魄」、「鎮」、「混沌」「森森」、「偉偉」皆氣勢雄渾。

　　祥正遊於廣東路，使其詩作呈現出一種神祕感，豐富了詩作的風格。

二、端州時期

　　祥正於五十四歲知端州，此時已一心想要歸隱，《明一統志》言：「郭祥正。知端州，公餘吟詩甚富，士民樂其詩書之化。」（卷八十一‧葉十八下）可知祥正於此地有許多地方風景作。今觀祥正此期之作除能表現地方特色外，其詩風更是鋪陳而連綿，多成為此地風景之代表做，如描寫石室，於〈奉和運判吳翼道留題石室〉中寫道：「雙峽天開控江水，水自牂牁來萬里。端州正在雙峽間，石室嵩臺壓孤壘。誰傾北斗酌明河，化作七山平地起。」（《青山集》卷七‧葉二上）《輿地紀勝》亦加以節錄，此作全詩五十三句，三百七十一字，將石室描寫

的淋灕盡致。又如〈鵠奔亭呈帥漕二公〉此詩寫景道：「新江自南來，西與端江匯。寒光入靈羊，一碧浸羅帶。屹然鵠奔亭，遺音溢千載。」（《青山集》卷十六‧葉二上）全詩三十六句，一百八十字，皆鋪陳不盡。

於端州時期詩中常言其將歸之決定，祥正至端州第二年即上書乞求致仕，故於〈石室遊〉一詩自注云：「元祐戊辰，二月二十八日，當塗郭功父來治州事，既明年，以其日上書乞骸骨，作〈石室遊〉一首刻之崖間，記其姓名，與山俱盡。」，其〈將歸三首〉即言：「休焉保其終，飛章乞殘駭。」「逾年忝祿食，歸思忽驚秋。」、「有兒集吏選，餘事復何求。」一再表達欲歸之心。〈言歸〉〔註十四〕言：「休歟歸乎，何為而言哉。」〈廣言歸〉中言：「予將歸兮而有言，德眇薄兮言弗見信。」、「休歟歸乎，以退為進乎，予發諸誠乎，言誰弗信乎。」言其欲歸隱之決心，雖他人懷疑其歸隱為以退為進，但自己歸隱之決心不因此改變。

此期言歸之詩與往昔不同處，在於充滿了歡樂之情，今觀其〈蒙詔許歸二首〉言：「眾人應笑乞歸忙，自分生緣不久長。」、「昨日恩書許拂衣，今朝著句詠將歸。」充滿歡喜之心。

三、晚年歸隱之風

祥正歸隱之後，寄情山水，詠景寫物，應酬交遊，自釋情懷無不包含，詩風有豪放至極之作，極其多樣化。

其應酬交遊之作，以五十九歲為元輿所招至廬州最為歡樂，好友重聚，祥正攬筆而作，有多首和作，如〈元輿待制藏舟浦宴集〉詩中言：「聖世消兵久，樓船不復藏。」（《青山

集》卷二十三・葉六）言景象之太平。〈元輿待制招飲衣錦亭〉：「蜀山斜照盡，歸輿尚遲留。」（《青山集》卷二十三・葉六下）言不捨離去。〈次韻和元輿待制後浦宴集三首〉言：「君當復入玉堂去，為我還思採蓮處。官池不屬野人遊，畫鼓喧喧駕鷁舟。」（《青山集》卷七・葉十三上）亦表現出安於現狀之閒情。

六十歲所作之應酬作品〈醉歌謝太平李倅自明除夜惠酒〉則豪氣萬丈道：「一年醉，三百六十日。今朝年盡酒未盡，自顧形骸無得失。浮生七十行六十，猛飲狂歌須汲汲。」並感慨道：「君不見劉項存亡安在哉，暫時龍虎轟風雷。袁盎說行晁錯戮，躡蹤刺客橫來。又云舜野死，堯幽囚，九疑連延雲霧愁。」（《青山集》卷七・葉十三上）以議論入詩。

另於〈姑熟堂歌贈朱太守〉〔註十五〕中祥正寫景道：「誰云江南地偏小，姑熟之堂天下少。丹湖千里浸城東，蒲葦藏煙春渺渺。牛渚對峙凌敲臺，長江倒掛天門開。風吹玉馬億萬疋，漢兵卷甲沙場迴。有時浪止皓月滿，琉璃宇宙無纖埃。帆檣隱隱鳥飛沒，漁歌細下天邊來。」將姑熟堂之地勢、動靜描寫得微妙微肖，《方輿勝覽》（卷十五・葉五下）亦錄為「姑孰堂」之代表作。

關於政事，祥正亦有〈送黃吉老察院〉〔註十六〕之作言：「用廣財已乏，官冗人愈卑。政寬法不舉，將懦邊無威。家家侈聲樂，淳源變澆漓。土木絢金碧，佛仙競新祠。此乃心腹疾，豈止為瘡痍。」對當時政治弊病之批判。

祥正年少學李白之風，以此聞名，其各期作品亦多有太白之氣質，初為宦時又有關心民生疾苦之作，受挫失意時則學屈

160

原，多楚辭體之作；新法施行時欲有所作為，故詩風更偏韓愈以文為詩、議論入詩之作；不被重用後，又多應酬交遊、風景描寫之作；獲罪漳南，不只詩風頹喪消極，詩體亦多為絕句、律詩之作；廣東路時期雖仍為應酬交遊、風景描寫之作，然而卻充滿了地方色彩、民間信仰；端州作品則多純寫景物，及一心歸隱之思，能體會陶淵明之樂；晚年之作則詩歌風格多樣化。

　　今觀祥正於故鄉及閒適時期之作品，雖多應酬交遊、風景描寫之作，然詩中卻表現出其他時期所未見之快意與愉悅，無怪乎祥正五十五歲歸隱之後，即不願再出仕。

註解：

註一：〈谷簾水行〉詩云：「嶄嶄青鑿仙人居，水精簾掛光浮浮。中有天樂振天響，真珠琤淙碎珊瑚。常娥擁月夜相照，天光地瑩倒玉壺。又云玉皇醉玉液，瓊蕤千尺從空鋪。臥來北斗諫以起，驚風吹落青山隅。溶溶萬古萬萬古，竟誰能辨為真虛。我來吟哦不知晚，山雲四暗山魈呼。安得長鯨駕天險，下視靈源知有無。」（《青山集》卷一·葉四上）「谷簾水」見《方輿勝覽》（卷二十二·葉四上）·江西路·江州，當為任德化尉之作。

註二：〈留題九江劉秀才西亭〉（《青山集》卷一·葉十五下）中「九江」見《方輿勝覽》（卷二十二·葉三下）·屬江西路·江州，「九江」下記曰：「在德化縣」。

註三：〈泛江〉，序中言：「歲在庚子，月惟孟冬，寒予職事，鼓楫長江，感慨其懷，而為之辭云。」（《青山集》卷八·葉四下）庚子年即嘉祐五年、西元一〇六〇年時祥正二十六歲。

註四：樊山據《方輿勝覽》（卷二十八·葉九上）知位於湖北路·壽昌軍，屬鄂州，知為祥正於湖北路鄂州時作。鸚鵡洲，亦據《方輿勝覽》（卷二十八·葉三下）知位於湖北路·鄂州。

註五：〈公擇鄂守學士三堂請雨〉道：「廟門斜開壓江浦，紅裳小巫來擊鼓。太守焚香令致詞，願駕蒼龍作霖雨。三神鼎峙名謂何，子胥范蠡馬伏波。圖經莫載碑字滅，忠魂血食應不訛。朝廷日夜傳新令，輔弼賢良元首聖。陰陽調燮神相之，忍使斯民飢以病。」（《青山集》卷三·

葉十下）《輿地紀勝》荊湖北路・鄂州「三聖公」下云：「郭祥正詩云：『三神鼎峙名謂何，子胥范蠡馬伏波。』是祥正指伏波為馬伏波（馬援）。」（卷六十六・葉十上）

註六：〈送湖南運判蔡如晦赴闕〉（《青山集》卷十二・葉五上），蔡如晦即蔡奕，《宋史翼》有傳言：「蔡奕字如晦，……，還轉運副使，潭邵間有上下，梅山，其地千里，馬氏以來猺人據之，號莫猺，有屬禁制其耕墾，出入歲久，公然冒法……章惇察訪本路，即付其事，同奕經理，檄入其境，果大歡從，授冠帶，畫田畝……有文集十卷。（劉摯撰誌）。」（卷十九・葉十四下）知祥正與章惇、蔡奕共同立了軍功，此詩當作於祥正三十八歲任邵州防禦判官之時。

註七：《宋史》，蔣之奇傳：「神宗立，轉殿中侍御史，上謹始五事：一曰進忠賢，二曰退姦邪，三曰納諫諍，四曰遠近習，五曰閑女謁……。初，之奇為歐陽脩所厚，制科既黜，乃謁脩盛言濮議之善，以得御史。復懼不為眾所容，因脩妻弟薛良孺得罪，怨脩，誣脩及婦吳氏事，遂劾脩。神宗批付中書，問狀無實，貶監道州酒稅，仍榜朝堂……新法行，為福建轉運官。」（卷三四三）由「神宗批付中書，問狀無實，貶監道州酒稅，仍榜酒稅。」

知蔣穎叔確實曾至道州，且時間在神宗朝，即熙寧元年之後，新法執政之前，即熙寧三年前，祥正三十四歲至三十六歲間。〈湘西四絕堂再送蔡如晦〉作於祥正三十八歲於邵州時，祥正至道州見此題字，與史實合。

註八：〈留題潛山山谷寺〉見《青山集》卷一・葉十五上，山谷寺據《方輿勝覽》（卷四十九・葉九上）淮西路・安慶府：「山谷寺。在懷寧西二十里，梁大同二年以山谷名寺，東北隅有三祖璨大師塔。」位於桐鄉附近。

註九：徐州黃樓建於元豐元年，即西元一○七八年，祥正四十四歲。《徐州黃樓歌寄蘇子瞻》見《青山集》卷二・葉十三下。

註十：「高明軒」據《輿地紀勝》（卷一三一・葉四上）知位於漳州，其下云：「在普利寺周上人之軒也。郭祥正詩云：『周也漳南釋，開軒瞰漳濱。山光并水影，二物長清新。』」

註十一：「圓山」據《輿地紀勝》知位於福建路・漳州，其下並注道：「郭祥正詩云：『廟食圓山忘歲年，自言耽酒未能還。身披羽衣手提藥，時時混跡在人間。』」（卷一三一・葉三下）。

註十二：「五仙觀」據《方輿勝覽》知在廣東路・廣州：「五仙觀」下記：「郭功父廣州五仙謠：『番愚五仙人，騎羊各五色，手持六秬穗。

　　翔翔邊城壁。翩然去乘雲，諸羊化為石。至今留空祠，異像猶可識。曾聞經猛火，毫髮無痕跡。五仙寧復來，三說頗難測。只憂風雨至，半夜隨霹靂。君不見羌廬劉越之洞天，萬象森羅無一尺。』」（卷三十四・葉八上）

註十三：「九曜石」據《方輿勝覽》知位於廣東路・廣州，下記：「郭功父詩：「番禺城西偏，九石名九曜。危根插滄浪，古魄鎮臨佻。』」（卷三十四・葉五上）

註十四：由〈言歸〉詩中「吾母耄兮，戀故鄉」（《青山集》卷八・葉三下），「耄」當指其母七十至九十歲，推之當為祥正五十多歲，端州時期歸隱之作。

註十五：〈姑熟堂歌贈朱太守〉（《青山集》卷一・葉十一上）全詩詳述於第五章・第三節「應酬交遊之作」此詩所指之朱太守當指朱彥，據《北宋經撫年表》卷四・江南東路「崇寧二年。朱彥。宣德郎朱彥知江寧。」崇寧二年即一一○三年，朱彥至一一○五年方任官期滿，故此詩當作於祥正六十九至七十一歲。

註十六：此詩於第一章・第三節「性格」已詳論。

采石月下聞謫仙——宋代詩人郭功甫

第五章 《青山集》之內容及

其所反映之思想

本章將就祥正詩作，依其內容及其所反映之思想，分為八部分，分節舉例論之。

第一節 個人感懷

祥正各類詩中皆包含著濃厚之主觀精神，故其個人感懷之情充斥在各類作品之中，此類作品多以歷史典故為佐，鋪陳而出，包含一、投獻入世之作。二、憤慨不遇之作。三、及時行樂之作。四、歸隱田園之作。其積極投獻之作，亦是祥正欲有所作為時所創，正因有以身報社稷之心，於不得用之時方有憤慨不遇之深慟，於此更可見其情感之真至。悲不遇憤慨之作，及及時行樂之作，為祥正詩中與太白詩風最近者，實因此類七古之作所錄皆為切身遭遇，真情所至，故能將滿腔憤慨呼嘯而出，如驚濤駭浪，直接挑起讀者對世事之憤慨。直至晚年，安於歸隱生活，實為祥正一生心境之變化。

一、投獻入世之作

此節所錄之詩，包含祥正投獻思想及入世之作，由此類詩中可見祥正關心時事，欲有所作為之精神懷抱。

祥正之〈投獻省主李奉世密學〉為投獻之代表作。

> 祖朝相國之真孫，軒軒冠蓋宜高門。拔身州掾入政府，
> 議論挺特窮根源。顏淵必用孔丘鑄，自此聲名聞至尊。
> 熙寧神化邁前古，屢詔馳車外循撫。大河之北淮之壖，
> 民起疲癃勇歌舞。樞庭進直腰橫金，君臣道合同一心。
> 貨泉交會匯指諸掌，老吏縮手隨規箴。如公之才世希
> 有，突兀千丈輝喬林。徐冠貂蟬坐廊廟，重見成王得
> 召南。泰山鏤牒天垂休，卻笑鴻蒙首頻掉。賤生流落
> 何可言，四十栖遲埋冗員。涸鱗悵望一盃水，安用西
> 江皓渺之波瀾。願公吐和氣，稍回巖谷春。養成赤寸
> 木，為公車下輪。他年青史上，報德豈無人。（《青
> 山集》卷三・葉十五下）

由「賤生流落何可言，四十栖遲埋冗員」，知當為祥正四
十多歲，無官職時所作。此當為祥正四十三至四十六歲隱居姑
熟家中時所作，故與李承之〔註一〕書，言盼能得其提拔，後
當得李承之提拔，出仕汀州〔註二〕。

李奉世即為李迪之姪子李承之，起首即頌揚李承之之家
世、功業道：「祖朝相國之真孫，軒軒冠蓋宜高門。拔身州掾
入政府，議論挺特窮根源。」繼言「顏淵必用孔丘鑄，自此聲
名聞至尊。」云承之家世高，若無承之己將不得一展長才，其
下則歌頌熙寧新政，全寫新政之美及李承之之才，一轉而至投
獻求仕之主題，而言：「賤生流落何可言，四十栖遲埋冗員。
涸鱗悵望一盃水，安用西江皓渺之波瀾。願公吐和氣，稍回巖
谷春。」言自身沉淪，至四十歲仍不能有所作為，以莊子涸轍

之鱗典故，盼能得李承之及時提拔，「養成赤寸木，為公車下輪。他年青史上，報德豈無人。」他日定傾心以報。

全詩乍見，與祥正豪邁孤傲之風，細考其生平方知此詩寫作之時，為祥正已立軍功，卻不得任用，而至居姑孰以便差遣，其不平之情及欲求一實質官務；有所作為之急迫，於此詩中一覽無遺。從「顏淵必用孔丘鑄，自此聲名聞至尊。」、「賤生流落何可言，四十栖遲埋冗員。」中，可見其不甘於無所作為之情，其「涸鱗悵望一盃水，安用西江皓渺之波瀾。」、「養成赤寸木，為公車下輪。他年青史上，報德豈無人。」更表現出極度急迫懇求之情。

此類作品尚能看出祥正對朝廷政事之意見，如其關心時政之〈送黃吉老察院〉〔註三〕起首即言「積學久未遇，忠言今可施。請君略細故，吐出胸中奇。悉救當世弊，自結明主知。」表現出積極入世之精神，於後並直言當世朝政之弊病。

又〈上趙司諫（悅道）〉中所言：

> 彈劍思經綸，悲歌負陽春。逢時不自結明主，空文亦是尋常人。君不見太公辭渭水，謝安起東山。日月再開天地正，龍虎感會風雲閑。又不見屈原澤畔吟離騷，漁翁大笑弗餔糟。可行則行止則止，胡為憔悴言空勞。夫君之名振朝野，道行諫聽逢時者。南州豈足舒君才，天門夜詔星車迴。紫皇之真人，造化無嫌猜。往將和氣輔舒慘，不令地下萬物同寒灰。功成收身彩雲裏，坐酌千觴浮玉蕊。麻姑王母相經過，醉來共泛瑤池水。樂亦不可盡，名亦不可窮。願學李賀逢韓公，他日不羞蛇作龍。（《青山集》卷三・葉二下）

由《宋史》趙抃本傳云：「趙抃字閱道，衢州西安人。……召
為右司諫。內侍鄧保信引退兵董吉燒煉禁中，抃引文成五利，
鄭注為比，力論之。陳升之副樞密，抃與唐介、呂誨、范師道
言升之姦邪，交結宦官，進不以道。章二十餘上，升之去位。
抃與言者亦罷，出知虔州（江南西路‧虔州）。」（卷三一六）
知「悅道」當即「閱道」，趙司諫即指趙抃，又《續資治通鑑
長編》記仁宗嘉祐五年五月癸丑云：「以侍御史趙抃為右司諫。
諫院供職。」（卷一五一‧葉十五上）時祥正二十六歲，由《宋
史》得知趙抃當與呂誨交往，而《宋史》呂誨傳云：「詔罷庠
而用陳升之為副使，誨又論之。升之既去，誨亦出知江州，時
嘉祐六年。」（卷三二一），呂誨因此事同時罷去。

　　由「夫君之名振朝野，道行諫聽逢時者」言趙抃直言上諫
之功勞，及「可行則行止則止，胡為憔悴言空勞」知此作當作
於陳升之去位及趙抃罷去之後，即呂誨出知江州之後，而呂誨
於嘉祐六年出知江州，祥正二十七歲為德化尉時，為祥正之長
官，不久後祥正即棄官。以此推之，祥正此書當為嘉祐六年之
後所作。〔註四〕

　　全詩勸慰趙抃勿失志，他日定能重新入朝，受重用。由此
詩亦可看出祥正此時之處世態度，即如能有所作為亦盼望能夠
效法姜太公、謝安之由歸隱而入世，故言「君不見太公辭渭水，
謝安起東山。日月再開天地正，龍虎感會風雲閑。」如若不遇
於時，亦無需如屈原澤畔吟離騷，當可行則行止則止。

　　而祥正卻未能做到，由其《青山集》詩作中仍可見大量「澤
畔吟離騷」之作，實情殤所至，難以遏止。

二、憤慨不遇之作

祥正詩作之中，以有感於身世飄泊、不遇於世之作最多，故隨筆寫來皆悲憤感慨之語，其〈送劉繼鄴秀才之岳陽訪木尉〉詩中所言之：「平生所得惟悲歌，時命未遇君如何。滿懷策畫獻不售，鳳凰飄泊無嘉禾。困鱗不借一盃水，異時安用西江波。」（《青山集》卷五·葉六下）是其寫作此類作品原因之最佳自訴，實因時命未遇之故。

又於〈投別發運張職方（仲舉）〉中云：

> 蕭蕭乾葉欲辭柯，曉來更奈嚴霜何。明知飄泊不得已，請君試聽離人歌。生平學盡經濟策，宗工大匠親琢磨。三入長安獻不售，困鱗悵望西江波。感君聊借一盃水，六月炎蒸免枯死，高談雄辯為我傾，古恨今憂對君洗。賣薪給家妻子羞，淮陰胯下未封侯。故人騎龍不相助，子陵自欲追巢由。拔山力盡真可傷，江湖安得重相忘。恩酬必報乃壯士，如今孰是韓張良。玉手纖纖把金盞，更聽新聲碎瑤板。醉鄉酩酊萬事休，功名雖成歲華晚。噫吁嚱，秋風已老白雲飛，鄉關咫尺未能歸。倚瑟而歌悲帝子，南山遙望淚沾衣。願君聞此頗矜惻，許借長帆還澤國。他日堯階薦姓名，投老猶能奉鞭策。
>
> （《青山集》卷五·葉十下）

將自己學盡治國之事，受盡屈辱，卻仍未得重用之感慨傾吐而出，其「生平學盡經濟策，宗工大匠親琢磨。三入長安獻不售，困鱗悵望西江波。」，「賣薪給家妻子羞，淮陰胯下未封侯。」實道出己身盡全力欲求用於世，卻仍無所成，呼出自

身沉痛之不解。欲歸隱之情，溢於言表，故云：「願君聞此頗矜惻，許借長帆還澤國」心灰意冷至極。

　　據《宋史》張頡本傳：「張頡字仲舉，其先金陵人，徙鼎州桃源。第進士，調江陵推官。歲旱饑，朝廷遣使安撫，頡條獻十事，活數萬人。……熙寧中，章惇取南江地，建沅、懿等州，克梅山，與楊光僭為敵。頡居憂於鼎，移書朝貴，言南江殺戮過甚，無辜者十八九，浮屍蔽江，民不食魚者數月。惇疾其說，欲分功啗之，乃言曰：『頡昔令益陽，首建梅山之議，今日成功，權輿於頡。』詔賜絹三百匹。尋擢江、淮制置發運副使，改知荊南，復徙廣西轉運使。時建廣源為順州，將城之，頡調無益，朝廷從其議。坐捽罵參軍沈竦罷歸。」（卷三一一）知張仲舉即張頡，曾與章惇參與梅山之役，祥正當於任邵州防禦判官時認識張頡。

　　又詩題稱張頡為「發運」，據《北宋經撫年表》云張頡熙寧十年：「張頡。是年，發運副使張頡權荊南。七月辛未遷。」（卷五）知祥正此詩為熙寧十年（西元一○七七年）送別張頡所作。祥正四十三歲時在歷陽，歷陽與姑熟隔長江相望，與詩中「秋風已老白雲飛，鄉關咫尺未能歸。」之地理情勢相合。〔註五〕

　　對於不得改革朝政之憂心，又見於〈南雄除夜讀老杜集至歲云暮矣多北風之句感時命題篇〉：

　　　歲云暮矣多北風，怒噪萬里吹驚鴻。只今我亦在行旅，
　　　陟彼庾嶺臨蒼穹。霜寒不復瘴霧黑，酒賤頗得樽罍紅。
　　　鼓角看看變新律，燭淚璀璀隨殘冬。一階寄祿百無補，
　　　白髮又送年華終。鬼章雖獲萬國賀，防邊未可旌旗空。

中原將帥誰第一，願如衛霍皆成功。廟堂赫赫用耆舊，
熟講仁義安羌戎。我甘海隅食蚌蛤，飽視兩邑調租庸？
嗚呼不獨夔子之國杜陵翁，牙齒半落尤耳聾。（《青
山集》卷五・葉十二下）

南雄位於廣東路・南雄州，此祥正元祐二年五十三歲與蔣
穎叔遊於廣州時所作〔註六〕，又「只今我亦在行旅，陟彼庾
嶺臨蒼穹」與祥正從蔣帥穎叔於軍旅和。

讀杜甫詩集〈歲晏行〉〔註七〕見「歲云暮矣多北風」之
句，深有所感，言旅居於廣東路「一階寄祿百無補，白髮又送
年華終。」徒為官宦，卻不能對百姓有所幫助，而今一年又過
去了；「鬼章雖獲萬國賀，防邊未可旌旗空。中原將帥誰第一，
願如衛霍皆成功」思及邊疆始終未能安定，希望能有衛青、霍
去病般百戰百勝的將軍出現。

所言之「廟堂赫赫用耆舊，熟講仁義安羌戎」即元祐元年
哲宗立後，皇太后聽政，司馬光、呂公著等舊黨人士重新獲重
用，對邊關之態度，主張以仁義安之。

祥正於此詩中對於舊黨人士之邊防主張提出批評，並擔心
邊疆之安危。舊黨主張以仁德安撫，不以武力激怒鄰國，本不
是祥正所能忍受。祥正於此勇敢的表現出自己的意見，苦言不
忍百姓受此無辜之苦，卻不能有所作為，只能於此海隅之地，
看著朝政敗壞，增加租役，贈與敵國。又怎能不歎道：「嗚呼
不獨夔子之國杜陵翁，牙齒半落尤耳聾。」〔註八〕憤慨擔憂
至極，與杜甫憂民之情相通。

對於幾度遭讒語，祥正不禁有「交難之感」，故有〈交難〉
之作，言：

馬蕭蕭，車轆轆，道上行人半相識。識面雖多心友難，
滄海可量人莫測。君不見張陳昔日刎頸交，臨陣彎弓
返相射。又不見座中耳語程將軍，背罵一錢猶不直。
噫吁嚱，休休休。猿鳥可為伴，麋鹿可與游。春日思
悠悠，春日晴暉暉。春風思悠悠，春泉滑涓涓，春林
碧柔柔。行止任所適，歌嘯忘吾憂。逢人輒掩口，語
發多為讎。（《青山集》卷六‧葉六下）

　　詩中對人心之不可測，提出質疑，言「識面雖多心友難，
滄海可量人莫測。君不見張陳昔日刎頸交，臨陣彎弓返相射。
又不見座中耳語程將軍，背罵一錢猶不直。」言張耳、陳餘之
為利益而反目成仇，臨汝侯當眾與程不識耳語，私底下卻批評
其「一錢猶不直」〔註九〕，世態炎涼，識人識面不識心。歎
道或許人世間只有猿鳥、麋鹿可以相與為伴。
　　又〈昨游寄徐子美學正〉則祥正自訴一生遭遇之坎苛，云：

我初佐星子，老守如素仇。避之拂衣去，寓跡昭亭幽。
篇章自此富，寫詠窮歡憂。慈母待祿養，復尉溢浦州。
隨辟宰環峰，碌碌三歲周。纔歸遭酷罰，五體戕戈矛。
旦夕期殞滅，餘生安敢偷。粗能裹事畢，寒餓妻兒羞。
復入湖外幕，萬里浮扁舟。幾葬江魚腹，迤遭百端愁。
到官未三月，開疆預參謀。招降五萬戶，給田使鋤耰。
論功輒第一，謗語達晃疏。得邑敢自訴，斷木當沉溝。
兒女相繼死，泣多昏兩眸。脫去殊未能，游鱗已吞鉤。
春風吹瘦煩，黃塵蒙弊裘。纔趨合肥府，又鞠歷陽囚。
荒庭忘歲月，忽見花枝柔。清明動鄉思，一水嗟滯留。

卻憶藏雲會，凋盤薦珍羞。高吟凌李杜，猛飲咍阮劉。
野寺想如昨，遊人今白頭。倏忽三十年，老大功名休。
日轂不暫止，吾生信如漚。有酒尚可醉，餘事皆悠悠。
（《青山集》卷十四‧葉八上之）

　　此作作於祥正四十三歲治獄歷陽之時，故所言之遭遇止於歷陽之時，又由其「清明動鄉思，一水嗟滯留。」更符合歷陽與當塗隔長江相望之地理情勢。祥正於此回想其仕宦之不遇，佐星子時之與長官不合，再出仕又遭罰棄官，十年後出仕再度出生入死，立功卻又遭讒言不得重用，而期間妻兒寒餓，兒女相繼亡故，悲痛之情直呼而出，由此詩作可得知祥正大半生平，並可知祥正詩作中始終感慨不遇之因。

　　又如其〈泛江〉〔註十〕寫二十六歲歲末遭讒言之感慨道：「士有以處兮，無畝以耕。眷餘緒之尚抽兮，慨慈親以遲榮。徐虛縮瑟以內習兮，予寔愧乎先民之心。惚怳惻愴其不得已兮，被命于九江之潯。戴皇天之休兮，廩足以飽。度白日之難兮，誰察予情。泅泅兮北風，怒浪兮滔天。撫慈膝兮出門，淚漣洏兮就船。」對於自身之不得顯親，而遭此橫禍，不禁哭道「度白日之難兮，誰察予情」。

　　祥正憤慨不遇之語充斥於詩作中者不可勝數，又如〈苦雨行〉言：「君子有憂心盤盤，欲上問天造化端。蒼天無路不可干，哀歌空屋聲何酸。」（《青山集》卷六‧葉四上）〈交游〉云：「未附垂天翼，空成涸轍鱗。」（《青山集》卷二十‧葉四下）皆吟歎此不得用之憂傷。

三、及時行樂之作

此類作品，詩風近似豪放，然其豪放詩語之後，多有深沉之傷痛，實與古詩十九首中作者感歎生命之無常，而言「生年不滿百，常懷千歲憂。晝短苦夜長，何不秉燭遊。」之心境是相近的。由於祥正豪邁不羈，與世不容之個性同於太白，故此類及時行樂，忘卻世俗之作與太白最似，是王荊公言其「驚邁豪絕」，梅堯臣言其「真太白後身」之最佳代表作。

今觀其〈醉歌行〉：

> 明月珠、不可襦，連成璧、不可餔。世間所有皆虛無，
> 百年光景駒過隙。功名富貴將焉如，君不見北邙山。
> 石羊石虎排無數，舊時多有帝王墳。今日纍纍蟄狐兔，
> 殘碑斷碣為行路。又不見秦漢都，百二山河能險固。
> 舊時宮闕亘雲霄，今日原田但禾黍，古恨新愁迷草樹。
> 不如且買葡萄醅，攜壺挈榼閒往來。日日大醉春風臺，
> 何用感慨生悲哀。（《青山集》卷一・葉一下之）

全詩感慨人世間虛無之名利，寫寶玉不可保暖、不可食用，功名富貴將成過眼雲煙，徒留荒冢，不如大醉於此春風之中；此作乍見直疑為太白所作，詩語豪氣萬千，直呼而出「明月珠、不可襦，連成璧、不可餔。世間所有皆虛無，百年光景駒過隙。」實另人感慨生悲哀，祥正卻於末句言「日日大醉春風臺，何用感慨生悲哀。」，實內心深處仍有所悲哀。祥正此作，與馬致遠散曲之〈秋思〉中所言「秦宮漢闕。作衰草牛羊野。不恁漁樵無話說。縱荒墳橫斷碑，不辨龍蛇。」「投至狐蹤與兔穴。多少豪傑，鼎足三分半腰折。魏耶晉耶。」興亡之意，亙古同慨。

其〈月下獨酌二首〉則道出此類詩作產生之心理變化，詩云：

> 長空無雲江水淨，月出東方掛金鏡。我時有酒何處斟，
> 破碎寒光借漁艇。便邀玉兔乞靈藥，一粒為醫天下病。
> 玉兔既不報，我亦醉不知。舟人解事喚我起，月輪已
> 轉西山西。人間萬事不可了，且與明月閑相隨。明月
> 不解飲，何事解照琉璃鍾。金波蕩漾使我惜不徹，一
> 酌萬事逃心胸。良時忍自棄，聖代真難逢。生平不知
> 耕與戰，唯知猛飲大笑吟清風。竹林七子豈足數，淵
> 明五柳方途窮。一身不為萬乘屈，傲矣嚴陵垂釣翁。
> 明朝官滿，歸去來兮。但願月輪不缺，樽酒不空。吾
> 君萬歲作法宮，四海長靜無兵戎。（《青山集》卷三·
> 葉十一下）

以楚辭式之神話描寫，「便邀玉兔乞靈藥，一粒為醫天下
病。玉兔既不報，我亦醉不知」言欲醫天下病卻不得說與天子
知，終只能大醉於春風之中；一轉而言「金波蕩漾使我惜不徹，
一酌萬事逃心胸」欲將天下萬事拋諸腦後，言自己於此盛世本
該「生平不知耕與戰，唯知猛飲大笑吟清風」享隱者之樂。

由此詩所言即知祥正欲及時行樂，忘情於山水之因，實在
於「玉兔既不報」，不能有所作為之故也。

又於〈浪士歌〉〔註十一〕中歌道：「江上浪如屋，海中
浪如山。浪士乘浪舟，兀兀在浪間。浪頭幾時息，士心殊自閑。
死生生死爾，浪歌聊破顏。」可見其獲罪漳南後強作歡顏，自
認「士有可以憂，有不足以憂者。仰愧于天，俯愧于人，內愧

175

于心，此可以憂矣，反是夫何憂之有。」不願屈服之精神。

　　〈中秋泛月至歷陽〉訪太守孫公素「憑誰為問陶淵明，胡為種菊仍栽柳。豈如永夜無纖雲，江光月色鋪黃銀。喚取三千珠履客，陶然一飲情無垠。劉項輸贏亦安在，笑殺今宵月下之醉人。」（《青山集》卷四‧葉十二上）〈春日獨酌一十首〉之「桃無十日花，人無百歲身。竟須醒復醉，不負花上春。」、「且致百斛酒，醉倒落花畔。」（《青山集》卷九‧葉三上）〈自釋二首〉亦有感於：「去日不可追，來日已無多。衰頹復自念，遷謝當奈何。賢達并賤愚，百歲同消磨。」而言：「不如詠觴酌，徘徊眄庭柯。」（《青山集》卷十七‧葉八下）都是此類及時行樂，強作歡顏之作。

四、歸隱田園之作

　　祥正經過起起伏伏之仕宦生活，終能安於隱居生活，其歸隱之田園作品，亦有極豪放之作，如於〈楚江行〉中則語氣豁達，深具英氣「吾生磊落無滯留，一生好作大江遊，任爾龜黿跂浪蛟龍愁。昨夜天風下荊楚，我來此地重懷古，洛妃湘女不足數，渺渺兮三閭在何所。浩蕩煙波江水闊，冥寞神交兩相許。倒提金斗傾濁醪，滴瀝招魂寂無語。斜陽衡山暝潮退，兩兩漁舟迷向背。便欲因之垂釣竿，六鼇一擲天門外。」（《青山集》卷一‧葉二下）欲自放於山水之中，作品中描寫了祥正對歸隱生活之嚮往。

　　於〈寄東莞李宰宣德〉亦言其歸隱之情「舊友幾人在，寧嫌雙鬢皤。一生長作客，九死漫悲歌。歲月驚秋速，關山恨別多。君須陟臺省，吾欲隱松蘿。」（《青山集》卷二十二‧葉

七下）有感於一生漂泊，欲求安度餘年。此類作品將於第六節閒適作品之田園作品中細論。

祥正由急欲有所作為，至屢遭挫敗哀怨悲慟，如屈原之行吟澤畔；至及時行樂，如太白之自我放逐，終能如陶淵明般歸於平淡，安於歸隱生活，實道出了有志之士不得用之生命歷程，其詩中充滿壯士悲不遇之感傷最似屈原，自放於飲樂之中則似太白，歸隱田園之作則有淵明之風。

第二節　詠物寄懷之作

詠物詩最早見於屈原之〈橘誦〉，至魏晉南北朝時代漸漸為詩人所習作，宮體詩盛行時更有純詠物，而無寄託之作。祥正之詠物詩多有所寄託，猶重物之歷史意義，使詠物作品具備詠史詩之精神。今略分為：一、因物起懷。二、詠物敘史。三、客觀詠物。四、書畫題詠。舉例言之：

一、因物起懷

於此選錄祥正觀物有感，有所寄託之作：

（一）〈古松行〉：

空山古松閱人代，黛色銅姿終不改。蚴蟉詰曲還相向，千尋氣結雲靉靆。風雨冥冥秋氣深，耳邊往往蒼龍吟。蓬萊仙子有無間，往來白鶴晝常陰。百尺樛枝拓金戟，山中十月飛霹靂。千年化作虯龍形，流脂下見成靈珀。

方今樓閣連飛甍，斧斤未敢來相傾。晦冥神物共訶護，
一物鐘靈天不輕。我來撫此重歎息，造物由來貴孤直。
趺坐山間日將暝，謖謖寒風落巾幘。（《青山集》卷
一·葉一上）

此歌為祥正覽古松，感於古松之孤直傲立，詠此以自釋。
起首以「空山古松閱人代，黛色銅姿終不改。」言古松之經歷
數代，卻不改其姿色；以「蓬萊仙子有無間，往來白鶴晝常陰。
百尺樛枝拓金戟，山中十月飛霹靂。」言由山中環境之惡劣，
古松卻能屹立不搖，因而相信天道仍是偏好孤直之物、孤直之
人，言：「晦冥神物共訶護，一物鐘靈天不輕。我來撫此重歎
息，造物由來貴孤直。」此祥正由古松之孤直，有感於己身亦
如是，「趺坐山間日將暝，謖謖寒風落巾幘。」即表現出己身
的蕭瑟。全詩初覽豪放縱橫，深究其情則孤寂蕭瑟之至。

（二）〈轂轂〉：

轂轂復轂轂，怪禽安用啼。杏花已爛漫，月色正相宜。
提壺取新酒，酌我金屈卮。行恐風雨來，亂紅辭舊枝。
尚恨碧城鎖，阻邀白雪姬。耳邊無清歌，素飲方自怡。
爾何騁鳴聲，彈射不肯飛。初亦厭爾聒，既久不復疑。
但能怖愚俗，又足驚童兒。天翁造爾軀，無乃私自欺。
爪吻異鵰鶚，安能司禍機。又不似群烏，凶報吉亦隨。
白日竄深棘，夜鳴殊不棲。勸爾勿轂轂，鳳凰倏來儀。
（《青山集》卷十四·葉六下）

以怪禽之吵擾不休,喻小人之讒言不休;以「尚恨碧城鎖,阻
邀白雪姬。」以喻小人阻礙其上謁之路,繼言「耳邊無清歌,
素飲方自怡。爾何騁鳴聲,彈射不肯飛。」滿朝皆是小人之讒
語,無君子之清歌,卻無法加以排除。「初亦厭爾聒,既久不
復疑。但能怖愚俗,又足驚童兒。」則言上位者,始亦知其為
讒謗之語,久而久之則信以為真,愚俗無知之士亦受小人之言
蠱惑。言至此,祥正不禁罵道「天翁造爾軀,無乃私自欺。爪
吻異鵬鸚,安能司禍機。又不似群烏,凶報吉亦隨。白日竄深
棘,夜鳴殊不棲。」言小人對國家社稷毫無益處,只有在政治
不清明之亂世才會出現擾亂時局,結以「勸爾勿榖榖榖,鳳凰
倏來儀。」希望君子早日歸來。全篇以怪禽比小人,鳳凰比君
子,描寫對於小人讒言之深惡,實為讒言所誣,有感而作。

(三)〈古劍歌〉:

> 古有明劍似秋水,龍盤虎挈焰欲起。雞林削鐵不足言,
> 昆吾〔註十二〕百鍊安足齒。淬花曾瑩鸞鵜膏,掉箭
> 卻敲鷟鳳髓。憶昔破敵如破竹,帶霜飛渡桑乾曲。電
> 光晝閃白日匿,魑魅走逃罔魍伏。于今鏽澀混鉛刀,
> 夜涼風雨青龍哭。冰翼雲淡雪花白,血痕冷剝苔花綠。
> 我來拔鞘秋風前,毛髮凜凜肝膽寒。書生無用暫挂壁,
> 夜來虎氣騰重泉。酒酣聞雞起欲舞,明星錯落銀河旋。
> 吾聞神物不終藏,豐城紫氣斗牛旁。及時與人成大功,
> 豈肯棄置鈍鋒鋩。會當斬蛟深入吳潭裏,不然仗汝西
> 域擊名王。（《青山集》卷一·葉一下）

　　全詩豪情萬丈，以「古有明劍似秋水，龍盤虎拏焰欲起。」描寫劍之外貌，繼以古代名劍與之比擬，「淬花曾瑩鸞鵜膏，掉箭卻敲鸞鳳髓。憶昔破敵如破竹，帶霜飛渡桑乾曲。」言其曾抹毒為刺客之劍，亦曾征戰沙場。而今為祥正所藏，夜來酒酣舞劍，思及神物不終藏之理，祥正豪情萬丈，欲以此劍征戰沙場，而言：「吾聞神物不終藏，豐城紫氣斗牛旁。及時與人成大功，豈肯棄置鈍鋒鋩。會當斬蛟深入吳潭裏，不然仗汝西域擊名王。」借物舒懷。

　　由此作可知祥正對於征戰沙場，一直極為嚮往，祥正於任邵州防禦判官時曾立過軍功，使其一直未忘懷征戰的豪情。祥正亦有〈劍〉一首，云：「不得公孫一舞看，空嗟塵漬血痕乾。鑄成星斗生光焰，化作龍蛇會屈盤。金匣藏時天地靜，玉池磨處雪霜寒。誰為將相扶明主，此物能令社稷安。」（《青山集》卷二十五・葉一上）言劍之不遇知己，實為言己之不遇知己；「誰為將相扶明主，此物能令社稷安」言此劍能安社稷，實道出己之欲有所作為，此皆詠物而實自訴其懷。

二、詠物敘史

　　以下選錄之：

（一）〈白玉笙〉：

　　　白玉笙，咸通十三年琢成。琢成匠人十指禿，進奉明堂聲妙曲。當時應賜恩澤家，流傳至煜煜好奢。高堂日日聽吹笙，不知國內非和平。仁兵萬眾一旦至，國破蒼黃笙墮地。雖然訛缺未苦多，卻落人間為寶器。

> 管長纖纖剝筍束，況值吳姬指如玉。不見排星換掩時，自然天韻來相續。昔時禍亂曲，今日太平歌。興亡不繫白玉笙，但看君王政若何。（《青山集》卷六・葉一上）

宋代滅南唐後，李煜即成為詩詞典故中常用之亡國君主典故，祥正此詩以南唐寶物白玉笙起，思及製作時匠人所費之精力，「當時應賜恩澤家，流傳至煜煜好奢。高堂日日聽吹笙，不知國內非和平。」，責怪李煜本應以之贈送有功於社稷者，卻只沉溺於一已享樂，不知國難當頭。由祥正所言「仁兵萬眾一旦至，國破蒼黃笙墮地。」由笙之遭遇，深切感受當時後唐國破之蒼黃景象，而今天下太平，祥正聽此聲，深感「昔時禍亂曲，今日太平歌。興亡不繫白玉笙，但看君王政若何。」君王之荒淫與外物無關。

此詩由一物引出歷史興衰之歎，具備詠史詩之精神，令人讀之彷彿進入歷史洪流中，可見祥正詩作以史入詩之特色。

（二）〈謝蔣穎叔惠澄心堂紙〉：

> 李氏三世皆名書，古今筆法誰能如。澄心堂中畜妙紙，敲冰搗楮惟恐麄。當時文物稱第一，教敕往往親涵濡。赫然真龍躍中國，僭跡甘就雷霆誅。論功行賞盡金玉，唯有此物多贏餘。流傳既久乃珍絕，一軸不換千明珠。樂安御史輒寄我，二十五幅無纖汙。卻疑織女秋夜醉，素段割裂天所須。又如美玉纔出璞，瑩采射目爭陽烏。文章未到一王法，寶紙謾對明窗鋪。廷珪煤麝銅雀瓦，氣象偉屼尤相於。坐思厚貺欲為報，累句安得論錙銖。

  況君才力似韓愈，盡當返贈誅奸諛。（《青山集》卷
  四·葉九下）

　　詠澄心堂紙，重其歷史背景，起首言「李氏三世皆名書，
古今筆法誰能如。」歌詠南唐李氏父子之書法，一轉而入「赫
然真龍躍中國，僭跡甘就雷霆誅。論功行賞盡金玉，唯有此物
多嬴餘。」言宋兵佔領南唐時寶物早已分賞功臣，唯有此紙尚
流傳於民間。於下方轉入主旨，感謝穎叔所贈，並對此物加以
形容「卻疑織女秋夜醉，素段割裂天所須。又如美玉纔出璞，
瑩采射目烏」，言其如天上織女所織之布，如美玉般光豔。逢
此寶紙，祥正謙言不敢下筆，自愧道「文章未到一王法，寶紙
謾對明窗鋪」，以此回贈穎叔，期勉如韓愈般上書誅奸諛，方
不枉費此寶紙。

　　此詩以物之歷史背景起，言物之珍奇，繼以物之美好本質，
稱美澄心堂紙，並期勉穎叔能效法韓愈上書誅奸之氣節，以此
紙為誅惡之文。

　　由詩中可知祥正對於南唐三主之文才是佩服的，故言「李
氏三世皆名書，古今筆法誰能如」、「三主皆能書，撥鐙聳瘦
骨。」，對於李煜之書法更是傾慕，於〈觀唐植夫所藏古墨〉
〔註十三〕云：「渺思五季亂，江南頗偷逸。三主皆能書，撥
鐙聳瘦骨。」及〈和公擇觀李煜書法喜禪師牌〉〔註十四〕言：
「五代迭凋喪，江南最偷安。三世弄翰墨，煜札尤可觀。」睹
物思情，欽佩三主之文才，重視所詠物之歷史意義。

三、客觀詠物

　　祥正於客觀詠物上，亦有佳作，以詠茶為例。茶本為藥用食品，至宋代始成為普遍之飲料，文人雅士交遊唱和之時亦多有品茗。祥正於詩中對於茶的愛好並不亞於酒，其詠茶詩即對茶之品茗加以詳述。今觀其〈謝君儀寄新茶二首〉言：

> 建溪春物早，正月有新茶。得自參軍掾，分來居士家。
> 輾開鸑玉餅，湯瀲白雲花。一啜清魂魄，醇醪豈足誇。
> 北苑藏和氣，生成絕品茶。豈宜分旅館，只合在仙家。
> 點處成雲蕊，看時變雪花。琳琅得新句，又勝玉川誇。
> （《青山集》卷二十一・葉五上）

　　此言君儀贈建溪茶（即武夷山茶），祥正加以歌詠「輾開鸑玉餅，湯瀲白雲花。」言此餅狀之茶，加以輾開入碗中，加入熱水，泡沫起狀如白雲，將泡茶的過程，及茶之形相細細描寫，並言「一啜清魂魄，醇醪豈足誇。」品茗之感覺神清氣爽，猶勝飲酒。「豈宜分旅館，只合在仙家，點處成雲蕊，看時變雪花。」譽此茶當為仙中物，因其看似雲蕊、雪花。又於〈招孜祐二長老嘗茶二首〉云：

> 無物滋禪味，來烹北苑茶。碾成雲母粉，香瀲碧松花。
> 消渴梅何俗，安神朮謾誇。清談嘗數椀，莫笑老盧家。
> 昔人多嗜酒，今我酷憐茶。軟玉裁成餅，輕雲散作花。
> 石泉助甘滑，腸胃滌煩邪。卻怪少陵客，曾無新句誇。
> （《青山集》卷二十二・葉一下）

言飲茶有禪味，「碾成雲母粉，香濺碧松花。」、「軟玉裁成餅，輕雲散作花。」描寫茶之如雲花之美及其香味之高雅，清談時飲用更添其高雅。「昔人多嗜酒，今我酷憐茶。」又言愛茶勝酒，並言「卻怪少陵客，曾無新句誇」杜甫竟然未曾詠茶。

祥正尚有〈君儀惠莆田陳紫荔乾即君謨謂之老楊妃者二首〉〔註十五〕：「紅綃皮皺核丁香，日曝風凝玉露漿。」詠荔乾，及〈和穎叔千歲棗〉〔註十六〕：「鴨腳看何小，雞頭美未全。種來誰共老，服久必成仙。大食移根遠，番禺記蒂連。舊名稽藥錄，新賞著詩篇。甜出諸餳上，香居百果前。黑腰虛羨爾，紅皺豈為然。」詠千歲棗，對物之客觀狀態，皆有細膩描寫。

四、書畫題詠

《青山集》卷四多為題詠書畫之作，由詩中可知祥正極好欣賞書畫，因而有感而作，今舉而論之：

（一）〈明皇十眉圖〉：

> 明皇逸事傳十眉，正是唐家零落時。霓裳曲調雖依舊，阿蠻終不似楊妃。畫工貌得非無意，欲使流傳警來世。翠翹紅粉尚爭春，隱約香風起仙袂。六龍真馭竟何之，泰陵荒草長狐貍。空將妙筆勸樽酒，醉覺人間萬事非。
>
> （《青山集》卷四·葉五上）

言〈明皇十眉圖〉中之女子：「翠翹紅粉尚爭春，隱約香風起仙袂。」飄飄似仙。觀此畫祥正思及明皇之逸事傳千里之時，即為唐代零落之時，畫工此畫可為後世君主之警惕，「六

龍真馭竟何之，泰陵荒草長狐貍。空將妙筆勸樽酒，醉覺人間
萬事非。」轉而思及明皇如今已亡故，陵墓已荒涼，空留此畫，
令人感嘆人世如夢，一切都將幻滅。由觀畫起人間萬事非之感，
實詩人失意時所為。

（二）〈九疑山圖〉

> 噫吁嚱，九疑山色何雄奇。坡陀詰曲不足狀，九峰萬
> 丈排天扉。嶄嶄儼若九老坐，乾顛坤弱能扶持。崖回
> 時復見華屋，原本旋有山經題。白雲綿聯芳草歇，拱
> 木夭矯狂風吹。
> 上有源源不絕之寒泉，下有泛泛不斷之深溪。初疑青
> 銅照碧落，忽見雲漢飛虹霓。丹青畫出尚如此，而況
> 高步窮嶇崎。或云重瞳一來不復返，二妃血淚班竹
> 枝。惜哉不經孔子辨，後世誰能公是非。堯非幽囚，舜不
> 野死。堯崩民如喪考妣，舜非遊仙而幸此。群豬聳耳
> 聽童子，遊人擊之變風雨。見豕負塗聖所惡，仙人護
> 之亦何補。我知神仙術已卑，但愛此山雄而奇。背圖
> 南望未能到，高吟盡日長吁嚱。（《青山集》卷四‧
> 葉五下）

九疑山位於湖南路道州，由詩中「背圖南望未能到，高吟
盡日長吁嚱。」，知此當為祥正任湖北路邵州防禦判官時作。
一見九疑山圖，則為其壯麗所震，呼出「噫吁嚱，九疑山色何
雄奇。坡陀詰曲不足狀，九峰萬丈排天扉。嶄嶄儼若九老坐，
乾顛坤弱能扶持。」言其雄奇、詰曲、萬丈，後又言寒泉之源
源不絕，深溪之泛泛不斷，作者如同身在深山之中，「丹青畫

出尚如此,而況高步窮嶇崎。」嘆道只是畫即如此豪壯奇詭,
如能置身其間則更令人驚奇。

「或云重瞳一來不復返,二妃血淚班竹枝。」轉而言傳說
舜來此地即亡於此,二妃之血淚染紅了竹子,使竹子成為斑竹;
但祥正卻認為此為虛構,故言:「惜哉不經孔子辨,後世誰能
公是非。」,並駁斥言堯為舜所囚與舜死蒼梧之說,而言「堯
非幽囚,舜不野死。堯崩民如喪考妣,舜非遊仙而幸此。」〔註
十七〕表現出疑史之精神。「群豬聳耳聽童子,游人擊之變風
雨。見豕負塗聖所惡,仙人護之亦何補。」對於傳說九疑山上
群豬阻道,為有仙人護之,遊人擊之即風雨交加,提出「見豕
負塗聖所惡,仙人護之亦何補」之質疑。結以「我知神仙術已
卑,但愛此山雄而奇。背圖南望未能到,高吟盡日長吁嚱。」
言非只愛此山之仙人傳說,但愛此山雄奇之山勢。

全詩以觀畫而起,其雄奇之描寫,卻如身歷其境,想像力
之寬闊,令人稱奇。由畫中地點之傳說,而起疑史之思,可知
祥正有疑史之精神及以史入詩之特色。

(三)〈魏中舍家藏王摩詰海風圖〉:

> 只聞王公畫山水,未識王公滄海圖。魏侯矜誇我家有,
> 取出十幅堂中鋪。誰知東海群龍力,神妙能以一筆驅。
> 洪濤翻天雪成隴,黑分雲霧藏空虛。高低數寸折萬丈,
> 勢以意會無差銖。卻嗟流傳數百載,絹素何以當涵濡。
> 王公之心壯莫比,其工欲出造化初。惜哉已死不復得,
> 悵望盡日將何如。魏侯魏侯重藏秘,直恐變化成江湖。
> 我歌不足徒嗚呼。（《青山集》卷四・葉六上）

觀王維之滄海圖，起首以「只聞王公畫山水，未識王公滄海圖」
表現出未觀此畫時心中之疑惑，繼言此圖所繪海景之壯觀，言：
「誰知東海群龍力，神妙能以一筆驅。」強調能以一筆表達出
壯闊之景，並言：「洪濤翻天雪成隴，黑分雲霧藏空虛。」以
墨汁之淡淺分畫出，畫中巨浪濤天之情狀。「高低數寸折萬丈，
勢以意會無差銖。」更欽佩畫者能以畫筆表現如此氣勢。歎不
能得見王維，並言恐此畫失傳，道：「魏侯魏侯重藏秘，直恐
變化成江湖。我歌不足徒嗚呼。」對於文物之保存有危機意識。

　　詩中將畫作之氣勢，描寫呈獻，強調作者之能，在將如此
壯闊之景觀收在一幅畫中。

（四）〈王元常家藏鍾隱書三害圖〉：

> 老鐘筆法何奇古，三害精靈一圖聚。周生自握蒼精龍，
> 白額長蛟甘喪沮。危橋跨水壓波濤，巨木翻風暝煙霧。
> 挺然獨往知忘軀，敢謂誅邪天地助。三日生還動閭里，
> 千載遺蹤存絹素。薄蝕已更人仰之，自古賢豪遺細故。
> 何獨今人無此人，已覺丹青有深趣。江南印璽尚如新，
> 國破倉忙畫誰付。一圖分裂藏三家，離合悠悠歲時度。
> 只今皆屬丞相孫，掛向高堂邀客顧。倏然風雲駕霹靂，
> 雨來平地銀潢注。珍綈收藏卷不徹，直恐變化復入江
> 湖去。（《青山集》卷四‧葉六下）

　　此詠畫詩，起首「老鐘筆法何奇古，三害精靈一圖聚」描
寫畫之主題，為三害圖。其內容則是「周生自握蒼精龍，白額
長蛟甘喪沮。危橋跨水壓波濤，巨大翻風暝煙霧。」周生與蒼
龍、長蛟奮戰之景像。繼以言周生除三害造福百姓之精神「挺

然獨往知忘軀，敢謂誅邪天地助。三日生還動閭里，千載遺蹤
存絹素。」值得流傳千年，又感嘆道：「薄蝕已更人仰之，自
古賢豪遺細故。何獨今人無此人，已覺丹青有深趣。」今日不
可見如畫中之賢豪。「江南印璽尚如新，國破倉忙畫誰付。一
圖分裂藏三家，離合悠悠歲時度。」言此圖本身之遭遇亂世，
幾經分離。並言今日雖相聚，日後又將散逸不可尋，故結以「珍
綈收藏卷不徹，直恐變化復入江湖去。」，擔憂文物之保存。

全詩描寫畫中人物之精神，而嘆今日無此豪傑，亦為畫作
將來之遭遇憂心。

（五）〈觀怡亭序銘〉：

> 有唐三百年，絕出陽冰篆。最憐怡亭序，筆畫兼眾善。
> 磨崖深雲間，人跡到應鮮。亦如大君子，隱晦久而顯。
> 裂素印麝煤，字字未訛舛。冰凍垂瓦口，犀尖利刀剗。
> 連環不可解，虯尾勇自卷。誰云模以刻，曾是玉工碾。
> 銘辭志尤宏，雲翼待風展。琳瑯諧八音，，雅重參二
> 典。英豪逢一時，江山供廣宴。遺蹤逐飛鳥，舊址沒
> 榛蘚。良朋信稀遇，古興浩難遣。吾宋垂百年，教化
> 固非淺。人人擅文翰，比唐殊媚軟。作詩聊自警，中
> 道尚可勉。（《青山集》卷十三‧葉十一下）

祥正極愛李陽冰之篆書，於其詩中每每提及，本詩即為其
專詠陽冰篆之作，起首即言：「有唐三百年，絕出陽冰篆。最
憐怡亭序，筆畫兼眾善。」言陽冰篆為唐代篆書之最，而其中
祥正又最愛〈怡亭序〉，道出作此銘之用意。「磨崖深雲間，
人跡到應鮮。亦如大君子，隱晦久而顯。」言此序在隱晦之處，

故因而得以保存；「裂素印麝煤，字字未訛舛。冰凍垂瓦石，犀尖利刀劃。連環不可解，虯尾勇自卷。」言拓印下來觀其字體，筆峰尖銳而鋼硬，連綿不斷，字尾捲曲，將陽冰之字體刻畫入微。「遺蹤逐飛鳥，舊址沒榛蕪。」則嘆可惜怡亭已荒蕪，終期勉時人努力於書法之研究，以勝唐人。

　　祥正之詠物作品，多因物起懷，有所寄託；消極的一面表達對歷史更替中，一切都將成幻，如南唐三主的繁華而今多成空，寶物的流傳終經不起歷史的變亂，及感歎古時豪傑之士今日不得見。積極的一面在於刺小人讒言，及表示欲征戰沙場之心願，期勉宋人努力於書法，及穎叔上書誅惡。

　　其詠物詩中純粹詠物之作極少，如言澄心堂紙之由來。周生除三害之事。使讀者起懷古之情。其特質在於與史事交錯表現，將詠物詩推而至詠史、敘述詩之內容與意義。

第三節　應酬交遊之作

　　應酬交遊是祥正詩歌內容主要部分，祥正此類詩作不同於一般詩集中之應酬作品，僅為歌功頌德，風花雪月之作，祥正於此類詩中包含極豐富之內容，包括自我感懷、景物描寫、風土民情、甚而議論時政。今就其體製分為一、奉和飲宴之作。二、題寫之作。三、送別之作。

一、奉和飲宴之作

　　於此包含酬謝、受宴奉呈，祥正多數應酬作品即為此類，

今分論之：

（一）酬謝之作。

以酬謝為題者，如〈酬魏炎秀才〉云：「長篇贈我不可和，和聲酸澀令人羞。」（《青山集》卷三·葉十下）為謝魏炎贈詩之作；〈謝鍾離中散惠草書〉云：「丈人行草天下無，體兼眾善精神俱。」（《青山集》卷四·葉九下）為謝鍾離贈草書之作，另有〈謝蔣穎叔惠澄心堂紙〉（《青山集》卷四·葉九下）、〈謝餘干陸宰惠李廷珪墨〉（《青山集》卷四·葉十上）、〈謝李公擇惠妙墨二餅〉（《青山集》卷四·葉十一上）、〈謝王公濟節推惠硯〉（《青山集》卷四·葉十一上）、〈謝方彥德奉議惠羅文硯〉（《青山集》卷四·葉十二上）等近於詠物之作，然此類作品不只詠物之外表，亦多寫物之歷史背景，而起興亡之感，此類作品多於前節「詠物寄懷」中論述。

祥正於此類詩中常起歷史興亡之歎，成為其應酬之作主要風格，如〈酬耿天騭見寄〉詩云：

> 我思昔人言，處世猶大夢。塵編堆床頭，撫事聊一誦。
> 興衰繫時運，賈誼爾何慟。又思東方朔，為鼠知不用。
> 誰憐胯下兒，能領百萬眾。勢去競排詆，功成乃歌頌。
> 人情豈相遙，此理古今共。桓桓耿夫子，策射金榜中。
> 老彼澗底松，未作明堂棟。暫來令句曲，尋仙造深洞。
> 摩挲瑤琪花，借問誰所種。開落既忘年，一奏薰風弄。
> 詩言此歸隱，不戀五斗俸。何時定掛冠，我願為僕從。
> （《青山集》卷十三·葉十上）

耿天騭為祥正於歷陽時之至友，祥正此詩有感於時政，以「我思昔人言，處世猶大夢」起全篇，全詩皆以歷史典故為喻，呼出不得用之苦，言賈誼、東方朔君王不得用其才之慟、韓信雖能領百萬眾，仍曾為胯下兒，於是起「勢去競排詆，功成乃歌頌。人情豈相遙，此理古今共。」之歎，此以應酬詩議論史事，《歷陽典錄補編》於藝文八‧葉十五下亦收錄此詩。

又如〈謝東城練尉〉云：「東城煙水秋茫茫，覽古高吟應斷腸。白蛇血濺赤龍劍，八千子弟同時亡。而今戰處無青草，廟門斜掩狐狸老。」（《青山集》卷三‧葉七下）起思古之懷，感歎往日楚漢慘烈之戰役，而今戰場都已荒蕪，描寫東城之歷史事件。「群巫請雨搖環刀，滴瀝椒漿薦蘋藻。力拔山兮安在哉，丹青壁畫空塵埃。」則將東城之民間信仰、風土民情表現出來。祥正應酬交遊作品之價值，亦在於議論史事所表現之歷史觀。

由此類酬謝詩中並可見祥正之生平交往，如：言〈謝元輿送鮮鯉煮酒〉言：「鮮鯉江湖味，香醪日月春。撫循時有贈，飽暖遂忘貧。玉縷空投箸，金波謾入脣。交情今乃見，晚節共松筠。」（《青山集》卷二十二‧葉一下）知祥正與陳軒之友情，貧賤不移。及〈謝歷陽王守惠新釀〉：「卓犖英才歷陽守，年來不得音書久。隔江知我巖戶寒，赤泥封送兵廚酒。碧玉壺、黃金斗，雪樹雲峰作賓友。為君一醉歌陽春，空山霹靂龍蛇走。只愁君返紫皇家，西望連雲謾搔首」（《青山集》卷四‧葉十三下），皆可見祥正與朋友之情誼。

（二）受宴奉呈之作。

祥正於宴席間，往往能即席而作，造成一座盡傾，故趙與

麀〈娛書堂詩話〉記:「郭功甫嘗與王荊公登金陵鳳凰臺,追次李太白韻,援筆立成,一座皆傾。」,《譚津文集》之〈送郭功甫朝奉詩序〉亦云:「然郭子俊爽,天才逸發,少年則能作歌聲,累千百言,其氣不衰;而體平淡,韻致高古,格力優瞻,多多愈功,含萬象於筆端。動乎則辭句驚出而無窮。與坐客聽其自誦,雖千言必記,語韻清暢,若出金石;使人驚動而好之,雖梅聖俞、章表民,以為李太白復生。」可知祥正於飲宴時常能即席而作,使與會之人驚賞不已。

如:〈勸酒二首呈袁世弼〉中:「湛湛酒杯綠,醃醃炭爐紅。佳人放玉板,拂鏡照芙蓉。四海無波瀾,吾曹方宴閑。大笑凌白日,高吟動南山。百歲能幾何,會少別離多。少年嗟賈誼,壯士憶廉頗。不如醉魂魄,冠巾任傾側。冥然逍遙鄉,杳與塵寰隔。」(《青山集》卷六‧葉五上)開懷自釋以極,此類作品多為祥正有感於興衰不由人,而欲自放山水之中時所作。

而其奉呈之作,則表現出祥正隨興所發,依時景而作之才華,多有當地風俗之特色。如〈廣州越王臺呈蔣帥待制〉:

> 番禺城北越王臺,登臨下瞰何壯哉。三城連環鐵為瓷,
> 睥睨百世無傾摧。蕃坊翠塔卓椽筆,欲蘸河漢濡煙煤。
> 滄溟忽見颶風作,雪山崩倒隨驚雷。有時一碧停萬里,
> 洗濯日月光明開。屯門鉦鐃雜大鼓,舶船接尾天南回。
> 斛量珠璣若市米,檐束犀象如肩柴。越王胡為易馴服,
> 陸生辯與秦儀偕。當時貢物競何有,漢家宮殿今蒿萊。
> 邦人每逢二月二,熙熙載酒傾城來。元戎廣宴命賓客,
> 即時海若收風霾。群心愈喜召和氣,百伎盡入呈優俳。
> 樂聲珊珊送妙舞,春色盎盎浮樽罍。鬼奴金盤獻羊羶,

薔薇瓶水傾諸懷。嗟余老鈍已茅塞，坐視珠履慚追陪。
青蠅何知附驥尾，伯樂底事矜駑駘。番禺雖盛公豈愛，
亭亭自是巖廊材。千年故事寫長句，指畫造化回枯荄。
昌黎氣焰遂低縮，瓦礫未足當瓊瑰。仙姿勸公莫妄想，
元鼎久待調鹽梅。（《青山集》·卷五·葉十三上）

　　由其地名「廣州越王臺」，知此詩為祥正五十三至五十四
歲，即元祐二年至元祐三年（西元一〇八七至一〇八八年）遊
於廣州所作〔註十八〕，全詩寫當地之景色，融入蠻夷之物產
風俗，為民俗活動之重要資料。

　　起首即言景色之壯觀及變化之莫測，將一地景色及「屯門
鉦鐃雜大鼓，舶船接尾天南回」之人文特色鋪陳而出，並言此
地「斛量珠璣若市米，檻束犀象如肩柴」〔註十九〕珍奇而豐
富之寶物，皆為當地之特產；繼起此地古今之歎「越王胡為易
馴服，陸生辯與秦儀偕。當時貢物競何有，漢家宮殿今蒿萊。」
言此地之歷史背景，據《輿地紀勝》·記廣南東路·廣州·朝
漢臺下言：「《南越志》云：『昔尉佗自稱南越王，漢遣陸賈
勞問，因說以歸漢，佗留賈數月，為臺以飲後，遇正朔於此北
向而朝，因以名之。』」（卷八十九·葉十一下）可知祥正用
此地之歷史典故，言陸賈之說服越王歸漢，其辯能與秦代之張
儀比之毫不遜色，然漢家往日光輝今已成灰。

　　續言此地之民間慶典：「邦人每逢二月二，熙熙載酒傾城
來。元戎廣宴命賓客，即時海若收風霾。群心愈喜召和氣，百
伎盡入呈優俳。樂聲珊珊送妙舞，春色盎盎浮樽罍。鬼奴金盤
獻羊羵，薔薇瓶水傾諸懷。」二月二日，據《中國地方志民俗
資料匯編·中南卷》引《番禺縣志》云：「二月始東作。社日

祈年，師巫遍至人家除禳。」，為民間信仰之節日，亦為廣東地區俗稱之土地公生日〔註二十〕，「百伎」、「優俳」、「樂聲」、「妙舞」、「春色」、「樽罍」祥正於此描寫邦人慶典之極度歡娛，「金盤」、「傾諸懷」寫出邦民對蔣穎叔之愛戴，與之同樂之狀，一轉而言「嗟余老鈍已茅塞，坐視珠履慚追陪」己之落寞，思及己身往日獲罪之事，今日幸得追隨蔣穎叔，「青蠅何知附驥尾，伯樂底事矜駑駘」有感於穎叔之知己，故諫以「番禺雖盛公豈愛，亭亭自是巖廊材。千年故事寫長句，指畫造化回枯荄。昌黎氣焰遂低縮，瓦礫未足當瓊瑰。仙姿勸公莫妄想，元鼎久待調鹽梅。」盼穎叔勿沉迷於此地，當顧念國家大事。

祥正此詩之作法為其典型奉呈之作，全篇寫法近於賦體，鋪陳眼前華麗之景色，而起興亡之歎，終諫以主宴者當以國事為重，勿沉迷於酒樂，全似賦體之內容，故其價值亦同於賦體，在於記載當地之風景物產。而其特殊價值則在不虛言，所記皆確為當地所產，所寫皆為當地之特殊風俗，並包含當地之民間信仰及歷史背景，具有民俗考證之價值。

此類作品尚有〈蒲澗奉呈蔣帥待制〉（《青山集》卷五‧葉十三下）、〈武溪深呈廣帥蔣修撰〉（《青山集》卷一‧葉九下）等，皆長篇巨作，包含風俗民情、仙釋傳說、歷史背景等。

二、題寫之作

祥正亦有大量以題寫為目的之作品，此類作品寫作之原因，一為新屋落成者邀宴祥正，並請其題詩歌誦，亦有祥正未見建築物，應人之邀而題作者；就其價值而言，後者寫得再好當不值得論述，但此類未見建築物本身之作品，亦多為宋代地

方志引為當地之代表作，於此可見祥正題寫作品，於當代受歡迎之盛況。尚有對風景名勝之題寫，此將於本章第四節「描寫風景之作」中論及，而其題畫之作，已於本章第二節「詠物寄懷之作」中論及。

今觀〈姑熟堂歌贈朱太守〉：

> 姑熟太守真賢豪，洗滌弊垢明官曹。民閑吏竦郡無事，
> 華堂新構臨江皋。朱簷斜飛傍星漢，碧瓦不動蟠鯨鼇。
> 釀成玉液宴賓從，手提大筆降風騷。四時景物換耳目，
> 萬古治亂評秋毫。嗟予末坐重感激，胸中茅塞時耘耔。
> 山雞卑栖竟何取，豈合鸞鳳追翔翔。紫蕈茸蕨味正美，
> 鮮鱗玉縷鳴霜刀。為公一飲即醉倒，坐看萬室皆陶陶。
> 誰云江南地偏小，姑熟之堂天下少。丹湖千里浸城東，
> 蒲葦藏煙春渺渺。牛渚對峙凌敲臺，長江倒掛天門開。
> 風吹玉馬億萬疋，漢兵卷甲沙場迴。有時浪止皓月滿，
> 琉璃宇宙無纖埃。帆檣隱隱鳥飛沒，漁歌細下天邊來。
> 謝玄暉、李太白，一生好作江南客。至今遺恨人不知，
> 孤雲尚鎖青山宅。請公瀝酒一弔之，聽我長吟壯靈魄。
> 人世百年能幾何，高會難逢離別多。一朝公去調鼎鼐，
> 斯堂永作甘棠歌。（《青山集》卷一‧葉十一下）

由詩題之「朱太守」知祥正於朱彥〔註二十一〕任江東路時所作，即崇寧二年至崇寧四年祥正六十九至七十一歲間所作，並由「民閑吏竦郡無事，華堂新構臨江皋。」知此堂建於朱彥在任時，由此知此堂建於崇寧二年至崇寧四年間。

此詩《方輿勝覽》、《輿地紀勝》皆錄為該堂之代表作，

可見祥正對於該堂有確切及代表性之描寫，詩末寫出此時之心
境，道出對人世百年無所成之感歎，並祝福朱彥歸朝後有所作
為，此為其親訪姑熟堂之作。

　　此類作品尚有〈濟源草堂歌贈傅欽之學士〉（《青山集》
卷一‧葉十二下）、〈寄題蘄州涵輝閣呈太守章子平集賢〉（《青
山集》卷一‧葉十三上）、〈宣州雙溪閣夜呈太守余光祿〉（卷
一‧葉十三下）等作，多為各地方志所錄，內容多歌頌斯樓之
成，而感歎於世間萬事之不可求，不如自放山水之間。

　　而其寄題未見景物之作，如〈寄題洪州潘延之家園清逸樓〉
（《青山集》卷一‧葉十四上）、〈寄題德興余氏聚遠亭〉（《青
山集》卷一‧葉十四下）亦多為《方輿勝覽》及《輿地紀勝》
等地方志引用，成為各地名勝之代表作，可見祥正題寫之詩當
時即為眾人所希求，欲以此增添景物知名度，直至南宋地方志
亦好以祥正之詩為景物作注；今日景物或已荒蕪，然由祥正之
詩當可想見建築物之形影，如〈寄題洪州潘延之家園清逸樓〉
中言此樓：「南昌城中潘令宅，清逸樓高二千尺。斜飛四角河
漢躔，密排萬瓦鴛鴦碧。」於此可想見此樓之壯觀，亦可供今
人瞭解宋代之建築。

　　題寫之作，或以祥正觀景有感而發、或以贈與友人而作，
而其對祥正詩之傳播及經濟因素皆有幫助，亦是祥正此類作品
甚眾之主要原因。

三、送別之作

　　祥正送別之作，亦如其一貫詩風，多以觀景起思古之懷、
古今之歎，亦多豪邁之作，如：

〈錢塘行送別簽判李太博（獻甫）〉：

> 東南會府唯錢塘，高門雙開南斗傍。門前碧瓦十萬戶，
> 曉色滿城煙雨香。聖祖神宗造區宇，應命最先吳越王。
> 不經兵火二百載，地饒沃衍民康強。蓮花紅白西湖芳，
> 南山翠影臨滄浪。瓊樓寶塔照明月，塵埃不到炎天涼。
> 畫船羅幕盡高卷，白玉美人游冶郎。年年中秋海朝過，
> 萬頃銀山面前墮。少年輕命爭弄潮，手掣紅旗逆潮籤。
> 聞君此行承辟書，伯樂能求汗血駒。四時風物同吟嘯，
> 十郡兵民歸卷舒。公閒畜德聊自養，承平功業還吾儒。
> 況君登朝未四十，慎勿出處窮歡娛。慎勿出處窮歡娛，
> 臨淵履冰佩瓊琚。（《青山集》卷二・葉四下）

此為祥正送別李琮之作，此作全詩錄於《咸淳臨安志》，
以為詠錢塘潮之佳作，「東南會府唯錢塘，高門雙開南斗傍。」
（卷九十七・葉一下）起言錢塘所居之地理要位，繼言其物產
豐饒、景色之美，原因在於「聖祖神宗造區宇，應命最先吳越
王。不經兵火二百載，地饒沃衍民康強。」未經戰亂，形容城
景之美用「蓮花紅白西湖芳，南山翠影臨滄浪。瓊樓寶塔照明
月，塵埃不到炎天涼。畫船羅幕盡高卷，白玉美人游冶郎。」
由描寫錢塘景色之美，一轉而云：「年年中秋海朝過，萬頃銀
山面前墮。少年輕命爭弄潮，手掣紅旗逆潮籤」此地少年弄潮
輕命之舉，以此為贈李琮之警惕語，再轉言「聞君此行承辟書，
伯樂能求汗血駒。」方與送別有關，勉其「公閒畜德聊自養，
承平功業還吾儒。況君登朝未四十，慎勿出處窮歡娛。慎勿出
處窮歡娛，臨淵履冰佩瓊琚。」修德立功，當如臨淵履冰，切

勿學錢塘少年不知自重。

　　祥正送別之作多如此詩，初不見與送別有何關係，而內容多為觀景有所感，以所感之語贈之，如〈蜀道篇送別府尹吳龍圖（仲庶）〉贈吳中復道：「長吟李白蜀道難，蜀道之難難于上青天。長蛇並猛虎，殺人吮血毒氣何腥羶。」「世人不識寶玉璞，每欲酬價齊刀鉛。求之往古疑未有，惜哉不經孔子之手加鑱鐫。公今易節帥蜀國，為公重吟蜀道篇。」（《青山集》卷二‧葉三下）此詩作於熙寧二年〔註二十二〕，為送別吳中復往成德之詩，因中復之欲守蜀國邊疆，故以蜀道篇贈之，有感於太白與己皆不得用於當世，而歎道「惜哉不經孔子之手加鑱鐫」。

　　祥正送別之作，用情最深者莫過於〈送梅直講（聖俞）〉及（送袁殿丞。〈世弼〉）〔註二十三〕，實因二人對祥正皆有知遇之恩，此已於第二章‧第四節「交遊」中詳論。

　　由祥正豐富的應酬交遊之作觀之，可知祥正此類詩作中亦包含豐富之內容，如風景形勝之描寫、建築物之描寫、民間慶典之興味及古今之思，其形式則多似賦體鋪陳直出，此類作品佔祥正詩作大部分，卻不影響其詩集之價值，實因祥正此類作品表現出詩人高超之才氣〔註二十四〕，亦多詩人獨特之感興與深切之感懷，如祥正六十歲時所作之〈醉歌謝太平李倅自明除夜惠酒〉中歌道〔註二十五〕：「君不見劉項存王安在哉，暫時龍虎轟風雷。袁盎說行晁錯戮，躡蹤刺客橫刀來。又云舜野死，堯幽囚，九疑連延雲霧愁。不如飲酒醒復醉，抱甕負錇渠無仇。滄海化為酒，蓬萊作糟丘。與君攜手去，赤腳踏鼇頭。」皆為祥正真情至性之作。

198

第四節　描寫風景之作

祥正作品之中以描寫山水為題者，不勝枚舉；今觀此類詩中能以純客觀態度描寫山水者則極少，多以自己之心情描繪山水，起身世之歎，或思古之情；甚而鎔鑄大量史事於山水之中。

其寫景之作以〈金山行〉為代表作，詩云：

> 金山杳在滄溟中，雪涯冰柱浮仙宮。乾坤扶持自今古，日月彷彿躔西東。我泛靈槎出塵世，搜索異境窺神工。一朝登臨重太息，四時想像何其雄。卷簾夜閣掛北斗，大鯨駕浪吹長空。舟摧岸斷豈足數，往往霹靂搥蛟龍。寒蟾八月蕩瑤海，秋光上下磨青銅。鳥飛不盡暮天碧，漁歌忽斷蘆花風。蓬萊久聞未成往，壯觀絕致遙應同。潮生潮落夜還曉，物與數會誰能窮。百年形影浪自苦，便欲此地安微躬。白雲南來入我望，又起歸興隨征鴻。（《青山集》卷一・葉四下）

將金山描寫成仙境，全詩充滿神話色彩，「卷簾夜閣掛北斗，大鯨駕浪吹長空。舟摧岸斷豈足數，往往霹靂搥蛟龍。」更是豪邁奔放，皆為祥正詩之特殊風格。

為（宋）祝穆之《方輿勝覽》、（宋）呂祖謙之《宋文鑑》、（宋）蔡正孫之《詩林廣記》、及（清）張景星・姚培遷・王永棋編選之《宋詩別裁集》等所選錄。由其為《方輿勝覽》所選錄可知此詩於宋代已為描寫金山之代表作；（宋）蔡正孫之《詩林廣記》並錄《王直方詩話》云：「功甫《金山行》『鳥飛不盡暮天碧，漁歌忽斷蘆花風』之句，大為荊公所賞。」言：「胡苕溪云：『功甫《金山行》，造語豪壯，全篇世多未之見

也。』」，可見此詩為時人所讚嘆。而呂祖謙之《宋文鑑》多以選錄關心政治民生之作為主，卻選錄祥正存粹寫景之作，可知〈金山行〉於宋代時已為宋詩之代表作；於清代所編之《宋詩別裁集》亦引以為宋代七言古詩之代表作。

　　茲分為一、以景起懷，以祥正主觀感情為主，因賞景而起自我身世之感；二、寫景之史，則以祥正鎔鑄主觀心情與客觀史實，以描寫景物之背景為主。此外尚有遊記長篇之作及和西湖百詠等寫景之作。

一、以景起懷

　　祥正此類詩為，因觀賞景物興起物外之思，如：

（一）〈采石亭觀浪〉：

> 洞庭秋高北風起，怒浪排空日光眊。坐見雪山飛從物外來，地軸天關恐將圯。移沙裂石失浦漵，群龍呀牙鯨掉尾。舟人但如鷁鳴呎，尺尺存亡隔千里。嗟哉至柔物，溉洞安可當。大禹沒已久，巨浸誰為防。須臾風收浪亦靜，常娥洗月添寒光。湘妃妙曲鼓未徹，汨羅之魄雲徜徉。而今君臣正相樂，法弊一一新更張。監司精明郡縣肅，固無忠憤惟循良。洞庭怪變自出沒，迴首天邊歸雁行。（《青山集》卷二・葉十一上）

　　采石亭位於祥正之故鄉，即江東路・太平州之姑熟，故知此詩為祥正於家鄉姑熟閒居時之作，全詩以景象之怒浪排空起，其「洞庭秋高北風起，怒浪排空日光眊。坐見雪山飛從物

外來，地軸天關恐將圮。」，真如驚濤駭浪，不敢直視，將怒浪之勢鋪寫而出，一轉而寫「須臾風收浪亦靜，常娥洗月添寒光。」風止平靜無波之景；於是以此景，祥正思及故往湘妃與屈原之慟，而今朝廷君王健在，無湘妃之悲；君臣相和，無屈原不得訴之苦，言「而今君臣正相樂，法弊一一新更張。監司精明郡縣肅，固無忠憤惟循良。」對於君王實行新法表態支持。

由其新法之描寫，及詩作之地點，知本詩當作於熙寧三至五年間，宋朝熙寧新政實施之初，即祥正三十五至三十七歲歸隱於鄉之時。本詩作以采石亭觀浪之變化，一轉而歌頌盛世，為寫景之作開創另一境界，為祥正詩作以景起懷，變幻莫測之特色。

（二）〈貴池寺照遠軒〉：

> 碧瓦周遭映佛幢，更窮眼界敞軒窗。山光半擁初生日，天影寬圍不盡江。詩思未容秋色亂，酒醞能使客愁降。陶潛肯憶東籬菊，且倚欄干倒一缸。（《青山集》卷二十六·葉一下）。

貴池寺位於江東路·池州，「碧瓦周遭映佛幢，更窮眼界敞軒窗。山光半擁初生日，天影寬圍不盡江」將貴池寺初曉之美，由近至遠一筆勾勒出來，充滿初曉光線折射時之美，此四句《輿地紀勝》收於貴池寺下，以其為描寫貴池寺之代表作，可見此詩亦為時人所好，「詩思未容秋色亂，酒醞能使客愁降。」一轉而至「秋色亂」，並言「酒醞能使客愁降」，憶起自身之不得用，不禁愁亂了起來，唯能「陶潛肯憶東籬菊，且倚欄干倒一缸。」學習陶潛以酒釋懷。此詩由寫景一轉而寫自身，其

間無跡可尋，景與情幾無關連，為「興」中所謂與所興者不見
其連接關係者，此主觀感受之作。

二、寫景之史

　　祥正寫景詩中，以描寫景物之歷史背景為主要創作，包括
地名之源起及當地所發生之歷史事件。其類作品如：

（一）〈九華山行〉：

> 群山秀色堆寒空，九華一蔟青芙蓉。誰云九子化為石，
> 聚頭論道扶天公。深巖自積太古雪，燭龍縮爪羞無功。
> 湍流萬丈射碧落，此源直與銀河通。塵埃一點入不得，
> 煙霧五色朝陽烘。有時昏昏雷電怒，崩崖裂壁揮長松。
> 龍作雨，虎嘯風。白日變明晦，九子亦慘容，褐冠釋
> 氏胡為笑傲於其中。我將學彼術，卷舌切愧求童蒙。
> 天公信玉女，號令不爾從。嗟爾九子竟何補，非泰非
> 華非衡嵩。（《青山集》卷一‧葉三上）

　　敘述九華山之源起，此亦為《輿地紀勝》所節錄，並記：
「在青陽縣界，《九域志》云：『舊云九子山』，《輿地志》
云：『上有九峰，出碧雞之類』。」（卷二十二）《方輿勝覽》
云：「舊名九子山，李白以有峰如蓮花，改為九華。」三書皆
未詳加介紹九子之名，而祥正此詩即云九子之由來，為「誰云
九子化為石，聚頭論道扶天公。」傳說九子聚頭於此，以扶天，
並言「天公信玉女，號令不爾從。嗟爾九子竟何補，非泰非華
非衡嵩。」為九華山之不得為五嶽不平，「天公信玉女，號令

不爾從。」當為傳說之內容，傳說已失，不可得知，更可凸顯
祥正詩作保存傳說之價值。

全詩描寫九華之景，言其高以深谷映襯，云：「深巖自積
太古雪，燭龍縮爪羞無功。湍流萬丈射碧落，此源直與銀河通。」
言其雪為太古之雪，至今未化，連燭龍亦無法下探，其湍流之
勢，彷彿源至銀河；言其氣象變化之巨，則云：「塵埃一點入
不得，煙霧五色朝陽烘。有時昏昏雷電怒，崩崖裂壁揮長松。
龍作雨，虎嘯風。白日變明晦，九子亦慘容，褐冠釋氏胡為笑
傲於其中。」

此詩以寫景為主，並融入地名之由來，是祥正寫景詩之典
型作法，所描寫之傳說，亦是後代寶貴之文化遺產。

（二）〈題泗州龜山寺〉：

> 蒼山如巨龜，長淮就吞吐。石林含霜明，爻卦儼可數。
> 相傳有神物，在昔遭聖禹。縶鐵送潭中，作鎮亘萬古。
> 乾坤未云息，魑魅那得侮。至今崖下潭，不敢設罔罟。
> 邇來建佛廟，金碧爛庭戶。長廊肖深洞，夜香鬱濃霧。
> 一讀碑上文，颯爾精神聚。憫旱截臂翁，開山即初祖。
> 供僧百萬人，下壇三赤雨。至尊親賜詩，高名動寰宇。
> 樓閣疑化成，何年運斤斧。洄流漲平沙，舟檝永無阻。
> 尤憐瞻仰地，曾是欹傾所。王者唯好仁，佛力豈無補。
> 我來解征鞍，赫日正卓午。涼風如冰霜，洒我襟上土。
> 仰慚雲衲禪，未嘗倦行旅。還思治水功，冥寞今何許。
> （《青山集》卷十一·葉十一下）

以「蒼山如巨龜，長淮就吞吐。石林含霜明，爻卦儼可數。」

描寫此山狀如巨龜，長江、淮水如其吞吐所成，山中之石林如同爻、卦變化不盡之狀，以下繼而描寫此山之傳說。以龜山之神話傳說為主，《方輿勝覽》記淮東路・招信軍之龜山云：「在盱眙縣北三十里，其西南上有絕壁，下有重淵。《廣記》：『禹治水以鐵鎖鎖淮渦水神無支奇於龜山之足。』。」（卷四十七・葉九上）與詩所言：「相傳有神物，在昔遭聖禹。縶鐵送潭中，作鎮亘萬古。乾坤未云息，魑魅那得侮。至今崖下潭，不敢射罔罟。」同，可見祥正詩中所言各地之傳說，皆有所依據，對各地神話傳說之保存深具貢獻。此詩言當代百姓至今仍不敢有所冒犯，於此射網。可見此傳說對百姓影響至深，於下又描寫龜山寺之輝煌歷史，如「供僧百萬人，下壇三赤雨。至尊親賜詩，高名動寰宇。」。

（三）〈懷當塗石城室〉：

> 城東二十里，寺有古石城。過盡綠桑野，還依流水行。
> 水窮山亦合，老木一區平。蘚留虎豹跡，巖多猿狖鳴。
> 樓殿橫澗陰，像塑鉛黃剝。庭中有高花，碧葉抱丹渥。
> 不知何歲年，春容鎮柔濯。山僧亦庬眉，發語頗真樸。
> 卻讀羅泰碑，始知征戰場。赤谷納箭血，夜鬼嗥冷創。
> 雲霧第黯黔，英雄今則亡。誰建大法宇，救援弘津梁，
> 每來即忘還，覽古恣吟眺。沿崖采菖蒲，興發輒長嘯。
> 偶隨辟書起，末路遂難料。十年未能歸，應為山僧誚。
>
> （《青山集》卷十四・葉七上）

今觀《明一統志》於姑熟下言：「郭祥正書堂。在府城東二十里，石城山，宋郭功父讀書之所。」（卷十五・葉十二下）

本詩起言石城室之所在於當塗「城東二十里」，可知祥正於數字之考究毫不虛妄；繼寫石城之景，言其山水道：「過盡綠桑野，還依流水行。水窮山亦合，老木一區平。」、其獸跡道：「蘚留虎豹跡，巖多猿狖鳴」、其庭閣道：「樓殿橫澗陰，像塑鉛黃剝」、其花草道「庭中有高花，碧葉抱丹渥。」，於下一轉而言此地之歷史背景，言讀羅泰碑〔註二十六〕所記，方知此地於古代為征戰沙場，而起古今之歎，道：「卻讀羅泰碑，始知征戰場。赤谷納箭血，夜鬼嗥冷創。雲霧第黯黲，英雄今則亡。」於寫景之中融入思古之情，並敘述歷史，為祥正寫景詩之特色。

又如〈題雨華臺〉中，起首即道：「雲公說法時，諸天雨名花。」雨花名之由來，並言此地景色之奇，道：「至今數畝地，長松肖龍蛇。下不生蔓草，上不存棲鴉。夜或散瑞光，爛若赤城霞。」（《青山集》卷十一·葉十二下）配合其脫俗之歷史背景，言其祥瑞之氣。雨花臺位於江東路·建康府，《方輿勝覽》其下亦曰：「梁武帝時有雲光法師講經于此，感得天雨賜花，天廚獻食。」

此外尚有如〈遊鹿苑寺〉（《青山集》卷十三·葉四上）及〈遊華陽洞阻雨〉（《青山集》卷十三·葉四上）等遊記之作。其中〈遊華陽洞阻雨〉，為祥正歷陽時期之作〔註二十七〕，其中描寫登覽過程云：「我方佩縣印，事閑慕高蹈。聯鑣二三子，並堅松柏操。樽罍薄攜持，丁壯卻前導。行行逼崖巔，紫翠射襟帽。方疑攀鬱蘿，又若堆海潦。石門未及窺，忽值山雨暴。風雲暗衢路，雷電拆巖嶠。蒼黃僕夫語，踴躍猿猱叫。黃泥濡衣裳，安得白日照。初遊成歡愉，中險觸憤懊。」將欲至

此洞之心情，及登臨之艱難，一一道出，其間「石門未及窺，忽值山雨暴。風雲暗衢路，雷電拆巖嶠。」將山間氣候之巨變道出，並有感於「尋幽尚齟齬，處世信難料。暫眠稍蘇息，起坐復悲嘯。寧非山鬼護，不使俗客眺。」欲往而不得，當為山鬼不願俗客登山。

祥正於遊記當中，多以記述風景為主，繼以自身之感歎，如〈遊雲蓋寺〉（《青山集》卷十三‧葉三下）亦由：「紛空素葩墜，悲晚孤猿驚。」一轉而至「予方困遭途，寓宿骨已輕。」。

前所述，多祥正長篇之作，然祥正為王安石所欣賞者，則多為短篇之作，由其〈奠謁王荊公墳三首〉中言：「平昔偏蒙愛小詩，如今吟就復誰知」可知安石甚愛其短篇之作；今觀祥正短篇詩作中寫景者，一反其長篇寫景之作中多豪邁、議論之風，而有全寫其景之清新小品，如〈西巖寺六題〉之〈歸雲巖〉：「春田雨既足，幽巖雲自歸。歸雲無覓處，不共鶴爭飛。」（《青山集》卷三十‧葉六下），充滿恬淡無爭之情，一別於長篇寫景作品之鋪陳排序，由此可知祥正能依所描寫情景之不同，運用適合之詩體。

祥正寫景之作，於其詩歌中佔絕大多數，亦是其詩作之主要價值所在，其價值在於，介紹各地名之源起、保留各名勝之傳說，及記錄其歷史，甚而各地方志亦由其詩中知各地地名之源起，如《輿地紀勝》〈醴泉〉云：「郭祥正〈醴泉〉詩云：『大曆中出』。」（卷二‧葉七下）據此知泉水始出之時；《咸淳臨安志》於理公巖下記：「郭祥正詩：『晉代胡僧理，開山第一人。欲尋巖下跡，猿鳥送餘香。』」（卷二十三‧葉十上）知理公名之由來。於此可知祥正寫景之作之歷史價值，此實因

祥正每至一地，即遊覽其名勝，並考地名之由來及歷史事件，因此詩作中充滿各地不同之風格；今讀祥正之寫景詩，亦常有地方志所未錄之地方史事。

　　祥正寫景詩，多為地方志引為各景色之代表作，亦可說明祥正之寫景作品為後人所重，如祥正《青山集》卷三十〈和楊公濟錢塘西湖百詠〉中寫景之詩，《輿地紀勝》卷二・兩浙西路・臨安府，即錄其〈醴泉〉、〈望海閣〉、〈流杯亭〉、〈見山亭〉、〈天竺峰〉、〈慈雲嶺〉、〈湧金池〉、〈巾子山〉、〈臥犀泉〉、〈陳朝檜〉；《咸淳臨安志》卷二十三錄其〈理公巖〉、〈葛塢〉、〈朱野（墅）〉、〈孤山〉、〈靈石山〉；《淳祐臨安志》卷八錄其〈連巖棧〉、〈伏龍瀨〉、〈青林巖〉、〈理公巖〉、〈呼猿洞〉、〈龍泓洞〉、〈葛塢〉、〈朱野（墅）〉、〈北高峰〉、〈白雲峰〉、〈南高峰〉、〈孤山〉、〈巾子峰〉、〈南屏山〉、〈靈石山〉、〈慈雲嶺〉、〈香林洞〉、〈臥龍山〉、〈石橋〉、〈楊梅塢〉。由方志所錄之眾，可知祥正寫景詩之成功，知其能確實表現該地之特色，及突顯歷史地位。如〈英州煙雨樓〉之「江路分韶廣，城樓壓郡東。」（《青山集》卷二十二・葉六下）一語道出此樓之地理位置，《方輿勝覽》、《輿地紀勝》亦皆以此詩代表「煙雨樓」〔註二十八〕。

第五節　反映民生之作

　　祥正雖多為應酬交遊，個人感懷之作，然由其仕宦經歷，曾於邵州防禦判官時，參與邊疆戰事；亦曾治獄歷陽，參與獄政；獲罪漳南時，經歷水患，都使詩人確實體會了民生疾苦。

　　雖然有關民生疾苦之作，非祥正作品之主要內容，然於祥正此類詩中，可見其悲天憫人，之情懷，並可以瞭解當時之民生問題。於此就官吏之迫害、天災、邊塞分論之。

一、官吏之迫害

　　此類詩作多記載人民生活困苦，卻仍要負擔不合理之賦稅，描寫其治理各地時所見之不平，如：

（一）〈蓮根有長絲〉：

> 蓮根有長絲，不供貧女機。柳梢有飛綿，不煖寒者衣。朝歌悠悠暮歌短，下地沉沉上天遠。東生白日還西流，志士長懷萬古愁。（《青山集》卷六・葉三下）

　　此詩為《宋文鑑》所選錄，寫對貧富不均之不平。蓮根名貴的長絲，貧家女子沒有能力購買來織布；柳梢上暖和的的綿絮，貧寒的人沒有能力援此物以避寒。全詩以《詩經》比興手法，引出貧者之悲情，「朝歌悠悠暮歌短，下地沉沉上天遠」言時光易逝，欲貧賤易，欲富貴難，「東生白日還西流，志士長懷萬古愁。」，繼以作者悲天憫人之情懷。

（二）〈墨染絲〉：

> 繰絲自喜如霜白，輸入官家吏嫌黑。手持退印競傳呼，俄見長條染深墨。墨絲歸織家人衣，別買輸官吏嗔遲。寄言夷狄與三軍，汝得豐衣民苦辛。（《青山集》卷六・葉三下）

　　此詩描寫當時科稅之弊病，「繰絲自喜如霜白，輸入官家
吏嫌黑。手持退印競傳呼，倏見長條染深墨。」言所繳本是如
霜白之絲，官家竟通知絲過黑不合格，待領回才發現已被染成
墨絲；「墨絲歸織家人衣，別買輸官吏嗔遲。」，只能將墨絲
織成家人之衣，再買新絲送與官府，官吏尚且責怪太遲，苦道
「寄言夷狄與三軍，汝得豐衣民苦辛。」。

　　全詩描寫當時官吏之不法貪瀆，人民欲訴無門，只得「寄
言夷狄與三軍，汝得豐衣民苦辛。」，其中言「夷狄」更有其
歷史背景，宋自澶淵盟約與遼國定為兄弟之邦之後，即每年贈
其布匹絲綢，作者更以此表現對外交政策之不滿。此詩亦被《宋
文鑑》所選錄，當因其詳實描寫民生之疾苦。

　　又如祥正四十三歲於歷陽時所作之〈春日懷桐鄉舊游〉云：
「詔書徙幕府，籠鳥無高翔。卻治歷川獄，幽憂坐空堂。有女
殺其母，逆氣凌穹蒼。郡縣失實辭，吏侮爭持贓。辟刑固無赦，
何以來嘉祥。高垣密閣禁，但覺白日長。茫然思舊游，今成參
與商。世網未能脫，樂事安可常。咄嗟勿重陳，昏昏燈燭光。」
（《青山集》卷十四·葉三上）描寫於歷陽所見之弊病，「有
女殺其母，逆氣凌穹蒼。郡縣失實辭，吏侮皆持贓。」言此地
犯罪嚴重，但郡縣官吏皆加以隱瞞，將官吏貪贓枉法之行為道
出。並言「辟刑固無赦，何以來嘉祥。」，辟刑即死刑，由此
知祥正是反對死刑的，盡力想赦免，並言「高垣密閣禁，但覺
白日長。」，實不忍見獄訟之事。

　　並於〈送黃吉老察院〉〔註二十九〕表現出關心時政，對
時政之不滿。

二、天災

　　祥正有多首詩作，記錄了天災對百姓所造成之傷害，茲分為（一）水災。（二）旱災。（三）寒害。舉例言之：

（一）水災。

1·〈倚樓〉：

> 官閑何所之，倚樓縱遠目。田疇未耜出，高下春雨足。
> 人家有生意，慰我苦幽獨。憶昨水沴餘，海氣蕩坤軸。
> 蛟龍圻川原，舟楫造溪谷。禾麻安更論，未能保骨肉。
> 有子殺為食，何以厚風俗。上賴天子聖，詔書勤撫育。
> 雖使發倉廩，飽歲實無畜。郡縣徒蒼黃，論丁具糟粥。
> 所救無幾何，往往委溝瀆。今茲氣候正，逋民稍來復。
> 楚風重祠廟，纔歸競巫祝。此物豈有靈，焉能助豐熟。
> 渺思濟時策，慎擇良宰牧。金繒斥誅求，教化行比屋。
> 祖宗德澤深，萬歲長沐浴。題詩起高興，飄然跨鴻鵠。
>
> （《青山集》卷十二·葉四下）

　　此祥正倚樓而望，見百姓忙於祭祀，有感而作，「憶昨水沴餘，海氣蕩坤軸。蛟龍圻川原，舟楫造溪谷。禾麻安更論，未能保骨肉。有子殺為食，何以厚風俗。」回憶去年水災時，淹沒了一切，人民殺子而食之慘況。「上賴天子聖，詔書勤撫育。雖使發倉廩，飽歲實無畜。郡縣徒蒼黃，論丁具糟粥。所救無幾何，往往委溝瀆。」言縱然天子下令開官倉賑災，但倉廩本無所畜，多數的百姓仍不免身亡。而今稍逢豐年，百姓即鋪張祭神，祥正質疑道「此物豈有靈，焉能助豐熟。」，並告

210

誠上位者欲享豐年必須「渺思濟時策，慎擇良宰牧。」，用心政事，知人善任。祥正此實先天下之憂而憂，後天下之樂而樂，不只描寫了人民所受之災難，並提出朝廷當有所作為，預防災禍。

2·〈漳南書事〉：

> 元豐五年秋，七月十九日。猛風終夜發，拔木壞廬室。
> 須臾海濤翻，倒注九溪溢。湍流崩重城，萬戶競倉卒。
> 馬牛豈復辨，涯渚怳已失。嬰老相攜扶，迴首但悽慄。
> 憂心漫如焚，救疹竟無術。憶昨攝印初，歲望頗云吉。
> 田疇時雨足，秔糯各秀實。胡為兆陰怪，平地遭滿汩。
> 尤嗟梁棟材，中道摧折畢。日月有常度，金行正蕭瑟。
> 疇咨風雨師，殘害皆天物。天心本好仁，忍視久不恤。
> 況今太上聖，治具嚴且密。驅馬藏民間，教兵授神筆。
> 四夷還舊疆，百辟奉新律。固宜集和氣，祥瑞為時出。
> 緣何漳南民，憔悴抱愁疾。終當呼長鯨，一吸見蓬蓽。
> （《青山集》卷十五·五上）

由詩中所言「元豐五年秋，七月十九日。」，知為祥正四十八歲，獲罪漳南時所作，此詩所言即為颱風所造成之災害，言：「猛風終夜發，拔木壞廬室。須臾海濤翻，倒注九溪溢。湍流崩重城，萬戶競倉卒。馬牛豈復辨，涯渚怳已失。嬰老相攜扶，迴首但悽慄。」言猛風吹襲整夜，房子都遭摧毀，海浪濤天，海水倒灌，急流崩毀城池，千萬百姓倉卒逃逸，牛馬到處漂流，河堤亦已潰決，百姓相互攙扶，眼看家園遭摧毀之蒼黃景象。

　　此詩將颱風所造成之災害，生動而詳細的描寫出來，如同一篇報導文學，可知祥正對於民間百姓遭遇，觀察入微。

　　祥正對於漳南人民之遭遇是同情的，「天心本好仁，忍視久不恤。況今太上聖，治具嚴且密。驅馬藏民間，教兵授神筆。四夷還舊疆，百辟奉新律。固宜集和氣，祥瑞為時出。緣何漳南民，憔悴抱愁疾。」呼出上天有好生之德，為何不體恤百姓之苦；而今朝政清明，四海昇平，漳南百姓不該受此待遇，實盼上位者見此詩能救助災情。

３・〈川漲〉：

> 朱夏久不雨，川源倏然漲。三湖渺相連，狂風蹴高浪。
> 蛟龍遞出沒，魚鱉隨浩蕩。群山悄低徊，阡陌失背向。
> 嗟嗟圩中田，一埂安可障。去年已大潦，十戶九凋喪。
> 幸賴官廩實，嚚嚚命所仰。官廩今已空，農事未敢望。
> 理水竟無術，祈禱俟靈貺。退寸復進赤，潮勢頗難量。
> 彼蒼罪斯民，殺戮不以杖。令人思禹功，巍巍百王上。
> （《青山集》卷十七・葉四下）

　　言「朱夏久不雨，川源倏然漲」大水來得突然，一來即「狂風蹴高浪。蛟龍遞出沒，魚鱉隨浩蕩。群山悄低徊，阡陌失背向。嗟嗟圩中田，一埂安可障。」淹沒山林與農田，「去年已大潦，十戶九凋喪。幸賴官廩實，嚚嚚命所仰。官廩今已空，農事未敢望。」而去年水災，幸賴官倉賑災，而今官倉已空，人民將無所依靠。而朝廷竟無治水之能，令人懷念大禹之功在萬民，故言「理水竟無術，祈禱俟靈貺。」、「令人思禹功，巍巍百王上。」。

　　全詩描寫百姓為水患所苦，而朝廷卻沒有會治理水患者，祥正為百姓憂傷，而思及禹之功在百王之上，其中「彼蒼罪斯民，殺戮不以杖。」，道出了深沉之悲慟。

　　於水患之描寫，尚有漳南時期之作，如〈稍霽二首〉〔註三十〕言：「霪霖霾晝夜，積潦接郊郛。小艇家家有，危橡處處扶。」等描述災後情景。

（二）旱災。

　　祥正敘述人民飽受旱災所苦之作，如〈觀雨〉一詩云：

> 不雨九十日，火氣流郊郛。空山渴虎兕，涸泥困龍魚。
> 農事固騷屑，令人但長吁。渺思真宰意，反覆竟何如。
> 去歲百川溢，田園變江湖。南民遂乏食，十九棄路衢。
> 那聞今秋旱，性命當無餘。祀龍稽往法，擊鼓煩群巫。
> 殷殷百里雷，奮自東南隅。陰雲隨電合，密雨應時須。
> 驅馳蒼黃際，慘淡氣色蘇。登樓注遠目，百憂聊滌除。
> 銀浪徹平地，玉繩迷太虛。日月洗塵坌，山川改焦枯。
> 法官朝大舜，冠珮皆鴻儒。況當禮樂新，百靈共持扶。
> 和氣自茲肇，風雨安敢逾。欲傳千歲音，詠言愧靡蕪。
> （《青山集》卷十四‧葉二下）

　　言今年不雨已九十日，酷熱的天氣，連山林野獸都難以忍受，「農事固騷屑，令人但長吁。渺思真宰意，反覆竟何如。」言農事收成微薄，令人歎息，反覆思考都難以明瞭神靈的用意；「去歲百川溢，田園變江湖。南民遂乏食，十九棄路衢。那聞今秋旱，性命當無餘。」去年大水成災，人民缺乏食物，今年

又久旱不雨，能存活的人更少；於是百姓及官吏只得祭祀求雨；
作者記之，盼能流傳千年，使後人瞭解當時百姓的苦痛，及所
作的努力，感慨「欲傳千歲音，詠言愧蘼蕪。」這些情景又如
何能概括在短短的詩文中。

全詩寫百姓遭水災、旱災所苦，終求助於祭祀，方得雨水。
詩中百姓的疾苦，為政者只能任其對渺不可知之神明哀求，無
奈之至，描寫出農業社會，百姓為天災所苦之情景。

（三）寒害。

1‧〈苦寒行〉二首：

> 江南饒暖衣絺綌，今歲春寒人未識。溪流冰合地成拆，
> 一月三旬雪三赤。去年大潦民無食，子母生離空嘆息。
> 只今道路多橫屍，安忍催科更誅殛。
> 下溪捕魚一丈冰，上山採樵三赤雪。人人飢餓衣裳單，
> 骨肉相看眼流血。乾坤失色雲未收，雕鶚無聲翅將折。
> 官倉斗米餘百金，願見春回二三月。（《青山集》卷
> 一‧葉十上）

此詩作於祥正任秘閣校理之前。梅堯臣有和詩〈依韻和郭
秘校苦寒〉：「噫風鳴悲鳶鳴哀，雨霰枯目為之摧。昭亭山頭
野火滅，海水夜凍迷蓬萊。燭籠以爪自掩耳，酒盞生冰拈不起。
陶潛棄官屋無米，兒嚎妻啼付鄰里。」可知堯臣亦讚許此詩。

由「溪流冰合地成拆，一月三旬雪三赤」，知祥正此詩所
作之時間為至和元年，即祥正二十歲時。此據《宋史》記仁宗
至和元年事，「至和元年春正月辛未，詔：『京師大寒，民多

凍餒死者，有司其瘞埋之。』」及《續資治通鑑補編》所記至和元年二月事：「二月·乙未·朔，詔天下州縣自今遇大雨雪，委長吏詳酌放官私房錢，三日毋得過三次。」（卷一七六·葉四下）知所記當為同一事，以此知該作作於至和元年，祥正二十歲時。

又詩中「去年大潦民無食」所指，為皇祐四年之水患，造成皇祐五年之饑荒，至和元年之去年即皇祐五年。此據《宋史》（卷二十二·本紀第十二）·仁宗四·記皇祐四年事，言「正月……乙亥，塞大名府決河。」「是歲河北及鄆州水，蠲河北民積年逋負、鄆州民稅役。」可知。

詩中言「去年大潦民無食，子母生離空嘆息。」，水患造成母子分離，「溪流冰合地成拆，一月三旬雪三赤。」而今又下了一整個月的雪；「只今道路多橫屍，安忍催科更誅殛。」街頭但有屍橫遍野，郡吏如何忍心再與催科。

二詩描寫人民為生活奔忙之辛苦，盼官府寬免科稅，盼雪能停，春天早至，以入聲韻表達出人民哽咽不得訴之苦。

2·〈前春雪〉：

> 玄冥奪春令，連旬雪塞屋。嗷嗷何物聲，云是饑民哭。
> 來請義倉米，奈何久空腹。寒威如戈矛，命盡須臾遠。
> 憶昨去年水，雲濤卷平陸。高村既無麥，低田又無穀。
> 民間已乏食，租稅仍未足。縣令欲逃責，催科峻鞭扑。
> 嗟哉吾邦民，何以保骨肉。昂頭訴蒼蒼，和氣待春育。
> 春工本好生，此雪無乃酷。誰家敞園館，草樹變瓊玉。
> 美人學回風，歡笑列燈燭。不知萬戶寒，唯憂五更促。
> 世無採詩官，悲歌寄鴻鵠。（《青山集》卷十七·葉二上）

215

　　以「玄冥奪春令，連旬雪塞屋。嗷嗷何物聲，云是饑民哭。」
起，將春天雖已至，然大雪卻不止，只聞饑民嗷嗷待哺的哭聲
道出；「來請義倉米，奈何久空腹。寒威如戈矛，命盡須臾遽。」
言百姓至官府請求開義倉賑災，在寒冷的雪地中，饑餓的陳情
百姓姓命危在旦夕；以下轉言百姓所承受之苦痛「憶昨去年水，
雲濤卷平陸。高村既無麥，低田又無穀。民間已乏食，租稅仍
未足。縣令欲逃責，催科峻鞭扑。」，言去年水災，淹沒了農
田，百姓已缺乏食物，縣令卻逃避職責，隱瞞不報於上，嚴厲
的執行科稅。於是祥正歎道「嗟哉吾邦民，何以保骨肉。昂頭
訴蒼蒼，和氣待春育。」人民如何能度過寒害，等待春天到來
呢？而富豪之家仍舊醉生夢死，不理會千萬百姓之痛苦，只擔
憂不能及時行樂，祥正以最深的悲傷，道出「不知萬戶寒，唯
憂五更促。世無採詩官，悲歌寄鴻鵠。」之不平。

　　此當記至和元年之寒害，為祥正二十歲時所作。全詩描寫
百姓為天災所苦，為官者又隱瞞不報於朝廷，仍舊催科如故之
社會現象；道出百姓朝不保夕，而富豪之家仍歌舞歡樂以終宵，
運用對比手法表現出貧苦百姓之無奈，承繼杜甫「朱門酒肉臭，
路有凍死骨。」之不平精神。

3‧〈後春雪〉：

　　　　前雪深五尺，後雪深五尺。動地北風惡，連天凍雲塞。
　　　　通逵絕行人，萬物同一色。燭龍爪生冰，陽烏觜插翼。
　　　　牛羊何足論，虎豹餓無食。此雪昔未有，父老均嘆息。
　　　　況當長養時，玄冥翻怒赫。我欲請雷車，夜半轟霹靂。
　　　　斗杓幹春陽，和氣隨甲拆。溶為大田水，青發壟頭麥。

南民少蘇醒，白骨免堆積。朝廷方體仁，乾坤應合德。
有酒不敢飲，獨樂神所責。悲歌閉空屋，寫慰同心客。
（《青山集》卷十七‧葉二下）

　　當與前二詩同記至和元年事，起首即描寫大雪不止之蕭瑟
景象，轉而言「此雪昔未有，父老均歎息。況當長養時，玄冥
翻怒赫。」從來沒有下過如此久的雪，卻又在萬物當生產之天
災；「我欲請雷車，夜半轟霹靂。斗杓幹春陽，和氣隨甲拆。
溶為大田水，青發壟頭麥。南民少蘇醒，白骨免堆積」作者擔
憂人民之生計，欲貢獻己力，盼求得雷車，以雷聲喚出春天，
使雪溶化成水，以供農事灌溉，萬物滋生，人民得免於死難。
由「有酒不敢飲，獨樂神所責。悲歌閉空屋，寫慰同心客。」
可知祥正擔憂人民之苦，不忍獨自飲樂，只能獨自憂心。

　　此延續前詩，悲歎寒害至春末仍不去，盼自己能有神力救
助人民於困苦之中，實明知其不可能，但又無可奈何，只能以
此詩自我釋懷，並安慰與自己同憂之人。全詩有別於〈前春雪〉
之敘事形式，而充滿神話誇張色彩，仿屈原之表現手法描寫擔
憂民生疾苦之心情。

4‧〈復雪〉云：

連朝雪復雪，吾獨擁紅爐。樽中亦有酒，不為飢寒驅。
目前奚所憂，所憂在村墟。去年旱兼水，二稅多逃逋。
十家九乏食，往往死路衢。空山嗥虎豹，深淵臥龍魚。
飛鳥各斂翼，康莊斷行車。倚門獨悲歌，陽氣何時舒。
（《青山集》卷十八‧葉三下）

「連朝雪復雪，吾獨擁紅爐。樽中亦有酒，不為飢寒驅。」先描寫自己幽閒之生活，不為飢寒所苦；但思及百姓所受之苦，苦道：「去年旱兼水，二稅多逃逋。十家九乏食，往往死路衢。空山嘷虎豹，深淵臥龍魚。飛鳥各斂翼，康莊斷行車。」，言接連不斷的天災，使人民因逃稅流離失所，死於道中，野獸亦因而藏匿不出，路上亦無行人與車輛，一片冷清。詩人憂心於此，故只能「倚門獨悲歌」歎道「陽氣何時舒。」。

三、邊塞

（一）戰事。

1 ·〈麟州歎〉：

> 邊兵不覺西人至，麟州倉卒城門閉。城中帶甲僅防城，城外生靈任凋斃。元戎底事不防秋，千里郊原戰血流。謾說知兵范僕射，未免君王西顧憂。（《青山集》卷六·葉四下）

　　由《宋史紀事本末》言：「（元祐）六年九月，夏人寇麟州，又寇府州。」（卷四十）此詩當作於元祐六年，祥正獲罪漳南之時，時范純仁守之。祥正描寫邊疆守衛怠於職守，不顧城外百姓之安危，以「邊兵不覺西人至，麟州倉卒城門閉。」始，原因當由於《宋史紀事本末》所言：「（元祐六年）五月，夏人寇麟州、神堂砦、知州訾虎躬督兵出戰，敗之，詔虎自今毋得輕易出入，遇有寇邊，止令裨將出兵捍逐，恐失利損威，以張虜勢。」（卷四十）上令禁止出兵。此詩描寫將士之昏庸，

兵臨城下才倉卒關閉城門。「城中帶甲僅防城，城外生靈任凋
斃。元戎底事不防秋，千里郊原戰血流」將將士不顧城外百姓
生命之卑劣道出，描寫其疏失造成「千里郊原戰血流」。其「謾
說知兵范僕射，未免君王西顧憂。」則指責舊黨人士，主和不
主戰之心態為邊境不靖之因，此范僕射當指范仲淹。按：《宋
史》范純仁傳曰：

> 過關入對，神宗曰：「卿父在慶著威名，今可謂世職。
> 卿隨父既久，兵法必精，邊事必熟。」純仁揣神宗有
> 功名心，即對曰：「臣儒家，未嘗學兵，先臣守邊時，
> 臣尚幼，不復記憶，且今日事勢宜有不同。陛下使臣
> 繕治城壘，愛養百姓，不敢辭；若開拓侵攘，願別謀
> 帥臣。」（卷三一四）

可證神宗曾因范仲淹知兵，而問兵於其子范純仁，純仁給
神宗之建議卻是避免戰爭之消極答案。祥正因此而刺其父知
兵，其子卻進言以仁義安夷狄。不能預先防患於未然，解除今
日邊疆之危。

祥正於元祐二年五十三歲時，所作之〈南雄除夜讀老杜集
至歲云暮矣多北風之句感時命題篇〉詩即云：「廟堂赫赫用耆
舊，熟講仁義安羌戎。我甘海隅食蚌蛤，飽視兩邑調租庸？嗚
呼不獨夔子之國杜陵翁，牙齒半落尤耳聾。」（《青山集》卷
五・葉十二下）極力反對仁義安羌戎之政策。是以元祐六年見
麟州百姓之苦，憤而怪罪范仲淹父子。實情感所至，不免深罪
他人。

　　祥正始終反對舊黨人士，以仁德感化夷狄，換取邊疆安定之主張；其主戰思想始終與新黨相同，故於〈送黃吉老察院〉中批評舊黨人士：「政寬法不舉，將○邊無威」。本詩借由百姓悲慘之遭遇，批評麟州邊將之無能及舊黨退縮之主張，及宋代兵政之嚴重缺失。

2‧〈東望〉：

> 歷陽望姑熟，撫掌衣帶隔。卻瞻天門山，落日一雙碧。
> 不知雲中鳥，自在鼓兩翼。冠裳漫羈紲，髮綠今已白。
> 功名隨浮煙，所得乃祿食。天兵下安南，獠穴須滅跡。
> 騰山吼豺虎，跨海轟霹靂。殺氣暗南溟，萬古一洗滌。
> 借令伏波在，縮手定嘆息。男兒逢此時，弗往荷矛戟。
> 胡為守文法，銖銖校朝夕。終當解官去，大艦卦長蓆。
> 乘風卷雲濤，載月奏玉笛。不作凌煙人，猶為釣鰲客。
> 誰能對鄉關，跬步歸未得。（《青山集》卷十四‧葉
> 三下）

　　此詩為祥正四十三歲，熙寧十年由桐鄉轉任歷陽後所作，故言「歷陽望姑熟，撫掌衣帶隔。」祥正歎時光流逝，卻未曾立功沙場，思及安南此刻正起干戈，希冀得以征戰沙場，立功邊疆。描寫邊疆慘烈的征戰言道：「天兵下安南，獠穴須滅跡。騰山吼豺虎，跨海轟霹靂。殺氣暗南溟，萬古一洗滌。」，「借令伏波在，縮手定歎息。」假使伏波〔註三十一〕將軍再世，亦將無能為力。言「男兒逢此時，弗往荷矛戟。胡為守文法，銖銖校朝夕」逢此歷史時刻，怎可失去立功沙場之機會。「終當解官去，大艦卦長蓆。乘風卷雲濤，載月奏玉笛。不作凌人，

220

猶為釣鰲客。誰能對鄉關，跬步歸未得。」言當不成流芳萬世之凌煙閣人物〔註三十二〕，寧為胸襟豪放似太白之釣鰲客。

　　此詩祥正紀錄了當時安南之役之慘烈，但祥正卻一心欲親赴戰場，欲流芳萬世，若不得如願，寧可歸隱家鄉，而祥正亦如所言，不久後即歸隱。

　　關於此次安南戰役，祥正於〈贈二李居士（伯時、德素）〉〔註三十三〕中亦曾言及戰事之慘烈，此為熙寧九年，祥正四十二歲桐鄉時期作品，描寫邊疆之憂患，云：「交趾近反逆，蟻聚浮戰船。邕廉皆失守，聖主憂南邊。上將命遂卨，睿算天所傳。虎熊十萬眾，干戈與雲連。傾海洗梟巢，拓境除狼煙。悵懷炎瘴地，何日聞凱旋。」並言交趾反叛，以戰船攻陷邕州與廉州，皇上擔憂南境，聖明的派遣郭逵、趙卨征伐，十萬兵馬戰於邊疆，保衛國土，何時才能凱旋而歸。「北虜恃驕黠，分疆亦逾年。廟謨非不深，遣使皆俊傑。此事竟未果，艱虞甚防川。安得傅介了，萬里威名宣。」作者更想起北虜的欺凌，歎世無傅介子〔註三十四〕之勇，得以立功邊塞，宣揚宋威。

（二）閨怨。

　　閨怨詩中描寫戰士出征，婦人獨守空閨之心情，亦能表達戰爭帶來的生離死別。

1．〈望夫石〉：

　　　　杜娟啼血春林碧，妾有離愁異今昔。上盡高山第一峰，
　　　　目亂魂飛化為石。化為石，可奈何，淚懸白露衣薜蘿。
　　　　千古萬古望夫恨，一江秋水寒蟾多。漢家天子點征役，
　　　　良人荷戈歸不得。此身未老將何從，不似山頭化為石。

（《青山集》卷六・葉三上）

起以「杜娟啼血春林碧，妾有離愁異今昔。」言怨婦之愁與古同，並以望夫石〔註三十五〕待夫不歸之傳說，道怨婦的悲傷，至「漢家天子點征役，良人荷戈歸不得。」方點出其夫不得歸之因，在於為征役所羈；「此身未老將何從，不似山頭化為石。」則道出怨婦最深切之悲痛，不知如何度過等待歲月。

2・〈聞砧〉：

> 天潢轉斜白，庭菊汎團露。紈扇辭玉纖，雲幄含幽素。
> 濕螢遞疏牖，寒螿鳴外戶。南鄰發砧響，涼夕敢虛度。
> 不作舞衣裳，為君理繒絮。邊磧多苦寒，先秋寄征戍。
> （《青山集》卷十八・葉一上）

描寫婦人夜裏獨守空閨，為戰士縫製征衣。其「不作舞衣裳，為君理繒絮。邊磧多苦寒，先秋寄征戍」，擔憂不捨之情見於文字。

亦有〈南豐道中六言〉：「前溪淡淡日落，後山靄靄雲歸。桃花不知客恨，一片飛上征衣。」（《青山集》卷三十・葉八下）描寫征夫的悲傷。

祥正描寫民生之作，忠實的記錄了當時人民所受之苦楚，〈墨染絲〉中奸吏的迫害，〈春日懷桐鄉舊遊〉中獄政之不明；〈漳南書事〉中百姓遇颱風時之無助；〈前春雪〉中貧民為寒害所困，官吏卻隱瞞不報，使貧民為繳稅所苦，而富豪之家仍舊歌舞昇平；〈麟州歎〉與〈南雄除夜讀老杜集至歲云暮矣多北風之句感時撫事命為題篇〉中憤慨於舊黨大臣於邊關問題上

所做之錯誤決定，造成之邊疆危難，對於當代政治民情都有深入的觀察。

值得注意的是，於此類詩中，從來未曾批評新政所造成之不便，此實因祥正衷心嚮往王安石新政，能造就出富國強兵之宋朝，故對於新法之不便，視為必經之過程，對於新法之施行始終樂觀其成，於〈漳南書事〉讚揚神宗之德政，言「況今太上聖，治具嚴且密。驅馬藏民間，教兵授神筆。」其「驅馬藏民間」正是歌誦新法中之保馬法。對於蠻夷之入侵亦主張全力反擊，故幾度請纓，欲建功沙場，流芳百世。

於此類詩作中祥正亦長於壯闊景象之鋪述，於災害之描寫，如〈漳南書事〉中言颱風之景象之「猛風終夜發，拔木壞廬室。須臾海濤翻，倒注九溪溢。湍流崩重城，萬戶競倉卒。馬牛豈復辨，涯渚怳已失。」；〈川漲〉中言水災「朱夏久不雨，川源倏然漲。三湖渺相連，狂風蹴高浪。蛟龍遞出沒，魚鱉隨浩蕩。群山悄低徊，阡陌失背向。」；〈麟州歎〉言百姓死傷之眾多：「元戎底事不防秋，千里郊原戰血流」；〈贈二李居士（伯時、德素）〉言戰爭之雄偉：「虎熊十萬眾，干戈與雲連。傾海洗鼻巢，拓境除狼煙。」；〈東望〉言戰事之慘烈：「天兵下安南，獠穴須滅跡。騰山吼豺虎，跨海轟霹靂。殺氣暗南溟，萬古一洗滌。借令伏波在，縮手定嘆息。」全都景象壯闊、氣勢滂渤，令人讀之即為其氣魄所震，詩人反映民生者，絕少能有此氣勢。

223

第六節　閒適之作

　　祥正對於閒適的歸隱生活一直非常嚮往，由其二十歲時佐星子時與長官不和，棄官而去；二十六歲為德化尉時因蹇於職事被罰，於是又十年棄官；四十三歲時因不喜歡歷陽之治獄工作，及受王安石罷官影響，對朝政心灰意冷，隱居姑熟五年；五十五歲為端州太守時，待郭鼎可以自立，即上書請求歸隱，自此不再出仕。可知閒適的歸隱生活，一直是祥正逃避現實生活的避風港，祥正於其仕宦生活中稍有不如意即棄官而去，樂於享受田園、山野之樸實。

　　由此類詩中可見祥正詩作受陶淵明影響之詩風。本節就其閒適作品分為田園生活及山林生活二部分。

一、田園生活

（一）〈我歸矣〉：

> 我歸矣，江之南，一簑一釣桃花潭。桃花潭水深千丈（自注：李白句），金鱗尾尾密如蠶。得魚輒笑放魚去，我不貪餌爾何貪。移船就月還一飲，天為方床月為枕。水紅芙蓉爛雲錦，醉則縱橫看花寢。看花寢，如之何，向來憂患付煙波。（《青山集》卷六‧葉八下）

　　此祥正將歸而未歸時所作，想像歸隱之後閒適的生活。起以「我歸矣，江之南，一簑一釣桃花潭。」欣喜的告訴讀者，自己將要歸隱，過著煙波釣叟的閒適生活，其「桃花潭水深千丈，金鱗尾尾密如蠶。」點化了李白〈贈汪倫〉「桃花潭水深千尺，不及汪倫送我情。」句，尺字為丈字而成，但和李白描

224

寫汪倫送己之情不同，此處指現實桃花潭景象。「得魚輒笑放魚去，我不貪餌爾何貪。」有玄言詩的味道，以魚喻己，為仕祿所羈，是以己勸魚莫貪俗餌，繼以「移船就月還一飲，天為方床月為枕。水紅芙蓉爛雲錦，醉則縱橫看花寢。」表現出歸隱之後與世無爭之閒適，天地廣闊，美景當前醉臥其間；結以「看花寢，如之何，向來憂患付煙波。」表達出歸隱之樂在於能將憂患付與煙波。

此祥正為仕患之憂慮所苦，決心歸隱時，想像歸隱之樂，全詩仍充滿李白豪放之情。

（二）〈田家四時〉：

> 田田時雨足，鞭牛務深耕。選種隨土宜，播擲糯與秔。
> 條桑去蠹枝，柔柔待春榮。春事不可緩，春鳥亦已鳴。
> 麻麥聞熟刈，蠶成繅莫遲。要看田中禾，莨莠時去之。
> 幸此赤日長，農事豈敢違。願言一歲稔，不受三冬飢。
> 開塍放餘水，經霜穀將實。更犁原上疇，坎麥亦云畢。
> 老叟呼兒童，敲林收橡栗。乃知田家勤，卒歲無閒日。
> 田事今云休，官輸亦已足。刈禾既盈囷，採薪又盈屋。
> 牛羊各蕃衍，御冬多旨蓄。何以介眉壽，甕中酒新熟。
> （《青山集》卷九‧葉四上）

描寫農家四時之生活，第一首言春天為播種、養蠶之季節，勸誡百姓「春事不可緩，春鳥亦已鳴。」；第二首言夏天為農家忙於編織蠶絲、田中除草之季節，祝福農家「願言一歲稔，不受三冬飢。」。第三首言秋天將稻米收成後，續種以麥，老人與小孩則忙於敲取橡栗，因而有感於農家之辛苦「乃知田家

勤，卒歲無閑日」。第四首言一切都已豐足之後，農家方採薪
修屋，以酒互敬，祈祝長壽。此詩仿《詩經》之〈七月〉，描
寫農家四時活動之情形，祥正以此描寫農家四時忙祿的生活，
以口語道出為祥正田園詩作之代表。

（三）〈溪上閒居三首〉：

> 溪頭守窮屋，白晝常靜臥。唯聞鳥雀喧，豈有車馬過。
> 苔沿土階綠，風尖紙窗破。遺編對古人，千載默相和。
> 愛此城南靜，窮年守茅舍。無能聊自安，有智必趨詐。
> 紅蕖笑池面，白鷺時時下。呼兒補疏籬，選吉得天赦。
> 衡茅頗幽獨，物景資所好。脩篁清風來，遠渚曉煙冒。
> 才短難趨時，囊空不憂盜。靜几無纖塵，焚香讀真誥。
>
> （《青山集》卷十二·葉四上）

此為漳南獲赦後之作品，故言「選吉得天赦」。「溪頭守
窮屋，白晝常靜臥」及「愛此城南靜，窮年守茅舍。」表現出
其幽獨之情。「唯聞鳥雀喧，豈有車馬過」為點竄陶淵明〈飲
酒〉之「結廬在人境，而無車馬喧。」為奪胎換骨法中之襲其
意，而不用其語。並以「苔沿土階綠，風尖紙窗破。」形容所
居之處無人造訪及破舊，只能獨自「遺編對古人，千載默相
和。」此古人當即陶淵明。詩中「無能聊自安，有智必趨詐。」、
「才短難趨時，囊空不憂盜。」言其因無才能而於此幽獨，言
語之中仍是難以釋懷，只能於此「靜几無纖塵」之處「焚香讀
真誥。」。

（四）〈與內飲有贈〉：

> 甕中有濁酒，畦中多美蔬。呼童取大網，更向溪中漁。
> 鱍鱍得鮮鱗，斫膾選肥鱸。君生不能織，我生不能鋤。
> 兒孫無白丁，生理已有餘。陶然共一醉，隙間馳白駒。
> 倏忽各已死，體化委蟲蛆。（《青山集》卷十二・葉
> 五上）

　　此祥正晚年與妻子飲樂有感而作。由「甕中有濁酒，畦中多美蔬」見其自得其樂；「呼童取大網，更向溪中漁。鱍鱍得鮮鱗，斫膾選肥鱸。」描寫捕魚之樂，並道出「君生不能織，我生不能鋤。兒孫無白丁，生理已有餘。」闔家享受閒暇安逸之田園生活。

　　全篇知足之情見於言語，當是端州之後，隱於青山故鄉之作，祥正享天倫之樂，知足之作。

（五）〈讀陶淵明傳二首〉：

> 我愛陶淵明，超然遺世想。一奏無絃琴，妙曲寄玄響。
> 翛然聽以氣，萬籟應諸掌。舟車就所便，丘壑信孤往。
> 泉涓木欣欣，酌酒助俯仰。酣醉頹雲煙，舒嘯逸羅網。
> 斯人孰可見，夢寐期彿彷。兀如南山松，亭亭植千杖。
> 陶潛真達道，何止避俗翁。蕭然守環堵，褐穿瓢屢空。
> 梁肉不妄授，菊杞欣所從。一琴既無絃，妙音默相通。
> 造飲醉則返，賦詩樂何窮。密網懸眾鳥，孤雲送冥鴻。
> 寂寥千歲事，撫卷思沖融。使遇宣尼聖，故應顏子同。
> （《青山集》卷十五・葉二下）

此讀陶淵明傳有感而作，二詩起首即言「我愛陶淵明，超然遺世想」、「陶潛真達道，何止避俗翁。」極力稱讚其高逸之隱居，結以「斯人孰可見，夢寐期彿彷。兀如南山松，亭亭植千杖。」、「寂寥千歲事，撫卷思沖融。使遇宣尼聖，故應顏子同」夢寐不得見之仰慕與落寞。其間所描寫皆是淵明之隱居生活，亦是祥正所欽羨的，如：「泉涓木欣欣，酌酒助俯仰。酣醉頹雲煙，舒嘯逸羅網。」之無羈，「一琴既無絃，妙音默相通。造飲醉則返，賦詩樂何窮。」之自得其樂。

　　詩中祥正對於陶淵明有恨未能相逢之感，當是祥正隱居後自比陶淵明之作。祥正亦有〈望廬山懷陶淵明〉〔註三十六〕之作言道：「羌廬初在望，復憶柴桑翁。醉來臥磐石，悶默天地通。」對不得見陶淵明感到感慨。及〈和留秀才秋日田舍〉：「物幻非真只自知，卻尋田舍度衰遲。漫為陶令柴桑樂，不學荊軻易水悲。」（《青山集》卷二十五・葉二下）願學陶淵明與田園為樂，不願如荊軻徒有聲名而悲之語。表現出退縮的隱士思想，起因當在於獲罪於漳南，對人情仕宦已失望至極。

（六）〈次韻昭搽徐子美見寄二首〉：

> 居巷雖窮愧彼顏，門無車馬任苔斑。冰將合沼光容淨，鳥不窺魚意思閑。蹤跡疏來唯夢往，音郵漫去得詩還。浮生七十今六十，早晚歸飛尋舊山。侵侵白髮改朱顏，不比當年鬢始斑。五斗可憐須苟祿，一巖猶喜早偷閑。黃花籬下千枝秀，紫雁雲中幾度還。萬里未歸歸便得，昭州何似謝家山。（《青山集》卷二十六・葉五下）

此祥正寄徐子美之作，「居巷雖窮愧彼顏，門無車馬任苔斑。」

言歸隱之後雖然窮困，無人來訪，「冰將合沼光容淨，鳥不窺魚意思閑。」言自己無所求，自然精神清明，與好友詩書往返，自得其樂，感道：「浮生七十今六十，早晚歸飛尋舊山。」年歲已老，早晚棄世。

續言道而今已老，不比當年鬢始斑；「五斗可憐須苟祿，一巖猶喜早偷閑。」對比當年為仕祿折腰所受之苦，慶幸自己能及時歸隱，「黃花籬下千枝秀，紫雁雲中幾度還」言昭州之美，勸子美「萬里未歸歸便得，昭州何似謝家山。」只要下定決心歸來，故鄉亦有美景相對，昭州再美，又怎如故鄉之謝家山。

詩中對歸隱生活之閒適，極為喜愛，想起往年仕宦的辛苦，勸好友徐子美早日歸來，為安於閒適生活之作，「黃花籬下千枝秀，紫雁雲中幾度還。萬里未歸歸便得，昭州何似謝家山。」此四句亦節錄於《輿地紀勝》卷一〇七·廣東路·昭州之詩門下。

（七）〈食紫蕈赤鱘示王博士〉：

> 辭家倏忽已殘年，身世今為海上仙。飽食紫蕈香味美，不知歸路隔三千。
>
> 西湖寄榻絕逢迎，唯只雲山似有情。底事卻忘遷謫恨，江南無此赤鱘羹。（《青山集》卷二十七·葉十上）

西湖指漳南之西湖，此詩作於祥正獲罪漳南初，寄榻西湖之時。首句言「辭家倏忽已殘年，身世今為海上仙。」指四十八歲至臨海之漳南，「飽食紫蕈香味美，不知歸路隔三千」言得食此紫蕈美食，竟而忘卻歸鄉之路遙不可及。

祥正亦有〈遷居西湖普賢院寄自省上人〉（《青山集》卷二十四·葉八上）詩，由此可知此時所寄榻之寺院為普賢院，

和自省上人交遊。「西湖寄榻絕逢迎，唯只雲山似有情。」道
出獲罪漳南時之幽獨，「底事卻忘遷謫恨，江南無此赤鱗羹。」
言因有此美食而能忘卻謫遷於此之恨事。全詩言謫遷漳南之清
閒，享受漳南風土特產之閒適。

（八）〈宿蕪湖口〉：

> 菱荇芬香蓮子熟，扁舟夜趁湖陰宿。一杯獨酌未成歌，
> 漁人解唱遺鞭曲。（《青山集》卷二十九·葉十三下）

蕪湖於江東路·太平州，此描寫其歸隱時期遊於蕪湖之閒
情。「菱荇芬香蓮子熟，扁舟夜趁湖陰宿」言於夜間造訪充滿
菱荇之香及蓮子之蕪湖；聆聽漁夫們對唱著情歌〔註三十七〕。
全詩盡情於蕪湖之美，欣賞漁夫之樂。

祥正閒適作品中之田園作品，最主要為歸隱之作，其學習
對象則為陶淵明，時有仿淵明之字句出現，亦有〈廣陶淵明四
時〕〔註三十八〕等仿陶淵明詩題之作。然其於漳南時期之閒
適詩作，所表現之閒適卻有著深沉之無奈，實因當時身負罪名，
又離家千里，故於〈溪上閒居三首〉中言：「才短難趨時，囊
空不憂盜。」、〈食紫蕈赤鱗示王博士〉言：「飽食紫蕈香味
美，不知歸路隔三千。」、「底事卻忘遷謫恨，江南無此赤鱗
羹。」實皆未忘懷自身之不得用，及獲罪事。待其五十五歲歸
隱之後，方真正釋懷，由其〈次韻昭掾徐子美見寄二首〉中勸
子美「萬里未歸歸便得，昭州何似謝家山」，可知其於歸隱之
中確實得到寧靜之快樂。

二、山林之作

（一）〈山中樂〉：

> 尋山佳興發，一夜渡江月。首到盧江元放家，水洞清
> 光數毫髮。愛之便欲久棲息，又聞靈仙之境敞金闕。
> 清風吹我衣，不覺過皖溪。危梁千步玉虹臥，松行十
> 里青龍歸。煙霞繞腳變明晦，忽見殿閣鋪琉璃。重簷
> 卻在迴溪上，倚欄俯視白日低。虛庭自作簫籟響，屋
> 角更無飛鳥飛。霓幡重重蔽真御，仿佛遙見星文垂。
> 長廊紗籠絕筆畫，老龜穩戴青瑤碑。更逢逍遙不死客，
> 齒清髮翠桃花肌。蕭臺可到亦非遠，雲間況有白鹿騎。
> 細窺絕景輒大笑，吾曹何事塵中為。安得良田三百畝，
> 可以飽我妻與兒。長年只在名山裏，萬事紛紛都不知。
>
> （《青山集》·卷一·葉六上）

　　此造訪友人至淮西路·舒州盧江元放家，起首「尋山佳興
發，一夜渡江月」，言明其有尋山以遊之興致，於是隨興動身。
直至盧江元放家，清光映水洞之美景如毫髮般多得不可數，於
是愛之便欲久棲息，又聽聞此地有如靈仙之境之美景，於是順
溪而下，見到如仙境般之宮殿，宮殿中狀觀而綺麗，於此歡喜
道「蕭臺可到亦非遠，雲間況有白鹿騎。細窺絕景輒大笑，吾
曹何事塵中為。安得良田三百畝，可以飽我妻與兒。長年只在
名山裏，萬事紛紛都不知。」方信神仙般的生活本可求得，細
看此地之絕妙景色而悟己身竟礙於凡塵之事，因而放懷大笑；
欲求良田三百畝，與妻兒在山中歸隱，不再理會凡塵俗世。
　　全詩將山中之景形容成神仙之府，描寫得似幻似真，「安

得良田三百畝，可以飽我妻與兒。長年只在名山裏，萬事紛紛
都不知。」將其愛好山林，欲自放於山水之情開懷道出，為山
林閒適之作。

（二）〈懷青山草堂〉：

> 三峰連延一峰尊，龍山白紵如兒孫。重岡複嶺控官道，
> 北望金陵真國門。淙流奔激洒河漢，兩溪直接丹湖源。
> 松荒檜老古佛剎，雞鳴春晚桃花村。石崩廢井謝公宅，
> 龜仆斷碣長庚墳。斯人白骨已化土，英氣往往成煙雲。
> 我昔棄官結茅宇，九品青衫安足數。竹筒盛酒騎白牛，
> 醉眼看〔註三十九〕天與天語。如何蹭蹬隨辟書，十
> 年又向風塵趨。只今兩鬢滿霜雪，功業不成思舊廬。
> 山花解忘憂，山鳥名提壺。四鄰未必便棄我，三徑荒
> 草還堪鋤。馬泥田肥種秔稻，紫蓴味美饒嘉魚。盈缸
> 釀酒邀客飲，林下散髮時時梳。誰人縶爾不歸去，自
> 問此心無乃愚。（《青山集》卷三・葉十三上）

由「如何蹭蹬隨辟書，十年又向風塵趨」知此為祥正棄官
十年後，任邵州防禦判官之後所作，《方輿勝覽》節錄此詩之
「三峰連延一峰尊，龍山白紵如兒孫。重岡複嶺控官道，北望
金陵真國門。石崩廢井謝公宅，龜仆斷碣長庚墳。斯人白骨已
化土，英氣往往成煙雲。」作為青山草堂之代表作。全詩自「三
峰連延一峰尊，龍山白紵如兒孫」至「荒檜老古佛剎，雞鳴春
晚桃花村。」寫青山之景色；「石崩廢井謝公宅，龜仆斷碣長庚
墳。」寫青山之古蹟，即古蹟謝朓宅，並由「斯人白骨已化
土，英氣往往成煙雲。」感慨謝朓而今已成枯骨，功名豪氣皆

成煙，而起歸隱之思，道出「我昔棄官結茅宇，九品青衫安足數。竹筒盛酒騎白牛，醉眼看天與天語。如何蹭蹬隨辟書，十年又向風塵趨。只今兩鬢滿霜雪，功業不成思舊廬。」昔日德化棄官後，本過著悠閒的歸隱生活，十年後卻又任邵州防禦判官，而今鬢髮已白。此時因未受重用而思念起家鄉的一切；於此思緒已達故鄉，言道：「山花解忘憂，山鳥名提壺。四鄰未必便我，三逕荒草還堪鋤。馬泥田肥種秔稻，紫蓴味美饒嘉魚。盈缸釀酒邀客飲，林下散髮時時梳。」言山中有草名忘憂，可使人忘憂，山中有鳥名提壺，可飲酒以聽其聲，鄰居們未必就會鄙棄我，家中之土地還可耕種，以馬之糞泥施肥，吃紫蓴嘉魚；釀取美酒與客共飲，於山林之中隨興而為；於是自責道「誰人縶爾不歸去，自問此心無乃愚。」並沒有人阻止自己歸隱，實是自己心靈過於愚昧。

　　由詩中所述祥正已決心歸隱，此詩當作於歷陽時期。全詩充滿將歸之喜悅，敘述歸隱山林閒適之樂，表現出對於出仕之悔意。

　　描寫山林之樂者尚有〈山中樂〉，云：「歸乎樂哉，山中之樂兮，其樂無窮。藹蔥蒼而杳巑叢兮，眷青瑤之諸峰。琉璃一碧兮，湖波止而溶溶。」直呼「山中之樂兮」（《青山集》卷八・葉九下）。〈醉石〉云：「裂嶂飛寒澗，絕壁散明珠。盤石偃中塢，修林陰翳敷。世道紛莫救，逸人此提壺。一酌寄乾坤，回首忘車書。山花謾相笑，山鳥徒相呼。更逢山月來，夜響真笙竽。粹靈陶耳目，幽獨寧賢愚。」（《青山集》卷十四・葉十二下）云世道不可救，不如忘卻俗事，享山中之樂。

　　祥正閒適之作，多作於獲罪漳南之後，由不得不閒居，轉

233

而愛此田園生活，終至不留戀端州官職；此類作品將安於田園、山野之樂描繪而出，承繼陶淵明田園詩風，為祥正詩作風格再開一境界，與祥正豪放之作呈現全然不同之詩風，卻與其實際生活緊密結合。

第七節　佛道之作

祥正詩集中與佛教有關之作品，表現在與僧人交往之作，及詩中夾雜佛語。有關道教遊仙作品則表現在神話傳說及請雨之祝禱上，推而至遊仙之作。今就其佛教思想與道教遊仙之作分別論之：

一、佛教思想之作

祥正對於佛門人士是極肯定與尊重的，由其〈送外甥法真一師〉中言「悠悠記昨夢，幻妄真可憐。汝能逃世累，趣向固已賢」可知祥正對外甥出家能逃離世間幻妄，表示出其贊同之意。並於〈贈圓通訥禪師〉〔註四十〕中讚道：「我願卿相知，薦師為國師。一言了萬化，堯舜誠無為。逢時揚至道，曠劫開群迷。儒佛實皆聖，胡為相是非。本亡末愈弱，行偽言空持。嗚呼可奈何，師也予同歸。」由「儒佛實皆聖，胡為相是非。」反對以儒為尊之說法，知祥正認為儒、佛一樣有益民心。

祥正常與僧人交遊談玄，或寄宿僧院，故詩中常有夾雜佛語之現象出現，如：〈浮山阻雨二首〉〔註四十一〕中言其浮山阻雨之愁緒，即言：「重拂舊題悲往事，幻身今幸作閑人」

之「幻身」；〈秀公見喜販僧二首〉中言〔註四十二〕：「審觀六人本來空，覺海迷波理亦同」之「本來空」、「覺海」、「迷波」皆為佛家語。

今觀宋人釋普濟所撰，專記佛門事之《五燈會元》（卷十九·葉三十一下），亦錄有祥正與佛門人士談玄之事蹟。文中記錄了四次談玄之景況，一為三十八歲以前謁廬山白雲寺之作。二為元祐初至浙東路·衢州，謁南禪泉之作。三為崇寧初到五祖拜謁法演禪師。四為到保寧，訪保寧仁勇禪師。五為晚年到江東路·南康軍·雲居寺與佛印談玄。

關於本文所提及之多位禪師，據《五燈會元》卷十九，記臨濟宗之師承關係，為：

1·南嶽下十一世。記石霜圓禪師法嗣，傳楊歧方會禪師。
2·南嶽下十二世。記楊歧方會禪師法嗣，傳白雲守端禪師、保寧仁勇禪師、石霜守孫禪師、比部孫居士。
3·南嶽下十三世。為白雲端禪師法嗣，傳五祖法演禪師、琅邪求起禪師、雲蓋智本禪師、保福殊禪師崇勝珙禪師、提刑郭祥正居士。

為保寧仁勇禪師法嗣，傳壽聖智淵禪師、壽聖楚文禪師、寶積宗映禪師、景福日餘禪師、上方日益禪師。

（一）三十八歲前謁廬山白雲寺之作。

> 提刑郭祥正，字功甫，號淨空居士。志樂泉石，不羨紛華，因謁白雲，雲上堂曰：「夜來枕上作得箇山頌，頌謝郭功甫大儒，廬山二十年之舊，今日遠訪白雲之勤，當須舉與大眾，請已後分明舉似諸方。此頌豈唯

謝功甫大儒，直要與天下有鼻孔衲僧，脫卻著肉汗衫，
莫言不道。」乃曰：「上大人，孔乙己。化三千，七
十士。爾小生，八九子，佳作仁，可知禮也。」公切
疑，後聞小兒誦之，忽有省，以書報雲。雲以偈答曰：
「藏書不用縮頭，斂跡何須收腳。金烏半夜遼天，玉
兔趕他不著。」

「提刑郭祥正，字功甫，號淨空居士。志樂泉石，不羨紛
華，因謁白雲。」言祥正號淨空居士，志樂泉石，不羨紛華，
並言其拜訪白雲寺之事。由雲所云：「夜來枕上作得箇山頌，
頌謝郭功甫大儒，廬山二十年之舊，今日遠訪白雲之勤。」白
雲寺據《全宋詩》卷六一九所記位於舒州〔註四十三〕，「雲」
當即指釋守端，《五燈會元》云：「舒州白雲守端禪師，衡陽
葛氏子，幼事翰墨冠依茶陵郁禪師，披削往參楊岐。……熙寧
五年遷化，壽四十八。」（卷十九·葉九上）於此知釋守端亡
於熙寧五年，時祥正三十八歲時，為楊歧方會禪師之法嗣，又
據前引《五燈會元》知釋守端為南嶽下十二世；而郭祥正為其
法嗣，為南嶽下十三世，皆可知祥正於佛法上師承釋守端。

祥正於三十八歲前曾再次見到釋守端，由其詩中「廬山二
十年之舊」知祥正當於十八歲以前即曾至廬山訪白雲寺，頌中
禪師以孔子影響之遠大，期勉祥正，祥正因而悟出與孔子差之
何止千里，起歸隱念頭，回書內容為期望隱歸、出家之意，白
雲則勸以「藏書不用縮頭，斂跡何須收腳。金烏半夜遼天，玉
兔趕他不著。」當於濁世之中潔身獨立，不必棄世隱居之偈。

文中稱祥正為提刑，今考其他資料並未言祥正曾任提點刑
獄，於此存疑。

（二）為元祐初至浙東路・衢州，謁南禪泉禪師之作。

元祐中往衢之南禪謁泉，萬卷請陞座。公趨前拈香曰：
「海邊枯木入手成香，爇向爐中橫穿。香積如來鼻孔，
作此大事須是對眾白過。始得雲居老人，有箇無縫布
衫，分付南禪禪師，著得不長不短，進前則諸佛讓位，
退步則海水澄波。今日嚬呻，六種震動。」遂召曰：
「大眾還委悉麼，有意氣時添意氣，不風流處也風流。」
泉曰：「遞相鈍置。」公曰：「因誰致得？」

「元祐中往衢之南禪謁泉，萬卷請陞座」此記元祐年間事，即
祥正五十二至五十九歲期間至浙東路・衢州，與泉禪師談玄，
內容為祥正與眾人論禪理。

（三）為崇寧初，到五祖，謁五祖法演禪師。

崇寧初，到五祖，命祖陞座。公趨前拈香曰：「此一
瓣香，爇向爐中，供養我堂頭法兄禪師，伏願於方廣
座上，擘開面門，放出先師形相，與他諸人描邈，何
以如此？白雲巖畔舊相逢，往日今朝事不同。夜靜水
寒魚不食，一爐香散白蓮峰。」祖遂云：「曩謨薩怛
哆鉢囉野，恁麼恁麼幾度，白雲黪上望黃梅，花向雪
中開，不恁麼不恁麼嫩柳垂金線，且要應時來，不見
龐居士問馬大師云：『不與萬法為侶者，是什麼人？』
大師云：『待汝一口吸盡西江水，即向汝道。』，大
眾一口吸盡西江水，萬丈深潭窮到底。掠彴不是趙州
橋，明月清風安可比。

五祖法演禪師為白雲端禪師法嗣，與祥正皆為南嶽下
十三世，是以祥正稱其為「堂頭法兄」。所言「先師」
即指白雲守端禪師。《五燈會元》云五祖法演禪師：

蘄州五祖法演禪師，綿州鄧氏子，三十五始棄家。……
崇寧三年六月二十五日上堂辭住眾曰：「趙州和尚有
末後句，你作麼生會試出來道看，若會得，去不妨自
在快活，如或未然，這好事作麼說！」良久曰：「說
即說了，也祇是諸人不知要會麼？富嫌千口少貪恨，
一身多珍重。」時山門有土木之役，躬往督之。且曰：
「汝等勉力，吾不復來矣！」歸丈室淨髮澡身迨旦，
吉祥而化，是夕山摧石隕，四十里內巖谷震吼，闍維舍
利如雨，塔于東山之南。（卷十九‧葉十二上）

於此知法演禪師於崇寧三年六月二十六日卒，故祥正與之
談佛事當於崇寧元年至三年間。二人論說修佛之理。大抵祥正
請示法演禪師，云「座上擘開面門，放出先師形相」今朝所見
之法演與先師守端禪師神情相似，而「白雲巖畔舊相逢，往日
今朝事不同。」不似往日所見之法演。法演答以「大眾一口吸
盡西江水，萬丈深潭窮到底。」唯有潛心修持，如人飲水，冷
暖自知，唯有親身體驗，方能論之。

（四）拜謁保寧仁勇禪師。

後又到保寧，亦請陞座，公拈香曰：「法鼓既鳴，寶香初
爇，楊岐頂顙門。請師重著楔。」保寧卓拄一下，曰：「著楔
已竟，大眾證明。」又卓一下，便下座。

《五燈會元》云保寧仁勇禪師：「金陵保寧仁勇禪師，四明竺氏子。」又據前引師承，知為楊歧方會禪師法嗣，為南嶽下十二世。為白雲端禪師之師弟，當為祥正之師叔。

祥正此行至保寧，當為請保寧仁勇禪師重新認證其為楊歧方會禪師門下人，時其師白雲端禪師已卒，是以往謁師叔。故言「楊歧頂𩕳門。請師重著楔」、「著楔已竟，大眾證明」。

（五）晚年至江東路・南康軍・雲居寺與佛印談玄。

> 又到雲居請佛印陞座，公拈香曰：「覺地相逢一何早，鶻臭布衫今脫了。要識雲居一句玄，珍重後園驢喫草。」召大眾曰：「此一瓣香熏天炙地去也。」印曰：「今日不著，便被這漢當面塗糊便打。」乃曰：「謝公千里來相訪，共話東山竹徑深。借與一龍騎出洞，若逢天旱便為霖。」擲拄杖下座。公拜起，印曰：「收得龍麼？」公曰：「已在這裏。」印曰：「作麼生騎？」公擺手作舞，便行。印拊掌曰：「只有這漢猶較些子。」

此記祥正晚年於雲居寺與佛印談玄，祥正對答如流，連佛印亦極稱賞。

今觀祥正詩作中與雲居寺僧侶之詩書往來者尚有：

〈前雲居行寄元禪師〉：

> 憶雲居，乃在匯澤西南脩川之隅。山盤盤兮，石門屹立磴道絕，飛瀑萬丈淙冰壺。雲沈沈兮方晝而忽暝，古木交錯兮藏魑魅。攀崖欲上復自止，投險卻憶騎鯨魚。崖回時復造平野，絕頂乃有百頃之膏腴。群山下

瞰若聚米，殿閣枕藉非人區。露華洗出太古月，桂子
搖落陰扶疏。清風欲借羽儀展，穢念頓覺秋毫無。老
禪底事不度我，紅日東上還驅車。如今正似武陵客，
放舟已遠嗟迷途。青春一往二十二，白雪漸變千莖鬚。
西來忽遇歸飛鳥，青紙遠寄黃金書。靈茶香味勝粉乳，
滿篋所贈過瓊琚。玉川七椀喫不得，灌頂未識真醍醐。
南遷北訥惜已死，唯師秀出孤峰孤。潛深隱密自得所，
豈不憫我榛榛蕪。倒影射巖猶入石，異日三椽容野夫。
（《青山集》卷四‧葉一上）

〈後雲居行寄元禪師〉

我所思兮，歐山之巔。白石蒼木蔽窺而隔世兮，路通
乎兜率之天。層樓複閣，觸峙絢爛。往即造兮，雲渤
興而澶漫。徙倚怳惚，若奪吾魄兮，聊拉睫以盤桓。
徐風生而霧散，卷綃縠於林端。泊天清而日上兮，瀑
峻飛而潺湲。畜而為潭，泄而為澗。運之以車兮，盈
乎大田。然後度石橋，登重門。睹篆玉之榜，謁金仙
之尊。徒眾五百，厖眉皓首，形儀靜而不雜兮，語言
要而不煩。齊興止以鐘鼓兮，善後先而靡難。舉正眼
而諦瞬兮，了無一法之可觀。寂兮樂兮，妙復妙兮，
其惟真如之禪。我請棄冠釋帶以投依兮，師則指乎未
契之緣，於是曳屣卻步，尋礘道而復返兮，歲眇眇而
屢殘。觸網羅以系累兮，方傷羽而戢翰。悵昨遊而欲
再兮，庶已創而復完。亂曰：疇將歸兮，臥龍之室。
依大道師，成佛而出。（《青山集》卷四‧葉一下）

240

其「我所思兮，歐山之巔」中之歐山即位於江南東路‧南康軍，
《輿地紀勝》記歐山，云：「歐山。在建昌，故老相傳昔有歐岌
先生於此山得道，因名。」（卷二十五‧葉三下）《方輿勝覽》
記雲居寺，云：「雲居寺。在山之顛，諺云天上雲居，地下歸宗。
歸宗寺。在城西二十五里，即王羲之宅。」（卷十七‧葉十一上）。
《輿地紀勝》記雲居山，云：「雲居山，在建昌，乃歐岌得道之
處」（卷二十五‧葉六下）。可知雲居寺，位於江南東路‧南康
軍之雲居山即歐山（同為歐岌得道之所。）。知祥正晚年曾至江
南東路、南康軍之雲居寺與佛印交遊。〔註四十四〕

　　又據《輿地紀勝》白蓮院下記：「在西湖‧蔡襄、郭祥正
皆有詩。」（卷一三二‧葉四下）知為祥正獲罪漳州時所作，
此期祥正與僧人往還，以釋憂傷，祥正遊白蓮院之作，《青山
集》可見者尚有〈白蓮啟日上人退避長老之命以四韻高之〉言：
「結宇古城邊，能詩復悟禪。」（《青山集》卷二十一‧葉四
下之）〈白蓮院觀蔡君謨要師道跡〉：「盤屈龍蛇未奮身，老
禪當日亦知人。」（《青山集》卷二十四‧葉六下之），〈白
蓮日師北軒〉云：「家風清白世相傳，自小能吟晚好禪。」（《青
山集》卷二十八‧葉三下）皆與禪佛有關，可知祥正於獲罪漳
南時確實曾至白蓮院接觸禪佛。

　　祥正於漳南時期由於獲罪，勘破官場之無常，並曾遷居漳
南西湖之普賢寺，與省師書信往來中言及此事，〈遷居西湖普
賢院寄自省上人〉（《青山集》卷二十四‧葉八上），詩云：
「不嫌瘴地無家別，猶喜山房有路通。寧使五塵長我縛，得超
三界與師同。遷居卻作安計，病入殘年兩耳聾。」由詩中所言
「瘴地」即知位於漳南，「西湖」見於《輿地記勝》記福建路‧

漳州，西湖下注曰：「泉極甘美，可以辟瘴癘。」（卷一三一·葉三下）可知為獲罪漳南時寄省師所作；又於〈再用前韻寄省上人〉云：「四壁蕭然我亦空，更無歸夢到江東。樓臺不礙塵塵現，鐘鼓相聞法法通。玉塵揮談真契合，蓮華分座夙緣同。回頭重濁堪憐憫，妙性如何自瞢瞢。」（《青山集》卷二十四·葉十上）用「不礙」、「塵塵現」、「法法通」、「蓮華」、「夙緣」、「妙性」等佛語。

此期與休師交往密切，其〈休師攜茶相過二首〉：「世情彈指旋成塵，物外論交只與君。試揀松陰投石座，一盃分我建溪雲。」（《青山集》卷二十七·葉十上）記與休師之物外論交。二人之情誼直到祥正離開漳州後，尚有〈病中寄休師三首〉一詩云：「南漳佛子素多聞，穎秀從來更出群。無量寶臺師化坐，一盃香飯我求分。」（《青山集》卷二十七·葉十一上）知祥正於病時亦念及往日之情誼。休師亦贈雪筍問候祥正，祥正有〈休師惠雪筍〉詩，云：「雪竹生芽玉一簪，北人此味豈嘗諳。病中得食勝牛乳，行矣阿難師勿慚。」（《青山集》卷二十七·葉十一下）

祥正與佛教禪師之交往如此密切，無怪乎祥正詩中時有佛家思想及參雜佛語，〈重九日同修顒惠雲二禪師遊浮山訪洪璉長老〉中云：「嗟予平生慕佛學，空洞忘機造玄理。暫來福地神愈清，況接高禪揮塵尾。晉顒悟道天下師，雲璉聲名自予始。精藍際會付三人，淨眾如歸聞法喜。今朝更結名山遊，寶閣珠樓同踐履。達了無生無不生，一聲猿嘯清風裏。」（《青山集》卷七·葉七上）言「平生慕佛學」、「忘機造玄理」、「悟道」、「淨眾」、「達了無生無不生」。祥正詩中之佛教內容及佛語亦是其詩作內容多樣化之又一證。

二、道教遊仙之作

祥正詩作中充斥著神仙道化之內容,如於〈望九華山寄夏公酉〉即言:「想像終未工,靈襟謾超越。矧彼山中人,了與塵事絕。採秀既忘年,道授飛仙說。世間名任高,物外緣皆滅。」(《青山集》卷十一‧葉一上)盼能學習神仙道化之術,遠離世間之名利。〈宿廣善院〉:「道濟三塗苦,齋餘七日香。炎天蚊蚋絕,此地信清涼。」(《青山集》卷二十三‧葉三下)亦言修道能濟三塗苦。本節探討其描寫道教祈雨、神跡之作,及遊仙作品,有關祥正詩中之神話色彩及仙、佛用語將於第七章‧第三節中「充斥神話」中論之。

祥正詩中屢次描寫道教之求雨儀式,其〈蘭陵請雨〉:「夜半何所適,請雨之名山。蘭陵古仙府,妙跡殊可攀。秘文呼蟄龍,舒鴈薦層壇。屏氣注誠想,百靈啟玄關。綠章封事奏,金闕承恩還。林風生冷冷,潤溜添潺潺。遙峰靄冥霧,倏歘迷區寰。殷雷無猛威,激雨增微瀾。寧獨濡枯焦,永願消塵煩。」(《青山集》卷十四‧葉二下)描寫親身參與求雨之經歷。〈觀雨〉云:「祀龍稽往法,擊鼓煩群巫。殷殷百里雷,奮自東南隅。陰雲隨電合,密雨應時須。驅馳蒼黃際,慘淡氣色蘇。」「法官朝大舜,冠珮皆鴻儒。況當禮樂新,百靈共持扶。和氣自茲肇,風雨安敢逾。欲傳千歲音,詠言愧蘼蕪。」(《青山集》卷十四‧葉二下)描寫觀他人請雨之儀式。

自我親身經驗則記於〈圓山謠〉中,詩云:「廟食圓山忘歲年,自言耽酒未能還。身披羽衣手提藥,時時混跡來人間。七言四句又奇絕,固非俗士能追攀。」「伊予來漳四十日,始造秘殿瞻威顏。歸鞍未解疾遽作,寒氣束縛形骸跧。夜夢青衣

捧玉盤，琉璃十顆傳靈丹。欣然投齒咀三四，若飲沆瀣生修翰。精神頓覺枕上醒，五鼓未送蟾光殘。明朝視事若平昔，僚吏爭賀詢其端。真仙垂祐必終始，凡骨豈易當珍丸。便思勇決謝塵網，往跨皓鶴參翔鸞。吟詩賣藥同至樂，安用包羞拘一官。」（《青山集》卷六・葉七下）言己至漳州患疾病，於夢中蒙圓山〔註四十五〕之仙人賜仙丹，隔日不藥而癒之經歷，詩中充滿神祕色彩，為祥正言神仙度化其病情之作。又有〈送上饒道士吳師韓復游淮西〉：「水精之仙降人間，身披羽衣目澄瀾。或求福禍語必驗，手中開闔陰陽關。」（《青山集》卷七・葉七上）描寫饒道士之神奇，《輿地紀勝》引此詩以注「圓山」，並錄此神仙傳說。

　　祥正此類詩作中較特別者為〈游仙十九首〉，游仙詩盛行於魏晉南北朝期，及至唐代「遊仙」之作中與祥正〈游仙十九首〉同為寫神遊仙境者，僅王勃〈忽夢遊仙〉、王績〈遊仙四首〉、吳筠〈遊仙二十四首〉、曹唐〈小遊仙詩九十八首〉、貫休〈夢遊仙四首〉、賈島〈游仙〉、歐陽炯〈大遊仙詩〉等少數作品，及至宋代，祥正之前未見此類遊仙之詩作，而祥正卻一連作了十九首，實因其愛好神話傳說，嚮往仙人生活，今觀其遊仙十九首之作，可知祥正所嚮往之生活，詩云：

　　　一

　　漠漠出寒霧，悠悠趨太清。珠樓被重綃，靈花紛素馨。
　　青衣捧綠章，磨丹書姓名。為我橫玉笛，一奏雌龍聲。
　　　二
　　非塵復非煙，氳氳散紫清。乃知冷風御，翛翛恣游行。
　　忽逢黃金闕，云是玉帝京。逍遙侍御者，不假精銳兵。

三

扶桑并咸池，窅窅殊在下。真陽涵素光，無晝亦無夜。
神體常自保，不與物俱化。運齡從此長，塵緣頓消謝。

四

至道不由學，頹齡安可住。宿命無纖罣，重玄乃遐悟。
鮮明女蘿君，致我火澣布。稽首存至誠，欣會如所度。

五

至音非樂音，玲瓏聞自然。殊絕洞房景，亦超鬱蘿天。
靈嬪下鶴馭，問我來何緣。卻驚與世隔，一別三千年。

六

澡心華池液，薰手玉樓香。一披寶神經，眾真共來翔。
七言詠良遇，至音迭琅琅。珍重衛夫人，行草記瑤章。

七

太微無列風，紫臺多靈露。逍遙三五客，披衣縱高步。
回首笑復歌，游此今幾度。卻嗟寰中人，枉為死所誤。

八

仙家無四時，瑤章常芬芳。五嶽倏來爾，玉鞭驅鳳凰。
得道迭相度，不聞嫉賢良。所以心無邪，人人自年長。

九

妙景素無雜，玉界涵虛明。妙聲清不淫，洞歌奏金鈴。
真遇非遐想，忘心乃全生。噫哉百年內，得失安足營。

十

峨峨金精巾，飄飄清霞群。手持紫毛節，身乘三素雲。
駕言欲何適，上朝玉晨君。隱書謝所賜，洞明道之根。

十一

翛然乘一氣，來往游太空。閑歌內景章，遂登蕊珠宮。
華英不知名，激齒甘液濃。此樂無憂戁，固非侯與公。

十二

投真落人世，倏經四九年。睹紛未嘗競，內顧淨且淵。
果逢飛行羽，得披紫微仙。攜手浮絳波，絳波春渺然。

十三

攀沿日月窟，遂觀天地樞。搗金鑄豪英，摶糟醞庸愚。
校量宿所造，報應無差銖。丁寧與世言，安分勿浪圖。

十四

在天不擇友，天人皆正一。雲漢共翱翔，隱耀無固必。
豈同濁世遊，自謂膠投漆。毫端利害分，白眼永相失。

十五

疑逢九華妃，授我磨鏡石。一磨日月朗，萬古永不蝕。
緘之紫錦囊，匪同趙氏璧。纔落猛士手，睨柱曾莫惜。

十六

二景結良匹，曾非塵慮侵。欣欣啟皓齒，玉珮揚清音。
碧河并絳實，採擢期追尋。言舒意亦散，雙好永齊心。

十七

神凝光自生，洞房玄照映。青絲散垂腰，目采流玉鏡。
共談上清事，精微寄餘詠。樂酣會既分，雙駕還霄嶺。

十八

清僚真可慕，振衣願所歸。既絕世上緣，吾寧抱愁悲。
雲韶自相諧，虛聽方達微。是將跨靈羽，逸麟復攀追。

十九

窺天見天根，步玄入玄門。素公流一氣，默默復渾渾。

揮手散餘景，至心揖靈尊。從今乃忘言，大道多子孫。

　　由其第二首「忽逢黃金闕，云是玉帝京。逍遙侍御者，不
假精銳兵。」知祥正對人世間君王之不易得見，有所不滿；第
三首「神體常自保，不與物俱化。運齡從此長，塵緣頓消謝。」
　　知祥正對於年華之逝去，及世事之煩索感到愁悵，欲身體
常自保、塵緣頓消滅。第八首言「得道迭相度，不聞疾賢良。
所以心無邪，人人自年長。」仙人相互輔助、度化，不會因嫉
妒賢者而加以陷害，又第十四首言「在天不擇友，天人皆正
一。」、「豈同濁世遊，自謂膠投漆。毫端利害分，白眼永相
失。」此為祥正屢受讒言所苦之感言，想像仙界不需為擇友所
苦。終以第十九首「揮手散餘景，至心揖靈尊。從今乃忘言，
大道多子孫。」悟出大道忘言，將以此自適，安度餘年。

　　由「投真落人世，倏經四九年。」知為祥正四十九歲時所
作，即獲罪留於漳南之第二年，故祥正詩中充滿為讒言所苦之
傷痛，盼望彼此信任，不必懼怕被陷害之世界。

　　祥正由於對佛、道的瞭解，及神話傳說之喜愛，詩集中除
有佛道遊仙之作，亦常雜以仙佛之語，成為祥正詩之重要特色，
此將於第七章・第三節「充斥神話」中續論。

　　然祥正此類神仙道化作品，並不代表祥正一味迷信，其〈倚
樓〉：「今茲氣候正，遘民稍來復。楚風重祠廟，纔歸競巫祝。
此物豈有靈，焉能助豐熟。渺思濟時策，慎擇良宰牧。金繒斥誅
求，教化行比屋。」（《青山集》卷十二・葉四下）言「此物豈
有靈，焉能助豐熟。渺思濟時策，慎擇良宰牧。」仍言不可一味

依賴祭祀，仍當用心教化，方是治本之法中可知。此祥正瞭解民間信仰、神仙佛傳說，皆有助於教化、安定民心，然治理者不可沉迷其間，不顧實務。與荀子所言「以為文也」相同。

第八節　哀挽之作

　　祥正之哀挽詩，多收錄於《青山集》之卷十九「古律哀挽三十首」中，其內容約可分為一、悼神宗。二、悼友人。三、悼親人。四、自挽。以下就其寫作動機及情感加以探討。

一、悼神宗

　　今觀其〈神宗皇帝挽詞〉一詩：

> 物物皆成化，熙熙十九春。壽觴方奏樂，法座忽流塵。
> 遺治前無古，稱宗孰有神。煙霄歧路別，百辟共沾巾。
> 原廟工初畢，神游竟不還。鼎湖龍馭遠，湘岸竹枝班。
> 諡號尊逾聖，陵基別有山（自注：陵去諸陵三千餘
> 里。）。九重春忽暝，四海慘愁顏。（《青山集》卷
> 十九・葉一上）

　　此詩當作於元豐八年（西元一○八五年），時祥正五十一歲，在姑熟。

　　神宗是歷史上少數勇於變法之皇帝，祥正一生歷經五位皇帝－仁宗、英宗、神宗、哲宗、徽宗，卻只為神宗作了挽詞，由此可知在祥正心目中神宗的神聖地位是無可取代的，是以祥

正讚其「遺治前無古，稱宗孰有神。」「諡號尊逾聖，陵基別有山。」。

於詩中言其「原廟工初畢，神遊竟不還。」祥正已將神宗神化，所傷之因為「煙霄歧路別，百辟共沾巾。」與「九重春忽暝，四海慘愁顏。」人民頓失依靠。

二、悼友人

祥正對於好友的哀挽詩中，真情流露，令人不禁為之動容。以下舉例言之：

（一）悼王安石－平昔偏蒙愛小詩，如今吟就復誰知。

王安石是新黨的領導人物，始終為祥正所崇拜，故祥正上書神宗皇帝凡天下大計皆聽王安石處畫，並於〈送黃吉老察院〉一詩中，歎道安石亡後「舉朝無完人，何以禆明時。」

其〈王丞相荊公挽詞〉云：「公在神明聚，公亡泰華傾。」、「文章千古重，富貴一豪輕。」肯定安石於政治及文學之成就，終以「悲風白門路，啼血送銘旌。」深沉的悲慟結語，知祥正亦往送殯。王安石卒於元祐元年（西元一〇八六年），祥正此詩當作於此年。

又〈奠謁王荊公墳三首〉「平昔偏蒙愛小詩，如今吟就復誰知。」道出安石對己知遇之恩。「扶持自出軻雄上，光焰寧論萬丈高。」、「大手曾將元鼎調，龍沉鶴去事寥寥。」將其匡世救弊之貢獻道出。〔註四十六〕

（二）梅堯臣－此德未云報，訐音裂肝腸。

梅堯臣對於祥正之知遇之恩，使祥正得以聞名當時，堯臣當祥正為友，不以師禮受之，更讓祥正感動，在祥正二十六歲為德化尉時，聞堯臣亡故之噩號，而有〈哭梅直講聖俞〉之作。全詩以「生事念死隔，欻如過鳥飛。長空不留跡，清叫竟何之。死者固已矣，生者謾相思。」起，道出深情的悲傷後，繼以回憶聖俞的恩情言「篇篇被許可，當友不當師。」；思及二人交遊時聖俞種種禮遇，祥正終於無法抑制的哭道「此德未云報，訐音裂肝脾。」傷慟於此恩今世未能相報，及「桓桓萬人英，不遇終愁羈。一官止太學，薄命吁可悲。」憤恨於以聖俞之才，竟未得重用。終至哭道「彼蒼厥有主，此理安無欺。嗚呼如之何，酸嘶復酸嘶。」質問天道何在。全詩真情流露，有稚子失怙之感。

又於多年後奠謁聖俞墳，作〈吊聖俞墳〉一詩言道：「平生懷抱只君知，想見音容涕泗垂。」，感嘆於知音如聖俞者難求，不禁潸然淚下。以深沉的悲情起，繼以聖俞亡後宅舍的荒涼終，全詩貫以蕭瑟的傷痛。〔註四十七〕

（三）牛冕－懷依人兮，漳水之湄。

牛冕字君儀，是祥正獲罪於漳南時期之至友，二人相識於祥正獲罪之時，由〈留君儀哀詞〉中可知二人之交情。詩中序曰：「南漳留定君儀，才行之士也。嘗有德於予，今其卒矣。故為之詞以哀之。」言君儀「嘗有德於予」。今觀其詩：

> 懷依人兮，漳水之湄。爰結好之初兮，予方出乎陷阱
> 之羈縻。彼知予之橫罹兮，眷煢煢而弗支。氣侵侵而

襲人兮，子獨贈我以蘭芝。芳芬芬而爽吾衷兮，雖厄窮而弗疑。言涓涓而洗吾耳兮，寂塵聽而淒其。炊嘉黍而納吾腹兮，使朝則忘飢。采薜荔為予之服兮，慨前修之可追。脂吾車而秣吾駒兮，造仙的（道光本作窟）之幽奇。煮甘溜而茗酌兮，珍盤進乎離支。唱則和兮，迭指摘其醇醨。同底于道兮，遵聖渚為之歸。聊容與以卒歲兮，遵聖渚為之歸。聊容與以卒歲兮，曾弗察乎白駒之驚馳。洎中吉而啟行兮，觴桂漿以違離。惕南北之緬邈兮，蹇形影之頹衰。歌激揚而再發兮，淚浪浪以沾衣。馬悲鳴而仰顧，僕弛負以增欷。行雲往而黯慘，去鳥返而低迷。歲騁介而一至兮，孰敢為之後期。幸再往而再復兮，釋予心之思也。忽承訃以躑躅兮，行不知其所之也。嗟若人之蘊美兮，天其奪之速也。蹇松柏之枯折兮，惡植則滋以容也。考大空之役物兮，必善摶而化之也。將為麟為鳳兮，對明世而出也。將為蘭為蓀兮，芬馨香而薦上帝也。將為江為河以濟舟也，將為雨為露而澤物也。將復為人兮，英華於士林也。將為仙為神兮，自適於逍遙之境也。嗚呼，以甚塞之懷兮，測乎無涯之朕。以有限之情兮，導乎無窮之悲。嗚呼，其無知乎？吾其能久乎，吾將從子於重泉之游乎，吾又何詞之哀乎。（《青山集》卷八·葉八上）

以楚辭體表達己之哀思，起言二人相遇於祥正獲罪漳南危難之時，君儀給予祥正深切之關懷及二人唱和之情景。而聞知君儀亡故時祥正感到：「忽承訃以躑躅兮，行不知其所之也。

嗟若人之蘊美兮，天其奪之速也。」不解於天意。至「將為麟
為鳳兮，對明世而出也」以下以排比方式，祝禱君儀卒後能有
好際遇。卻仍感歎：「嗚呼，以甚塞之懷兮，測乎無涯之朕。
以有限之情兮，導乎無窮之悲。」之天意難測。

　　全詩以楚辭體展現，精神亦如楚辭作品般充滿遊仙，及對
世事質疑，徘徊躊躇不去之感，此詩之作主要動機當為表揚君
儀之才行，故全詩用楚辭體排比鋪陳。

　　於〈亡友留君儀挽詞二首〉云：

　　　信報君儀訃，將如吾道何。交遊亡玉樹，涕淚瀉金波。
　　　三子先凋泯，一身纏病痾。人生誰不死，遺恨獨君多。
　　　壯子皆先隕，親喪未啟欑。病成終不愈，魂散若為安。
　　　結義從今泯，遺編忍復看。亭開基石處，雲水想漫漫。
　　　（《青山集》卷十九‧葉四下）

則感嘆於君儀之多病，將君儀一生之際遇道出，及對其三子早
夭寄以無限同情。

　　與好友之哀悼詩中，深情流露的尚有〈哭亡友李公達〉〔註
四十八〕所言：「忽得凶音淚不收，可憐英氣隕荒幽。」之悲
傷，及〈王逢原哀詞〉〔註四十九〕哭道「彼蒼者天兮，胡慘
胡仇。奪子之速兮，使不位於公侯。」、「瘖予之聲兮，血予
之眸。」質疑天道何在悲慟至極、質疑天道何在，悲含冤不得雪
者則有，〈哭夏寺陳丞公酉〉〔註五十〕言：「有才曾未施，負
冤終莫雪。世情多反覆，美玉不如鐵。」及〈故臨川太守石公挽
詞二首〉〔註五十一〕言：「姦言誣直節，枉獄累明時。白玉元

無玷，青天孰可欺。有兒能雪恥，泉壤釋餘悲。半道逢豺虎，吞聲力已窮。命從冤獄喪，言有諫臣公。」仗義直言二人之冤情。

三、悼子

祥正於任職桐鄉時，大兒郭點因病而亡，祥正悲痛至極，有〈哭子點〉之作：

> 五歲養育恩，一朝隨埃塵。琅琅讀書聲，在耳猶如新。
> 哽哽臨絕言，喚爺眉屢顰。永痛卑栖邑，醫脈非良真。
> 微疾遽天殤，吾家失麒麟。嗥天天莫知，拊地地不聞。
> 淚迸睛欲枯，腸斷鼻愈辛。汝臥長夜臺，我孤大夢身。
> 後嗣復誰望，有車已摧輪。佳雛墮危巢，異方零短春。
> 黃泉無白日，青冢多愁雲。哀絃寫悲歌，吊汝冥漠魂。
> （《青山集》卷十九‧葉二下）

此詩作於桐城時期，郭點五歲病故，祥正思及兒子讀書聲及臨絕前呼痛之情，不禁怨怪醫師之無能。思及郭點因微疾而亡，自責已極哭道：「嗥天天莫知，拊地地不聞。淚迸睛欲枯，腸斷鼻愈辛」「佳雛墮危巢，異方零短春。黃泉無白日，青冢多愁雲。」不忍將郭點葬在桐鄉。與〈感懷寄泉守陳君舉大夫〉詩中亦感傷郭燾之死，道：「柴門永日淚沾巾，事與心違漸失真。家在江南幾萬里，身留海上已三春。明時枉作銜冤客，皓首翻為哭子人。多謝泉州賢府主，數將書札問悲辛。」皆可見其父子情深。

祥正悼子之作，寫來深情流露，其哀挽詩中只有〈哭梅直講聖俞〉之深情能與之比擬，實用情至深之故。

253

四、自挽

祥正仿陶淵明之自祭詩而作，淵明之後無人有自祭詩之作，可知祥正受陶淵明影響至深，今見其〈擬挽歌五首〉：

> 百年苦役役，一死已休休。惟我方自適，妻子空悲愁。
> 滿樽奠美酒，滿盤薦珍羞。我終不可起，汝情謾悠悠。
> 送我入蒿里，寂寞無春秋。形壞影亦滅，有神竟何依。
> 漠漠空木中，豈知經四時。以此為長年，誰人不同歸。
> 兒孫汝勿泣，朋舊汝勿悲。歲月易經過，冥默終相期。
> 生前勢有殊，死去分始齊。且將耳目靜，安用親舊啼。
> 鴻雁任南北，日月隨東西。陵谷亦已變，道化復何為。
> 于生動以擾，既死靜且潛。黃土假面目，青草為鬢髯。
> 榮華春風吹，憔悴秋霜霑。迴嗟在世人，不識此理廉。
> 枯骨螻蟻餘，空棺蔓草纏。欲訴既無路，欲窺不見天。
> 休休可奈何，達道乃自然。（《青山集》卷十九·葉
> 六上）

此為思及自己亡後，親人的傷痛，首言妻子傷痛之心情道：「惟我方自適，妻子空悲愁」、「我終不可起，汝情謾悠悠。送我入蒿里，寂寞無春秋。」繼以：「兒孫汝勿泣，朋舊汝勿悲。歲月易經過，冥默終相期。」勸慰兒孫、友人。其餘三首則曉悟老莊之理，言「生前勢有殊，死去分始齊。」、「于生動以擾，既死靜且潛。」、「休休可奈何，達道乃自然。」齊生死、好靜、好自然。運用了極大的想像力。

另有〈三亡詩〉將三位已故之賢人一起歌詠，亦為特殊體製之運用。詩云：

> 榮翁（自注：周詢仲謨。）苦於學，腹實五車書。尤
> 明禮樂事，畫就百幅圖。獻之神宗朝，不報還舊廬。
> 白頭著青衫，老憤猶欲舒。佐邑曾未赴，瞑目忽已殂。
> 何子（自注：敏中仲文。）稍家富，恬不為利拘。執
> 筆工詞章，科第學有餘。終遭有司黜，才命誠難俱。
> 今聞亦長往，令我勤悲吁。二家各有子，素業傳門閭。
> 登科既同籍，奔喪又同途。李君（自注：洙聖源。）
> 出世冑，軒軒珮瓊琚。計偕冠多士，場屋喧名譽。晚
> 乃樂高隱，賣藥荒村墟。愈貧愈自信，純潔不可汙。
> 天胡奪其齡，否極泰則無。斯人皆舊游，想望空踟躕。
> 顧我雖未死，目眊霜盈鬚。近酒已先惡，趨時跡尤疏。
> 飛章乞殘骸，輕舟下重湖。將投永安泊，訪舊相歡娛。
> 那知死生隔，三秀同時枯。欲為招魂篇，悲風涕沾濡。
>
> （《青山集》卷十九・葉五下）

歌詠故鄉三位舊遊，周詢、何敏中、李洙三人。此篇哀挽詩為三篇小傳記所合成，彷《史記》合傳同性質相合之形式，將三人之功名、事蹟一一道出。

　　由祥正之哀悼詩中，可見其與朋友之情誼，其詩多以敘事形態表現，使讀者對於被悼者之事蹟得以進一步了解，又讀其〈哭梅直講聖俞〉及〈哭子點〉詩必能感受其深切的悲慟。

註解

註一：據《宋史》李迪傳云：「李迪子東之、肅之、及之。」（卷三一一）
　　　又於李承之傳云：「承之字奉世，性顏重，有忠節。從兄東之將仕以
　　　官，辭不受，而中進士第。」故知李承之即李奉世，與李迪（真宗天
　　　○四年為相）同宗。

註二：孔凡禮先生於〈郭祥正年表〉中將此詩繫於元豐二年。云此詩：「詩有『熙寧神化邁前古』之句，知作于元豐時。『四十棲遲埋冗員。』之句，當敘熙寧間官桐城、合肥時事。詩有『貨泉交匯指諸掌』之句。考《宋史‧職官志》，省主即三司使，掌管國家財政事宜。」又云：「《長編》卷二百八十三：熙寧十年七月丁巳，李承之以工部員外郎寶文閣待制檢正中書五房公事權發遣三司使，卷二百八十八：元豐元年二月庚戌，權發遣三司使天章閣待制權三司使；卷二百九十六：元豐二年正月乙未，寶文閣待制權三司使李承之為龍圖閣直學士；卷三百二：元豐三年二月戊申，有『三司使李承之等言』記載，已去『權』字。疑祥正復起知汀州，或與李承之汲引有關。」有詳細之考證。予以為由此僅可判定祥正此詩作於熙寧十年至元豐三年間，不當定於元豐二年，以其元豐二年以前李承之雖為代理性質，然祥正於投獻之作中尊稱為「省主」當不為過。

註三：此詩詳論於第二章‧第三節「性格」。

註四：孔凡禮先生〈郭祥正年表〉以《續資治通鑑長編》所言，將此繫於嘉祐五年，當未細審詩作內容。

註五：孔凡禮先生〈郭祥正年表〉誤將此詩繫入熙寧九年，與張頡熙寧十年七月方離開荊南，之時間不合。且熙寧九年祥正四十二歲時在桐鄉，亦與詩中所云「秋風已老白雲飛，鄉關咫尺未能歸。」之地理位置不合。

註六：此時祥正遊於廣東路，且時節為多北風之季節，即秋冬之際，祥正元祐二年至廣州，〈石室遊〉序曰：「元祐戊辰，二月二十八日，當塗郭功父來治州事。」可知元祐三年二月二十八日即至端州，只有元祐二年於廣州度過秋、冬。

註七：「歲云暮矣多北風」，為杜甫‧〈歲晏行〉之首句，〈歲晏行〉詩云：「歲云暮矣多北風，蕭湘洞庭白雪中。漁父天寒網罟凍，莫徭射雁鳴桑弓。去年米貴闕軍食，今年米賤大傷農。高馬達官厭酒肉，此輩杼軸茅茨空。楚人重魚不重鳥，汝休狂殺南飛鴻。況聞處處鬻男女，割慈忍愛還租庸。往日用錢捉私鑄，今許鉛錫和青銅。刻泥為之最易得，好惡不合長相蒙。萬國城頭吹畫角，此曲哀怨何時終。」祥正於南雄讀杜甫此詩有感而作。

註八：「嗚呼不獨夔子之國杜陵翁，牙齒半落尤耳聾。」之句，改杜甫‧〈復陰〉中：「夔子之國杜陵翁，牙齒半落左耳聾。」「左耳聾」為「尤耳聾」。此江西詩派所謂點竄古人詩句之奪胎法。夔子曾為楚國國君，夔子之國指古楚國。

註九：「張陳昔日刎頸交」當據《史記》〈張耳陳餘列傳〉：「太史公曰：
　　　『張耳、陳餘，世傳所謂賢者。其賓客廝役，莫非天下俊桀，所居國
　　　無不取卿相。然張耳、陳餘始居約時，相然信以死，豈顧問哉。及據
　　　國爭權，卒相滅亡。何鄉者相慕用之誠、後相倍之戾也？豈非以利
　　　哉？』」（卷八十九）又「座中耳語程將軍，背罵一錢猶不直」當據
　　　《史記》〈魏其武安侯列傳〉所云：「（灌夫）行酒次至臨汝侯，臨
　　　汝侯方與程不識耳語，又不避席。夫無所發怒，乃罵臨汝侯曰：『生
　　　平毀程不識，不直一錢。今日長者為壽，乃效女兒嚅咕囁耳語。』」
　　　（卷一〇七）祥正以此二典作為對友情之質疑。

註十：〈泛江〉見於第二章‧註十三。

註十一：〈浪士歌〉之自注見於第二章‧註四。

註十二：雞林為地名，即新羅也，當曾產名劍。昆吾亦為地名，見於《山海
　　　經‧中山經》：「（陽山）又西二百里，曰昆吾之山，其上多赤銅。」
　　　郭璞注：「此山出名銅，色赤如火，以之作刃，切玉如割泥也。周
　　　幕王時西戎獻之，《尸子》所謂昆吾之劍也。」

註十三：〈觀唐植夫所藏古墨〉云：「黑龍蟠黑雲，久蟄黃金闕。緣何落人
　　　間，數餅若古月。蝦蟆不敢蝕，利刀詎能截。溫潤比方玉，芬香麝
　　　臍裂。乃知廷生名，桓桓久不滅。植夫名世後（自注：彥範之子），
　　　所畜號奇絕。護以紫錦囊，篋之復扃鐍。渺思五季亂，江南頗偷逸。
　　　三主皆能書，撥鐙聳瘦骨。一朝歸大明，流散餘故物。金華座右銘，
　　　清涼自題佛。二寶藏予家，時時一披拂。及觀植夫墨，清風愈飄忽。
　　　異國想塵勞，精靈豈沉沒。聊為識古篇，分手各蕭瑟。（《青山集》
　　　卷十六‧葉十上）

註十四：〈和公擇觀李煜書法喜禪師牌碑〉全詩云：「五代迭凋喪，江南最
　　　偷安。三世弄翰墨，煜札尤可觀。禪林榜法喜，妙勢如飛鵉。塵埃
　　　一藏晦，皴皵脫羽翰。幸逢集仙守，好古將模刊。振襟自披拂，塗
　　　飾粉與丹。呼僧辨遺像，彷彿存繚紈。作詩究本末，風雨生豪端。
　　　精神還故物，霹靂驚蟄蟠。幽光亦煥發，令我復長嘆。念彼士君子，
　　　窮年抱飢寒。不及奇古蹤，泯默知遇難。」（《青山集》卷十三‧
　　　葉八下）。

註十五：〈君儀惠莆田陳紫荔乾即君謨謂之老楊妃者二首〉全詩云：「莆田
　　　乾荔老楊妃，誰在開元得見之。卻憶沉香亭北畔，輕紅曾照赭黃衣。
　　　（自注：杜甫云：輕紅擘荔枝。）」、「紅綃皮皺核丁香，日曝風
　　　凝玉露漿。不向海邊為逐客，長安無此荔枝嘗。」（《青山集》卷
　　　二十八‧葉二下）。

註十六：見於《青山集》卷二十二・葉八上〈和穎叔千歲棗〉：「彼美祇園
棗，珍同玉井船。後期千載熟，今日萬珠圓。地潤仍依佛，欄深自暴
煙。結花雖最晚，藏核莫如堅。鴨腳看何小，雞頭美未全。種來誰
共老，服久必成仙。大食移根遠，番禺記蒂連。舊名稽藥錄，新賞
著詩篇。甜出諸錫上，香居百果前。黑腰虛羨爾，紅皺豈為然。柔
脆憐金鳳，飄零歎木綿。諷苞丹荔賦，精奪寶刀篇。靜夜風回海，
清秋月蘸天。綵山要客集，翠顆繞枝駢。邂逅為公壽，婆娑與世延。
暮鐘催酒散，嘶馬引旗旋。今作中州端，元從異國傳。何當廣栽植，
欲以慰飢年。」千歲棗為嶺南民族於端午節之應節食品，謂食之能
長壽也。

註十七：祥正對於堯之幽囚及舜之死於蒼梧皆有所質疑。關於堯受幽囚事，
云：「堯不幽囚」今觀（清）林清溥撰《竹書紀年補證》於堯篇：
「帝子丹朱避舜於房陵，舜讓不克，朱遂封於房，為虞賓三年，舜
即天子位」下云：「史正義稱括地志引竹書云：昔堯德衰為舜所囚，
復偃塞丹朱，使不與父相見，史通引汲冢瑣語，云：舜放堯於平陽，
廣宏明集引汲冢竹書云：舜囚堯於平陽，取之帝位，今見有囚堯城，
蓋皆出於瑣語，今紀年無此語。」（卷一・葉六上）知《竹書紀年》
本身未錄舜囚禁堯之事。於舜篇下云：「鳴條有蒼梧之山，帝崩遂
葬焉今海州。」關於舜野死之事，云：「舜不野死」

註十八：此已於第二章・第二節「仕宦」中廣東路時期證之。

註十九：關於番禺之特產，據《輿地紀勝》言嶺南東路・廣州之風俗形勝曰：
「南海交趾各一都會，所處近海多犀象玳瑁，珠璣奇異珍瑋，故商
賈至者多取富焉。（隋志揚州南海序）。」、「南海實莞榷之地，
有金珠、貝甲、修牙、文犀之貨。（唐劉蛻獻南海崔尚書）。」（卷
八十九・葉六上）知祥正詩中所言皆有實據。

註二十：據《中國地方志民俗資料匯編・中南卷》廣東地區引《番禺縣志》
云：「二月始東作。社日祈年，師巫遍至人家除禳」《佛山忠義鄉
志》云：「二月二日祀土神，社日祭灶與各鄉同。」知此日為俗稱
之社日。

註二十一：《北宋經撫年表》・江南東路下記：「崇寧二年（一一〇三年）。
朱彥。宣德郎朱彥知江寧。」（卷四）崇寧四年（一一〇五）年
方改王漢之知江寧，姑熟堂據《方輿勝覽》知位於江南東路・太
平州，故此詩當作於西元一一〇三年至一一〇五年間，即祥正六
十九至七十一歲間，此時祥正歸隱於江東路家中。

註二十二：《北宋經撫年表》・江南東路下記：「熙寧元年（一〇六八）。

　　　　吳中復四月二十八，思恭改鄧。是月，河東轉運使吳中復知江寧，
　　　　以龍圖閣直學士。」於熙寧二年（一〇六九）下又記：「五月十
　　　　九，中復改成德。」（卷四）故知祥正此作作於熙寧二年（一〇
　　　　六九），時祥正三十五歲亦歸隱於姑熟，故為熙寧二年之作。

註二十三：此二詩詳見於第二章・第四節「交遊」中。

註二十四：王錫九《宋代七言古詩》於頁三二六〈天才超逸的郭祥正七古〉
　　　　　中亦言祥正之作：「絕大多數是下面幾類作品：送別留贈、應酬
　　　　　贈答之作，此題裁最為平常，也最為普遍，但卻是郭祥正七古裏
　　　　　數量最大，也最有價值的部分。它們表現了詩人豪邁不羈的情懷，
　　　　　孤高兀傲的性格，遭遇不幸的憤慨，失意不平的牢騷，功名虛無
　　　　　的慨嘆，及時行樂的追求等種種思想。值得注意的是，它們之中
　　　　　有的是用應酬的方式寫的感懷之作，如〈醉歌謝太平李倅自明除
　　　　　夜惠酒〉、〈蹢躅行送裴山人〉等篇。」重視祥正應酬交遊之作。

註二十五：此詩見於《青山集》卷七・葉十三下，起首即言：「一年醉，三
　　　　　百六十日。今朝年盡酒未盡，自顧形骸無得失。浮生七十行六十，
　　　　　猛飲狂歌須汲汲。」故知此為祥正六十歲時所作。

註二十六：《輿地紀勝》・記石城山云：「在當塗縣東二十里，有石環繞如
　　　　　城，山高十丈，唐羅泰有石城記。」（卷十八・葉七下）

註二十七：華陽洞見《方輿勝覽》（卷四十九・葉二下）・淮西路・和州，
　　　　　此為歷陽縣之所在，詩中亦言「我方佩縣印」，當為治獄歷陽縣
　　　　　時所作。

註二十八：《方輿勝覽》廣東路・英德府〈英州〉煙雨樓云：「郭功父詩：
　　　　　『江路分韶廣，城樓壓郡東。妓歌星漢上，客醉水雲中。』」（卷
　　　　　三十五・葉六下）；《輿地紀勝》廣東路・英德府・煙雨樓云：
　　　　　「郭祥正詩云：『江路分韶廣，城樓壓郡東。妓歌星漢上，客醉
　　　　　水雲中。』」（卷九五・葉三下）

註二十九：見《青山集》・卷十七・葉三上，於第二章・第三節「性格」中
　　　　　已詳論。

註三十：見於〈稍霽二首〉（《青山集》卷二十二・葉五上）寫漳南時期之
　　　　水患：「稍止今朝雨，猶埋瘴嶺雲。亂流安可塞，故老未嘗聞。陰
　　　　怪群難數，陽光晚漸分。僅能存井邑，不復念耡耘。」、「霪霖霏
　　　　晝夜，積潦接郊郛。小艇家家有，危橡處處扶。稍晴人共喜，卻暖
　　　　鳥爭呼。海若一何暴，幾翻天地樞。」

註三十一：伏波將軍當指東漢名將馬援，《後漢書・馬援傳》：「交阯女子
　　　　　征側及女弟征貳反，攻沒其郡，……於是璽書拜援伏波將軍，……

督樓船將軍段志南出交阯。」故引為平安南之典。

註三十二：《大唐新語·褒錫》：「真觀十七年，太宗圖畫太原倡義及秦府功臣趙公長孫無忌、……胡公秦叔寶等二十四人于凌煙閣，太宗親為之贊，褚遂良題閣，閻立本畫。」後以凌煙閣人指流芳百世之功臣。

註三十三：全詩見於第二章·第二節「郭祥正之仕宦」中。

註三十四：傅介子典出於《漢書·傅介子傳》，以其刺樓蘭王，為後世建功邊塞之典故。

註三十五：望夫石位於江東路·太平州，《方輿勝覽》記：「望夫山在當塗縣，正對和州郡樓縣昔人往楚，累歲不還，其妻登此山化為石。」

註三十六：〈望廬山懷陶淵明〉詩云：「羌廬初在望，復憶柴桑翁。醉來臥磐石，悶默天地通。不入惠遠社，自彈無絃洞。悠悠出谷雲，漠漠栖林風。倚巖片月白，落礏寒泉洪。此意非眺聽，遙知與君同。」（《青山集》卷十六·葉四上）。

註三十七：「遺鞭」之典見於白行簡之《李娃傳》：鄭生赴京應試，遇長安名妓李娃「妖姿要妙，絕代未有。生忽見之，不覺停驂久之，排徊不能去，乃詐墜鞭于地，候其從者，敕取之。」後「遺鞭」即成為愛情典故，此漁夫所唱當指情歌。

註三十八：〈廣陶淵明四時〉詩云：「春水滿四澤，原田高下耕。熙熙隨老農，志匪搴芳英。」、「夏雲多奇峰，高低千萬重。巫山何處是，神女竟難逢。」、「秋月揚明暉，大空碧無滓。鴻鵠正翱翔，燕雀方栖止。」、「冬嶺秀孤松，雪霜任飄泊。悲含太古風，清立九霄鶴」。（《青山集》卷三十·葉六上）

註三十九：宋本作「眠彫」此據道光本改。

註四十：〈贈圓通訥禪師〉一詩云：「禪師古豪英，識之已恨晚。浩氣雖自充，靈標固天產。瓊枝玉府秀，春波鏡湖滿。妙趣玄中玄，高談簡復簡。痊予萬古病，金刀刮昏眼。朗如秋月明，不害浮雲生。始知金僊教，六幽同一情。一情亦何有，紛紛遂妍醜。遂令世上人，浮沉嗟白首。我願卿相知，薦師為國師。一言了萬化，堯舜誠無為。逢時揚至道，曠劫開群迷。儒佛實皆聖，胡為相是非。本亡末愈弱，行偽言空持。嗚呼可奈何，師也予同歸。」（《青山集》卷十一·葉六下）。

註四十一：〈浮山阻雨二首〉詩云：「尋山一日遍浮山，卻望江南興欲還。半夜神龍興驟雨，故留閑客伴僧閑。雲顯辭世幾番春，老令霜鬢未變塵。重拂舊題悲往事，幻身今幸作閑人。」（《青山集》卷

二十九．葉十一上）。

註四十二：〈秀公見喜販僧二首〉詩云：「百年光景逐飛螢，曾脫塵勞只有僧。一飯聊為清淨樂，福田求報我何能。」「審觀六人本來空，覺海迷波理亦同。滿鉢香秔聊共飽，此緣不落有為中。」（《青山集》卷二十八．葉四上）。

註四十三：《全宋詩》卷六一九．七三五九頁云：「釋守端。（一〇二五至一〇七二），俗姓葛，衡陽（今屬湖南）人。幼世翰墨，及冠依茶陵郁禪師，後往舒州白雲寺，為南嶽下十二世，楊岐會禪師法嗣。神宗熙寧五年卒，年四十八。《五燈會元》卷十九，《禪林僧寶傳》卷二十八有傳。」錄〈答郭祥正居士〉詩：「藏身不用縮頭，斂跡何須收腳。金屋半夜遼天，玉兔趕他不著。」及〈為郭功甫謁〉：「牛來山中，水足草足。牛出山去，東觸西去。」「上大人，丘乙己。化三千，可知禮。」其中詩句與《五燈會元》有所差異，《五燈會元》中言此二詩為「雲」所作，當指釋守端。釋守端西元一〇七二年即卒，時祥正方三十八歲。又據《輿地紀勝》．淮南西路．蘄州（舒州）．葉五上．白雲山．記：「至城北四里，自旦及暮，嘗有白雲繚繞其上，隋時建塔寺其上。」（卷四十七）知白雲寺所在地。

註四十四：孔凡禮先生於〈郭祥正年表〉中將此事繫入嘉祐元年（西元一〇五六年）祥正二十二歲時作，以「〈前雲居行寄元禪師〉：『青春一往二十二。』」當為二十二歲時所作。且「《蘇軾文集》卷六十四《怪石供》作于元豐五年五月，時佛印居廬山歸宗。」余以為當為祥正晚年所作，其因：

1．《五燈會元》云祥正至雲居山拜謁佛印事，在崇寧事以後。

2．詩中所言：「青春一往二十二，白雪漸變千莖鬚。」當指距離上次至雲居寺已有二十二年，「白雪漸變千莖鬚」之云滿頭白髮，祥正不可能在二十二歲時即鬚髮皆白。且詩云「憶雲居」、「老禪底事不度我」、「我請棄冠釋帶以投依兮，師則指乎未契之緣，於是曳屣卻步，尋磴道而復返兮，歲眇眇而屢殘。觸網羅以系累兮，方傷羽而戢翰。」皆言曾至此處，而未能如願出家。

3．佛印於元豐五年至廬山，不代表佛印於崇寧間不再至雲居。是以祥正至雲居寺當不止一次，《五燈會元》所錄，及〈前雲居行寄元禪師〉、〈後雲居行寄元禪師〉皆為晚年至此之事。

註四十五：據《輿地紀勝》記福建路．漳州之圓山云：「在漳城之西，形勝

秀麗而崇圜，故號圜山。郭祥正詩云：『廟食圜山忘歲年，自言
耽酒未能還。身披羽衣手提藥，時時混跡來人間。』」（卷一三
一‧葉三下）知圜山確實在漳州。

註四十六：悼王安石之五首詩，全詩於第二章‧第四節「交遊」中與王安石
之交遊中已引。

註四十七：悼梅堯臣之作二首，全詩見於第二章‧第四節「交遊」中與梅堯
臣之交遊中已引。

註四十八：〈哭亡友李公達〉詩云：「忽得凶音淚不收，可憐英氣隕荒幽。
天垂北斗夜臺靜，虎嘯西風墳樹愁。學道未行嘗自信，高名雖在
復何求。謾攜一榼招魂酒，獨對修江想獻酬。」（《青山集》卷
十九‧葉五上）

註四十九：〈王逢原哀詞〉一詩云：「追彷彿兮，故國之高丘。與子之相遇
兮，聽其言而若秋。雍雍而肆兮，嚴嚴而收。樂我之心兮，以遨
以游。予將娶兮，於南州。莫克從子兮，翻自省以幽幽。川陸兮
沉浮，日月兮再周。云子之長逝兮，愴我之深憂。子不可見兮，
道將誰求。彼蒼者天兮，胡慘胡仇。奪子之速兮，使不位於公侯。
雖窮德之特立兮，弗與世以綢繆。嗟坎水之未盈兮，竟何澤以休
休。瘖予之聲兮，血予之眸。猶不足以止兮，靈何在而薦羞。惟
永絕兮奈何，悵平昔兮悠悠。」（《青山集》卷八‧葉七下）。

註五十：〈哭夏寺陳丞公西〉全詩云：「齊山鬱愁煙，鏡潭墜孤月。佳人去
不還，生別成死別。有才曾未施，負冤終莫雪。世情多反覆，美玉
不如鐵。無路攀魂車，隔江寄清血。」（《青山集》卷十九‧葉二
上）。

註五十一：〈故臨川太守石公挽詞二首〉全詩云：「憶昔江頭別，悲歡失後
期。姦言誣直節，枉獄累明時。白玉元無玷，青天孰可欺。有兒
能雪恥，泉壤釋餘悲。半道逢豺虎，吞聲力已窮。命從冤獄喪，
言有諫臣公。玉樹埋長夜，金魚委斷蓬。旅魂雖獲雪，千載起悲
風。」（《青山集》卷十九‧葉三上）。

第六章　《青山集》之形式技巧

　　本章將就《青山集》中詩作之形式及寫作技巧，分二節論述，第一節、鍛字練句。將以祥正詩作中之單句為研究對象，探討詩中用字之選擇與鍛練對句子之影響。第二節、連句謀篇。將以祥正詩作中句與句之間之關係為研究對象，探討其對篇章之影響。

第一節　鍛字練句

　　本節將探討《青山集》中，詩作字句之鍛練，包括：疊字、回文、句中頂真等修辭技巧〔註一〕，進一步暸解祥正詩作中字句之鍛練方法，各種修辭方法雖於《詩經》中已可見，今觀祥正練句時如何應用已知之修辭方式，如疊字、回文、句中頂真等方法以達修飾句子之效果。並探討祥正詩作中好用動詞，使詩句呈現出強而有力豪放詩風之特色；運用色彩使詩句更能表現詩篇之情感，及應用數字所產生之變化。以下分一、疊字。二、句中回文。三、句中頂真。四、善用動詞。五、數字。述之：

一、疊字

　　祥正利用疊字，以達強化句中之警字，並營造詩句之氣氛，多為狀聲字。今觀其疊字之用法：

如：〈古松行〉中云：「風雨冥冥秋氣深，耳邊往往蒼龍吟。」「趺坐山間日將暝，謖謖寒風落巾幘。」（《青山集》卷一‧葉一上）以「冥冥」形容風雨及秋氣，可見其晦暗及幽深；又以「謖謖」狀寒風之聲，作為「落巾幘」之落字之伏筆。

如：〈醉歌行〉中云「今日纍纍蟄狐兔，殘碑斷碣為行路。」、「日日大醉春風臺，何用感慨生悲哀。」（《青山集》卷一‧葉一下）「纍纍」可狀其形似塚狀，由其聲又可狀其眾，更突顯古代聖賢之眾，而今荒塚之多；又以「日日」形容大醉，將情緒提到最高點。

又〈古劍歌〉「我來拔鞘秋風前，毛髮凜凜肝膽寒。」（《青山集》卷一‧葉一下）以「凜凜」形容毛髮，呼應「寒」。〈漁舟歌〉「漁歌杳杳隔港浦，煙波冥冥來孤舟。」（《青山集》卷一‧葉二上）以「杳杳」形容隔江傳來之漁歌；以「冥冥」形容煙波所造成之不明，於此孤舟彷彿來自天際，與「杳杳」，「隔」之意境相契合，「冥冥」、「杳杳」由字形觀之「日」皆於物之下，故又襯托其不明之意。又於「漁人舉網得赤鯉，魚尾筵筵相顧喜。」以「筵筵」狀魚尾搖擺所發之聲。

又如〈谷簾水行〉（《青山集》卷一‧葉四上）「嶄嶄青壑仙人居，水精簾掛光浮浮」、「溶溶萬古萬萬古，竟誰能辨為真虛。」以「嶄嶄」形容青壑之陡峭，彷彿讚嘆之聲，以「溶溶」形容水勢滂渤之聲及狀，又以「萬萬」形容時間之亙古，將景色之壯闊，與時間之長久結合起來；又「嶄嶄」之山部，「溶溶」之水部，皆與所狀之物相同，實為精心鍛練所成。

祥正運用疊字形容時多能結合所狀者之聲、形、氣勢，並能兼顧字形，此雖得力於漢語字形之特色，然祥正本身必用全

力鍛練，方能至此。

二、句中回文

　　祥正於句中將同樣之字隔一字重複運用，或將同樣辭語顛倒連接使用，製造往返回複之感，並強化重複之字，此為今修辭學中所謂「句中回文」。

　　如〈浪士歌〉：「江上浪如屋，海中浪如山。浪士乘浪舟，兀兀在浪間。浪頭幾時息，士心殊自閑。死生生死爾，浪歌聊破顏。」中「死生生死爾，浪歌聊破顏。」（《青山集》卷十四·葉九上）即將同一辭語顛倒連接使用，製造往返回覆之感。此方法於本詩中成功的製造出「死生」輪迴感。

　　如〈浮丘觀〉：「仙翁得仙二千載，滄海變田田變海。」由「滄海變田田變海。」（《青山集》卷四·葉四下）知此亦是將同一辭語顛倒連接使用，製造往返回覆之感，亦有輪迴不休之意。

　　又〈南樓有懷元輿〉「田家隔水犬吠犬，天氣新晴鳩喚鳩。」（《青山集》卷二十四·葉九上），即於句中將同樣之字隔一字重複運用，由「犬吠犬」、「鳩喚鳩」動物之共鳴，興起懷友之情緒，運用句中回文使詩中充滿生生不息之生氣。

　　〈前雲居行寄元禪師〉「南遷北訥惜已死，唯師秀出孤峰孤。」（《青山集》卷四·葉一上）即於句中將同樣之字隔一字重複運用，其「孤峰孤」更強調元禪師之孤高。由此可知祥正能善用回文往返回復之感。

三、句中頂真

即祥正於同一文句中片語與片語之間用同一字詞來頂接，貌似疊字，其實字疊而語析〔同註一〕，使詩語纏綿連貫於句中，所以句中為頂真者，多為一句之中心，甚而製造出一詩之警句，此與今所謂「句中頂真」相合。

〈懷友二首〉之二「瞻雲雲行天，步月月滿階。」（《青山集》卷十七・葉九上）描寫所思之人遙不可及，如雲在天邊，以「步月月滿階」形容月彷彿近在咫尺，卻非真月，形容所思念之友人形貌彷彿即在眼前，卻仍然遙不可及，重複「雲」、「月」在於以此喻友，並且二物皆與友般不可及。

〈雙泉軒贈太平守梁正叔〉「朝吟吟有餘，暮醉醉不足。」（《青山集》卷十八・葉九上）形容其生活之暇意，「朝吟暮醉」強調「吟」、「醉」之樂。

〈送王侃主簿棄官歸南三首〉「自是不歸歸便得，靈羊峽口櫂如飛。」（《青山集》卷二十九・葉三下）此強調「歸」字，故加以頂真。

四、善用動詞

祥正詩中對於動詞的愛用，成為句子強而有力之依據，終成祥正詩作驚邁之風，今觀其句中所用之動詞，多有振起詩情之作用。

〈金山行〉：「卷簾夜閣掛北斗，大鯨駕浪吹長空。舟摧岸斷豈足數，往往霹靂搥蛟龍。寒蟾八月蕩瑤海，秋光上下磨青銅。鳥飛不盡暮天碧，漁歌忽斷蘆花風。」（《青山集》卷

266

一·葉四下）以「卷」簾、「掛」北斗、「駕」浪、「吹」長空、「摧」舟（倒裝）、「斷」岸（倒裝）、「搥」蛟龍、「蕩」瑤海、等動詞，將金山位於江中，遭江浪摧、搥、之豪狀景色點染而出。

〈浮丘觀〉：「李白騎鯨下蓬島，常娥洗月來滄溟。」、「手探樹穴求玉環，肩拍洪崖猶彷彿。更提椽筆揮長篇，至理直欲追玄元。行當跨鳳返金闕，回首番禺空紫煙。」（《青山集》卷四·葉四下）以「騎」鯨、「洗」月、「拍」肩（倒裝）、「揮」長篇、「追」玄元、「跨」鳳，等動詞點染，造成句句皆造語豪壯。

〈王元常家藏鍾隱書三害圖〉：「周生自握蒼精龍，白額長蛟甘喪沮。危橋跨水壓波濤，巨大翻風暝煙霧。」「倐然風雲駕霹靂，雨來平地銀潢注。珍〇收藏卷不徹，直恐變化復入江湖去。」（《青山集》卷四·葉六下）以「跨」水、「壓」波濤、「翻」風、「駕」霹靂、銀潢「注」等動詞，亦將畫中所描寫之驚濤駭浪，描寫得如在目前。

又如〈倚樓〉云：「憶昨水泝餘，海氣蕩坤軸。蛟龍坼川原，舟楫造溪谷。」（《青山集》卷十二·葉四下）形容水災之景象，以「蕩」坤軸，「坼」川原，等動詞誇飾之，皆點染出詩作之豪放壯闊。

五、數字

祥正詩作中數字出現頻繁，除「一」、「三百」、「一千」等特殊用語之外，祥正所引用之數字多與事實相符合，此於第二章「郭祥正之生平」於祥正詩作中多可知其生平遭遇，可證。

而祥正最喜用之數字為「一」，「一」在祥正詩句中往往具有靈魂性之地位。今觀祥正用「一」所練造之佳句。

（一）加強深切之悲慟。

如〈寄劉繼鄴秀才〉：「誰知一別萬事錯，荷衣道著來江城。」（《青山集》卷四‧葉三上）中之「一」別，〈交游〉：「一作閩南客，幽憂忽過春。交游半卿相，蹤跡自埃塵。未附垂天翼，空成涸轍鱗。」（《青山集》卷二十‧葉四下）中之「一」作，皆有悔不當初之傷慟。〈送劉繼鄴秀才之岳陽訪木尉〉：「困鱗不借一盃水，異時安用西江波。」（《青山集》卷五‧葉六下）中之「一」盃，言一盃尚不可得之悲傷。〈昨游寄徐子美學正〉「清明動鄉思，一水嗟滯留。」（《青山集》卷十四‧葉八上）中之「一」水，則言雖只一水之隔，亦不得歸。

（二）加強豪放至極之豁達。

如〈楚江行〉：「吾生磊落無滯留，一生好作大江遊，任爾龜黿跋浪蛟龍愁。」「便欲因之垂釣竿，六鼇一擲天門外。」（《青山集》卷一‧葉二下），「一」生皆好大江遊、「一」擲至天門外，使詩句豪放至極。〈中秋泛月至歷陽〉：「喚取三千珠履客，陶然一飲情無垠。」（《青山集》卷四‧葉十二上），此與世人「一」飲之豪情。

（三）形成淡遠之風。

〈徐子美楊君倚李元翰小酌言舊〉云：「猿鳥相與居，絲桐時一彈。」（《青山集》卷十八‧葉一上）中「一」彈之隨興；〈西齋二首〉云：「西齋吾所愛，一徑綠蘿深。」（《青山集》

卷二十・葉三上）一徑之幽深；〈次韻林辨之長官送別之什〉云：
「煙浪一舟無長物，罷官只似到官初。」（《青山集》卷二十五・
葉十下）「一舟」之輕便。皆有怡然自得之恬淡情懷。

　　祥正之詩作，由「一」字即能點染出各種不同之詩情，達
到詩眼之效果，亦是祥正鍛字成功之處，而對於數字之好用，
亦增加祥正詩作散文化、記述之特色。

　　祥正於詩句中之用字能應用各種不同之方法，以達用一字
狀景、狀聲之疊字；用一字連綿句意，增加往返回復之感之句
中頂真、句中回文；善用動詞，而以一字振其全句，增加作品
之生命力；甚而以數字入句，而變化無窮。

　　亦能以對稱顯明之色彩，使其更能反映詩作之背景風格，如
〈南雄除夜讀老杜集云暮矣多北風之句感時命題為篇〉：「霜寒
不復瘴霧黑，酒賤頗得樽罍紅。」（《青山集》卷五・葉十二下）
用瘴霧「黑」、樽罍「紅」，黑、紅二色表現出幽暗之感。

　　〈送袁殿丞〈世弼〉〉：「烹羊買酒邀吳姬，今朝會合明
朝離。莫嗟兩鬢白雪滿，請看舞袖紅雲飛。雲飛酒闌君遂起，
篙子催行趁潮水。」（《青山集》卷五・葉一下）以「白」雪
形容鬢色，「紅」雲形容舞袖，紅、白二色形成及時行樂鮮明
對比之感。

　　又如〈溪上閑居〉：「紅藻笑池面，白鷺時時下。呼兒補
疏籬，選吉得天赦。」（《青山集》卷十二・葉四上）用「紅」
藻形容池面、「白」鷺時時下點綴之，紅、白二色形成景色鮮
明之比，使人有喜氣之感。

第二節　連句謀篇

　　祥正由於其詩風中充滿屈騷精神，加以才氣縱橫，常下筆即千百言不可遏止，釋契嵩亦言「少年即能作歌聲，累千百言，其氣不衰。」〔註二〕此為祥正善用今修辭學所謂連珠格、排比、對偶、重句、呼語、層遞等方法，使句與句之間連綿不絕，形成鋪陳纏綿之長篇詩作，深具楚辭、漢賦鋪陳之風，亦造成詩作之散文化，今觀其各類修辭法：

一、句與句之間的頂真

　　祥正詩中使前一句的末尾，與下一句的開端用同樣的字詞〔同註一〕，能使語句連綿不絕，使全篇有一氣呵成之感，此法與今修辭學所謂「句與句之間的頂真」相同，如：

　　〈送吳龍圖帥真定〉云：「羹尾黃雀更珍絕，白糯釀美傾醍醐。醍醐一飲三百盞，琵琶啄木喚舞姝。舞姝十八如明珠，石榴殷裙蟬翼裾。」（《青山集》卷五・葉七上）以連綿不斷「醍醐」、「舞姝」之頂真字表達出宴會此起彼落之熱鬧來。〈嵩山歸送劉伯壽秘監〉「幅巾短袖騎黃牛，脩然自作山中遊。山中遊，誰與伴，兩姬窈窕吹牙管。」「再拜辭魏闕，揚鞭歸故林。故林在嵩山，白雲幽徑深。」（《青山集》卷七・葉十五下）以「山中遊」三字連繫劉伯壽之裝扮，及伴遊之人，使詩篇更連貫，亦增加其散文化，以散文較詩體有敘述詳細之特色。

　　〈留別宣城李節推〉云：「三四相逢五六年，交情淡若秋江水。水流到海無窮時，吾輩論交無衰期。」（《青山集》卷五・葉九上）以「水」為連貫四句者，強調君子之交淡如「水」

之意義，使句意有交情遠源流長不斷之感。

〈翠碧盃〉云：「一年三百六十日，幾人待得春歸來。春歸來，不飲酒，翠碧之盃爾何有。」（《青山集》卷六·葉一下）以「春歸來」為一年之結束，亦為一年之開端，前後連繫，表現出光陰流逝之不曾間斷，使句式連貫不盡。

〈治水謠〉云：「今年大水如去年，民困適遭何令賢。賢哉何令能治水，槍（自注：去聲。）木編蘆多准擬。」（《青山集》卷七·葉九下）此以「賢」連貫前後句意，突顯太守之賢。

〈游陵陽謁王左丞代先書寄獻（和父）〉「玉山青蠅本無有，都人爭望公歸來，公歸來，至尊夢吉天顏開。」（《青山集》卷七·葉十上）以「公歸來」承先後句式，使前後句意更連貫，及加重盼望公歸來之殷切。

〈寄題吳子山孤雲亭〉云：「重華不可見，曾參久為塵。孝道遂零落，為子吟孤雲。孤雲泊南山，山下藏二親。孤雲自朝夕，墳草幾冬春。悠悠我之思，孤雲浩無垠。」（《青山集》卷十一·葉十下）以「孤雲」連接各句，造成詩句連環往返之感，是祥正使詩意始末連貫之方法。

句與句之頂真，使祥正之詩篇更有一氣呵成，首尾統一之連貫性，有助於詩意之鋪陳；更由於此類頂真多有強調頂真字之作用，故有振起全篇，達到增飾之作用；善用頂真將詩意更詳盡的表達出來，使詩體更散文化。

二、排比

祥正用結構相似的句法，接二連三地表達同範圍同性質的意象的修辭方式，即今日所謂「排比」法，此類技巧使祥正作

品更具散文修辭之形象，並易於鋪陳不盡。今觀其作，如：

〈交難〉云：「春日晴暉暉，春風思悠悠。春泉滑涓涓，春林碧柔柔。行止任所適，歌嘯忘吾憂。逢人輒掩口，語發多為讎。」（《青山集》卷六‧葉六下）以「春日晴暉暉，春風思悠悠。春泉滑涓涓，春林碧柔柔」四句排比，情景相生，表現作者悠悠之思；此鋪陳而出之排比，使詩作偏於散文化。

〈雜言寄耿天騭〉〔註三〕：「田有秔稻，池有嘉魚。林有美木，圃有青蔬。笑傲樽俎，俯仰琴書。」（《青山集》卷六‧葉七上）其「田有秔稻，池有嘉魚。林有美木，圃有青蔬」以排比法，表現出歸隱生活之自給自足，為能「笑傲樽俎，俯仰琴書」之因，此法在《詩經》中時見之，後世則多為賦體及散文之體所利用。

〈補到難〉云：「到乎難哉，碧落之洞天。……如長人，如巨蛇，如翔龍，如鏌鋣，如倒植之蓮，如已剖之瓜，如觸邪之獬豸，如蝕月之蝦蟆。或斷而臥，或起而立，或欲鬥而搏，或驚故而呀。」（《青山集》卷八‧葉一上）祥正於此用八句「如」字、四句「或」字開頭之句為二聯排比，將「洞天」之奇險，以排比方式鋪陳誇飾而出〔註四〕，使詩篇如賦體般鋪陳，以「如」、「之」、「或」、「而」等虛字組成，亦使詩篇散文化。

〈留君儀哀詞〉云：「將為麟為鳳兮，對明世而出也。將為蘭為蓀兮，芬馨香而薦上帝也。將為江為河以濟舟也，將為雨為露而澤物也。將復為人兮，英華於士林也。將為仙為神兮，自適於逍遙之境也。」（《青山集》卷八‧葉八上）此即今修辭學中所謂「複句排比」，描寫君儀亡後魂魄所往之處，排比

出各種可能，強調君儀魂魄之高尚，此仿屈原楚辭體而成，學習楚辭鋪陳之特色。

　　祥正學習《詩經》、《楚辭》、賦體之技巧，以排比方式入詩體，開拓詩作之形式，使詩作能鋪陳長述，至千百言而其氣不衰。

三、對偶

　　祥正於律體詩中之「對偶」亦多有巧思，今觀其：

　　〈泗水雍秀才畫草蟲〉云：「蜻蜓點水蝶撲花，螳螂捕蟬蜂趁衙。營營青蠅爭腐糝，趯趯阜螽沿草芽。」（《青山集》卷四·葉八下）以「螳螂」對「蜻蜓」皆為昆蟲類，「捕蟬」對「點水」皆為捕食動作，「蜂趁衙」對「蝶撲花」皆為昆蟲捕食動作，「趯趯」對「營營」皆為昆蟲所發之聲，「阜螽」對「青蠅」皆為《詩經》中之動物，「沿草芽」對「爭腐糝」亦皆為進食之動作，將畫中昆蟲之種類及生動動作描寫在短短的詩句中。

　　〈野望〉云：「暑雨收殘候，秋雲結薄陰。山光翠兼紫，水影淨還深。竹密群鴉入，天空一雁沉。」（《青山集》卷二十一·葉二上）中「秋雲」對「暑雨」同為季節之景色，「結薄陰」對「收殘候」同為季節特有之現象；「水影」對「山光」山、水，光、影對比，「淨還深」對「翠兼紫」皆為同時承現之二種現象；「天空」對「竹密」天與竹皆為名詞，空與密對比，「一雁沉」對「群鴉入」一與群對比，雁與鴉皆為飛禽，沉與入皆為動詞。

　　由二詩之對偶工整，知祥正於詩語之精練亦是極為用心，
善於將詩意鎔鑄於數語之中，與排比方式恰成兩種不同現象，
祥正運用排比方式所成之詩篇多長篇鋪陳，近似賦體、散文，
用對偶方式則多能鎔鑄詩語，成短篇佳作。

四、重複句意

　　祥正詩作中常以重複之句式或句意表達濃烈之情感，此類
修辭方法又多與設問法同用，二者皆是吸引讀者瞭解作者詩中
主旨之方法，往往點染出全篇詩作之主題。今觀其作，如：

　　〈送劉繼鄴秀才之岳陽訪木尉〉：「古人交道貴終始，樂
酣醉倒君莫疑。否極泰來不可測，豈有壯士長棲遲？豈有壯士
長棲遲？青雲歧路看橫飛。」重複「豈有壯士長棲遲？」（《青
山集》卷五・葉六下）即祥正有感於詩前所言「困鱗不借一盃
水，異時安用西江波」〔註五〕壯士而今長棲遲，提出之反問，
此句即為全詩悲憤不遇之主旨。

　　〈鸚鵡洲行〉：「可行則行止則止，死無所益令人羞，死
無所益令人羞，黃祖曹公均一丘。」（《青山集》卷一・葉四
上）此詩全詩之主旨即在感歎禰衡雖死，對國家社稷卻毫無幫
助，重複吟詠「死無所益令人羞」實為祥正於鄂州時期〔註六〕
意氣風發，欲有所作為時所作，故強調勿為「死無所益」，之
事。重複此句以突顯全詩欲有所作為之豪情。

　　〈謝鍾離中散惠草書〉：「丈人善吟仍善奕，名譽豈止專
能書。名譽豈止專能書，皎如浩雪盈冰壺。」（《青山集》卷
四・葉九下）重複「名譽豈止專能書」，言丈人不只善於草書
之寫作，強調丈人之多才。

　　祥正以重複語句表達最深沉之語句，及全篇之主旨，此類重複語句之出現，往往能引起讀者之共鳴，使人為之一振。

五、呼語

　　祥正好用呼語振起全篇，此類用語多襲自太白，如「君不見」、「噫吁嚱」，甚而沿用散文體之「嗚呼」，皆有連貫全詩，提振起詩意之作用，並使詩歌有散文化連貫之特色，由下可見三者作用之異同：

（一）用「君不見」。

　　此為祥正詩中運用設問法中之提問法〔註七〕，自問自答，延續文章之氣勢，亦是提振詩意之重要方法，試圖與讀者起一共鳴。

　　〈上趙司諫〉云：「彈劍思經綸，悲歌負陽春。逢時不自結明主，空文亦是尋常人。君不見太公辭渭水，謝安起東山。日月再開天地正，龍虎感會風雲閑。又不見屈原澤畔吟離騷，漁翁大笑弗餔糟。可行則行止則止，胡為憔悴言空勞。」（《青山集》卷三·葉二下）「君不見」連繫其前言作者之遭遇，一轉而言古人之行誼，有連貫詩意之作用；其下即高談姜太公、謝安歸隱後再出仕之事，續以「又不見」再言屈原為漁翁笑何不歸隱之事，由於屈原典故與姜太公、謝安之典故象徵意義不同，故以「又不見」隔而轉之，終得「可行則行止則止」之結論；祥正詩作中「君不見」後續有「又不見」者甚多，充分發揮連貫前後文即激發共鳴之功用。

〈濟源草堂歌贈傅欽之學士〉云：「龍蛇鱗甲雪霜洗，壯士四顧空提刀。陰晴萬變恣吟寫，三疊琴聲猿夜嗥。君不見古來功名輸隱叟，種桃採芝皆皓首。不將機械攪靈源，能使形骸頗長久。」（《青山集》卷一・葉十二下）中亦以「君不見」連貫詩中所敘今古之事，以古證今，呼告讀者，激起共鳴。

此類呼語多有情感濃烈，不得不呼告予人之感，能使詩篇之情感連續不衰，亦增加其連繫感。

（二）用「噫吁嚱」。

此亦學自太白，為傷感至極，呼而出之之語。

如：〈投別發運張職方（仲舉）〉云：「恩酬必報乃壯士，如今孰是韓張良。玉手纖纖把金盞，更聽新聲碎瑤板。醉鄉酩酊萬事休，功名雖成歲華晚。噫吁嚱，秋風已老白雲飛，鄉關咫尺未能歸。倚瑟而歌悲帝子，南山遙望淚沾衣。」（《青山集》卷五・葉十二下）寫到傷痛處，祥正不得不呼出「噫吁嚱」之感歎，一轉而言己身之感受「秋風已老白雲飛，鄉關咫尺未能歸。倚瑟而歌悲帝子，南山遙望淚沾衣」。

〈宣詔廳歌贈朱太守〉云：「和風匝地怨氣滅，險吏縮手窮氓蘇。地隨人盛古今好，姑熟自此為名區。君不見滕王閣庾公樓，樽罍千載誇風流。又不見宴寢一詩尚不滅，至今人道韋蘇州。噫吁嚱，四座勿歌聽我歌，宣詔之名君謂何。守臣不壅帝王澤，六合長靜無干戈。」（《青山集》卷一・葉十一下）祥正甚而有同時運用「君不見」、「又不見」及「噫吁嚱」三者於一詩之作，由此詩可見「君不見」、「又不見」多為敘述已為事實之往事，故言滕王閣、庾公樓及韋蘇州事，而「噫吁嚱」則為敘述自我現今之感慨，故言「聽我」。

（三）用「嗚呼」。

「嗚呼」為哭語，多為散文體祭文所用，祥正詩中感於身世之作，亦多用之，如：

〈廣言歸〉：「慨日月兮往而不返，吾親八十兮事之云晚。朝廷清明兮予忠曷施，道弗行於家何以教吾民之為哉。嗚呼，耕吾土兮足以食，條吾桑兮足以衣。……休歟歸乎，以退為進乎，予發諸誠乎，言誰弗信乎。」（《青山集》卷八・葉四上）此為祥正真心欲歸隱，而不為他人所信，認為祥正欲以退為進，傷慟之作，故以「嗚呼」起自己之想法。

〈南雄除夜讀老杜集云暮矣多北風之句感時命題為篇〉云：「一階寄祿百無補，白髮又送年華終。鬼章雖獲萬國賀，防邊未可旌旗空。中原將帥誰第一，願如衛霍皆成功。廟堂赫赫用耆舊，熟講仁義安羌戎。我甘海隅食蚌蛤，飽視兩邑調租庸。嗚呼不獨夔子之國杜陵翁，牙齒半落尤耳聾。」（《青山集》卷五・葉十二下）以「嗚呼」連貫呼出對時事最深沉之感慨。

大抵「嗚呼」與「噫吁嚱」同為祥正傷懷之呼語，其後多言自我身世之感；異於「君不見」，「又不見」後多敘述已為事實之歷史典故；而「嗚呼」與「噫吁嚱」之別，則在於「嗚呼」較「噫吁嚱」所表現之感情更為濃烈。

六、層遞

祥正於詩中描寫身世之作，朋友之交，遊記之作，多能以時間由先至後，由近至遠，一一道來，使詩篇依序進行，鋪陳不盡，即今日所謂「層遞法」。如：

〈昨游寄徐子美學正〉（《青山集》卷十四‧葉八上）一詩，相當於一篇自傳，將其自身遭遇，一一道來，將自身之苦難依序寫來，不只將自身遭遇敘述詳盡，並且給人越寫越近，越近越失意之感〔註八〕。

又如〈留君儀哀詞〉一詩亦將與君儀之交往，依序道來，越寫越近，越寫越感傷。〔註九〕，皆善用層遞法景然有序，善於敘述之特色。

祥正善用今所謂連珠格、排比、對偶、層遞、重句、呼語、層遞等技巧，使作品形式雖為長篇鋪陳，氣勢卻能一氣呵成，時有神來之筆振起全篇，實乃習自《詩經》、《楚辭》，太白詩等傑出作品，無怪乎釋契嵩言其「累千百言，其氣不衰。」，《王直方詩話》云其：「先自吟誦，聲振左右。」

註解

註一：本節關於修辭學術語之定義，引用沈師謙於國立空中大學所著之《修辭學》中專有名詞之定義。

註二：見釋契嵩之《鐔津文集》卷十三〈送郭功甫朝奉詩序〉，全詩見於第八章‧第一節「前人之評價」。

註三：此詩亦為《歷陽典錄補編》‧藝文類‧卷八‧葉十五上中收錄。

註四：祥正於〈補到難〉詩前自序云：「真陽有山，削立出江上，陰騺其外，軒豁其內，名為碧落洞天。唐‧周夔羽皇題文，命曰〈到難〉，言其去中國之遠，而賢士大夫之所難到也。詞則麗矣，然未能盡碧落之狀，予取其言而補之，題曰〈補到難篇〉云。」（《青山集》卷八‧葉一上）

註五：〈送劉繼鄴秀才之岳陽訪木尉〉詩云：「群鳥栖霜羽毛縮，孤雁冥飛何處宿。蘆花慘白天無聲，靈妃鼓徹瀟湘曲。此時歸夢尋故鄉，誰道行人鬢綠。平生所得唯悲歌，時命未遇君如何。滿懷策畫獻不售，鳳凰飄泊無嘉禾。困鱗不借一盃水，異時安用西江波。岳陽高樓掛星斗，樓中子真聞舊友。請舒和氣邀陽春，便釀重湖作濃酒。山葉撩亂舞，山鳥縱橫啼。古人交道貴終始，樂酣醉倒君莫疑。否極泰來不可

測，豈有壯士長棲遲？豈有壯士長棲遲？青雲歧路看橫飛。」（《青山集》卷五·葉六下）

註六：已於本文第四章·第二節之經鄂州中證之。

註七：沈師謙於國立空中大學所著之《修辭學》頁二五八中云：「講話行文，刻意設計問句的形式，以吸引對象注意的修辭方法，是為設問。其中可分為兩類：一、提問：自問自答，先提出問題，引發對方好奇與注意，再自行作答。二、激問：問而不答，以問句表達確定的意思，答案必在問題的反面。」

註八：〈昨游寄徐子美學正〉全詩見於第五章·第一節「個人感懷」中。

註九：〈留君儀哀詞〉全詩見於第五章·第八節「哀挽之作」中。

采石月下聞謫仙──宋代詩人郭功甫

第七章　《青山集》之特色

第一節　鋪陳壯闊

　　祥正詩作所表現之形式風格，王安石言其「豪邁精絕」，釋契嵩亦言「累千百言，其氣不衰」、「動乎則辭句驚出而無窮」皆驚歎於祥正詩作中鋪陳壯闊之作，對其氣勢之綿延不衰，極力讚揚。今觀其詩作中鋪陳壯闊之特色及形成之原因：

　　祥正作品中鋪陳之特色，於第六章·第二節「連句謀篇」已論述，祥正藉由連珠格、排比、對偶、重句、呼語、層遞等方法，使句與句之間連綿不絕，形成鋪陳不斷之詩風，《張芸叟詩評》評祥正鋪陳之風則云：「如大排筵席，二十四味，終日揖遜，求其適口者少矣。」袁枚《隨園詩話》亦引而曰：「如大排筵席，二十四味，非不華侈，求其適口者少矣。」議其太過華侈。

　　其《青山集》卷八，後人將其歸為楚辭體之作，此卷內容多鋪陳纏綿不盡，如〈補到難〉：

　　真陽有山，削立出江上，陰翳其外，軒豁其內，名為碧落洞天。唐·周夔羿皇題文，命曰〈到難〉，言其去中國之遠，而賢士大夫之所難到也。詞則麗矣，然未能盡碧落之狀，予取其言而補之，題曰〈補到難篇〉云。

到乎難哉，碧落之洞天。上有嵐壁之瑤局，下有澄溪
之碧瀾。碧瀾之下，寸寸秋色，目窺之而可量，手搴
之而莫得，寶容光而練飛，巖漬陰而乳滴。如長人，
如巨蛇，如翔龍，如鏌鋣，如倒植之蓮，如已剖之瓜，
如觸邪之獬豸，如蝕月之蝦蟆。或斷而臥，或起而立，
或欲鬥而搏，或驚故而呀。若斯石也，吁可怪耶。何
詭絕之異觀，嘗置之於幽遐。到乎難哉。長蘿羑秀，
瘦木竦直。香櫻寒而自媚，名概詢而鮮識。煙霏霏而
引素，雲悠悠而奮翼。巫模似其變態，已滅然而無跡。
崩漸遠響，碧落瑟續。聆之愈深，詠之不足。欲幽棲
而忘返，尚徘徊而眷祿。彼寧待乎世人，蓋有要於仙
躅。到乎難哉，信夫到之難也。匪到之難，知樂此以
為難，知樂此矣，能久處之又為難。余故補到難以題
篇些。（卷八·葉一上）

詩中多用虛字，如「乎」、「之」、「而」、「哉」、「若」、
「也」、「於」使詩歌近於有韻之散文，並利用排比，如「如
長人，如巨蛇，如翔龍，如鏌鋣，如倒植之蓮，如已剖之瓜，
如觸邪之獬豸，如蝕月之蝦蟆。」，對偶，如「上有嵐壁之瑤
局，下有澄溪之碧瀾。」及重複「到乎難哉。」之句等方法，
使詩作鋪陳不盡，近乎賦體。

此鋪陳之風，亦是其歌行、古詩體之特色，多與其誇飾技
巧結合，進一步形成祥正驚邁豪絕之壯闊特色。

今觀其應酬交遊之作，如〈仲春櫻桃下同許損之小飲因以
贈之〉：

君不見古人悲歌愁殺人，一片花飛減卻春。徑須沽取
就花飲，暫時爛醉陶天真。借令黃金大於斗，豈買人
間百年壽？但願青春永不歸，更得滄溟化濃酒。朝酌
弗乾，暮傾弗竭。東向浮桑採日枝，西入瑤池浴明月。
枯桐三尺安足彈，重華去矣薰風寒。夷齊恥食首陽粟，
屈子徒佩瀟湘蘭。噫吁嚱哉賢與愚，同歸一死胡為乎。
共君極欲且爛醉，指點世路皆虛無。許損之，爾為我
滿斟，我為爾高吟。相逢莫恨晚，結交貴知心。坐看
南山一片霧，忽成千里萬里之春陰。（《青山集》卷
三・葉八下）

　　祥正利用呼語以「君不見古人悲歌愁殺人，一片花飛減卻
春。」開頭，起頭即振起全篇，設問法「借令黃金大於斗，豈
買人間百年壽」使全詩氣勢萬千。

　　全詩以古鑑今，得到把握光陰，及時行樂之結論。而「但
願青春永不歸，更得滄溟化濃酒。朝酌弗乾，暮傾弗竭。東向
浮桑採日枝，西入瑤池浴明月。」中滄溟化濃酒之狂想，及採
日枝、浴明月之豪情，皆為其詩造語豪壯之處，續起伯夷、叔
齊之忠，而以「噫吁嚱哉」歎之。以「共君極飲且爛醉，指點
世路皆虛無。許損之，爾為我滿斟，我為爾高吟。相逢莫恨晚，
結交貴知心。坐看南山一片霧，忽成千里萬里之春陰。」豪飲、
高吟之情以終，全詩鋪陳而下，形成壯闊之特色。

　　又如〈蜀道篇送別府尹吳龍圖（仲庶）〉：

長吟李白蜀道難，蜀道之難難於上青天。長蛇并猛虎，
殺人吮血毒氣何腥羶。錦城雖樂不可到，側身西望泣

涕空漣漣。其辭辛酸語勢險，有如曲折頓挫萬丈之洪
泉。世人不識寶玉璞，每欲酬價齊刀鉛。求之往古疑
未有，惜哉不經孔子之手加鑱鐫。公今易節帥蜀國，
為公重吟蜀道篇。旌旗翻空度劍閣，甲光照雪參林顛。
雪罷連椎股谷聲碎，畫角慢引斜陽懸。竹馬爭迎舊令
尹，指公長鬚皓素非往年。蜀道何坦然，和氣拂拂回
星躔。長蛇深潛猛虎伏，但愛雄飛呼雌響亮調朱弦。
時乎樂哉，公之往矣，九重深拱堯舜聖，廟堂論道丘
軻賢。撫綏斯民賴良守，平平政化公能宣。束兵興學
有源本，何必早夜開華筵。嘗聞家家賣釵釧，只待看
舞青春前。此風不革久愈薄，稔歲往往成凶年。噫吁
嚱，今我無匹馬，安得從公遊，盡書政績來中州。獻
之明堂付太史，陛下請捐西顧憂。（《青山集》卷二·
葉三下）

　　以送別之作，仿李白之〈蜀道難〉，將詩作鋪陳至極，由
李白之〈蜀道難〉起，而感「其辭辛酸語勢險，有如曲折頓挫
萬丈之洪泉。世人不識寶玉璞，每欲酬價齊刀鉛。求之往古疑
未有，惜哉不經孔子之手加鑱鐫。」亦曾曰不得為世所用而苦。
世人多不識寶玉而輕賤之。

　　並言蜀人歡迎吳中復再度治理〔註一〕蜀地之盛大場面，
「旌旗翻空度劍閣，甲光照雪參林顛。雪罷連椎股谷聲碎，畫
角慢引斜陽懸。竹馬爭迎舊令尹，指公長鬚皓素非往年。」於
盛大場面之背後，是蜀人對中復之關懷。

　　全詩鋪陳不盡，除引用李白〈蜀道難〉之壯語，又有「旌
旗翻空度劍閣，甲光照雪參林顛。雪罷連椎股谷聲碎，畫角慢

引斜陽懸」、「長蛇深潛猛虎伏，但愛雄飛呼雌響亮調朱弦。」之壯闊場面，將全詩鋪陳得壯闊萬千。

　　祥正此類鋪陳壯闊之作最似李白古風，〈仲春櫻桃下同許損之小飲因以贈之〉一作仿太白〈將進酒〉雖感慨萬千，仍以豪情壯語鋪陳誇飾而出。〈蜀道篇送別府尹吳龍圖（仲庶）〉仿太白之〈蜀道難〉，雖為送別之作，卻仍鋪陳壯闊。

　　祥正之詩作中除閒適、田園之作，詩中多有豪壯至極之語，如〈廬山三峽石橋行〉寫三峽石橋之景，言「攀崖裂嶂何其雄，崩雷泄雲勢披靡。飛鳥難過虎豹愁，四時白雲吹不收。燭龍此地無行跡，六月遊子披貂裘。誰將巨匠鑿大石，突兀長橋跨蒼壁。行車走馬安如山，下視龍門任淙激。」《方輿勝覽》「采石山」下記曰「郭功父：采石渡頭風浪惡，九道驚湍注山角。金牛出沒人不知，翠壁巉岏嶮如削。上有藤羅幕霧張羽蓋，下有洞窟崩湍震天樂。水神開府志歲年。犀燭朱衣馬爭躍，皇朝受禪埽寰區。夜半虹橋自天落，萬群熊虎下金陵。巨斧連營剖城郭。霸主張攖來就俘，摧殘頭角龍變魚。羅綺半隨灰燼滅，珠樓玉殿成荒墟。衣冠文物歸國，誰道長江限南北。日輪赫午闔闢開，煙波自與蘆花白。我來覽古憑陽春，高吟未遇謝將軍。騎鯨捉月去不返，空餘綠草翰林墳。風期亢爽非今古，冥漠神交兩相許。倒提金斗傾濁醪，滴瀝招魂寂無語。斜陽衡山暝潮退，兩兩漁舟迷向背。便欲因之垂釣竿，六鰲一擲天門外。」（卷十五・葉二上）綜合祥正各詩中描寫采石山景象而成，造語如「九道驚湍」、「洞窟崩湍震樂」、「馬爭躍」、「埽寰區」、「萬群熊虎」、「剖城郭」、「風期亢爽」等皆豪壯驚奇，為祥正詩作異於他人，亦是其天才俊逸之處。

祥正詩作鋪陳壯闊之氣勢，為梅堯臣、章望之言其為「太白再世」之主要原因，無怪乎安石云祥正之詩作：「非力學所能逮」。

<h2 style="text-align:center">第二節　以史入詩</h2>

祥正詩作中以史入詩之特色，鮮明的表現在史事之議論，及史事之記述，甚而以傳記之內容為詩，使詩篇成為詠史、其記史之作，增加其詩作補史不足之價值。今就其以史入詩之特色分為一、議論史事。二、結合當代時事。三、時人之生平傳記，論之：

一、議論史事

祥正詩中對於史事常有感而議論之，甚而質疑之，今觀其作：

如〈鸚鵡洲行〉〔註二〕言禰衡「死無所益令人羞」，議論史事，一反眾人之稱美禰衡直言不諱，而言其死無所益「令人羞」，以議論史事入詩。

〈九疑山圖〉言：「惜哉不經孔子辨，後世誰能公是非。」，並質疑堯為舜所囚之說，而言「堯非幽囚，舜不野死。堯崩民如喪考妣，舜非遊仙而幸此。」議論史事之虛妄，表現出疑史之精神〔註三〕。

〈姑孰乘月泛漁艇至東城訪耿天騭〉〔註四〕議論鴻門之宴，寫項羽之及時行樂：「功名無成安足嗟，但令方寸無疵瑕。

煉丹辟穀亦瑣瑣，萬物何處非生涯。君不見鴻溝欲將天下裂，
失道陰陵遽身滅。玉帳周遭皆楚歌，金甲繽紛摧漢鉞。重瞳卻
傳繪塑手，瓦鼓巫歌薦神酒。」（《青山集》卷三・葉一下）
豪氣萬丈之情，一改史家感歎鴻門宴項羽未能殺劉邦，而寫其
能及時行樂。

　　又於〈樊山〉下注云：「即孫權郊壇祀天之處，壇今尚存，
而謝朓詩云樊山廣開宴也。」詩云：

> 漢室火符熄，群雄起縱橫。兩京蕩為墟，萬里無農耕。
> 曹操劫神器，欲竊禪讓名。吳蜀恥北面，鼎峙方戰爭。
> 殺人如膾魚，天地厭血腥。至今武昌邑，尚傳吳主城。
> 長江吞八極，圓壇窺杳冥。想當禋郊時，志勇掃攙槍。
> 燔柴封玉牒，冠弁羅公卿。登山錫宴喜，日光爛旗旌。
> 寧知後嗣弱，壯業竟無成。空餘舊基址，千載未欹傾。
> 常時屢掩卷，每讀涕泗盈。而況泊舟楫，披榛自經行。
> 霸圖何所見，芳草與雲平。晚浪淙石腳，猶疑兵甲聲。
> （《青山集》卷十三・葉十下）

　　樊山位於湖北路・壽昌軍（鄂州），全詩寫漢末三國爭霸
殺人如麻之史事，云「吳蜀恥北面，鼎峙方戰爭。殺人如膾魚，
天地厭血腥。」，一反史家同情蜀國不得爭霸，而歎吳國之後
代不能僅守祖業，言「寧知後嗣弱，壯業竟無成。空餘舊基址，
千載未欹傾。」感歎吳國後嗣之無能。全詩因景生情，如一篇
史傳。

　　祥正詩中以史入詩，並加以議論者不勝枚舉，其中以自我
感懷而起之歎最多，如言屈原之愚忠，不知可行則行當止則止，

及「顏淵必用孔丘鑄，自此聲名聞至尊」〔註五〕之類散文化
之說理議論。

二、結合當代時事

祥正詩作中多能與當代時事結合，可供今人研究宋史之旁
證，甚而有史書所未載之民亂及天災。如：

〈新昌吟寄潁叔待制〉記民亂事云：

元祐丙寅冬，新昌有狂寇。名探其姓岑，厥初善巫咒。
南民欣尚鬼，來者爭輻輳。經年惑群眾，詭術遂潛構。
摧城止三闋，作蜂唯撒豆。竹竿變鎗旗，銳兵莫吾鬥。
此事古未聞，造意無乃陋。蚩蚩彼何知，丁壯擁前後。
長驅向城郭，塵土翳白晝。刺史亟閉門，神理默垂祐。
城頭無百兵，坐待五羊救。賊中眾所見，戢戢羅甲冑。
須臾薄（自注：音博。）寒陰，凍立多僵仆。平明若
鳥散，賊本未遑究。權帥計倉卒，遣將速誅蹂。貪功
恣殺戮，原野民血溜。嬰兒與婦女，屠割僅遺脰。傳
報及南昌，新帥若煙走。（自注：潁叔至洪，聞賊報，
即星馳度嶺，有詩云：六日聞賊報，七日走如煙。）
入境亟止殺，渠惡用機購。逾旬果獲探，腰斬餘悉宥。
朝廷方好仁，帥略寔能副。臺章請褒賞，詔語優以懋。
撫綏聊借才，侍從爾來復。身居江湖上，名近日月右。
（自注：已上略制詞中語）。麟兒隨飛龍，（自注：
戊辰季嗣遂登科。）陰騭資貴富。彼美南山松，亭亭
千丈秀。終為廊廟器，未許連城售。吳毛持漕節，文

彩爛錦繡。發為新昌行，洪鐘待誰扣。我將磨蒼珉，
為公悉鑱鏤。（運判吳翼道，毛正仲皆作此詩，現帥
賦之，並刻石立於新昌之使廳）。（《青山集》卷十
六·葉五上）

　　此一民亂《宋史》等書皆未錄，由「元祐丙寅冬，新昌有
狂寇。」可知亂事發生於哲宗元祐元年（西元一〇八六年），
事件地點為廣東路·新州，時祥正五十二歲，於姑熟；又由「傳
報及南昌，新帥若煙走。」知穎叔事發時在江南東路·洪州之
南昌，由祥正注云：「穎叔至洪，聞賊報，即星馳度嶺，有詩
云：六日聞賊報，七日走如煙。」知穎叔非當地守官，由《北
宋經撫年表》卷五知蔣之奇於元祐二年八月己丑，由潭州改知
廣州，元祐元年蔣穎叔當知潭州，遊於南昌，由「朝廷方好仁，
帥略寔能副。臺章請褒賞，詔語優以懋。撫綏聊借才，侍從爾
來復。」知蔣穎叔因救廣東路·新州有功，隨及改知廣州；由
祥正所注：「麟兒隨飛龍。（自注：戊辰季嗣遂登科。）陰騭
資貴富，」之「戊辰」知此作作於元祐三年（戊辰）之後，又
由詩題「寄」字，知此當為祥正五十四歲與蔣穎叔遊於廣州別
後所作。

　　由「元祐丙寅冬，新昌有狂寇。名探其姓岑，厥初善巫咒。
南民欣尚鬼，來者爭輻輳。經年惑群眾，詭術遂潛構。摧城止
三閱，作蜂唯撒豆。竹竿變鎗旗，銳兵莫吾鬪。此事古未聞，
造意無乃陋。蟲蟲彼何知，丁壯擁前後。」將此次賊首之名為
岑探，及以宗教巫術蠱惑民眾之事件背景道出。

　　續云：「長驅向城郭，塵土翳白晝。刺史亟閉門，神理默
垂祐。城頭無百兵，坐待五羊救。賊中眾所見，戢戢羅甲胄。

須臾薄（自注：音博）寒陰，凍立多僵仆。平明若鳥散，賊本
未遑究。權帥計倉卒，遣將速誅蹂。貪功恣殺戮，原野民血溜。
嬰兒與婦女，屠割僅遺脰。」描寫當地守兵處理不當，貪功恣
殺之慘狀，充分表現出守兵之昏庸及殘暴〔註六〕。

　　續云：「傳報及南昌，新帥若煙走。（自注：穎叔至洪，
聞賊報，即星馳度嶺，有詩云：六日聞賊報，七日走如煙。）
入境亟止殺，渠惡用機購。逾旬果獲探，腰斬餘悉宥。朝廷方
好仁，帥略寔能副。臺章請褒賞，詔語優以懋。撫綏聊借才，
侍從爾來復。身居江湖上，名近日月右。（自注：已上略制詞
中語）」穎叔獲悉即飛馳至此阻止殺伐，擒獲元凶，也因而得
朝廷之賞識，百姓之愛戴，派任於廣州。此詩道出朝廷派任穎
叔之因，並注云「已上略制詞中語」為有朝廷制詞之語為證，
非虛妄之詞。

　　終以「麟兒隨飛龍，（自注：戊辰季嗣遂登科。）陰騭資
貴富，彼美南山松，亭亭千丈秀。終為廊廟器，未許連城售。
吳毛持漕節，文彩爛錦繡。發為新昌行，洪鐘待誰扣。我將磨
蒼珉，為公悉鑱鏤。（自注：運判吳翼道，毛正仲皆作此詩，
現帥賦之，並刻石立于新昌之使廳）。」讚揚其德為眾人所歌
誦記載。

　　祥正此作之價值，不只在於記載時事，具備補史所闕漏民
亂之意義，又可補《宋史》蔣之奇傳記及穎叔之傳記；全詩詳
記民亂發生之時間、地點及事件始末，直似史書之紀事本末體。

　　作品中直言批評原太守之恣殺無度之精神，與〈送黃吉老
察院〉（《青山集》‧卷十七‧葉三上）中直言時病之精神皆
令人感佩；由此可見祥正不畏權威之精神。

此外尚有〈漳南書事〉描寫元豐五年秋，七月十九日，漳南之颱風災情，亦未為史書所記載；〈麟州歎〉寫元祐六年九月，夏人寇麟州，又寇府州之事，詩中描寫麟州守衛之失職〔註七〕，對當代之史事具有補遺及批評之價值。

祥正此類史事之記載，可供後世研究當代史事，亦可見其詩作內容之廣泛。

三、時人之生平傳記

祥正有關自我感懷之作，如〈寄徐子美學正〉、〈浪士歌〉等對於自我身世之描寫，仿似一篇篇自傳〔註八〕，對於欲了解祥正本人生平者，為最原始可靠之資料。又與友人交往及送別、贈答之作中常詳述友人之生平，如替友人以詩立傳，此為以史之列傳體入詩。

如〈寄題東城耿天騭歸潔堂〉云：

> 東城耿天騭，讀書五千卷。有義或未通，至忘寢與膳。
> 潛心唯丘軻，弟子並時彥。晚從進士起，青衫落銓選。
> 捕賊偶註誤，差池困州縣。寧知賈馬才，不上明光殿。
> 功名既無成，祿廩豈足戀。歸來潔其身，舊學進吾善。
> 構堂剪深竹，江山使對面。秀色覽天鏡，毛髮瑩可見。
> 閑情寄浮雲，零落兩三片。頹然墮支體，隱几自峨弁。
> 有時明月來，朋簪合清醼。狂為梁甫吟，璀錯珠玉串。
> 夫人無妒忌，群妾美目眴。大兒富文學，又隨太守薦。
> 百口不憂貧，九品不為賤。內足外亦足，此樂信無倦。
> 軒冕達士寄，形色聖人踐。他時采高名，猶冠儒林傳。

（《青山集》卷十一·葉十上）

有關耿天騭其人史書未載，而王安石之《臨川文集》中有多首讚揚耿天騭人品高潔之詩，祥正於此詩中以耿天騭博學多聞起，云：「東城耿天騭，讀書五千卷。有義或未通，至忘寢與膳。潛心唯丘軻，弟子並時彥。」東城位於歷陽，《歷陽典錄補編》收錄多首祥正贈耿天騭之詩〔註九〕，可見其作對於保留東城賢人事蹟之價值，祥正於此詩亦明言天騭宗儒家思想。

　　續云：「晚從進士起，青衫落銓選。捕賊偶註誤，差池困州縣。寧知賈馬才，不上明光殿。功名既無成，祿廩豈足戀。歸來潔其身，舊學進吾善。構堂剪深竹，江山使對面。」將其生平遭遇，自進士至歸隱之宦途經歷道出。再言：「秀色覽天鏡，毛髮瑩可見。閑情寄浮雲，零落兩三片。頹然墮支體，隱几自峨弁。有時明月來，朋簪合清醮。狂為梁甫吟，璀錯珠玉串。」其隱居後之生活。並言：「夫人無妒忌，群妾美目眴。大兒富文學，又隨太守薦。」描繪其儒者之家風，及「百口不憂貧，九品不為賤。內足外亦足，此樂信無倦。軒冕達士奇，形色聖人踐。他時采高名，猶冠儒林傳。」品德之高潔。

　　此詩本身即如同一篇儒林傳，耿天騭其人《宋史》不載，祥正此詩可補史書之闕漏。

　　又如〈怡軒吟贈番易張孝子〉詩云：

　　　　古云蜀道難，蜀道之難難於上青天。孝子尋親不辭遠，
　　　　草蹻負米離番川。西從荊州望夔國，捫蘿躐石穿林巔。
　　　　峽山愈深人跡絕，但聞悲風冷澗聲潺湲。汲溪鑽火行
　　　　復餐，夜宿茅屋衣裳單。迴首江南路九千，一見歸客

吞悲酸。寄聲吾母形骸安，慎勿為語皮皺乾。涪州城
西遇征蠻，城門防盜白晝關。撫膺仰天涕汍瀾，見親
之難難於蜀道難。成都漸近心稍寬，踴躍可得瞻者顏。
父昔離家子方孕，子得見父今壯年。胡弗歸分死敢請，
慰我慈母心懸懸。三往三返又十載，孝子執轡方言還。
番人聞歸競嗟喜，夫婦白首重團圓。誅茅立屋奉甘旨，
陳侯篆榜名怡軒。春禽啼壺助春飲，綵衣自舞春風前。
腰金饌玉非我欲，但願眉壽雙松堅。朝熙熙，暮熙熙，
誰將朱絲繩，奏我怡軒詩。（《青山集》卷十八‧葉
七上）

詳細記述孝子尋父之事蹟，將尋父之艱辛及尋父之始末道出，
實為一篇列傳，此事正史亦未曾論及，故可補史書列傳之闕漏。
此張吉父尋父事，當代即傳為美談，是以《能改齋漫錄》記詩
類中亦有〈張吉父作怡軒以安其父〉一篇：

番陽張吉父介，方娠時，父去客東西川不還，張君自
為兒時，已愴然有感。其言語食息，未嘗不在蜀也。
與尚書彭公器資同學，作詩云：「應是子規啼不到，
致令我父未歸家。」聞者皆憐之。既長，走蜀，父初
無還意。乃歸省母，復至涪、閬（四川山名），往返
者三。其父遂以熙寧十年三月至自蜀，鄉人迎謁嘆息，
或為感泣。一時名士，咸賦詩以紀其事。器資詩略云：
「河可以竭山可徙，我翁不歸行不已。三往三復翁歸
止，翁行尚壯今老矣。兒昔未生今壯齒。」云云。郭
公功甫詩：「父昔離家子方孕，子得見父今壯年。胡

> 弗歸兮死敢請，慰我慈母心懸懸。三往三返又十載，
> 孝子執鞭方言還。」云。張君自其父歸，又作軒已安
> 之，而名之曰怡軒，器資為之紀云。（卷十一）

記祥正寫作此詩之事件背景。

又如：〈送吳龍圖帥真定〉（《青山集》卷五‧葉七上）
將吳中復任真定以前之仕宦詳細敘述，如同一篇傳記，今將全
詩分為七段，與《宋史》對照之，即可看出其詩作善於記述之
特性。

據《北宋經撫年表》：「熙寧二年（西元一○六九年）。
吳中復。《景定建康志》：『熙寧二年五月十九，自江寧改知
真定。』」（卷二）觀詩題「送吳龍圖帥真定」知此詩作於熙
寧二年五月十九，吳中復自江寧往真定以前。

（一）「讀書曾不學腐儒，腐脣爛舌腸焦枯。又不學一詩一賦
　　　輕薄子，屑屑場屋名聲沽。」

此言吳中復之品格，與眾人不同之處。

（二）「西州治邑克肖古令尹，險欲臨水投神巫。」

即《宋史》吳中復傳所云：「中復進士及第，知峨眉縣。
邊夷民事淫祠太盛，中復悉廢之

。廉於居官，代還，不載一物。」（卷三二二）西州指峨
眉縣，詩中將中復廢淫祠太盛之險惡描繪出來。

（三）「政成召來御史府，彈駁庸相請賜雷霆誅。姦邪縮手不
　　　敢更侮祖宗法，又薦處士博士登石渠。」

《宋史》所云：「通判潭州，御史中丞孫抃薦為監察御史，
初不相識也。或問之，抃曰：『昔人恥為呈身御史，今豈有識
面臺官耶？』遷殿中侍御史，彈宰相梁適，仁宗曰：『馬遵亦

294

言之矣。」且問中復曰：『唐自天寶後治亂分，何也？』中復
歷引姚、宋、九齡，林甫、國忠用舍以對。適罷，中復亦通判
虔州，未至，復還臺。」及「又彈宰相劉沆，沆罷。」即詩中
所記至御史府，及彈劾庸相之事。

而「姦邪縮手不敢更侮祖宗法，又薦處士博士登石渠。」
《宋史》不載，當即中復此時曾力反變法，及推薦人才。

（四）「富財治水各稱任，乃仗斧鉞臨湘湖。興學首教士子弟，
　　　作碑後弔屈大夫。」

即《宋史》所云：「知潭州」時事，祥正論述中復於此地
治水、興學、作碑之事蹟。

（五）「明年易節帥瀛莫，鐵甲百萬秋防胡。公曰承平勿誇武，
　　　解藏弓劍寬民租。詩筒交迎兩朝使，鐫金刻玉論歡愉。
　　　深沉不動若山嶽，節制似公誰可俱。」

即《宋史》於知潭州後所云：「（知）瀛州」時事，言吳
中復於瀛州時以仁政感化百姓，不以武力解決問題，並且寬減
民租。

（六）「少年天子聖慮遠，卻顧南國成荒墟。拜公學士往綏撫，
　　　曾未期月富民大姓爭來居。秦淮橋傾滯行邁，頃刻指畫
　　　窮精粗。斬材疊岸役兵校，一物不向民間須。月光激水
　　　夜景午，長虹矯矯當通衢。又思昔人政事美，盡求形像
　　　堂中圖。二十二人最豪傑，森森玉樹臨冰壺。前題姓名
　　　後書贊，文章彷彿窺典謨。」

即《宋史》於知瀛州後所云：「移河東都轉運使，進龍圖
閣直學士，知江寧府。」

（七）「昨朝除命下金闕，再佩將印嚴邊樞。南民遮道留不得，

老幼挽纜相攜扶。願言早入天朝作丞相，調燮水旱蘇寰區。功成異日保身退，西江秋風熟鱸魚。牽尾黃雀更珍絕，白糯釀美傾醍醐。醍醐一飲三百盞，琵琶啄木喚舞姝。舞姝十八如明珠，石榴殷裙蟬翼裾。舞徹輕汗潭香膚，桃花帶露燕脂濡。綵衣班班羅鳳雛，問公此樂世有無。此樂世有無，何必更訪蓬萊山上神仙都。」

即詩題所云帥真定事，《宋史》未載，詩中敘述吳中復此時受百姓愛戴之景況。將吳中復前半生之仕宦詳細道出，多處較《宋史》更為詳盡。

由祥正詩中議論史事、及結合當代時事、人物之景況，知祥正以史入詩之特色於其詩作中廣泛之表達，此類作品除了可提供讀者祥正思想變遷及歷史觀外，尚可補充正史戰事、民亂、天災及傳記資料之不足。

而祥正此類敘事作品，敘述詳細、說理言情莫不循序漸進，令人一目瞭然；亦造成其詩作散文化，與宋詩以散文為詩，以議論為詩相近之特色。

第三節　充斥神話

祥正《青山集》中好用仙佛語，充滿了神話色彩，舉凡玉帝、雲母、嫦娥、玉兔、玉蟾等皆入詩中，《四庫全書總目提要》評其「好用仙佛語，或傷拉雜」可見其神話充斥之特色。祥正由於對神話之喜愛和與禪師之交往頻繁，故對於仙佛用語有深刻之感受，於詩意所至不免引以入詩，於此正表現出祥正詩語取源之開闊，不墨守成規，或不免令人偶有突兀不解之感，

但此類詩語之使用皆有其仙佛背景，且詩集中未見使用過俚俗
語，言其「拉雜」似又太過。

　　祥正詩中充滿神祕色彩，亦因其以神話之表達方式，描寫
仕路之坎苛，時近屈原之傷痛；以神話中之騎鯨、駕浪、表達
其豪情，時近太白之豪氣；以鬼趣之語表達內心之幽冷，時近
李賀之淒豔，此皆利用修辭學上所謂「懸想示現」〔註十〕之
法，給予作品超越時空之想像，開拓讀者無邊之想像力。於此
觀其點染仙佛語造成之神話色彩，及馳騁想像。

　　如：〈東林行〉中云：

> 龍蟠大地藏山腹，瑞氣蒙籠紫金屋。香爐萬丈擎碧霄，
> 二澗斜飛落寒玉。晉朝遺事唐人辭，皺斮龜螭尚堪讀。
> 樓煩真人應夢來，夜斧丁丁神伐木。安帝親留步輦迎，
> 靈運開池素華馥。會隨流轉不成塵，燈焰明明自相續。
> 遊人未達此理玄，安得清涼滅貪欲。我今棄官脫塵網，
> 僧寶瞻依無不足。跨黃牛，騎白鹿，時時自唱無生曲。
> 無生曲，君試聽。五音六律和不得，為君寫作東林行。
>
> （《青山集》卷一・葉七下）

　　由「我今棄官脫塵網，僧寶瞻依無不足」知此為祥正歸隱
之作，並由東林寺位於江西路、江州，德化縣亦位於此，知此
當為任德化尉時因蹇於職事招罰而棄官後所作。首以「龍蟠大
地藏山腹，瑞氣蒙籠紫金屋。香爐萬丈擎碧霄，二澗斜飛落寒
玉。」起，將東林寺的險峻壯闊點出，繼寫東林寺之傳說，《方
輿勝覽》記：「東林寺。晉武帝建遠師道場，作殿時神運梁木。
白居易有〈東林寺北堂水〉：湛湛見底清，中生白芙蓉。菡萏三

百華，白日發光彩。……但恐出山去，人間種不成。」（卷二十二・葉五上）祥正即用此地傳說為典。「會隨流轉不成塵，燈焰明明自相續。游人未達此理玄，安得清涼滅貪欲。」此用佛家因果輪迴之說，言佛法是生生不息的，如未解此理，如何能達到佛家清涼滅欲之說，詩中充滿遊仙神話色彩，詩人提供了古今、仙人無邊之想像，使讀者「會隨流轉」於其間，似乎仙人即在眼前。

又如〈題泗州龜山寺〉〔註十一〕云：「相傳有神物，在昔遭聖禹。繫鐵送潭中，作鎮亘萬古。乾坤未云息，魑魅那得侮。至今崖下潭，不敢射罔罟。」（《青山集》卷十一・葉十一下）描寫龜山寺加入古今之懸想示現，由「至今崖下潭，不敢射罔罟。」連繫古今、神話與現實，使神話與現實生活結合，使神話不只是無關現實之事，將其影響之深遠描繪出來。

續觀其利用神話描寫，能因情景之差異影響用語，而造成全然不同之詩風。

一、近於屈原

如：〈月下獨酌二首〉中用：「我時有酒何處斟，破碎寒光借漁艇。便邀玉兔乞靈藥，一粒為醫天下病。玉兔既不報，我亦醉不知」（《青山集》卷三・葉十一下）又〈苦雨行〉云：「陰風黑塞雲漫漫，虛空晝夜騰波瀾。群龍淫怒煩神官，銀河源源來未乾。日月暗行天豈安，地下萬物泥潦汍。角鷹快鶻摧羽翰，小魚為鳳蛙為鸞。君子有憂心盤盤，欲上問天造化端。蒼天無路不可干，哀歌空屋聲何酸。」（《青山集》卷六・葉四上）以玉兔、銀河神話表現出「蒼天無路不可干」屈原式之傷痛，此類神話用語，即近於屈原懷才不遇之情懷。

二、似太白之風

如〈九華山行〉中：「群山秀色堆寒空，九華一蔟青芙容。誰云九子化為石，聚頭論道扶天公。深巖自積太谷雪，燭龍縮爪羞無功。湍流萬丈射碧落，此源直與銀河通。」（《青山集》卷一‧葉三上）〈廬山三峽石橋行〉云：「銀河源源天上流，新秋織女望牽牛。洪波欲渡渡不得，比鵲為橋誠拙謀。胡不見廬山三峽水，此源亦接明河底。擘崖裂嶂何其雄，崩雷泄雲勢披靡……寄言牛女勿相疑，地下神工尤更奇。喚取河邊作橋棟，一年不必一佳期。」（《青山集》卷一‧葉三下）二詩言「聚頭論道扶天公」、「燭龍縮爪羞無功」、「湍流萬丈射碧落」、「洪波欲渡渡不得」、「擘崖裂嶂何其雄」直與銀河通之氣勢，與太白神話之豪氣相通。

又〈勸酒二首呈袁世弼〉：「共君攀天跨鯨鼇，下視萬物皆勞勞。」（《青山集》卷六‧葉五上），〈圓通行簡慎禪師〉：「楊子渡，秋風高，霹靂駕雪翻驚濤。中有漁家妙絕手，一釣三山連六鼇。縱時大地悉震恐，收來塵剎無纖毫。」（《青山集》卷一‧葉七下），〈題杏山阮氏高居〉「可能築室輒延我，為君鍊熟黃金丹。丹成大笑分一粒，坐令綠髮回朱顏。浮生百歲不早悟，日月擾擾空循環。（杏山、葛洪種杏煉丹之地。）」（《青山集》卷四‧葉三下）詩中跨鯨、駕雪翻驚濤，一釣三山連六鼇之氣勢，丹成大笑分一粒之豪情皆太白方有。祥正此類神仙、傳說用語又神似太白。

三、李賀之風

祥正於〈上趙司諫〉中曾言「願學李賀逢韓公，他日不羞蛇作龍。」（《青山集》卷三・葉二下）今觀祥正之詩，亦偶見李賀晚唐之風。

如〈苦寒行〉之二：

> 下溪捕魚一丈冰，上山採樵三赤雪。人人飢餓衣裳單，骨肉相看眼流血。乾坤失色雲未收，雕鶚無聲翅將折。官倉斗米餘百金，願見春回二三月。（《青山集》卷一・葉十上）

此詩作於祥正任秘閣校理時期，仿李賀〈老夫採玉歌〉：「採玉採玉須水碧，琢作步瑤徒好色。老夫飢寒龍為愁，藍溪水氣無清白。夜雨岡頭食榛子，杜鵑口血老夫淚。藍溪之水厭生人，身死千年恨溪水。斜山柏風雨如嘯，泉腳挂繩青裊裊。村寒白屋念嬌嬰，古台石磴懸腸草。」之意境而作，融會成「下溪捕魚一丈冰，上山採樵三赤雪。人人飢餓衣裳單，骨肉相看眼流血。」四句，於此知祥正亦學李賀之詩風，其以神話表現者將於下論述之。

其神話作風之近似，如〈將游五峰度夏代別倪倅敦復〉云：「修松傑柏上參天，老鶴棲唳哀猿懸。常娥夜濯清泠淵，巖戶晃白飛群仙。」（《青山集》卷七・葉六上）中言「老鶴棲唳」、「哀猿懸」、常娥「夜濯」之清冷為晚唐特有之詩風，〈同蔣穎叔遊丁山彰教寺〉云：「空崖白雲宿，拱木獼猴跳。碑皺龜腹裂，泉活龍尾搖。枯松起幽籟，中天奏雲韶。苔深鴉髮翠，石立壯士翹。荒墳瘞參軍，沉魄誰與招。」（《青山集》卷十

二·葉十二下）言「獼猴跳」、「龍尾搖」、「鴉髮翠」、「壯士魁」、「荒墳」、「沉魄」皆習李賀承於韓愈怪奇之風，而獨有之鬼趣。又如〈次韻元輿雨中見懷〉之二云：「卞玉逢知終薦達，隨珠投暗只驚嗟。悲歌半夜彈雄劍，恨血千年變土花。」（《青山集》卷二十四·葉七上）點化李賀作品，直疑為李賀之作。

其〈寄題玉笥觀兼簡道正求逐馬草草名逐馬謂服之久則可以行逐良馬〉云：「仙粱飛去有遺壇，融結工夫玉未乾。一片碧煙鸞舞破，數枝紅蕊鹿銜殘。雨經梅潤芝田熟，路人蕭家月屋寒。晚景自憐行六十，欲求逐馬問黃冠。」（《青山集》卷二十六·葉十上）由「晚景自憐行六十」知此祥正六十歲之作，由於心境上之「自憐」故言遊仙之說亦不同於往日之豪放，而言「破」、「殘」、「寒」之淒冷及「玉」、「碧」、「紅」、「梅」之豔，給人淒豔李賀鬼趣之感。此類辭語之應用，使祥正詩中增加晚唐詩中獨有之淒豔色彩，亦增加作品之神祕性。

祥正於詩中大量使用神話，亦造成其詩作險怪之詩風，故劉摯於〈還郭祥正詩卷〉中形容其詩作：「書來寄我三巨軸，華緘開破溪雲封。駭然按劍覽珠璧，悸若赤手劇蛟龍。長吟千言短數百，造語險怪神為工。四明賀老忽去世，伯牙悲愴閑焦桐。」此皆形容其詩作鋪陳壯闊又神話充斥，進一步形成險怪之風。

祥正詩作中，神話色彩的充斥，對其詩作之影響包括：

一、古今傳說之結合，仙界、人界之混合，使讀者馳騁想像，無邊無際。

二、佛語、道語之應用，使讀者更能體會作者著作背景，及心靈感受。

三、使詩作色彩更濃烈，充滿浪漫思緒。

四、其缺失在於，偶有馳騁天馬行空之想像，而於景物、物體
　　忽略現實之描寫。

第四節　地方色彩

　　祥正詩中充滿各地之地方色彩，作品中常包含各地之宗教
信仰、歷史傳說、民生疾苦、風景特色，為其詩作之主要價值
之一。

　　今觀道光本《青山集》附錄三篇〈繁昌建御書閣記〉、〈青
山記〉、〈石室賦〉對各地之歷史背景及景觀皆能有詳細描述。
又《輿地紀勝》亦載祥正曾著〈含山縣記〉之資料，今見《輿
地紀勝》記淮南路・和州之風俗形勝下云：

　　方用兵時而含山為內險之地，當江淮水路之衝。故銳師宿
將，嘗屯營於此。（注云：郭祥正含山縣記）。

　　　　至魏關則思大禹治水之功；而觀魏、吳、齊、梁用冰
　　　　之處，其道臺廢址，隱約尚在，何其壯也。（注云：
　　　　郭祥正含山縣記）。（卷四十八・葉三下）

　　由此可見祥正對於各地之、地理位置、歷史背景皆有詳細
之觀察，並且認真探究，故以此入於詩中，寫來得心應手。

　　祥正能將各地風土民情置諸詩作之中，是以其詩作更能為
各地人士所喜愛，盼能以祥正之詩作，發揚其風景民情，留傳
千古，由《廣東通志》言祥正：「知端州，自謂留心政術，以
靖蠻方，不宜賦詩，時吟一篇，世爭傳之，民樂其詩書之化。」

（卷三十九・葉七十四下）可知祥正之詩書所受歡迎之盛況，祥正亦能不負眾望，今觀宋代地方志中所記載之地名、景色下多注以祥正之作，甚而以祥正之詩作內容，釋當地之地名由來，言當地之傳說。

今觀祥正詩作中所表現之地方色彩，有一：釋地名者。二：融入歷史背景者。三：融入當地神仙傳說者。四：融入民生疾苦者。

一、釋地名者

祥正寫各地之景色時，多能於起首處即道出地名之由來。如〈半漳亭〉云：

> 飛簷赤白壓層丘，見盡漳南一半州。倦步且來消午暑，穿雲此去徹鼇頭。（《青山集》卷二十八・葉八下）

將此亭名為「半漳」之因道出，在於「見盡漳南一半州」，故《輿地紀勝》卷一三一・葉四上記福建路・漳州名勝「半漳亭」，以此詩注之，可見此詩足以發揚此地之特色。「見盡漳南一半州」不只道出地名之原由，亦描寫此地之景觀，可謂巧思至極。

又如〈題月淵亭〉云：

> 仰攀明月輪，俯瞰滄海淵。乾坤惜形勝，此地何其偏。
> 靈溪九龍躍，仙山一峰圓。微紅散晴綺，遠碧襯瑤煙。
> 幽香發野秀，接語皆老禪。緣何近城郭，了無人世誼。
> 邂逅攝邦守，所樂多林泉。唯憂代者至，不得經殘年。

老矣寧復來，吟哦強留連。他時考陳跡，不滅斯亭篇。
（《青山集》卷十五・葉四上）

《輿地紀勝》記福建路・漳州名勝「月淵亭」節錄成「郭祥正詩云：仰攀明月輪，俯瞰滄海淵。乾坤惜形勝，此地何其偏。靈溪九龍躍，仙山一峰圓。邂逅攝邦守，所樂多林泉。」（卷一三一・葉四上）將其詩作起首所言，命名之由來「仰攀明月輪，俯瞰滄海淵。」，及「邂逅攝邦守，所樂多林泉」云祥正樂於此地之山水，當作此地之代表作。可見其詩作能確實表達當地之特色。

二、融入歷史背景者

祥正之詩作中，多喜融入，寫作當地之歷史背景，以起興亡之感及存史之事。

如：〈朝漢臺寄呈蔣帥待制〉

鹿入望夷秦欲滅，真劍先流白蛇血。尉佗椎髻爾何為，漫占海隅蛟蜃穴。祝融之符天下歸，豈假陸生三寸舌。千金裝橐未為多，更上高臺拜堯闕。至今人說朝漢臺，不知此地藏蒿萊。使君好事一登賞，譬若古鑑初磨開。香爐煙生石門曉，三山翠擁浮丘來。風松自作笙簫響，暮霞卻捲旌旗回。長空無礙鳥無跡，人事寧須問今昔。瓊漿且泛琉璃船，滿眼夕陽留不得。登臺何似登金門，爛吐文章侍君側。願公歸作老姚崇，莫學江東窮李白。
（《青山集》卷五・葉十四下）

由地名「朝漢臺」，及呈與蔣穎叔，知此詩為祥正五十三至五十四歲，即元祐二年至元祐三年，遊於廣州所作，全詩以歷史背景起，寫漢代此地之政爭，用陸賈說服越王歸漢之歷史，此一反〈廣州越王臺呈蔣帥待制〉中所云：「越王胡為易馴服，陸生辯與秦儀偕。」〔註十二〕言陸賈之功高，而言「祝融之符天下歸，豈假陸生三寸舌。千金裝橐未為多，更上高臺拜堯閾。」漢代為順應時勢而立，非越王所能侮逆，豈是假借陸賈之功。道出此地漢代時之歷史情勢。

又如〈鸚鵡洲行〉云：

> 猛虎磨牙嚙九州，禰生何事來撤戲。黃雲屯屯宴賓客，
> 故衣脫去更岑牟。漁陽參撾曲聲苦，壯士銜悲寂無語。
> 漢朝社稷四百年。海瀉濤淙一盃土。嗟哉鼓史狂而癡，
> 天運往矣安能追。四方血戰殊未已，三赤梲杖真何為。
> 君不見武昌之國鸚鵡洲，至今芳草含春愁。可行則行
> 止則止，死無所益令人羞，死無所益令人羞，黃祖曹
> 公均一丘。（《青山集》卷一・葉四上）

寫發生於鸚鵡州之歷史事件，鸚鵡洲事，見於《方輿勝覽》湖北路・鄂州：「鸚鵡洲，在江中，黃祖殺禰衡處，衡賦鸚鵡故名。初孔融薦衡於操，操不能容；選與劉表，表不能容；選與江夏太守黃祖，祖善待焉，祖長子射尤善於衡。時大會，人有獻鸚鵡者，請賦以娛嘉賓，衡攬筆而作，文不加點，後以言不遜，祖竟殺之。」（卷二十八・葉三下）此詩「漢朝社稷四百年。海瀉濤淙一盃土。嗟哉鼓史狂而癡，天運往矣安能追。四方血戰殊未已，三赤梲杖真何為。」即寫黃祖殺禰衡事，以

當地之歷史背景為詩作主體。

〈和楊公濟錢塘西湖百題〉中之〈理公巖〉云：

> 晉代胡僧理，開山地一人。欲尋巖下跡，猿鳥送餘香。
> （《青山集》卷三十・葉八下）指出當地之歷史背景，
> 為胡僧理開山而成，亦同時描寫此地命名之由來。

三、融入當地神仙傳說者

祥正之作品中常有以當地之信仰、神仙傳說入詩，亦有專為各地廟宇、佛寺題寫之作。

祥正於廣東路・廣州之作品中，常引五羊仙事，如〈再和穎叔誌遊〉起首即云：「君為五羊仙，我效退之拜。默契如來禪，安用傳畫繪。」（《青山集》卷十五・葉九下）以當地人所尊敬之五羊仙為典，融入詩中，表達崇敬之意。

〈五仙謠〉即道出當地五羊城之地名由來，及宗教信仰，詩云：「番禺五仙人，騎羊各一色。手持六秬穗，翱翔遶城壁。翩然去乘雲，諸羊化為石。至今留空祠，異像猶可識。曾聞經猛火，毫髮無痕跡。五仙寧復來，三說頗難澈。只憂風雨至，半夜隨霹靂。君不見羌盧劉越之洞天，萬象森羅無一尺。」（《青山集》卷十五・葉八下）將番禺縣所崇拜之五羊仙由來，及五羊城命名之由來，為五仙騎五羊遶城壁道出。據《輿地紀勝》記廣南東路・廣州之景物「五羊城」云：「《寰宇記》在南海縣五仙人騎五色羊，執六穗秬而至，今呼五羊。其城周十里，初尉佗築之，後為步騭修之，晚為黃巢所焚。」（卷八十九・葉八下）言曾為黃巢所焚，祥正詩中亦云其祠「曾聞經猛火，

毫髮無痕跡。」曾為火所焚，可見祥正對此地之歷史經歷，亦有詳細之考察。《輿地紀勝》（卷八十九・葉十九下）詩門，亦節錄此詩為「五羊」城之代表。

今觀〈鵠奔亭呈帥漕二公〉：

> 新江自南來，西與端江匯。寒光入靈羊。一碧浸羅帶。
> 屹然鵠奔亭，遺音溢千載。羽儀莫可見，窈窕想妹態。
> 遭戕瘞同坎，襦布久不壞。訴冤如生平，隱顯一何怪。
> 讎人闔戶戮，化質摶風快。且將憂患辭，浩蕩煙霄外。
> 焉飛并劍躍，類與神靈會。物變固難窮，撫事增感慨。
> 周侯昔行部，美績此尤最。江生引為言，建平平捐罪。
> 宋興跨唐虞，乾坤正交態。皇華命俊哲，枉橫無纖芥。
> 琳琅斯亭篇，證古欲陳戒。殺人貴滅口，覆族竟自敗。
> 姦諛誅既死，潛德發幽晦。堅珉可磨鐫，榮光庶長在。
>
> （卷十六・葉二上）

此詩敘述「鵠奔亭」地名由來之傳說，據《方輿勝覽》廣東路・肇慶府云：「干寶《搜神記》漢九江何敞為交趾，刺史行部至蒼梧高要縣，暮宿鵠奔亭，夜未半有女子從樓下呼曰：『明使君！妾冤人也。』妾本廣信縣脩里人，嫁為同縣施氏妻，薄命夫死，有雜繒百二十疋，及婢名致富。之旁縣賣繒，日暮為亭長龔壽操刀刺脅下，又刺致富，立死。合埋於樓下，取財物而去。故來告訴，敞乃掘尸以驗，令吏捕壽，拷問具伏。初發尸時而雙鵠奔其亭，故名。郭功父詩：『新江自南來，西與端江匯。屹然鵠奔亭，遺音溢千載。』」（卷三十四・葉十七下）

307

　　祥正此詩即引用此地名傳說，「屹然鵠奔亭，千載有餘音。羽儀莫可見，窈窕想姝態。遭我瘞同坎，襦布久不壞。訴冤如生平，隱顯一何怪。讎人闚戶戮，化質搏風快。」描寫此神話傳說。並警戒後人：「琳琅斯亭篇，證古欲陳戒。殺人貴滅口，覆族竟自敗。姦諜誅既死，潛德發幽晦。」引以為戒。

　　由此知祥正至各地多能留意其特殊之神仙傳說、宗教信仰，將其融入詩中。

四、融入民生疾苦者

　　祥正之詩作中，亦常涉及當地百姓生活之困苦。

　　如〈漳南書事〉中言：「元豐五年秋，七月十九日。猛風終夜發，拔木壞廬室。須臾海濤翻，倒注九溪溢。湍流崩重城，萬戶競倉卒。馬牛豈復辨，涯渚怳已失。嬰老相攜扶，迴首但慄慄。憂心漫如焚，救疹竟無術。」、「天心本好仁，忍視久不恤。況今太上聖，治具嚴且密。驅馬藏民間，教兵授神筆。四夷還舊疆，百辟奉新律。固宜集和氣，祥瑞為時出。緣何漳南民，憔悴抱愁疾。」（《青山集》卷十五·五上）記述天下只有漳南人民飽受颱風之苦。

　　又如〈春日懷桐鄉舊游〉「詔書徙幕府，籠鳥無高翔。卻治歷川獄，幽憂坐空堂。有女殺其母，逆氣凌穹蒼。郡縣失實辭，吏侮皆持贓。辟刑固無赦，何以來嘉祥。高垣密闔禁，但覺白日長。茫然思舊游，今成參與商。世網未能脫，樂事安可常。咄嗟勿重陳，昏昏登燭光。」（《青山集》卷十四·葉三上）言歷陽獄政敗壞及民風敗壞。皆為關心所居之地，民生之所求及其困苦之作。

　　祥正作品多能具備以上之地方特色，今觀其作，如〈公擇鄂守學士三堂請雨〉，詩云：

　　　廟門斜開壓江浦，紅裳小巫來擊鼓。太守焚香令致詞，
　　　願駕蒼龍作霖雨。三神鼎峙名謂何，子胥范蠡馬伏波。
　　　圖經莫載碑字滅，忠魂血食應不訛。朝廷日夜傳新令，
　　　輔弼賢良元首聖。陰陽調燮神相之，忍使斯民飢以病。
　　　（《青山集》卷三・葉十下）

此為祥正具備多種地方特色之作，《輿地紀勝》記荊湖北路・鄂州古跡「三聖公廟」下云：「在城東五里，鄂人中秋日，闔郡迎神，莊綽辨疑則以為蕭丹赤山神葛仙也。郭祥正詩云：『三神鼎峙名何謂，子胥范蠡馬伏波』，是祥正指伏波為馬伏波。而莊綽謂葛仙亦拜伏波將軍故也，綽以為按唐詞記，而祥正亦必有據，當考。」（卷六十六・葉十上）由此可知祥正作品，為後人考證地方名勝之主要資料，於此詳細說出三神之名為子胥、范蠡、馬伏波〔註十三〕，此釋「三聖」地名之由來；「廟門斜開壓江浦，紅裳小巫來擊鼓。太守焚香令致詞，願駕蒼龍作雨霖。」寫當地民間之宗教祈雨儀式；「圖經莫載碑字滅，忠魂血食應不訛。」則寫此三人曾至當地之歷史背景；又「陰陽調燮神相之，忍使斯民飢以病。」則寫當地民生之困苦。充分具備其保留地方名勝及歷史之價值。由於祥正此類作品眾多，又為各地方志所引用以為各地風景之代表作，及注釋各地地名。故具備地方特色，是祥正詩作中重要價值之一。

註解

註一：《宋史》言吳中復事云：「中復進士及第，知峨眉縣。邊夷民事淫祠太盛，中復悉廢之。廉於居官，代還，不載一物。通判潭州，御史中丞孫抃見薦為監察御史，初不相識也。……仁宗曰:『馬遵亦言之矣』。」（卷三二二）知仁宗朝時曾知任蜀地。由第五章之第三節「應酬交遊之作」之註二十二，知此詩作於神宗．熙寧二年。故此詩云「竹馬爭迎舊令尹，指公長鬢皓素非往年。」以其為再度到任。

註二：〈鸚鵡州行〉詳論於第四章．第二節經鄂州中。

註三：〈九疑山圖〉詳論於第五章．第二節「詠物寄懷之作」之註十七。

註四：〈姑孰乘月泛漁艇至東城訪耿天騭〉全詩於第八章．第一節「前人之評價」中將細論。

註五：〈投獻省主李奉世密學〉詳論於第五章．第一節「個人感懷」。

註六：關於貪功殺伐過度事，孔凡禮先生於〈郭祥正年表〉元祐元年條下有詳細之論述，云：「光緒《廣州府志》卷一百零一有本年三月十六日與蔣之奇、吳荀等會于藥洲題名，知公詡名升卿。」，「同上書同上卷尚有升卿等元祐元年三月初八日題名，知升卿來廣東路任　職已有時日。」又「《長編》卷四百本年五月乙卯紀事：『詔前廣東路經略安撫使張頡，提點刑獄林顏各展二年磨勘，轉運副使高鏄，轉運判官張升卿各降一官，升卿仍與小處通判，坐言者論頡等不戢將佐，因捕岑探，殺及平民也。』」於此可知祥正所論史事皆非虛構。

註七：〈漳南書事〉、〈麟州歎〉二詩詳論於第五章．第五節「反映民生之作」。

註八：此類作品於第二章．第二節「仕宦」已多有論述。

註九：《歷陽典錄補編》錄收郭祥正《青山集》中〈雜言寄耿天騭〉、〈酬耿天騭〉、〈酬耿天摯見寄〉、〈和耿天騭見寄〉、〈贈提宮諫議沈公立之〉、〈贈彭明微判官〉、〈謝東城練尉〉、〈謝歷陽王守惠新釀〉、〈寄歷陽張宗孟隱士〉、〈送耿少府天騭〉、〈懷天騭〉、〈重陽懷歷陽孫公素太守〉、〈公素送酒見及復次前韻和唱〉、〈贈歷陽張居士〉、〈將至歷陽先寄王純父賢守〉、〈訪歷陽孫守公素〉、〈寄耿天騭二首〉。由其收錄之多，可見祥正詩作為歷陽文獻保留者所重視。

註十：據沈謙《修辭學》頁二〇五．云「示現」為：「透過豐富的想像，運用形象化的語言，將某一項人、事物描繪得神氣活現，狀溢目前，讓讀者感覺如身歷其境，親聞親見的修辭方法，可分三類：一、追述示現：將過去的事情描述得彷彿仍在眼前。二、預言示現：將未來的事

情描述得好像已經發生在眼前。三：懸想示現：將想像得事情說得就像在前。……可以將異時、遠方或實際上並不存在的事物播映到讀者面前。」，祥至正詩中之神話色彩即充分表現出「懸想示現」之想像作用。

註十一：全詩見於第五章之第四節「描寫風景之作」中。

註十二：全詩見於第五章之第三節「應酬交遊之作」中。

註十三：「馬伏波」典見第五章之註三十一。

采石月下聞謫仙—宋代詩人郭功甫

第八章　郭祥正其人及其詩之評價

第一節　前人之評價

關於祥正及其詩作之評價，自宋朝至清朝皆有兩極化的評價，今分錄各家不同之評價，並加以分類論評之，分為一、評論其人。二、評論其詩才。三、評其單篇詩作。四：綜合評價。

一、評論其人

（一）梅堯臣－棄官不屈人。

堯臣對祥正其人之評價是極正面的，主要在讚賞祥正不戀官職，而能毅然棄官。故於〈送郭功甫還青山〉中云：「來何遲遲去何勇，羸馬寒僮肩竦竦。昨日棄為梅福官，扁舟早勝大夫種。」言其誦詩之才為：「一誦盧山高，萬景不得藏。出末望林寺，遠近數鳥行。鬼神露怪變，天地無炎涼。設令古畫師，極意未能詳」

〈次韻答德化尉郭功甫遂以送之〉中言其品德：「始聞汾陽生，文行眾所諒。獨哦青山間，悼古或悲愴。棄官不屈人，頗學陶元亮。是時予愛之，顏采莫得望。倏然能見過，遠涉丹湖浪。袖攜一卷詩，行橐更無長。固與俗人殊，於焉識敦尚。」棄官之氣節為眾人所稱道，行為舉止與世俗庸祿之人殊異。

（二）王安石─慎疾自愛。

〈與郭祥正太傅書三〉：「知導引事稍熟，希為人甚疾自愛，幸甚。」（《臨川文集》‧書、卷八、）可知安石對於祥正孤傲之個性，亦有警惕之語。

（三）魏泰─才近縱橫，言近捭闔而薄於行。

魏泰為言安石評論祥正之事曰：

> 王荊公當國，郭祥正知邵州武崗縣，實封附遞之奏書，乞以天下之計專聽王安石處畫，凡議論有異於安石者，雖大吏亦當屏黜，表辭亦甚辨暢，上覽而異之，一日問荊公曰：「卿識郭祥正否，其才似可用。」荊公曰：「臣頃在江東，嘗識之，其為人才近縱橫，言近捭闔而薄於行，不知何人引薦？而聖聰聞知也。」上出其章以示荊公。公恥為小人所薦，因極口陳其不可用，而止，是時祥正方從章惇辟，以軍功遷殿中丞，及聞荊公上前之語，遂以本官致仕。（《東軒筆錄》卷六‧葉五下）

此說魏泰雖言為王安石所言，但由於魏泰其人可議之處本多，又有多項疑點〔註一〕，故於此歸於魏泰本人之看法較為合理，大體認為祥正是位有才無行之人，近於縱橫家之好辯薄行。

（四）《四庫全書總目題要》─小人褊躁，忽合忽離。

（清）永瑢云：

> 續集內有熙寧口號五首，末云：「百姓命懸三尺法，

千秋誰恤兩端情。近聞崇尚刑名學，陛下之心乃好生
云云。」殊不似推薦安石者，青山集有奠王荊公墳三
首，云：「大手曾將元鼎調，龍沉鶴去事寥寥。」又
云：「平昔偏蒙愛小詩，如今吟就誰復知云云。」」，
又不似見排於安石者。其是非自相矛盾，蓋述知己之
感，所以自明依附之因，刺辛法之非，所以隱報擯斥
之憾，小人褊躁，忽合忽離，往往如是，不必以前後
異詞疑之。（集部．卷三十．別集類七）

　　永瑢不審四庫全書本《青山集》續集卷七之〈熙寧口號五
首〉，為誤收孔平仲《朝散集》卷五之〈熙寧口號〉，而誤責
祥正批評新政，與上書推薦安石之立場相互違背，為忽合忽離
之小人。然今觀祥正《青山集》作中對朝政之批評，實皆支持
新政，是以在王安石亡後有「舉朝無完人」之歎〔註二〕。
　　對於祥正其人之評價，當以（清）王士禎‧於《居易錄》
云：「祥正多與王安石倡和之作，李之儀晚居姑孰，與祥正有
隙，至為詩排詆最力，蓋各有所主也。」（卷十‧葉七下）中
所言「各有所主也」，實各有所執、文人相輕，可見祥正確實
有縱橫捭闔之個性，然言其為小人，薄行則太過。

二、評論其詩風

（一）梅堯臣－江南嘉禽。

　　〈次韻答德化尉郭功甫遂以送之〉中言其詩：

江南有嘉禽，乘春弄清吭。流音入我耳，慰愜若獲觀。
朝聽以孤高，暮聽轉幽曠。何多燕雀群，聲跡不相傍。

言祥正詩作如江南之嘉禽所發，不與燕雀之類相傍。
是以祥正於〈贈陳思道判官〉亦有「自從梅老死，詩
言失平淡，我欲回眾航，力弱不肯纜」（卷十五·葉
七上）自許之詞。

（二）王安石－壯麗俊偉，豪邁精絕，出於天才。

〈與郭祥正太傅書三〉：

示及詩篇，壯麗俊偉，乃能至此，良以嘆駭也。輒留
巾匭，永以為玩。

詩已傳聞兩篇，餘皆所未見，豪邁精絕，固出於天才，
此非力學者所能逮也。雖在哀疚，把翫不能自休，謹
輒藏之巾匭永以為好也。

承示新句，但知嘆愧，子固之言，未知所謂，豈以謂足下
天才卓越，更當約以古詩之法乎。（《臨川文集》、書、卷八、
頁二十六）

王安石於此寫出祥正詩作之「壯麗俊偉」、「豪邁精絕」
令人讀之「但知嘆愧」，實出於天才，非力學者所能至，並言
曾鞏曾評祥正某些詩仗其天才之資，未能守「古詩之法」。

關於子固之評語趙與時《寶退錄一則》云：

南豐作李白詩引，以謂「竑肆瑰瑋，非近世騷人所可
及；而連類引義，中法度者寡。」荊公屢稱郭功父詩，
而南豐不謂然。功父疑之。荊公曰：「豈非子固以謂
功父天才超逸，更當約以古詩之法乎？南豐論詩如
此。」〔註三〕

316

此云王安石屢稱美郭祥正詩作，而曾鞏以為郭祥正仗其天才俊逸，下筆即成，未遵守古詩寫作之法。

（三）潘興嗣－恃其才力，造語無刻勵之功。

宋、胡仔《苕溪漁隱叢話》引《潘子真詩話話》云：「功甫既壯，頗恃其才力，下筆曾不經意，論者或惜其造語無刻勵之功。清逸：『如功甫，豈易得；但置作者中，便覺有優劣耳。

正如晉、楚之輕剽，不當桓文之節制也。』清逸嘗有詩戲之云：『休恨古人不見我，尤喜江東獨有君。盡怪阿戎從幼異，人疑太白是前生。雲間鸞鳳人間現，天上麒麟地上行。詩律暮年誰可敵，筆頭談笑掃千兵。』」（卷三十七）

潘興嗣字延之，號清逸居士，此詩即潘興嗣所作〈戲郭功甫〉。言祥正「雲間鸞鳳人間現，天上麒麟地上行。詩律暮年誰可敵，筆頭談笑掃千兵。」知其評祥正之才「豈易得」，惜恃其才力，談笑間即成文，未加以造語、刻勵，落於輕剽，故置於作者之中，則顯不足。

（四）蘇軾－二首新詩劍鋩。

蘇軾〈郭祥正家醉畫竹石壁上郭作詩為謝且遺二古銅劍〉「一雙銅劍秋水光，二首新詩爭劍鋩。」讚其詩作光茫萬丈。並曾評祥正之詩「只知有韻底是詩」〔註四〕知東坡對祥正豪放之作極為讚賞，對其徒重聲律之作則有微辭。

（五）蘇轍－不用騎鯨學李白。

於〈郭祥正國博醉吟庵〉「直須只作此庵看，歌罷曲肱還醉眠。不用騎鯨學李白，東入滄海觀桑田。」則勸戒祥正創作

自己之風格，不用只學李白，此批評祥正作品中仿擬、追和、
次韻太白之作。

（六）吳曾－標格淵敏已能如此老成。

（宋）·吳曾於《能改齋漫錄》之〈聖俞諸公以郭功甫為
李太白後身〉云：

> 章衡子平答郭功甫書，其略云：「鄭公毅夫，吾叔表
> 民，及梅聖俞，皆以功甫為李謫仙之後身。」不知謫
> 仙之如夫子之少時，其標格淵敏已能如此老成否？子
> 平所以答功甫之覬，不得不爾。然梅聖諸公以功甫為
> 李白後身，求諸詩文，信不誣也。蓋聖俞有贈功甫云
> 「采石月下聞謫仙，夜披錦袍坐釣船。」然東坡、山
> 谷不以為然，故題功甫醉吟庵云：「不用騎鯨學李白，
> 東入滄海觀桑田。」蓋有所激耳。王直方詩話亦載東
> 坡謂郭祥正：「只知有韻底是詩。」而張芸叟詩評亦
> 云：「如大排筵席，二十四味，終日揖遜，求其適口
> 者少矣。」（卷十）

此評祥正之詩不似太白，在於太白如夫子之少時，其標格
淵敏不能如此老成，及指出時人如東坡、山谷皆評其徒知模擬
太白；又引《王直方詩話》云東坡評祥正「只知有韻底是詩。」
此當與所評「七分是讀、三分是詩」之語，意同，《張芸叟詩
評》中評祥正之詩「如大排筵席，二十四味。」則當以祥正之
作好鋪陳誇飾、引用典故，亦多應酬交遊之題，故評其「適口
者少」多為作者主觀之感受，非客觀之情景。
　　（清）袁枚於《隨園詩話》中亦引以為論，云：

興公說高輔佐：「如白地光明，錦裁邊幅。為負版褲，
雖潤而全乏剪裁。」宋詩話云：「郭功甫如二十四味，
大排筵席，非不華侈，而求其適口者少矣。」一以衣
喻文，一以食喻詩，作者俱當錄之座右。（卷十二）

此所指之「宋詩話」即《張芸叟詩話》，亦以祥正之詩太
過華麗鋪陳，有脫離現實之弊，此與當評祥正充斥神話、鋪陳
誇飾之特色。

（七）黃庭堅－做詩費許多氣力做甚。

（宋）·許顗於《彥周詩話》云：

黃魯直愛與郭功父戲謔嘲調，雖不當盡信，至如曰：
「公做詩費許多氣力做甚。」此語切當，有益於學詩
者，不可不知也。

評祥正作詩太過刻勵，此尚與東坡言刻意學太白及過分著
重聲律所指相同。關於黃庭堅批評郭祥正之語尚有《能改齋漫
錄》〈世推重少游醉臥古藤之句〉一篇，云：

山谷守當塗日，郭功父嘗寓焉。一日，過山谷論文，
山谷傳少游〈千秋歲〉詞，嘆其句意之善，欲和之而
「海」字難押。功父連舉數「海」字，若孔北海之類，
山谷頗厭，而未有以卻之者。次日，又過山谷問焉。
山谷答曰：「昨晚偶得一海字韻。」功父問其所從。
山谷云：「羞殺人也爺娘海。」自是功父不復論文于
山谷矣。蓋山谷用俚語以卻之也。

《能改齋漫錄》此文當存疑，以黃庭堅寄祥正西齋詩及呈給祥
正多首詞作觀之，黃庭堅當極為尊敬祥正，故於〈南歌子〉序
言云：「東坡過楚州，見淨慈法師，作〈南歌子〉。用其韻贈
郭詩翁二首。」中稱祥正為「詩翁」可知。黃庭堅不當對祥正
如此譏斥。

　　有此段記錄亦可知，在（宋）吳曾等人眼中，祥正之詩作
有過於鋪比用事之嫌；然與黃庭堅、東坡之異即在於祥正不以
俚俗語入詩。今觀祥正詩作中雖有仙佛語，用事之現象，卻絕
無俚俗語，此為祥正詩作與時人之別。

（八）《四庫全書總目題要》─才氣縱橫，吐言天拔。

　　《四庫全書總目提要》，亦言其詩：「才氣縱橫，吐言天
拔」、「足見其文章驚邁，時似青蓮，故當時有此品目也，其
人至不足道，而其集尤傳，厥有由歟。」（別集類七・卷三十）
承認其詩才俊逸，文章驚邁，時似太白，肯定其文章價值。

（九）曹庭棟─沉雄俊偉。莫可控御。

　　（清）曹庭棟《宋百家詩存》云：

　　其古體詩沉雄俊偉，如波濤萬疊，一湧而至，莫可控御，
不特句調彷彿太白，其氣味真自逼真。（卷九）

　　言祥正之氣質、才力與太白逼似，讚揚其古體詩沉雄俊偉。

（十）陳衍─時近太白。

　　（清）陳衍評點之《宋詩精華錄》云：

　　　功父氣味才力，時近太白。視前清仲則、船山似乎過之。

言祥正詩作較（清）人黃景則、王夫之更似李白。（卷三）

歷代詩評家對祥正詩歌之批評，大抵皆欽羨祥正天才俊逸、驚邁豪絕時近太白之詩風，然對其造語過分華侈、及模擬太白之作多有微辭；至於稱其「無刻勵之功」、「用許多力作甚」、「只知有韻底是詩」多有相互矛盾之處則是片面之辭，當為針對特定詩作所評，或未見祥正詩集全貌。

三、評其單篇詩作

本段將就探討祥正之單篇作品受後代詩評家評論之處。

（一）如其〈追和李白登金陵鳳凰臺二首〉（《青山集》卷十‧葉三下）引起各詩評家之注意：

（宋）趙與虤‧《娛書堂詩話》云：

> 郭功甫嘗與王荊公登金陵鳳凰臺，追次李太白韻，援筆立成，一座盡傾，白句人能誦之，郭詩罕有紀者，今俱紀之。太白云：「鳳凰臺上鳳凰遊，鳳去臺空江自流。吳宮花草埋幽徑，晉代衣冠成古丘。三山半落青天外，二水中分白鷺洲。總為浮雲能蔽日，長安不見使人愁。」功甫云：「高臺不見鳳凰遊，浩浩長江入海流。舞罷青娥同去國，戰殘白骨尚盈丘。風搖落日吹行棹，潮湧新沙換故洲。結綺臨春無處覓，年年芳草向人愁。」

描寫祥正追和此詩引起「一座盡傾」之事，並錄祥正此作，可見對此作之讚賞。（明）‧朱承爵‧《存餘堂詩話》云：

李太白鳳凰臺詩，昔賢評為古今絕唱。余偶讀郭功父
詩，得其和韻一首云：「高臺不見鳳凰遊，浩浩長江
入海流。舞罷青蛾同去國，戰殘白骨尚盈邱。風搖落
日催行棹，潮擁新沙換故州。結綺臨春無處覓，年年
芳草向人愁。」真得太白逸氣。其母夢太白而生，是
豈其後身邪？

　　言「真得太白逸氣」，又言「其母夢太白而生，是豈其後
身邪？」承認其與太白並駕之才氣。
　　（清）潘德輿《養一齋詩話》：

郭功甫在王荊公座，和太白鳳凰臺云：「高臺不見鳳
凰遊，浩浩長江入海流。舞罷青蛾同去國，戰殘白骨
尚盈丘。風搖落日吹行棹，潮擁新沙換故州。結綺臨
春無處覓，年年荒草向人愁。」一座盡傾。然實不中
與太白作僕，蓋大家絕作，本不應和也。就中惟「潮
擁新沙換故洲」句，稍研練耳。功甫金山詩：「鳥飛
不盡暮天碧，漁歌忽斷蘆花風。」幾有太白意境，卻
又從太白「鳥飛不到吳天長」句化出，非真實獨造本
領，梅聖俞遂許為太白後身，何哉？（卷七）

　　此言祥正之作仿太白而成，故不當視為大家，實不審太白
〈登金陵鳳凰臺〉亦仿崔顥〈黃鶴樓〉：「昔人已乘黃鶴去，
此地空餘黃鶴樓。黃鶴一去不復返，白雲千載空悠悠。晴川歷
歷漢陽樹，芳草萋萋鸚鵡洲。日暮相關何處是？煙波江上使人
愁。」，〈金山行〉此作已為宋詩之代表作〔註五〕，只憑其
詩中一句為太白詩中所化出即疑詩作價值，實過於武斷。

（清）翁方綱《石洲詩話》云：

郭功父金山，鳳凰臺諸作，皆體氣豪壯。而阮亭以為詩格
不高，其旨微矣。（卷三）

亦是言祥正〈金山行〉、〈鳳凰臺〉之詩豪壯，但言其詩
格不高，或如潘德輿所言，認為大家之作不該和作。

可知祥正和太白而作之鳳凰臺詩，其俊逸之氣直與太白爭
鋒，而後世亦有評此作徒追慕太白，未重獨創之失。

（二）如其〈姑熟乘月泛漁艇至東城訪耿天騭〉（《青山集》卷三・葉一下）：

宋・周紫芝於《竹坡詩話》中云：

賀方回嘗作青玉案詞，有「梅子黃時雨」之句，人皆
服其工，士大夫謂之賀梅子。郭功父有示耿天騭一詩，
王荊公嘗為之書其尾云：「廟前古木藏訓狐，豪氣英
風亦何有？」方回晚倅姑孰；與功父遊甚歡。方回寡
髮，功父指其髻謂曰：「此真賀梅子」也。方回乃持
其鬚曰：「君可謂郭訓狐。」功父聱而鬍，故有是語。

原詩云：「姑熟望東城，長江八十里。思君半夜泛漁舟，
明月隨人渡寒水。江南美酒君家無，攜來相就傾一壺。澄江如
冰月如玉，拂拂清風生碧蘆。功名無成安足嗟，但令方寸無疵
瑕煉丹辟穀亦瑣瑣，萬物何處非生涯。君不見鴻溝欲將天下裂，
失道陰陵遽身滅。玉帳周遭皆楚歌，金甲繽紛摧漢鉞。重瞳卻
傳繪塑手，瓦鼓巫歌薦神酒。廟前老木藏訓狐，豪氣英風亦何
有。沉吟往事君勿悲，我曹（朝）幸遇堯舜時，田中穀稔牛羊

323

肥。高會難逢易別離，今宵不醉欲安之。」由詩話所記，知此
作得王安石賞識，故於其卷尾題其警句，此詩當亦為賀鑄所讚
賞，故以此談笑。

（三）〈老人十拗〉：

宋・周必大於《二老堂詩話》中記有關祥正之作云：

> 朱新中・鄞川志載：「郭功父老人十拗，謂：不記近
> 事記得遠事，不能近視能遠視，哭無淚笑有淚，夜不
> 睡日睡，不肯坐多好行，不肯食軟要食硬，兒子不惜
> 惜孫子，大事不問碎其絮，少飲酒多飲茶，暖不出寒
> 即出。」丁巳歲，余年七十二，目視昏花，耳中無時
> 作風雨聲，而實雨卻不甚聞。因補一聯云：「夜雨稀
> 聞聞耳雨，春花微見見空華。」是亦兩拗也。

祥正此作未見於《青山集》，此作描寫祥正晚年對生活之感觸，
亦為周必大、朱新中所賞。知祥正於詩作之外，亦有其他文體
之創作。

四、綜合評價

（一）劉摯〈還郭祥正詩卷〉：

> 李杜酒死詩不作，風雅三百年來窮。世儒未必甘汩沒，
> 才不迨志終無功。汾陽有人字功甫，歘然聲價來江東。
> 當時未冠人已識，知音第一惟梅翁。翁主詩盟世少可，
> 一見旗鼓欣相逢。當友不敢當師禮，呼以謫仙名甚隆。
> （聖俞以君為李白後身，故諸公皆以謫仙稱之。）

君亦自謂李白出，世姓雖異精靈同。姑蘇江水瑩寒鑑，
江上璧玉排群峰。壯吟豪醉售佳境，日題百紙傾千鍾。
折腰印綬豈所樂，養親斗粟曾未充。蓬萊幽夢掛寒月，
青山歸思隨飛鴻。書來寄我三巨軸，華緘開破溪雲封。
駭然按劍覽珠璧，悸若赤手勍蛟龍。長吟千言短數百，
造語險怪神為工。四明賀老忽去世，伯牙悲愴閟焦桐。
嗟予逢子眾人後，今其所得何最豐。前日過我北池上，
正是清露沾高松。涼軒坐聽哆宏辯，瀑布千丈懸秋風。
謫仙有此願自重，世俗酣尚惟纖穠。彼其耳目不自信，
滔滔誰樂聞鼓鐘。太上雅意興禮樂，一日鑒賞期至公。
煌煌帝業子當頌，勿歎憔悴空山中。（《全宋詩》卷
六八〇）。

　　此詩起首即言祥正之詩直承《詩經》風雅李、杜，梅堯臣
對祥正之驚讚，並言祥正亦以此自勉；「姑蘇江水瑩寒鑑，江
上璧玉排群峰。壯吟豪醉售佳境，日題百紙傾千鍾。折腰印綬
豈所樂，養親斗粟曾未充。蓬萊幽夢掛寒鑑，青山歸思隨飛鴻。」
一轉而言其生活之依靠，多在售詩題詩上，並言讀其詩「書來
寄我三巨軸，華緘開破溪雲封。駭然按劍覽珠璧，悸若赤手勍
蛟龍。長吟千言短數，造語險怪神為工。四明賀老忽去世，伯
牙悲愴閟焦桐。」感其詩風華侈險怪，驚邁悲愴。訴說「前日
過我北池上，正是清露沾高松。涼軒坐聽哆宏辯，瀑布千丈懸
秋風。謫仙有此願自重，世俗酣尚惟纖穠。彼此耳目不自信，
滔滔誰樂聞鼓鐘。」祥正與之高談闊論，並期勉祥正自重其才，
勿妄自菲薄；此劉摯有感於祥正之生平遭遇而發之言。

（二）李廌之〈題郭功甫詩卷〉：

山人跨魚天上來，識者珍重愚者猜。或呼文舉異童子，
林中獨謂王佐材。蚩蚩俗眾目如瞽，白馬羽雪皆皚皚。
古有仁賢不愚者，舉足震路心徘徊。桐城明府住姑孰，
襟裙瀟灑天與才。讒言屢改恥自雪，政事報成羞援媒。
臨川先生久知己，十年執政居公臺。橫飛後生盡豪俊，
往往拔越自草萊。洪爐造化豈一端，如何不與斑瑱坏。
盛朝能詩可屈指，少師僕射蘇與梅。少師新為地下客，
蘇梅骨化成塵灰。金陵僕射今已老，班班絲雪侵頤腮。
當今儒生迂此道，如使杞柳為捲杯。好古愛詩惟有君，
獨使筆力驚風雷。清音繞齒嚼鳴玉，爛光滿紙如瓊瑰。
古原夜燒光奪月，立使萬物有灰煤。清泉漱石白鑿鑿，
湍落急瀨成淵洄。才雄句險駭人膽，九月秋水灩澦堆。
有時清真叩玄關，至誠直可歆郊祺。

公才穎粟公望異，牢落下位命何乖。豈無白虹夜貫斗，
猶使寶劍豐城埋。幾年令尉困下國，板簡青衫趨郡階。
猶將富貴委脫骹，苟不知命安為懷。竹溪逸人杜陵翁，
當年得意稱壯哉。直言時病傲宮禁，謂可立志青雲階。
公行孰避蹲草虎，由徑不畏當路豺。輸忠獻策恃才藻，
宰輔切齒全班排。遂離麟座謫千里，翻疑方直為禍胎。
杳如躡雲上幽頂，文石嶻嵲懸虛崖。下視黑潭鼉魚窟，
山雨潤澤浮蒼苔。臨危惴惴懼石隮，況更步滑粘青鞋。
上愬逢怒下見誚，慍望寯與群小偕。秋江接天夜如練，
桂宮隱見瓊瑤臺。泛舟夜披紫綺裘，興發鼓枻傾金罍。
岸人疑是王子猷，姜女揶揄言謔諧。滄浪水深波浪闊，

醉謂止可探一柴。徜祥濯纓傲巨浸，掬月不得翻委骸。
上皇雖悼屈平善，千載乃得為朋儕。

秋霜何草不玄黃，蜀山戌削青崔嵬。馬如蹇驢不慣遠，
陟險色變成隉隍。閣道繁霜曉成澌，古壘暴雨飛陰霾。
散關夜哭夜悲怨，倏見鬼燐明巖隈。長蛇食象留齒骨，
猛虎噬人餘釧釵。故人招庇豈憚遠，軍謀宥密惟參陪。
春雨霢霂興槁苗，骨潤不及枯根荄。正風寢熄雅頌廢，
吾言來自單于垓。古今廄馬詎為匹，驊騮騊駱駑與駃。
力良調俊惟騏驥，李杜故得其梧魁。前輩攀轅讓馳道，
下石夾轂謙爭推。二公當年走聲價，日月左運天旋回。
方今明時廢聲律，將使涅淪如爐煨。非君鼓吹力主持，
是道不世將傾頹。關西鄙夫懷此憤，白石空煉如女媧。
命達時否口常鈍，如掛風鐸環堵齋。安得獻言彤庭下，
出入金馬如象枚。乘釣廟堂司慘舒，建旌立節如張裴。
古云能詩多坎軻，苟或信矣良可哀。儻使文章敵天下，
再使神禹驅秦淮。（《濟南集》‧卷三）

李廌此詩為評祥正其人其詩中最詳盡者，起首即道出祥正於當
時之遭遇「山人跨魚天上來，識者珍重愚者猜。」並言「蚩蚩
俗眾目如瞽，白馬羽雪皆皚皚。古有仁賢不愚者，舉足疐路心
徘徊。」世人是非不明之非，於此可見祥正於當代已飽受非議，
故李廌欲加以駁斥。又云「桐城明府住姑孰，襟裙瀟灑天與才。
讒言屢改恥自雪，政事報成羞援媒。」於桐城時遭讒言所苦，
而此讒言卻並非第一次，故云「屢改」恥於自雪，於此知李廌
此詩作於祥正四十三歲棄官時，故言「住姑孰」。並言「臨川
先生久知己，十年執政居公臺。橫飛後生盡豪俊，往往拔越自

327

草萊。洪爐造化豈一端，如何不與斑璕培坏。」安石為祥正之
知己，祥正卻未能依附顯達，原因於前「讒言屢改恥自雪，政
事報成羞援媒。」已明言，已羞於託人媒藉。於此言祥正與世
不容之高超氣節，導致未能居高位。

　　一轉而言「盛朝能詩可屈指，少師僕射蘇與梅。少師新為
地下客，蘇梅骨化成塵灰。金陵僕射今已老，斑斑絲雪侵頤腮。」
宋朝於今以詩稱名者，唯有少師（歐陽修）、僕射（王安石）、
蘇（蘇舜卿）與梅（梅堯臣），而四者僅剩王安石尚在世。「當
今儒生迂此道，如使杞柳為捲杯。好古愛詩惟有君，獨使筆力
驚風雷。」言詩道今已不受重視，唯有祥正好古詩之道，獨自
努力不懈，言祥正之詩作「清音繞齒嚼鳴玉，爛光滿紙如瓊瑰。
古原夜燒光奪月，立使萬物有灰煤。清泉石上白鑿鑿，湍落急
瀨成淵洄。才雄句險駭人膽，九月秋水灩澦堆。有時清真叩玄
關，至誠直可歆郊祺。」變化莫測，時而豪邁、時而驚險，時
而清真。再轉言祥正之遭遇坎苛，由「公才穎粟公望異，牢落
下位命何乖。」至「古今廄馬詎為匹，驊騮騤駱駑與駼。」皆
言祥正遭讒言為時人所排之不遇。

　　續以「力良調俊惟騏驥，李杜故得其梧魁。前輩攀轅讓馳
道，下石夾轂謙爭推。二公當年走聲價，日月左運天旋回。」
與「方今明時廢聲律，將使湮淪如燼煨。非君鼓吹力主持，是
道不世將傾頹。」古今對比，以言今日詩道之不興。終歎道「古
云能詩多坎軻，苟或信矣良可哀。儻使文章敵天下，再使神禹
驅秦淮。」又於〈續題郭功甫詩卷〉中云：「詩道今蕭索，騷
人古困窮。夜寒金殿冷，秋靜蜀關空。廄隸麼宛馬，壇巫誅守
宮。採珠探水府，絲黍慎蛟龍。」（《濟南集》・卷四）歎道

能詩者自古困窮，此有感於同病相憐，傷痛至極、呼天喊地之言。李廌此詩鋪陳敘述祥正之一生，為敘述詩之巨作。

（三）釋契嵩・〈送郭功甫朝奉詩序〉：

> 郭子喜潛子之道，欲資之以正其脩辭立誠，潛子可當耶？郭子縉紳先生之徒，乃獨能揭然跂乎，高世之風，可重可媿，吾說不足以相資也。然郭子俊爽，天才逸發，少年則能作歌聲，累千百言，其氣不衰；而體平淡，韻致高古，格力優贍，多多愈功，含萬象於筆端。動乎則辭句驚出而無窮。與坐客聽其自誦，雖千言必記，語韻清暢，若出金石；使人驚動而好之，雖梅聖俞章表民，以為李太白復生。以詩張之四海九州，學輩未識郭子者何限朝廷公卿，孰嘗睹郭子如此之盛耶！夫龜龍麟鳳，其儞偉奇之物也，使其汩於泥塗，委於荊枳，則君子之所惜，吾恐郭子盡是紆餘誕謾，遂與世浮沉，回別，故賦詩以祝之。「白石鑿鑿，蘊儞美璞。君子道晦，君子斯樂。幽蘭狋狋，振儞芳姿。淵人不顯，淵人不虧。惟是方寸，為儞之本。達之物搖，窮之物亂。靜之收之，默默悶悶。熟水泚泚兮，可漱可滌。熟山寥寥兮，可休可適。胡歎屏居，胡羨首迪。」（《鐔津文集》卷十三）

由詩題稱祥正為「朝奉」，知為祥正五十四歲（元祐三年），知端州時所作。

起首「郭子喜潛子之道，欲資之以正其脩辭立誠，潛子可當耶？」釋契嵩云祥正請益於己，修辭立誠之道，釋契嵩謙言

道：「郭子縉紳先生之徒，乃獨能揭然跂乎，高世之風，可重可媿，吾說不足以相資也。」祥正雖為官宦人士，卻與俗人不同，擁有崇高之品德。此讚揚祥正之品德也。

續言：「然郭子俊爽，天才逸發，少年則能作歌聲，累千百言，其氣不衰；而體平淡，韻致高古，格力優贍，多多愈功，含萬象於筆端。動乎則辭句驚出而無窮。」其作品能體平淡，使韻致高古，格力優贍，又能驚邁豪絕。此讚揚祥正作品之天才俊逸。

言：「與坐客聽其自誦，雖千言必記，語韻清暢，若出金石；使人驚動而好之，雖梅聖俞、章表民，以為李太白復生。以詩張之四海九州，學輩未識郭子者何限朝廷公卿，孰嘗睹郭子如此之盛耶！」祥正之詩作為時人所好，與座之人，聽聞者雖千百言必記；揚名於當世，甚而梅堯臣、章望之大家皆以其為太白復生，天下未識其本人而誦讀其詩者又何限於朝廷公卿，又有誰曾如祥正詩名之盛者，形容祥正詩名之盛。

並期勉祥正：「夫龜龍麟鳳，其爾偉奇之物也，使其汨於泥塗，委於荊枳，則君子之所惜，吾恐郭子盡是紆餘誕謾，遂與世浮沉。」勿為俗事所絆，徒為應酬交遊之作。

贈詩道：「白石鑿鑿，蘊爾美璞。君子道晦，君子斯樂。幽蘭猗猗，振爾芳姿。淵人不顯，淵人不虧。惟是方寸，為爾之本。違之物搖，窮之物亂。靜之收之，默默悶悶。熟水泚泚兮，可漱可滌。熟山寥寥兮，可休可適。胡歉屏居，胡羨首迪。」要求祥正守其本心，勿為俗事所污。不只有讚美之語，並道出祥正詩作之弊病，可謂中肯之評價。

由眾人對祥正之評價，大抵可知祥正顯名於當代，然由於

其孤傲之個性及近乎縱橫家之處世態度，主張力行王安石新法，有異議者雖大臣亦當罷除，為時人所非，為自己樹立許多敵人，是以屢為讒言所苦，受人非議為小人，甚而後代如《四庫全書總目提要》亦以此附會，找尋誤收詩中之言論，證明祥正確實為小人，實乃附會太過。今觀與祥正同時人之作亦有讚揚祥正「棄官不屈人」，及歌誦其不與俗士同流有高士風格者。

　　綜觀對於祥正詩作則多讚揚其天才俊逸近太白之風，非力學者所能及也。或有以其詩風模仿太白而評之，或有以其詩作太過華侈、徒重聲律、多應酬之作評之，皆為對特定詩作之評價，並不影響其於北宋自成一詩風之地位。

第二節　郭祥正《青山集》作品之價值

　　郭祥正之《青山集》收錄詩作一千四百多首，內容豐富而多樣化，其作品之價值至少有：

　　一、集前代詩風自成一家。二、言史記事。三、保留地方風色。四、神話傳說之留傳。五、關心民生疾苦。

一、集前代詩風，自成一家

　　由第四章「郭祥正各時期之詩歌風格」可知祥正詩作依其不同時期、不同心情之創作，包含了各種詩風，以太白之豪放為主，時有屈原憤慨不遇、陶淵明之田園生活描寫甚而韓愈詩歌散文化之鋪陳、晚唐詩之濃豔、謝靈運山水詩之吟詠。皆習自前代大家作風，甚而有並駕其驅之作，如〈追和李白登金陵

鳳凰臺二首〉、〈金山行〉〔註六〕等作。

　　祥正詩作可謂襲取宋代以前各詩家之風格，配合自身不同情感際遇而應用自如，由祥正作品中可見詩人鎔鑄前人作品之方法，但亦不離其天才豪邁之風，而自成一家。

二、言史記事

　　祥正詩中以史入詩之特色，於第七章「《青山集》之特色」中之第二節「以史入詩」中已詳述，今觀其價值亦可分三方面而言：

（一）補當代史事之不足。

　　如〈新昌吟寄穎叔待制〉〔註七〕言元祐元年廣東路・新昌之民亂，《四庫全書》亦言此事史書未記，祥正於此將時間、地點、平亂始末記載詳細可補史之不足。

　　又如〈漳南書事〉〔註八〕記元豐五年秋，七月十九日發生於漳南之颱風災情，此於地方志亦未記，考其詩可知此次災情之時間及影響。

（二）詳述當代史事，以供今人更加瞭解時政。

　　祥正於詩中常言及當代時事及政事，如〈贈二李居士（伯時、德素）〉〔註九〕記當時發生之安南戰役，於〈送黃吉老察院〉言當時朝廷〔註十〕之內憂外患。

　　此實踐詩歌為時而作之目標，為祥正詩中對當代時事能深入觀察及描寫之例，對後人研究宋代史事亦有所助益。

（三）傳述時人之事跡。

祥正於應酬交遊之際，多能詳細敘述所贈者或所送別者之生平遭遇，仿似史書之列傳體，對於保存傳記資料亦有重要貢獻，如〈怡軒吟贈番易張孝子〉〔註十一〕記述張孝子尋父之事蹟，由詩中所言知為時人所重之孝行，而史書未載，祥正此作正可補其不足。

三、保留地方風色

祥正詩作中特有的地方色彩，能將各地名勝古蹟之歷史背景、傳說、提供後人寶貴之文化遺產，此於第七章「《青山集》之特色」中之第四節「地方色彩」中已舉例說明。

祥正此類詩作多已為宋代各地方志，如《輿地紀勝》、《方輿勝覽》、《咸淳臨安志》、《淳祐臨安志》等所大量採用，做為地方名勝之代表，以使後人瞭解風景之特色、及其命名之由來、仙釋之傳說等，與地方習習相關事。

祥正之詩作中多能將地名入詩，並以景生情，故多能具備保留地方遺產之價值，此項功用亦是祥正詩作極重要之價值。

四、神話傳說之留傳

祥正詩作充滿楚辭式之浪漫神話傳說，又能注意各地之神仙傳說，將其融入詩中，有助於神話傳說之留傳，由第七章「《青山集》之特色」中之第三節「充斥神話」中已知祥正詩作中好用神話傳說，又據其第四節「地方色彩」中第三段「融入當地宗教信仰者」中記廣州祭祀五羊仙及〈公擇鄂守學士三堂請

雨〉，詩云：「三神鼎峙名謂何，子胥范蠡馬伏波。」（《青
山集》卷三‧葉十下）言當地所崇祭之「三聖公」，知祥正確
實能融入當地之特殊祭祀、傳說於詩作中。

　　由於祥正此類作品創作之時多能置身於傳說地點，得其民
間所流傳之傳說，是以由其神話傳說及所述各地宗教信仰中可
獲得許多神話傳說知識，為他書所未曾收錄者。

五、關心民生疾苦

　　祥正一生雖多任職為宦，然由於未能顯達及曾攝守各地之
經歷，使祥正對於民生之困苦有所瞭解，並且多能以之入詩，
包括了政事之緩不濟急、百姓為天災、人禍所苦，及朝廷之聽
任舊黨以仁義防邊，都令作者憂心不已，此類作品於第五章「《青
山集》之思想內容」之第五節「反映民生之作」中已舉例言之。

　　讀祥正此類詩作之價值，在於可了解祥正之政治思想，亦
可體會遠古先民與自然搏鬥之苦、當代政治環境及邊防戰爭，
達到詩歌為歌生民苦之作用。

　　祥正詩作之價值本不只如此，關於其驚邁豪絕之作、奇險
造語、悲憤不遇、或歸隱傷懷詩作之好惡，皆為個人主觀意識
所左右，好之則千古之後不無知音，惡之則雖當世之人亦言其
「不適口」，故不入於此節論述。

第三節　《青山集》作品之爭議

前賢之論，後生小輩本不當議論之，而唯既詳讀祥正之《青山集》，是以此節僅就前人評祥正《青山集》之處，加以探討，期能得其真象。分為一、關於華侈。二、關於應酬交遊之作。三、關於宗教色彩。

一、關於華侈

祥正詩作中習自楚辭，鋪陳纏綿及神話充斥之風，使其詩作為《張芸叟詩評》評為：「如大排筵席，二十四味，終日揖遜，求其適口者少矣。」《隨園詩話》亦言「郭功甫如二十四味，大排筵席，非不華侈，而求其適口者少矣。」，此類評語當是針對祥正長篇詩體而發。祥正長篇詩體確實有「過於華侈」之失，然言其「求其適口者少矣」則評者未細審祥正詩作之思想內容。祥正詩作中過於華侈之風，其流弊在於易使讀者沉膩於作品表面之鋪陳華麗，未能進一步思考詩作之思想內容。

即為道學家所謂「為文害道」之說，為文之所以害道，在於後人研讀時為其文所弊，而不求其道之所在，而非作者之失；如論華侈之風，則祥正尚不及《楚辭》之花草美人。

二、關於應酬交遊之作

應酬交遊之作，為祥正詩作之主要部分，關於祥正此類作品（宋）釋契嵩於《鐔津文集》卷十三〈送郭功甫朝奉詩序〉曾讚其「動乎則辭句驚出而無窮。與坐客聽其自誦，雖千言必記，語韻清暢，若出金石，使人驚動而好之。」能於應酬之際，

即席成章，累千百言而氣不衰，為諸人所折服；卻也勸勉祥正「夫龜龍麟鳳，其爾偉奇之物也，使其汨於泥塗，委於荊杞，則君子之所惜，吾恐郭子盡是紆餘誕謾，遂與世浮沉。」勿徒作此類「紆餘誕謾」、「與世浮沉」之作。

　　祥正應酬之作確實時有官場應作之嫌，然祥正之自我感懷及其省思，卻多見於此類詩作之中，其詩中與世不容之憤慨如：〈酬耿天騭見寄〉：「我思昔人言，處世猶大夢。塵編堆床頭，撫事聊一誦。興衰繫時運，賈誼爾何慟。」（《青山集》卷十三・葉十上），及時行樂之醉語，如〈姑熟堂歌贈朱太守〉：「請公瀝酒一弔之，聽我長吟壯靈魄。人世百年能幾何，高會難逢離別多。」（《青山集》卷一・葉十一下）皆為瞭解祥正思想轉變之重要資料。

　　由祥正此類詩作中除可知祥正之思想及遭遇外，尚可見祥正詩歌之各種價值，此皆由於祥正能將應酬交遊之作擴充至無所不包，甚而反映民生、朝廷政事，如〈送黃吉老察院〉言：「積學久未遇，忠言今可施。請君略細故，吐出胸中奇。悉救當世弊，自結明主知。」（《青山集》・卷十七・葉三上）以送別之作諫言國政，非無用之言。是以應酬交遊之作雖充斥於祥正詩作中，亦有其不可抹滅之重要價值。

三、關於宗教色彩

　　祥正詩作中除神話色彩濃厚、記述地方信仰及各種民俗活動外，其詩中亦常雜以仙、佛之語，故《四庫全書總目提要》中評為「好用仙佛語，或傷拉雜。」，此類風格及詩語之形成，實因祥正對於各種宗教信仰、神話傳說都極度尊敬，瞭解其移

風易俗之力量，並致力於以詩作加以敘述保存。

〈宿鍾山贈泉禪師〉云：「香廚飯玉粒，千歲聞于今。況逢大道師，妙傳諸佛心。其徒五百人，坐忘靜沉沉。寶光泳琉璃，永無塵垢侵。何以明歸仰，頓首興微吟。」（《青山集》卷十六‧葉十下）詩作充滿對宗教寧靜生活之嚮往，用「大道師」、「妙傳」、「佛心」、「寶光」等佛語亦與詩作背景密切配合，既然所宿為佛寺，所思所感本當為佛語、佛機，故詩情充滿宗教色彩，依景生情，依情生文，當是祥正詩作之長處，非其短處。此類詩作於《青山集》亦所在多有，此於第五章‧第七節「佛道之作」中已有論述。

由〈贈圓通訥禪師〉中所言：「一言了萬化，堯舜誠無為。逢時揚至道，曠劫開群迷。儒佛實皆聖，胡為相是非。本亡末愈弱，行偽言空持。嗚呼可奈何，師也予同歸。」（《青山集》卷十一‧葉六下）可知祥正對於宗教之重視，並反對那些「相是非」而「行偽言空持」者。祥正對於宗教之理念置於現代亦是極進步、且正確的。

《楚辭》中多錄神化怪誕之說，亦不失其文學價值及思想內容；祥正詩中與佛僧、道僧交往之作用仙、佛語亦正是尊敬宗教之表現，於寺院、道觀之題寫用仙、佛語、神話傳說亦有助於保留各地信仰、神話傳說及表現景色特色。當是其詩作價值之所在，不當以拉雜評之。

祥正詩作為前人所爭議者，尚有「造語無刻勵之功」、「做詩費許多氣力做甚」、「只知有韻底是詩。」然皆為互相矛盾且論述單篇作品者，故不入此討論之。

註解

註一：此論於第二章‧第四節「交遊」中。

註二：此論於第二章‧第三節「性格」中。

註三：此轉引自孔凡禮先生〈郭祥正集〉附錄三。

註四：詳見於第二章‧第四節「交遊」。

註五：〈金山行〉各家之評論已見於第五章‧第三節「描寫風景之作。」

註六：此於本章之第一節第三段「評其單篇詩作」已詳論。

註七：〈新昌吟寄穎叔待制〉（《青山集》卷十六‧葉五上）已於第七章‧第二節「以史入詩」中論之。

註八：〈漳南書事〉已於第五章‧第五節「反映民生」中詳論。

註九：〈贈二李居士（伯時、德素）〉記安南戰事已見於第二章‧第二節「仕宦」。

註十：〈送黃吉老察院〉已於第二章‧第三節「性格」中細論。

註十一：〈怡軒吟贈番易張孝子〉已於第七章‧第二節「以史入詩」中詳論。

第九章　結論

今觀郭祥正之生平，歷任星子主簿、德化尉、邵州防禦判官、簽書保信軍節度判官、汀州通判、端州太守等職務，多次出仕又屢遭讒言所苦，不得不罷官，實受其孤高自傲性格所影響。

其作《青山集》於其在世時已刊刻，留傳至今版本分歧，據本論文第二章之整理，知今日所見之宋本三十卷本，為今日可見之最早版本，而三十四卷本及三十五卷本之前三十卷，三十七卷本之前三十二卷，所源之本當相同，又其續集多誤收孔平仲之作。

其各時期之詩歌風格，依其遭遇轉變，年少時有太白之天才俊逸之風；任鄂州、邵州時有韓愈積極入世之風；屢遭貶謫時，則同屈原之悲憤不遇；晚年則歸於陶淵明之消極隱退，皆為真性情之所發。

而其詩作內容及其所反映之思想，於個人遭遇轉變時詩作中之思想亦隨之而變，又能於描寫風景時融入民情風俗，關注民生困苦，發揮詩歌為生民而作之現實意義；閒居時恬適之詩風；與僧侶往來時以佛語入詩，及神話遊仙作品，皆能自然融入詩作之中，使其作品內容豐富而與其現實生活緊密結合。

於字句之鍛練，則能運用頂真、回文、疊字、呼語、層遞等方法振起全篇，使詩作「累千百言，其氣不衰」，全心於詩作之創作。

綜觀《青山集》之特色，在於鋪陳壯闊，不可遏止；以史入詩，保留史事；充斥神話，神祕而附與讀者無邊之想像空間；重視風土民情，保留地方特色。其價值則在於能集前代詩風自成一家，亦能於詩作中言史記事，補史之不足；其神話色彩，有助於神話之保存及留傳；反映民生疾苦之作，則將時人生活所遭遇之困苦，告知後人。

對於祥正之詩作，無論時人或後人，皆承認其「非力學所能逮」，對於郭祥正其人則多以王安石上書，及譏刺李之儀事，言其為無行小人；甚而以誤收孔平仲〈熙寧口號五首〉言其為「忽合忽離」之小人。祥正並非完人，自然有其孤高自傲之人格缺陷，然言其為忽合忽離之小人則詆毀太過。

今日跳脫傳統以文人品格，品評文學作品之侷限，閱覽祥正之《青山集》則內容豐富，氣勢滂渤，有李白之豪放，屈原之徘徊、陶淵明之閒情，亦有浪漫的神話傳說，現實的民生困苦，離世的仙佛用語，及各地之歷史遭遇，風土民情，不失為大家之作。

附錄一　郭祥正年表

本表以郭祥正之生平、仕宦交遊為主,加以當代文人及歷史事件,凡不確定何年事者,則不加以繫入,所繫入者皆已於本論文正文中論證之。

此表依年繫事,分為三部分:

1·郭祥正之生平與仕宦。

　　此綜合本論文各章所證郭祥正之生平事跡。

2·當代文人之仕宦。

　　本論文所証與祥正相關文人之仕宦,及參考《宋詩鑑賞辭典》所附錄之〈詩人年表〉(上海辭書)、《蘇文忠公詩編註集成總案》等資料整理而成,將使「郭祥正年表」更能與宋代詩壇結合。

3·當代歷史事件。

　　本論文所証與祥正相關之歷史事件,並據陳慶麒編纂之《中國大事年表》(商務印書館)及沈起煒編纂之《中國歷史大事年表》(上海辭書)等資料整理而成,進一步瞭解郭祥正所處之時代背景。

郭		祥　　　正　　　年　　　表
景祐二年	1	西元一〇三五年　一歲　祥正出生。
	2	是年梅堯臣三十四歲知建德縣、歐陽修二十九歲、蘇舜卿二十八歲、王安石十五歲、章惇一歲。
	3	西夏李元昊并沙州。
景祐三年	1	西元一〇三六年　二歲
	2	蘇軾生。范仲淹被貶饒州，歐陽修坐范仲淹「朋黨」貶夷陵縣令。
	3	西夏創建文字。
景祐四年	1	西元一〇三七年　三歲
	2	蔡確生。
	3	夏四月呂夷簡、王曾罷相；王隨、陳堯佐相。
仁宗		
寶元元年	1	西元一〇三八年　四歲　叔父郭經進士及第。
	2	孔文仲生。司馬光進士及第。歐陽修知乾德縣。
	3	宋詔戒朋黨。趙元昊稱大夏皇帝。
寶元二年	1	西元一〇三九年　五歲　父郭維，知常州。
	2	蘇轍生。梅堯臣知襄城縣。
	3	整飭貢舉法。
康定元年	1	西元一〇四〇年　六歲　父郭維，除淮南刑所，任淮南提點刑獄。
	2	晏幾道生。范仲淹、韓琦并為樞密副使；范仲淹兼知延州。
	3	西夏攻宋。夏四月張士遜致仕，呂夷簡復相。
慶曆元年	1	西元一〇四一年　七歲　父郭維遷度支郎中。
	2	司馬池卒、石延年卒。
	3	夏攻宋，宋大敗。
慶曆二年	1	西元一〇四二年　八歲　父郭維卒，隨姊由西江至臨川。
	2	王安石、王珪、黃庶、石象之進士及弟。

	3	西夏攻宋。
慶曆三年	1	西元一〇四三年　九歲　在臨川。
	2	道潛生。晏殊拜相。范仲淹、韓琦并為樞密副使。范仲淹旋為參知政事，銳意改革，史稱「慶曆新政」。歐陽修知諫院。
	3	西夏與宋議和。
慶曆四年	1	西元一〇四四年　十歲　回母親身邊。開始求學。
	2	王雱生。晏殊罷相。蘇舜卿任集賢校理，監進奏院，被劾，除名為民，此後居蘇州滄浪亭。
	3	宋令州縣皆立學。改貢舉法。宋夏和議成立，歲給夏銀、絹、茶等二十五萬五千。
慶曆五年	1	西元一〇四五年　十一歲　求學。
	2	黃庭堅生。石介卒。范仲淹以「朋黨」罷參政，富弼、韓琦、歐陽修皆被牽涉，分別出知鄆州、揚州、滁州。
	3	杜衍罷相。
慶曆六年	1	西元一〇四六年　十二歲　求學。
	2	劉敞、楊蟠、袁陟進士及第。
	3	青州大震、登州亦震。
慶曆七年	1	西元一〇四七年　十三歲　求學。
	2	王安石知鄞縣。文彥博參政。
	3	宋貝州兵士王則起義。
慶曆八年	1	西元一〇四八年　十四歲　求學。
	2	蘇舜卿卒，時祥正方十四歲。文彥博罷相。歐陽修之揚州。
	3	王則起義失敗。黃河在商胡決口。西夏李元昊卒。畢昇於慶曆年間發明活字印刷術。
仁宗		
皇祐元年	1	西元一〇四九年　十五歲　叔父郭綖進士及第。
	2	秦觀生。李唐生。文同進士及第。

	3	廣源州依智高起兵。
皇祐二年	1	西元一○五○年　十六歲　於姑熟，與袁世弼別。
	2	歐陽修知永興興軍，辟張先為通判。
	3	契丹與西夏連年戰爭，本年議和。閏月詔更定雅樂。
皇祐三年	1	西元一○五一年　十七歲　於京城。
	2	米芾生。梅堯臣賜同進士出身。王安石通判舒州。
	3	夏竦卒。龐籍相。宋改舊制太學生二百人為一百人。宋分淮南路為東、西二路。河決大名館陶之郭固。
皇祐四年	1	西元一○五二年　十八歲　於京城。
	2	賀鑄生。范仲淹卒。
	3	依智高建「南天國」稱帝，侵宋。正月乙亥，塞大名府，決河。
皇祐五年	1	西元一○五三年　十九歲　接受詮選，官銜祕閣校理，佐於星子（即江東路・南康軍），任職主簿。
	2	陳師道生。晁補之生。晁端友、鄭獬進士及第。
	3	龐籍罷。陳執中、梁適相。宋改貢舉法。依智高敗亡。
仁宗		
至和元年	1	西元一○五四年　二十歲　經由袁世弼推薦，得與梅堯臣相識，堯臣以太白再世讚之，聲振於當時。後因與星子長官不合，棄官而去，過昭亭。
	2	張耒生。歐陽修母喪期滿入京，為翰林學士兼史館，主修《新唐書》。堯臣五十三歲，丁母憂居宣城。
	3	梁適罷。劉沆相。春正月，京師大寒。
至和二年	1	西元一○五五年　二十一歲　回當塗。堯臣九月喪服過江寧與祥正遇。
	2	晏殊卒。歐陽修奉使契丹，王安石赴京，途經高郵，王令以詩謁見。
	3	陳執中免。文彥博、富弼相。
仁宗		

344

嘉祐元年	1	西元一〇五六年 二十二歲 於當塗。與袁陟會。
	2	周邦彥生。梅堯臣為國子監直講。王安石為群牧判官,初識歐陽修。袁世弼知撫州。
	3	以龍圖閣學士包拯權知開封府,貴戚宦官為之斂手。宋塞商胡北流一支,導入六塔河,完工當夜,商胡又決。
嘉祐二年	1	西元一〇五七年 二十三歲 於當塗。
	2	歐陽修主持進士考試,梅堯臣為試官,倡平實之風,北宋文風為之一變。蘇軾、蘇轍、曾鞏、馮山進士及第。王安石知常州。
	3	宋雄州、霸州一帶與遼南京地震。
嘉祐三年	1	西元一〇五八年 二十四歲 至京師集朝選,與堯臣遇。派任職德化尉(江南西路、江州),宰環峰。
	2	歐陽修知龍圖閣學士,權知開封府。王安石為度支判官,上萬言書,主張變法。
	3	宋裁省冗官,定制科等第授官法。文彥博、賈昌朝罷,韓琦相。以包拯為育御史中丞。
嘉祐四年	1	西元一〇五九年 二十五歲 宰環峰。
	2	李覯卒。王令卒。蔡確進士及第。王安石提點江東刑獄。
	3	宋廢榷茶,行通商法。
嘉祐五年	1	西元一〇六〇年 二十六歲 宰環峰,歸德化尉,塞於職事遭酷罰。
	2	梅堯臣卒。宗澤生。歐陽修為樞密史,與宋祁同修新唐書。王安石為三司度支判官。趙抃為右司諫。
	3	是年黃河在大名府西南向東決出,是為東流,至魏、恩、德博之境,合篤篤河在今黃河口以北處入海。
嘉祐六年	1	西元一〇六一年 二十七歲 初在德化,侍呂誨。棄官。
	2	宋祁卒。孔文仲進士及第。歐陽修為參知進士。蘇軾上《進策》、《進論》始授大理評事簽書鳳翔府判官。呂誨以彈奏大臣,出知江州。

	3	宋三館秘閣上所編校書九千四百五十卷。富弼以母喪去位。
嘉祐七年	1	西元一〇六二年　二十八歲　閒居。
	2	邵雍時居洛陽天津橋。包拯卒。
	3	宋改江西鹽法。時鹽質劣價高，私販眾多，常與吏卒衝突。立宗實為皇子賜名曙。
嘉祐八年	1	西元一〇六三年　二十九歲　閒居。
	2	孔武仲進士及第。
	3	宋仁宗卒。嗣子曙即位，是為英宗；旋以病，太后聽政。
英宗		
治平元年	1	西元一〇六四年　三十歲　閒居，於姑熟與楊傑相會。
	2	余靖卒。
	3	宋英宗親政。西夏攻宋秦鳳，涇原一帶。
治平二年	1	西元一〇六五年　三十一歲　歸隱。
	2	蘇庠生。張舜民、孔平仲進士及第。孔平仲進士及第。孔平仲與兄文仲，武仲時號三孔。
	3	宋朝臣議尊英宗生父濮安懿王為皇，引起爭論，史稱濮議。富弼、張昇罷。文彥博為樞密使，呂公弼為副使。
治平三年	1	西元一〇六六年　三十二歲　閒居，遊於環峰與楊傑會。
	2	宋庠卒。蘇洵卒。司馬光受命主修《資治通鑒》。楊傑遊於環峰。
	3	契丹改國號為大遼。宋尊濮安懿王為皇，反對者均被黜，謫侍御史呂誨等。以郭逵為陝西宣撫使。西夏兵攻宋大順、柔遠等城。環慶經略安撫使蔡挺率趙明、張玉等擊敗之。宋暫停給「歲賜」，疏密使文彥博恐因而擴大衝突，表示反對。
治平四年	1	西元一〇六七年　三十三歲　閒居

	2	蔡襄卒。黃庭堅、王雱進士及第。歐陽修罷參政，出知亳州。王安石知江寧府，後召為翰林學士。韓綺罷，後召為經略陝西。
	3	宋英宗卒，子頊即位，是為神宗。西夏毅宗諒祚卒，子秉常即位，是為惠宗。
神宗		
熙寧元年	1	西元一〇六八年　三十四歲　閒居。
	2	劉敞卒。王安石越次入對，為翰林學士兼侍講，上書主張變法。王安國賜進士及第。
	3	河北地大震，有半年不止者，京東須城，東阿與廣南的潮州亦震。河溢恩州，又決冀州，北注瀛州一帶。
熙寧二年	1	西元一〇六九年　三十五歲　閒居。
	2	王安石為參知政事，始行新法。罷御史中丞呂誨。曾公亮致仕。吳中復五月十九日自江寧往真定。
	3	宋設制置三司條例司，遣使察諸路農田、水利、賦役，變法開始。行青苗法、均輸法，頒農田水利敕。封閉黃河北流，已而河決閉口以南之許家巷。
熙寧三年	1	西元一〇七〇年　三十六歲　閒居。
	2	唐庚生。司馬光致書王安石，反對新法，判西京御史臺，此後居洛十五年。王安石拜相。李常通判滑州。
	3	御史中臣呂公著、參知政事趙抃、御史程顥等因反對新法罷政。宋罷制置三司條例司，歸中書省。立保甲法。開封府試行免役法。
熙寧四年	1	西元一〇七一年　三十七歲　閒居。
	2	惠洪生。蘇軾因反對新法被貶，通判杭州。歐陽修致仕，居穎州。
	3	宋改貢舉法，罷詩賦及明經諸科，改以經義論策取士。立太學生三舍法。全面推行免役法。大名新堤河決，漂溺館陶、永濟、清陽以北；又決澶州、鄆州。

熙寧五年	1	西元一○七二年　三十八歲　二月經鄂州，九月知荊湖南路、邵州武岡縣，任邵州防禦判官。十一月跟隨章惇平梅山峒蠻。
	2	鄭獬卒。歐陽修卒。李常由滑洲知鄂州。
	3	宋行市易法、保馬法、方田、均稅法。置熙河路。王韶擊敗吐番羌木征。富弼致仕。七月章惇任湖北察訪使，十一月章惇降梅山洞蠻置安化縣。
熙寧六年	1	西元一○七三年　三十九歲　二月至和河北，參與王韶收復河北事，四月入京。因戰功升為太子中舍，歸江東路家中便差遣。居姑熟家中。
	2	周敦頤卒。張耒進士及第。劉次莊賜同進士出身。晁補之謁蘇軾。
	3	宋置經義局，命王安石提舉，修《詩》、《書》、《周禮》三經義。置律學，命官、舉人皆得入學習律令。王韶收復河西走廊一帶，史稱「熙河大捷」。王韶取吐番岷、宕、洮、疊四城。章惇討平南江蠻置安化縣。
熙寧七年	1	西元一○七四年　四十歲　居姑熟家中。
	2	王安國卒。是年王安石第一次罷相，知江寧府。蘇軾知密州。
	3	宋大旱，流民入京，監安上門鄭俠獻所繪流民圖，反對新法。韓絳、呂惠卿繼續推行新法。司馬光自洛陽上疏，請罷新法，停止用兵西北。行手實法、置將法。
熙寧八年	1	西元一○七五年　四十一歲　春天後由姑熟至桐鄉。任簽書保信軍節度判官，上書「乞天下大計專聽王安石處劃。」
	2	是年王安石復相。韓琦卒。
	3	三月遼宋爭地界；四月王安石反對退讓，派知制誥沈括談判；五月沈括在遼據理力爭，拒絕割地；七月韓縝違反原議，割地七百里。是年十一月，交趾陷欽州、廉州。

熙寧九年	1	西元一〇七六年　四十二歲　在桐鄉。任簽書保信軍節度判官。
	2	王雱卒。
	3	二月以郭逵為安南招討使。吳充、王珪為相。十二月郭逵敗交趾兵於富良江。王雱卒。是年冬十月，王安石二次罷相。
熙寧十年	1	西元一〇七七年　四十三歲　春天在桐鄉，後至合肥，右治獄歷陽，以殿中丞致仕。
	2	葉夢得生。邵雍卒。張載卒。蘇軾知徐州。秦觀謁蘇軾。張頡權荊南。
	3	黃河大決於澶州曹村，北流斷絕，河道南移分為二流，一合南清河入淮，一合北清河入海，淹四十州縣，田三十餘萬里。
神宗		
元豐元年	1	西元一〇七八年　四十四歲　歸隱姑熟。
	2	張先卒。曾公亮卒。陶弼卒。黃庭堅以詩函寄蘇軾，為蘇軾所推許。蘇軾於徐州建黃樓。
	3	元豐年間，神宗繼續推行新法。以呂公著、薛向同知樞密院事。
元豐二年	1	西元一〇七九年　四十五歲　歸隱姑熟。
	2	汪藻生。王庭珪生。文同卒。晁補之進士及第。蘇軾於知湖州任上，因詩被誣下獄，史稱「烏臺詩案」，貶為黃州團練副使。
	3	蔡確參政。增太學生名額，並立考試升舍之法。
元豐三年	1	西元一〇八〇年　四十六歲　升為國子博士，與蘇轍會於姑熟，召於朝，監閩汀郡，與陳軒交遊。
	2	蘇軾謫居黃州。黃庭堅知吉州太和縣。
	3	是年章惇參政。封王安石荊國公。河決澶州境。
元豐四年	1	西元一〇八一年　四十七歲　為汀州通判，與陳軒交遊。

	2	陳軒知汀州。
	3	馮京罷，孫固知樞密院。章惇免、張璪參政。五月夏人幽其主秉常，七月詔李憲會五路之師討之，孫固諫不聽；十一月五路軍兵潰。
元豐五年	1	西元一○八二年　四十八歲　由汀州通判攝守漳州，閩使狀其罪，下吏留於漳南。宗弟郭蒙正舉進士。
	2	周紫芝生。蘇軾在黃州，西遊赤壁。曾鞏為中書舍人。司馬光、文彥博等於洛陽，聚會賦詩，時稱「耆英會」。
	3	是年王珪、蔡確、章惇為相，呂公著罷。徐禧築永樂城，被西夏軍攻取。宋改官制。
元豐六年	1	西元一○八三年　四十九歲　留於漳南。
	2	李綱生。曾鞏卒。
	3	二月夏人寇蘭州，劉摯劾罷李憲，夏人復來議和，貢於宋，允復歲賜。
元豐七年	1	西元一○八四年　五十歲　留於漳南，經赦回姑熟，與東坡有姑熟十詠之辯。官銜為奉議郎。
	2	呂本中生。李清照生。曾幾生。趙抃卒。蘇軾移汝州，途中晤王安石於金陵蔣山。黃庭堅監德州德平鎮。司馬光等修《資治通鑑》成。
	3	正月夏人圍蘭州不克。夏五月詔以夢軻配食孔子，荀況、韓愈從祀。是年河決元城。
元豐八年	1	西元一○八五年　五十一歲　於姑熟，官銜為奉議郎。
	2	朱弁生。王珪卒。秦觀進士及第。司馬光復出為門下侍郎，主國政。蘇軾移常州，知登州，旋奉調入京。程顥卒。
	3	是年三月宋神宗薨，哲宗繼位，太皇太后高氏執政。罷保甲、保馬、方田均稅等法。河決大名小張口。
哲宗		

元祐元年	1	西元一〇八六年　五十二歲　於姑熟，初為奉議郎，恢復原階為承議郎，仕於朝。
	2	沈與求生。四月王安石卒。九月司馬光卒。俞紫芝卒。蘇軾為中書舍人，翰林學士、知制誥。蘇轍奉使契丹，還為御史中丞。蔣穎叔知潭州，遊於南昌。
	3	罷免役法，章惇反對，蘇軾、范純仁亦有異議，司馬光不聽。罷青苗法，罷蔡確、章惇，呂惠卿貶。以司馬光、呂公著為相，史稱「元祐更新」。以程頤為首之洛黨，與以蘇軾為首之蜀黨相互攻訐，史稱「洛、蜀黨爭」。岑探於新昌為亂。
元祐二年	1	西元一〇八七年　五十三歲　於廣南東路，與蔣穎叔遊。歲暮於南雄州。
	2	陳師道由蘇軾推薦為徐州州學教授。元祐二年八月，蔣穎叔由潭州改知廣州。
	3	宋置賢良方正等科。設泉州市舶司。以劉摯、梁燾、王岩叟、劉安世為首之朔黨形成，朝臣形成洛、蜀、朔三黨。西夏軍屢擾宋西北城堡。宋代州地震。
元祐三年	1	西元一〇八八年　五十四歲　升為朝奉郎，二月二十八日由廣州知端州。
	2	孔文仲卒。黃庭堅、秦觀、晁補之、張耒同在秘閣任職，集於蘇軾門下，號「蘇門四學士」。蔣穎叔遊於廣州。
	3	呂公著拜司空同平章軍國重事。以呂大防，范純仁為宰相。范縝卒。
元祐四年	1	西元一〇八九年　五十五歲　知端州，上書乞歸，以朝請大夫致仕。歸隱姑熟青山。於穎川建西齋。
	2	蘇軾出知杭州，任上曾疏浚西湖，築「蘇堤」。惠洪受度為僧。蔣穎叔遊於廣州。

	3	二月呂公著卒。梁燾請宣布蔡確、王安石親黨姓名，范純仁反對，呂大防、劉摯贊成。四月宋立經義、詩賦兩科，自是習詩賦者多，專經、義者十無一、二。五月安置蔡確於新州。六月范純仁罷。
元祐五年	1	西元一〇九〇年　五十六歲　歸隱。
	2	陳與義生。文彥博致仕。
	3	春二月宋人來歸，詔以米脂等四寨還宋。八月梁燾、劉安世、朱光庭皆罷。以蘇轍為御史中成丞。
元祐六年	1	西元一〇九一年　五十七歲　歸隱。
	2	張元幹生。蘇軾召為翰林學士承旨，旋出知穎州。十一月陳軒為中書舍人。
	3	西夏屢擾宋境。二月劉摯相。十一月劉摯罷。九月西夏寇麟州、府州。
元祐七年	1	西元一〇九二年　五十八歲　歸隱。
	2	蘇軾調知楊州，召為兵部尚書兼侍讀，旋改禮部尚書。蘇轍為門下侍郎。賀鑄由蘇軾等舉薦，為承事郎。
	3	立皇后孟氏。以蘇頌為右相，起用梁燾、劉安世等。立考察縣令課績法。朝廷朋黨之說日盛。西夏兵攻宋環州，不能下。
元祐八年	1	西元一〇九三年　五十九歲　至廬州與陳軒遊。
	2	蔡確卒。蘇軾出知定州。黃庭堅、秦觀同為國史院編修。陳軒以龍圖閣待制知廬州。
	3	蘇頌罷，以范純仁為右相。九月太皇太后崩，十月宋哲宗親政。十二月復章惇、呂惠卿官，貶劉安世。澶州河潰，南泛德清，西決內黃，東淤梁村，北出闞州，宗城，決口復行魏店，北流因淤斷絕。
哲宗		
元祐九年	1	西元一〇九四年　六十歲　歸隱。

紹聖元年	2	蘇軾謫居惠州。蘇軾、黃庭堅、秦觀、晁補之、張耒、陳師道等均遭貶黜。
	3	宋朝廷興「紹述」之說，新黨執政，罷黜舊黨人物，呂大防罷相，以章惇為左相。罷試詩賦，專以經義取士。復行免役法。追奪司馬光、呂公著贈諡。罷范純仁。
紹聖二年	1	西元一○九五年　六十一歲　歸隱。
	2	賀鑄為鄂州寶泉監。
	3	宋置紅詞科。復行青苗法。追贈蔡確為太師。貶范純仁。以蔡卞為尚書右丞。
紹聖三年	1	紹聖三年　西元一○九六年　六十二歲　歸隱。
	2	蘇軾於惠州。
	3	宋以蔡京為翰林學士承旨。西夏兵侵宋鄜延，陷金明堡。九月廢孟后。
紹聖四年	1	西元一○九七年　六十三歲　歸隱。
	2	文彥博卒。葉夢得進士及第。蘇軾移居儋州。
	3	宋再貶元祐舊黨呂大防、劉摯、蘇轍、梁燾、范純仁等人。呂大防、劉摯、梁燾皆卒。西夏軍屢攻宋境。章惇請停給歲賜，命西北各路多築城堡，進逼西夏。
哲宗		
元符元年	1	西元一○九八年　六十四歲　歸隱。
	2	賀鑄自編《慶湖遺老詩集》。范祖禹卒。
	3	西夏攻宋平夏城，為宋所敗，宋國勢漸衰。
元符二年	1	西元一○九九年　六十五歲　歸隱。
	2	
	3	遼為西夏向宋求和，宋許夏和，恢復歲賜。河決內黃，東流斷絕，全河北流。行三舍法。
元符三年	1	西元一一○○年　六十六歲　歸隱。
	2	張舜民卒。秦觀卒。蘇軾等遇赦由儋州移廉州。陳師道為秘書省正字。

	3	宋哲宗卒。弟端王即位，是為徽宗。以韓忠彥、曾布為左右相，因章惇反對立徽宗，罷章惇、蔡卞。范純仁、蘇軾等分別復官、內移。是年河決蘇村。十一月詔改元，欲消除政黨。
徽宗		
建中靖國元年	1	西元一一○一年　六十七歲　歸隱。親往迎蘇軾。
	2	蘇頌卒。蘇軾以本官致仕，卒於常州。范純仁卒。賀鑄為泗州通判。陳師道卒。
	3	宋貶章惇為雷州司戶。蔡京結交宦官童貫，得復官知定州。河東、太原等地大地震，人畜多死。
崇寧元年	1	西元一一○二年　六十八歲　歸隱。
	2	陳師道卒。黃庭堅知太平州。
	3	以蔡京為相，定文彥博、司馬光、蘇軾、秦觀等百餘人為「元祐奸黨」，刻石禁元祐學術。
崇寧二年	1	西元一一○三年　六十九歲　歸隱。
	2	朱彥知江寧。
	3	宋以蔡京為尚書左僕射兼門下郎，令銷毀三蘇、黃庭堅、秦觀、范祖禹等人著作。重申禁止元祐學術。女真統一各部，奠立金朝基礎。
崇寧三年	1	西元一一○四年　七十歲　歸隱。
	2	宋徽宗謀制作「禮樂」。朱彥知江寧。
	3	圖熙豐功臣王安石等人，以安石配食孔子。重定黨籍，刻於石上，章惇亦在內，黨人子弟不許進京，即「元祐黨人碑」。王厚收鄯州，廓州。西夏軍進攻，陷平復城。
崇寧四年	1	西元一一○五年　七十一歲　歸隱。
	2	呂惠卿致仕。章惇卒於湖州。黃庭堅卒。
	3	宋頒方田法。造「九鼎」。制「大晟府」。建寶成宮。設蘇州應奉局，收奇花異石。夏人寇涇原，殺知鄯洲高永年，宋貶王厚。四月遼人為夏請還侵地。

崇寧五年	1	西元一一〇六年　七十二歲　歸隱。
	2	晏幾道卒。李公麟卒。
	3	宋以「星變」，毀元祐黨人碑，赦元祐黨人，蔡京罷相，趙挺之為相。宋還崇寧以後得地於西夏，宋夏通好。
徽宗		
大觀元年	1	西元一一〇七年　七十三歲　歸隱。
	2	米芾卒。程頤死。
	3	宋蔡京復相。
大觀二年	1	西元一一〇八年　七十四歲　歸隱。
	2	
	3	蔡京為太師，童貫加節度使，分批除黨人黨籍，復黨人官職。河決，陷邢州巨鹿縣，又溢。安化諸州蠻內附。
大觀三年	1	西元一一〇九年　七十五歲　歸隱。
	2	黃公度生。賀鑄致仕，居蘇州。
	3	蔡京罷相，封楚國公，致仕。
大觀四年	1	西元一一一〇年　七十六歲　歸隱。
	2	晁補之卒。
	3	罷宏詞科，改立詞學兼茂科。貶蔡京為太子少保出居杭州。張商英相。以呂惠卿知大名府。
政和元年	1	西元一一一一年　七十七歲　歸隱。
	2	呂惠卿致仕，未幾卒。呂本中《江西詩社宗派圖》約成於本年。
	3	復蔡京太子太師。童貫使遼，燕人馬植獻取燕之策，以貫歸宋。張商英罷。
政和二年	1	西元一一一二年　七十八歲　歸隱。
	2	王十朋生。蘇轍卒。李綱進士及第。
	3	復蔡京楚國公，命以太師三日一至都堂議事。復行方田法。進封蔡京魯國公，加童貫太尉。
政和三年	1	西元一一一三年　七十九歲　卒。

	2	追封王安石為舒王。
	3	頌新燕樂。是冬大雨雪，冰滑，人馬不能行，許百官乘轎入朝。

356

附錄二　《青山集》各版本對照表

詩名	宋本三十卷	十卷又六卷本	張立人手鈔本三十四卷	道光本三十卷續集五卷	四庫本三十卷續集七卷	兩宋名賢小集、宋百家詩存	孔平仲、朝散集
古松行	卷一						
醉歌行	卷一						
古劍歌	卷一						
漁舟歌	卷一						
楚江行	卷一						
九華山行	卷一		卷二	卷二	卷二		
廬山三峽石橋行	卷一		卷二	卷二	卷二		
谷簾水行	卷一		卷二	卷二	卷二		
鸚鵡洲行	卷一		卷二	卷二	卷二		
金山行	卷一		卷二	卷二	卷二		
潛山行	卷一		卷二	卷二	卷二		
山中吟	卷一		卷二	卷二	卷二		
山中樂	卷一		卷二	卷二	卷二		
將歸行	卷一		卷二	卷二	卷二		
東林行	卷一		卷二	卷二	卷二		
圓通行簡慎禪師	卷一		卷二	卷二	卷二		
韶石行	卷一		卷二	卷二			
武溪深呈廣帥蔣修撰	卷一		卷三	卷二	卷三		
松門阻風望廬山有懷李白	卷一		卷三	卷二	卷三		
苦寒行	卷一		卷三	卷二。加「二首」二字。	卷三		
武夷行寄劉侍郎	卷一		卷三	卷二	卷三		

姑熟堂歌贈朱太守	卷一		卷三	卷二	卷三		
宣詔廳歌贈朱太守	卷一		卷三	卷二	卷三		
濟源草堂歌贈傅欽之學士	卷一		卷三	卷二	卷三		
寄題蘄州涵輝閣呈太守章子平集賢	卷一		卷三	卷二	卷三		
宣州雙溪閣夜宴呈太守余光祿	卷一		卷三	卷二	卷三		
寄題洪州潘延之家園清逸樓	卷一		卷三	卷二	卷三		
寄題德興余氏聚遠亭	卷一		卷三	卷二	卷三		
留題潛山山谷寺	卷一		卷三	卷二	卷三		
留題九江劉秀才西亭	卷一		卷三	卷二	卷三		
留題西林寺攬秀亭	卷一		卷三		卷三		
鄭州太守王龍圖贄之出家妓彈琵琶即席有贈	卷二		卷十九	卷十五	卷十五		
瑞昌雙溪堂夜飲呈吳令子正	卷二		卷十九	卷十五	卷十五		
寄吳著作	卷二		卷十九	卷十五	卷十五		
將至江夏先寄太守李學士公擇	卷二		卷十九	卷十五	卷十五		
蔣公檜呈淮南運使金部穎叔此檜希魯侍郎漕淮日手植	卷二		卷十九	卷十五	卷十五		

蜀道篇送別府尹吳龍圖仲庶	卷二		卷十九	卷十五	卷十五		
錢塘行送別簽判李太博獻甫	卷二		卷十九	卷十五	卷十五		
天臺行送施山人	卷二		卷十九	卷十五	卷十五		
○踔行送裴山人	卷二		卷十九	卷十五	卷十五		
道林氏送別崔提刑	卷二		卷十九	卷十五	卷十五		
游石盆寺呈蔣殿院兼簡余光祿	卷二		卷十九	卷十五	卷十五		
凌敲臺呈同遊李察推公擇	卷二		卷十九	卷十五	卷十五		
凌敲臺呈同遊張兵部朱太守	卷二		卷十九	卷十五	卷十五		
遊道林寺呈運判蔡中允昆仲如晦用杜甫元韻	卷二		卷十三	卷九道光本如晦在允字後	卷九		
舒州使宅天柱閣呈朱光祿	卷二		卷十三	卷九	卷九		
中秋登白紵山呈同遊蘇寺丞子駿	卷二		卷十三	卷九	卷九		
登王知白秀才跋賢亭呈同游余萬二君	卷二		卷十三	卷九	卷九		
德化默亭觀雪呈鄭令	卷二		卷十三	卷九	卷九		
采石亭觀浪	卷二		卷十三	卷九	卷九		
祀南嶽喜雨呈李倅元古	卷二		卷十三	卷九道光本作元吉	卷九		

寄題鄂州李屯田家園仁安亭從道	卷二		卷十三	卷九	卷九		
金陵賞心亭	卷二		卷十三	卷九	卷九		
鍾山寶公塔	卷二		卷十三	卷九	卷九		
徐州黃樓歌寄蘇子瞻	卷二		卷十三	卷九	卷九		
留題呂學士無為軍謫居廊軒	卷二		卷十三	卷九	卷九		
漳南王園樂全亭席上呈同遊諸君坐客劉公曰有水一池有竹千竿可以賦詩浪士勇起索筆即其言綴成長調文不加點	卷二		卷十三	卷九	卷九		
題畢文簡公撰李太白碑陰	卷二		卷十三	卷九	卷九		
寄題湖州東林沈氏東老庵	卷二		卷十三	卷九	卷九		
舟經池州先寄夏寺丞公西	卷二		卷十三	卷九	卷九		
留題方伋秀才壽樂亭	卷二		卷十三	卷九	卷九		
寄獻荊州鄭紫微毅夫	卷三		卷十四	卷十	卷十		
姑熟乘月泛漁艇至東城訪耿天騭	卷三		卷十四	卷十	卷十		
西山謠寄潘延之先生	卷三		卷十四	卷十	卷十		
上趙司諫悅道	卷三		卷十四	卷十	卷十		

贈張御史公道	卷三		卷十四	卷十	卷十	
贈提宮諫議沈公立之	卷三		卷十四	卷十	卷十	
贈孫郎中景修	卷三		卷十四	卷十	卷十	
贈張參軍待舉	卷三		卷十四	卷十	卷十	
贈彭明微叛官	卷三		卷十四	卷十	卷十	
贈陳懶散	卷三		卷十四	卷十	卷十	
贈舒州李居士惟熙	卷三		卷十四	卷十	卷十	
謝杜倅職方兼簡湯史君	卷三		卷十四	卷十	卷十	
謝劉察推莘老丞相	卷三		卷十四	卷十	卷十	
謝東城練尉	卷三		卷十四	卷十	卷十	
謝淮西吳提舉子中	卷三		卷十四	卷十	卷十	
仲春櫻桃下同許損之小飲因以贈之	卷三		卷十四	卷十	卷十	
再遊花山	卷三		卷十四	卷十	卷十	
酬蔡尉祕校	卷三		卷十四	卷十	卷十	
酬李從道太博	卷三		卷十四	卷十	卷十	
公擇鄂守學士三堂請雨	卷三		卷十四「請雨」作「詩」	此詩重複收錄於卷十	卷十	
酬魏炎秀才	卷三		卷十四	此詩重複收錄於卷十	卷十	
和懶散贈葫公	卷三		卷十二	卷八	卷八	
月下獨酌二首	卷三		卷十九	卷十五	卷十五	
魏武廟	卷三		卷十二	卷八	卷八	

向舜畢秘校席上贈黃州法曹杜孟堅即君懿職方之孫也	卷三		卷十二	卷八	卷八	
懷青山草堂	卷三		卷十六	卷十二	卷十二	
憶五松山	卷三		卷十六	卷十二	卷十二	
清明望藏雲山懷舊遊	卷三		卷十二	卷八	卷八	
洛中王秀才談劉伯壽動靜慕其瀟洒作詩識之	卷三		卷十六	卷十二	卷十二	
逍遙亭歌一首贈太守王君章	卷三		卷十六	卷十二	卷十二	
投獻省主李奉世密學	卷三		卷十六	卷十二	卷十二	
俞俞堂寄鄂州李裕老	卷三		卷十六	卷十二	卷十二	
前雲居行寄元禪師	卷四		卷十八	卷二	卷十四	
後雲居行寄和禪師	卷四		卷十八	卷二	卷十四	
贈潛山伊居哲先生	卷四		卷十八	卷十四	卷十四	
贈桐城青山隱者裴材	卷四		卷十八	卷十四	卷十四	
寄劉繼鄴秀才	卷四		卷十八	卷十四	卷十四	
題杏山阮氏高居	卷四		卷十八	卷十四	卷十四	
銅山寺	卷四		卷十八	卷十四	卷十四	
隱靜寺二首	卷四		卷十八	卷十四	卷十四	
浮丘觀	卷四		卷十八	卷十四丘作邱	卷十四	
明皇十眉圖	卷四		卷十八	卷十四	卷十四	
九疑山圖	卷四		卷十八	卷十四	卷十四	

魏中舍家藏王摩詰海風圖	卷四		卷十五	卷十一	卷十一	
王元常家藏鐘隱畫三害圖	卷四		卷十五	卷十一常作當	卷十一常作當	
燕待制秋山晚景	卷四		卷十五	卷十一	卷十一	
夏公酉家藏老高村田樂教學圖	卷四		卷十五	卷十一	卷十一	
寂照大師匣藏相國寺壞壁秋景	卷四		卷十五	卷十一	卷十一	
泗水雍秀才畫草蟲	卷四		卷十五	卷十一	卷十一	
謝沖雅上人惠草書	卷四		卷十五	卷十一	卷十一	
謝鐘離中散惠草書	卷四		卷十五	卷十一	卷十一	
謝蔣穎叔惠澄心紙	卷四		卷十五	卷十一	卷十一	
謝餘干陸宰惠李廷圭墨	卷四		卷十五	卷十一	卷十一	
謝李公擇惠妙墨二餅	卷四		卷十五	卷十一	卷十一	
謝王公濟節推惠硯	卷四		卷十五	卷十一	卷十一	
謝方彥德奉議惠羅文硯	卷四		卷十五	卷十一	卷十一	
中秋泛月至歷陽訪太守孫公素	卷四		卷十五	卷十一	卷十一	
二月十一日倪倅敦復小園留飲	卷四		卷十五	卷十一	卷十一	
和州連雲觀留題呈太守王純父	卷四		卷十五	卷十一	卷十一	

謝歷陽王守惠新釀	卷四		卷十五	卷十一	卷十一		
寄歷陽張宗孟隱士	卷四		卷十五	卷十一	卷十一		
送余秘校	卷四		卷十五	卷十一	卷十一		
送梅直講聖俞	卷五		卷十六	卷十二	卷十二		
送袁殿丞世弼	卷五		卷十六	卷十二	卷十二		
送錢賢良酌老	卷五		卷十六	卷十二	卷十二		
送章秘書表民	卷五		卷十六	卷十二	卷十二		
送楊主簿次公	卷五		卷十六	卷十二	卷十二		
送耿少府天騭	卷五		卷十六	卷十二	卷十二		
送徐長官仲元	卷五		卷十六	卷十二	卷十二		
送李節推獻父	卷五		卷十六	卷十二	卷十二		
送李察推公擇	卷五		卷十六	卷十二	卷十二		
送姚太博彥聖	卷五		此詩重複收錄。一見卷二，作「送姚彥經歌行」。一見卷十六詩題同宋本。二詩僅有數字之異。	卷二。詩題作「送姚太博歌行彥聖」	此詩重複收錄。一見卷二，詩題作「送姚彥經歌行」。一見卷十二詩題同宋本。二詩僅有數字之異。		
送陳屯田知明州	卷五		卷十六	卷十二	卷十二		
送劉繼鄴秀才之岳陽訪木尉	卷五		卷十六	卷十二	卷十二		

送吳龍圖帥真定仲庶	卷五		卷十六	卷十二	卷十二	
送朱王二秀才歸江西	卷五		卷十二	卷八	卷八	
送沈司理赴闕改官	卷五		卷十二	卷八	卷八	
送方奉議倅保德彥德	卷五		卷十二	卷八	卷八	
送王主簿棄官歸建昌	卷五		卷十二	卷八	卷八	
送陳大夫罷太平守還臺	卷五		卷十二	卷八	卷八	
峨嵋亭即席再送	卷五		卷十二	卷八	卷八	
留別宣城李節推獻父	卷五		卷十二	卷八	卷八	
投別發運張職方仲舉	卷五		卷十二	卷八	卷八	
酬吳著作子正	卷五		卷十二	卷八	卷八	
康王洞呈同遊訥禪師	卷五		卷十二	卷八	卷八	
酬李推官淮上見寄	卷五		卷十二	卷八	卷八	
南雄除夜讀老杜集至歲云暮矣多北風之句感時撫事命為題篇	卷五		卷十二	卷八。「命為題篇」作「命題為篇」。	卷八	
廣州越王臺呈蔣帥待制	卷五		卷十二	卷八	卷八	
蒲澗奉呈蔣帥待制	卷五		卷十二	卷八	卷八	
石屏臺致酒呈蔣帥待制	卷五		卷十二	卷八	卷八	
朝漢臺寄呈蔣帥待制	卷五		卷十二	卷八	卷八	
白玉笙	卷六		卷二十	卷十六	卷十六	
金熨斗	卷六		卷二十	卷十六	卷十六	
翠碧盂	卷六		卷二十	卷十六	卷十六	

魏王臺	卷六		卷二十	卷十六	卷十六		
藏舟浦	卷六		卷二十	卷十六	卷十六		
悲陽春	卷六		卷二十	卷十六	卷十六		
江上遊	卷六		卷二十	卷十六	卷十六		
望夫石	卷六		卷二十	卷十六	卷十六		
兩山間	卷六		卷二十	卷十六	卷十六		
蓮根有長絲	卷六		卷二十	卷十六	卷十六		
朝出青閨裏	卷六		卷二十	卷十六	卷十六		
墨染絲	卷六		卷二十	卷十六	卷十六		
苦雨行	卷六		卷二十	卷十六	卷十六		
曉晴歌	卷六		卷二十	卷十六	卷十六		
麟州嘆	卷六		卷二十	卷十六	卷十六		
雲月歌	卷六		卷二十	卷十六	卷十六		
勸酒二首呈袁世弼	卷六		卷二十	卷十六	卷十六		
牡丹吟	卷六		卷二十	卷十六	卷十六		
左真觀	卷六		卷二十	卷十六	卷十六		
雜言寄耿天騭	卷六		卷二十	卷十六	卷十六		
琅琊行	卷六		卷二十	卷十六	卷十六		
交難	卷六		卷二十	卷十六	卷十六		
楊白花二首	卷六		卷二十	卷十六	卷十六		
靈芝宮	卷六		卷二十	卷十六	卷十六		
圓山謠	卷六		卷二十	卷十六	卷十六		
芳草渡	卷六		卷二十	卷十六	卷十六		
我歸矣	卷六		卷二十	卷十六	卷十六		
臥龍山泉上茗酌呈太守陳元輿	卷七		卷十七	卷十三	卷十三		
酬運判毛正仲	卷七		卷十七	卷十三	卷十三		
奉和運判吳翼道留題石室	卷七		卷十七	卷十三	卷十三		
奉和廣帥蔣穎叔留題石室	卷七		卷十七	卷十三	卷十三		
奉和梧守蔡希蘧留題石室	卷七		卷十七	卷十三	卷十三		

奉和蔡希蘧鶴奔亭留別	卷七		卷十七	卷十三	卷十三		
南安劉太守席上勸曾叔達酒	卷七		卷十七	卷十三	卷十三		
勸君歸示南康太守吳子正	卷七		卷十七	卷十三	卷十三		
儲溪重九阻風戲呈同行黎東美	卷七		卷十七	卷十三	卷十三		
左蠡亭重九夕同東美翫月勸酒	卷七		卷十七	卷十三	卷十三		
將遊五峰度夏代別倪倅敦復	卷七		卷十七	卷十三	卷十三		
和守訥上人五峰見寄之作	卷七		卷十七	卷十三	卷十三		
送上饒道士吳師韓復遊淮西	卷七		卷十七	卷十三	卷十三		
重九日同脩顒惠雲二禪師遊浮山訪洪璉長老	卷七		卷十七	卷十三	卷十三		
龍眠行留別脩顒禪師	卷七		卷十七	卷十三	卷十三		
留別金陵府尹黃安中尚書	卷七		卷十七	卷十三	卷十三		
奉和安中尚書同漕憲登長干塔	卷七		卷十七	卷十三	卷十三		
即席和酬金陵狄倅伯通	卷七		卷十七	卷十三	卷十三		
治水謠	卷七		卷十七	卷十三	卷十三		
遊陵陽謁王左丞代先書寄獻和父	卷七		卷十七	卷十三	卷十三		

謝王左丞惠冰酒十五斗	卷七		卷十七冰作水	卷十三	卷十三		
題橫山陶弘景書堂寺	卷七		卷十七	卷十三	卷十三		
代先書寄盧帥朱龍圖行中	卷七		卷十七帥作邵	卷十三帥作郡	卷十三帥作郡		
合肥李天貺朝請招鍾離公序中散吳淵卿長官泊予同飲家園懷疏閣	卷七		卷十七	卷十三	卷十三		
麗人曲贈鍾離中散侍姬	卷七		卷十七	卷十三	卷十三		
中書舍人陳公元輿以詩送吾兒鼎赴尉慎邑卒章見及遂次元韻和答	卷七		卷十七	卷十三	卷十三		
次韻和元輿待制後浦宴集三首	卷七		卷十二	卷八。三首作二首,只錄二首。			
醉歌謝太平李倅自明除夜惠酒	卷七		卷十八	卷十四	卷十四		
同蔣穎叔林和中遊鬱孤臺	卷七		卷十八	卷十四	卷十四		
贈南康劉叔和秀才	卷七		卷十八	卷十四	卷十四		
姑蘇行送胡唐臣奉議入幕	卷七		此詩重複收錄。一見卷二,題後加「又送朱伯原秘校」增收一首姑蘇	卷二,題後加「又送朱伯原秘校」增收一首姑蘇行,所增者宋本見於卷十	此詩重複收錄。一見卷二,題後加「又送朱伯原秘校」增收一首姑蘇		

		行，所增者宋本見於卷十二。一見卷十八題目同於宋本。	二。	行，所增者宋本見於卷十二。一見卷十四題目同於宋本。		
嵩山歸送劉伯壽秘監	卷七	卷十九	卷十五	卷十五		
補到難并序	卷八	卷一	卷一	卷一		
巫山送吳延之出宰巫山	卷八	卷一	卷一	卷一		
山中	卷八	卷一	卷一	卷一		
招遯	卷八	卷一	卷一	卷一		
言歸	卷八	卷一	卷一	卷一		
廣言歸	卷八	卷一	卷一	卷一		
泛江	卷八	卷一	卷一	卷一		
殤愁	卷八	卷一	卷一	卷一		
醉翁操	卷八	卷一	卷一	卷一		
古思歸引	卷八	卷一	卷一	卷一		
補易水歌	卷八	卷一	卷一	卷一		
思嵩送劉推官赴幕府	卷八	卷一	卷一	卷一		
王逢原哀詞	卷八	卷一	卷一	卷一		
徐孺興哀詞	卷八	卷一	卷一	卷一		
留君儀哀詞	卷八	卷一 留作劉	卷一	卷一		
山中樂並序	卷八	卷一	卷一	卷一		
石室遊	卷八	此詩重複收錄，一見卷一，詩題同宋本；一見附錄·賦一篇，詩題為「石室賦」。二詩僅數字相異。	卷一	此詩重複收錄，一見卷一，詩題同宋本；一見附錄·賦一篇，詩題為「石室賦」。二詩僅數字相異。		
逍遙園並序	卷八	卷一	卷一	卷一		

孤雲寄潘延之先生	卷八		卷一	卷一	卷一		
采薇山之巔贈張無夢先生	卷八		卷一	卷一	卷一		
遊仙十九首	卷九		卷八	卷三	卷四		
春日獨酌一十首	卷九		卷八	卷三	卷四		
田家四時	卷九		卷八	卷三	卷四		
朝登北山頭二首	卷九		卷八	卷三	卷四		
感春二首	卷九		卷八	卷三	卷四		
同阮時中秀才食筍二首	卷九		卷八		卷四		
追和李白姑熟十詠：	卷十		卷十一	卷七	卷七		
姑熟溪	卷十		卷十一	卷七	卷七		
丹陽湖	卷十		卷十一	卷七	卷七		
謝公宅	卷十		卷十一	卷七	卷七		
凌歊臺	卷十		卷十一	卷七	卷七		
桓公井	卷十		卷十一	卷七	卷七		
慈姥竹	卷十		卷十一	卷七	卷七姥作姆。		
望夫山	卷十		卷十一	卷七	卷七		
牛渚磯	卷十		卷十一	卷七	卷七		
靈墟山	卷十		卷十一	卷七	卷七		
天門山	卷十		卷十一	卷七	卷七		
追和李白秋浦歌十七首	卷十		卷十一	卷七	卷七		
追和李白登金陵鳳凰臺二首	卷十		卷二十八	卷二十四	卷二十四		
舟次新林先寄府尹安中尚書用李白寄楊江寧韻二首	卷十		卷十一	卷七	卷七		

舟次白鷺洲再寄安中尚書用李白寄楊江寧韻二首	卷十		卷十一	卷七	卷七		
奉同安中尚書用李白留別王巂韻送毛正仲大夫移浙漕	卷十		卷十一毛正仲作毛王仲	卷七毛正仲作毛王仲	卷七		
將遊宣城先寄賈太守侍御用李白寄崔侍御韻	卷十		卷十一	卷七	卷七		
追和李白宣州清溪	卷十		卷十一	卷七	卷七		
留別陳元輿待制用李白贈友人韻	卷十		卷十一	卷七	卷七		
留別宣守賈侍御用李白贈趙悅韻	卷十		卷十一	卷七	卷七		
追和李白郎官湖寄漢陽太守劉宜父	卷十		卷十一	卷七	卷七		
題化城寺新公清風亭用李白元韻	卷十		此詩重複收錄。一見卷八題作「化城寺清風亭」一見卷十一詩題同宋本，二詩僅數字相異。	卷七	此詩重複收錄。一見卷四，詩題作「化城寺清風亭」。一見卷七，詩題同宋本，二詩僅數字相異。		
太守陳侯見要登黃山送馬東玉遂用李白登黃山送族弟濟赴	卷十		卷十一	卷七	卷七		

華陰韻呈陳侯并送東韻						
盛仲舉秀才歸自九華極談勝賞亟取李白九華聯句元韻作二首誌之	卷十		卷十一	卷七	卷七元作原	
望九華山寄夏公酉	卷十一					
感懷贈鄂守李公擇	卷十一					
采石峨媚亭登覽贈翰林張唐公	卷十一					
贈泗守宋子堅	卷十一					
贈元龍圖子發	卷十一					
贈夏公酉寺丞	卷十一					
贈二李居士伯時德素	卷十一					
贈樂嶽山人	卷十一					
贈辨才宗衍大師	卷十一					
贈圓通訥禪師	卷十一					
贈端禪師	卷十一					
贈隱靜觀禪師	卷十一					
贈利安禪伯	卷十一					
贈陳鼆	卷十一					
寄常執中長官棄官歸雲上	卷十一					
寄清流許令升卿	卷十一					
寄虔州慈雲惠禪師	卷十一					

蔣穎叔要予同賦平雲閣	卷十一						
寄題陳生九華閣	卷十一						
寄題東城耿天驥歸潔堂	卷十一						
寄題吳子山孤雲亭	卷十一						
題冶父山寶際禪院	卷十一						
題宣州天慶觀秋水閣	卷十一						
題旌德虞令觀妙庵	卷十一						
題泗州龜山寺	卷十一						
題抱黃洞景德觀	卷十一						
題雨華臺	卷十一						
太平觀	卷十一						
尋真觀	卷十一						
水磨	卷十一						
同蔡持正長官觀齊景蒨虞部家藏遠祖成公監脩國史詰	卷十二						
觀柳殿丞家藏竹柏圖	卷十二						
李公擇學士出示胡九齡歸牧圖	卷十二						
謝許棲默道士手寫黃庭經見寄	卷十二						
蔣穎叔招遊瑯瑯以馬病不赴	卷十二						
與柳丞夜話廬山	卷十二						

蔣穎叔席上	卷十二				
自適	卷十二				
溪上閑居三首	卷十二				
倚樓	卷十二				
與內飲有贈	卷十二				
送湖南運判蔡如晦赴闕	卷十二				
湘西四絕堂再送蔡如晦	卷十二				
高鴻送唐彥範司勳移蘇守	卷十二				
送宋景瞻祕校赴選	卷十二				
送鄭說道太博監內法酒庫	卷十二				
寄別朱復之郎中	卷十二				
留別受禪師	卷十二				
送寶覺大師懷義還湖南	卷十二				
送僧白	卷十二				
送僧璉	卷十二				
送吳景山宮教供職	卷十二				
送周泳主簿	卷十二				
送錢公瑾長官	卷十二				
送陶秀才二首	卷十二				
送朱伯原祕校	卷十二	卷二,題為「姑蘇行送胡唐臣入幕又送朱伯原秘校」	卷二,題為「姑蘇行送胡唐臣入幕又送朱伯原秘校」	卷二,題為「姑蘇行送胡唐臣入幕又送朱伯原秘校」	
同蔣穎叔遊丁山彰教寺	卷十二				

招蔣穎叔遊丁山彰教寺	卷十三		卷四	卷三	續集卷一	
同蔣穎叔殿院遊昭亭山廣教寺	卷十三		卷四	卷三	續集卷一	
同許棲默遊華陽洞	卷十三		卷四	卷三	續集卷一	
同劉繼鄴秀才遊嶽麓登法華臺呈如水長老	卷十三		卷四	卷三	續集卷一	
遊雲蓋寺	卷十三		卷四	卷三	續集卷一	
遊鹿苑寺	卷十三		卷四	卷三	續集卷一	
遊華陽洞阻雨	卷十三		卷四	卷三	續集卷一	
夏日遊環碧亭	卷十三		卷四	卷三	續集卷一	
和穎叔丁山黯字	卷十三		卷四	卷三	續集卷一	
和梅謙叔丁山吃字	卷十三		卷四 梅作晦	卷三	續集卷一	
酬穎叔見寄	卷十三		卷四	卷三	續集卷一	
秋水閣席上呈穎叔原道	卷十三		卷四	卷三	續集卷一	
酬耿天騭見寄	卷十三		卷四	卷三	續集卷一	
酬李公擇謝予贈范李猿獐	卷十三		卷四	卷三	續集卷一	
同陳公彥推官登峨嵋亭	卷十三		卷四	卷三	續集卷一	
穎叔見招赴何秀才家飲	卷十三		卷四	卷四	續集卷一	
和公擇觀李煜書法喜禪師牌	卷十三		卷四	卷四 牌作碑	續集卷一	
和樊希韓解元	卷十三		卷四	卷四	續集卷一	

375

和公擇遊壽聖院啜茶題名	卷十三		卷四	卷四	續集卷一		
和法宗上人月下懷故人	卷十三		卷四	卷四	續集卷一		
酬耿天騭見寄	卷十三		卷四	卷四	續集卷一		
和韓求仁推官	卷十三		卷四	卷四	續集卷一		
樊山	卷十三		卷四	卷四	續集卷一		
觀怡亭序銘	卷十三		卷四	卷四	續集卷一		
殊亭	卷十三		卷四	卷四	續集卷一		
怡亭	卷十三		卷四	卷四	續集卷一		
石門	卷十三		卷四	卷四	續集卷一		
郎官湖	卷十三		卷四	卷四	續集卷一		
峰頂	卷十三		卷四	卷四	續集卷一		
醉石	卷十三		卷四	卷四	續集卷一		
洞庭阻風	卷十四		卷五	卷四	續集卷一		
濡須山頭亭子	卷十四		卷五	卷四	續集卷一		
謁桐鄉張府君廟	卷十四		卷五	卷四	續集卷一		
大風	卷十四		卷五	卷四	續集卷一		
蘭陵請雨	卷十四		卷五	卷四	續集卷一		
觀雨	卷十四		卷五	卷四	續集卷一		
春日懷桐鄉舊遊	卷十四		卷五	卷四	續集卷一遊作友		
東望	卷十四		卷五	卷四	續集卷一		
把鏡	卷十四		卷五	卷四	續集卷一		
望白紵山	卷十四		卷五	卷四	續集卷一		
合肥何公檜部使者楊公潛古命予賦之	卷十四		卷五	卷四	續集卷一		
懷平雲閣兼簡明惠大師仙公	卷十四		卷五	卷四	續集卷一		
和耿天騭見寄二首	卷十四		卷五	卷四	續集卷一		

對酒愛月示客	卷十四		卷五	卷四	續集卷一	
望牛渚有感三首	卷十四		卷五	卷四	續集卷一	
穀穀	卷十四		卷五	卷四	續集卷一	
登歷陽城望凌歊臺	卷十四		卷五	卷四	續集卷一	
懷當塗石城寺	卷十四		卷五	卷四	續集卷一	
昨遊寄徐子美學正	卷十四		卷五	卷四	續集卷一	
送宋前之赴調	卷十四		卷五	卷四	續集卷一	
浪士歌并序	卷十四		卷五	卷四	續集卷二	
戴氏鹿峰亭二首呈同遊	卷十四		卷五	卷四	續集卷二	
陳安止遷居三首	卷十四		卷五	卷五	續集卷二	
喜雨	卷十四		卷五	卷五	續集卷二	
月下懷留二君儀	卷十五		卷六	卷五		
寄題留二君儀田園碁石亭二首	卷十五		卷六 留作劉	卷五	續集卷二 石亭下多疊韻二字。	
同蕭英伯登陳安止登嘯臺	卷十五		卷六	卷五	續集卷二	
送廣東漕孫知損失官歸汶上	卷十五		卷六	卷五	續集卷二	
讀陶淵明傳二首	卷十五		卷六	卷五	續集卷二	
普利寺自周上人高明軒	卷十五		卷六	卷五	續集卷二	
同留二君儀登高明軒	卷十五		卷六 留作劉	卷五	續集卷二	
同陳安止登高明軒	卷十五		卷六	卷五	續集卷二	

題淨惠院	卷十五		卷六 院作寺	卷五	續集卷二 院作寺		
題淨眾院贈 蒙禪伯	卷十五		卷六	卷五	續集卷二		
題月淵亭	卷十五		卷六	卷五	續集卷二		
送范端仲推 官	卷十五		卷六	卷五	續集卷二		
池上晚景分 得上字	卷十五		卷六	卷五	續集卷二		
漳南書事	卷十五		卷六	卷五	續集卷二		
臨漳亭觀水 分得大字	卷十五		卷六	卷五	續集卷二		
送孫公素朝 奉還臺	卷十五		卷六	卷五	續集卷二		
題妙勝院西 軒并贈權師	卷十五		卷六	卷五	續集卷二		
清江臺致酒 贈范希遠龍 圖	卷十五		卷六	卷五	續集卷二		
贈陳師道判 官	卷十五		卷六	卷五	續集卷二		
鳳凰驛	卷十五		卷六	卷五	續集卷二		
輪石	卷十五		卷六	卷五	續集卷二		
題清遠峽廣 慶寺壁	卷十五		卷六	卷五	續集卷二		
次韻穎叔修 撰遊朱明及 字	卷十五		卷六	卷五	續集卷二		
五仙謠	卷十五		此詩重複收錄，一見卷六，詩題同於宋本。一見卷十作「坡山五仙觀」。二詩僅數字之異。	卷五	此詩重複收錄，一見卷六，詩題作「坡山五仙觀」。一見續集卷二，詩題同宋本。二詩僅數字之異。		

誌遊呈蔣帥穎叔	卷十五		卷六	卷五	續集卷二		
再和穎叔誌遊	卷十五		卷六	卷五	續集卷二		
獨遊藥州懷穎叔脩撰	卷十五		卷六	卷五	續集卷二		
九曜石奉呈同遊蔣帥穎叔吳漕翼道	卷十五		卷六	卷五	續集卷二		
和穎叔遊浮丘觀	卷十六		卷六	卷五	續集卷二		
穎叔招飲吳圉	卷十六		卷六	卷五	續集卷二		
鵠奔亭呈帥漕二公	卷十六		此詩重複收錄，一見卷七，詩題與宋本同，一見卷八「鵠奔亭」一詩，節錄此詩而成。	此詩重複收錄，一見卷五，詩題與宋本同，一見卷三有「鵠奔亭」一詩，節錄此詩而成。	此詩重複收錄，一見卷四有「鵠奔亭」一詩，節錄此詩而成。一見續集卷二，詩題與宋本同。		
端州逢故人劉暐光道致酒鵠奔亭作	卷十六		卷七	卷五	續集卷二		
將歸三首	卷十六		卷七	卷五	續集卷二		
贈上藍晉禪師	卷十六		卷七	卷五	續集卷二		
望廬山懷陶淵明	卷十六		卷七	卷五	續集卷二		
追和韋應物廬山西澗瀑布下作	卷十六		卷七	卷五	續集卷二		
宿栖賢寺	卷十六		卷七	卷五	續集卷二		
宿歸宗寺	卷十六		卷七	卷五	續集卷二		
新昌吟寄穎叔待制	卷十六		卷七	卷五	續集卷二		

送許栖默道士	卷十六		卷七	卷五	續集卷二	
送胡推官赴無錫丞	卷十六		卷七	卷六	續集卷二	
送胡與幾被召赴闕	卷十六		卷七	卷六	續集卷二	
送馬東玉朝散還臺	卷十六		卷七還臺作還朝	卷六	續集卷二	
謝涇川宋宰惠近詩	卷十六		卷七	卷六	續集卷二	
寄杭州天竺辯才大師	卷十六		卷七辯作辨	卷六	續集卷二	
送外甥法真一師	卷十六		卷七	卷六	續集卷二	
送甥沈濟秀才下第南歸	卷十六		卷七	卷六	續集卷二	
送胡子企大夫還臺	卷十六		卷七	卷六	續集卷二	
投宿繁昌徐氏水閣	卷十六		卷七	卷六	續集卷二	
和姜伯輝見贈醉吟畫詩	卷十六		此詩重複收錄。一見卷七，詩題同於宋本，一見卷十，詩題作「賀姜伯耀見贈醉吟畫詩」。，二詩僅有數字之異。	卷六	續集卷二	
觀唐植夫所藏古墨	卷十六		卷七	卷六	續集卷二	
酬富仲容朝散見贈因以送之	卷十六		卷七	卷六	續集卷二	

宿鍾山贈泉禪師	卷十六		卷七	卷六	此詩重複收錄，一見續集卷二，一見續集卷四，二詩僅有數字之異。		
送倪伻敦復往池州決獄	卷十六		卷七無「倪伻」二字。	卷六	續集卷二		
送敦復至觀音寺再用前韻祝別	卷十六		卷七	卷六	續集卷二		
陶然軒呈孔掾	卷十六		卷七	卷六	此詩重複收錄，一見續集卷二，一見續集卷四，二詩僅有數字之異。		
安中尚書見招同諸公登雨華臺	卷十七		卷九	卷六	卷五		
送李嘉甫朝散還臺	卷十七		卷九	卷六	卷五		
前春雪	卷十七		卷九	卷六	卷五		
後春雪	卷十七		卷九	卷六	卷五		
送黃吉老察院	卷十七		卷九	卷六	卷五		
和敦復留題池州弄水亭	卷十七		卷九	卷六	卷五亭誤作序		
謝胡丞寄錫泉十瓶	卷十七		卷九	卷六	卷五		
謝魏戶曹惠酒	卷十七		卷九	卷六	卷五		
川漲	卷十七		卷九	卷六	卷五		
答魏掾招飲	卷十七		卷九掾誤作椽	卷六	卷五		

酬彭法曹留題小山用次來韻	卷十七		卷九	卷六	卷五	
送黃彥發還臺	卷十七		卷九	卷六	卷五	
酬陳掾留題小山二首用次來韻	卷十七		卷九 掾誤作椽	卷六	卷五	
和陳掾效陶齋	卷十七		卷九 掾誤作椽	卷六	卷五	
喜鍾山泉禪師見過	卷十七		卷九	卷六	卷五	
送魏掾赴調	卷十七		卷九	卷六	卷五	
送喻明仲朝請還臺	卷十七		卷九	卷六	卷五	
送倪敦復朝奉還臺	卷十七		卷九	卷六	卷五	
邀敦復小酌為別	卷十七		卷九	卷六	卷五	
送楊縝供備還京	卷十七		卷九	卷六	卷五	
聽惠守錢承議談羅浮山因以贈之	卷十七		卷九	卷六	卷五	
送錢節七承議還臺	卷十七		卷九	卷六	卷五	
自釋二首	卷十七		卷九	卷六	卷五	
懷友二首	卷十七		卷八	卷三	卷四	
七月八日要閭公達承議晚酌二首	卷十七		卷八	卷三	卷四	
嚴氏西齋	卷十七		卷八	卷三	卷四	
志士吟二首	卷十八		卷十	卷七	卷六	
聞砧	卷十八		卷十	卷七	卷六	
秋扇	卷十八		卷十	卷七	卷六	
庭竹	卷十八		卷十	卷七		
賞蓮	卷十八		卷十	卷七		
將至金陵謁曾子開侍郎	卷十八		卷十	卷七	卷六	

雙泉軒贈太平守梁正叔	卷十八		卷十	卷七	卷六	
徐子美楊君倚李元翰小酌言舊	卷十八		卷十	卷七	卷六	
寄題九江陶子駿佚老堂	卷十八		卷十	卷七	卷六	
復雪	卷十八		卷十	卷七	卷六	
將至壽陽謁朱行中龍圖作	卷十八		卷十	卷七	卷六	
暮春之月謁盧守陳元輿待制作	卷十八		卷十	卷七	卷六	
盧陵樂府十首	卷十八		卷十	卷七	卷六	
妾薄命	卷十八		卷十	卷七	卷六	
怨別二首	卷十八		卷十	卷七	卷六	
代古相思	卷十八		卷十	卷七	卷六	
擬桃花歌	卷十八		卷十八	卷十四	卷十四	
怡軒吟贈番易張孝子	卷十八		卷十八	卷十四	卷十四	
憶敬亭山作	卷十八		卷十八	卷十四	卷十四	
神宗皇帝挽詞二首	卷十九		卷三十四	卷三十	卷三十	
王丞相荊公挽詞二首	卷十九		卷三十四	卷三十	卷三十	
哭梅直講聖俞	卷十九		卷三十四	卷三十	卷三十	
哭夏寺丞公酉	卷十九		卷三十四	卷三十	卷三十	
哭子點	卷十九		卷三十四	卷三十	卷三十	
哭宗叔致政大將軍	卷十九		卷三十四	卷三十	卷三十	
故臨川太守石公挽詞二首	卷十九		卷三十四	卷三十	卷三十	
陳伯育承事挽詞二首	卷十九		卷三十四	卷三十	卷三十	

鄒宣德挽詞二首	卷十九		卷三十四	卷三十	卷三十		
哭漳州蔡溫老秀才	卷十九		卷三十四	卷三十	卷三十		
楊次公侍講挽詞二首	卷十九		卷三十四	卷三十	卷三十		
楊次思博士挽詞	卷十九		卷三十四	卷三十	卷三十		
亡友留君儀挽詞二首	卷十九		卷三十四	卷三十	卷三十		
吊故友吳延之屯田	卷十九		卷三十四	卷三十	卷三十		
哭亡友李公達	卷十九		卷三十四	卷三十	卷三十		
吊黃塘寺知白上人	卷十九		卷三十四	卷三十	卷三十		
吊亡友袁世弼太博	卷十九		卷三十四	卷三十	卷三十		
三亡詩	卷十九		卷三十四	卷三十	卷三十		
擬挽歌五首	卷十九		卷三十四	卷三十	卷三十		
四皓	卷二十		卷二十一	卷十七	卷十七		
晚望	卷二十		卷二十一	卷十七	卷十七		
即事	卷二十		卷二十一	卷十七	卷十七		
幽居	卷二十		卷二十一	卷十七	卷十七		
江亭	卷二十		卷二十一	卷十七	卷十七		
遣意	卷二十		卷二十一	卷十七	卷十七		
春水	卷二十		卷二十一	卷十七	卷十七		
早起	卷二十		卷二十一	卷十七	卷十七		
初夜	卷二十		卷二十一	卷十七	卷十七夜作月		
可惜	卷二十		卷二十一	卷十七	卷十七		
客禁	卷二十		卷二十一	卷十七	卷十七		
臥柳	卷二十		卷二十一	卷十七	卷十七		
水漲	卷二十		張立人本和「臥柳」、「水漲」為「臥柳二首」	卷十七	卷十七		
水花	卷二十		卷二十一	卷十七	卷十七		

西齋二首	卷二十		卷二十一	卷十七	卷十七	
南樓	卷二十		卷二十一	卷十七	卷十七	
自貽	卷二十		卷二十一	卷十七 貽作恨	卷十七	
溪岸	卷二十		卷二十一	卷十七	卷十七	
要客	卷二十		卷二十一	卷十七	卷十七	
城南	卷二十		卷二十一	卷十七	卷十七	
夜興	卷二十		卷二十一	卷十七	卷十七	
夕陽	卷二十		卷二十一	卷十七	卷十七	
遷居	卷二十		卷二十一	卷十七	卷十七	
交遊	卷二十		卷二十一	卷十七	卷十七	
微寒	卷二十		卷二十一	卷十七	卷十七	
旅食	卷二十		卷二十一	卷十七	卷十七	
客問	卷二十		卷二十一	卷十七	卷十七	
廢閣	卷二十		卷二十一	卷十七	卷十七	
松風	卷二十		卷二十一	卷十七	卷十七	
揮扇	卷二十		卷二十一	卷十七	卷十七	
寓館	卷二十		卷二十一	卷十七	卷十七	
松樞	卷二十		卷二十一	卷十七	卷十七	
立夏	卷二十		卷二十一	卷十七	卷十七	
深夜	卷二十		卷二十一	卷十七	卷十七	
競渡	卷二十		卷二十一	卷十七	卷十七	
傷春二首	卷二十		卷二十一	卷十七	卷十七	
西池	卷二十		卷二十一	卷十七	卷十七	
積潦	卷二十		卷二十一	卷十七	卷十七	
自笑	卷二十		卷二十一	卷十七	卷十七	
喜晴	卷二十		卷二十一	卷十七	卷十七	
城上	卷二十		卷二十一	卷十七	卷十七	
獨醒	卷二十		卷二十一	卷十七	卷十七	
邸報	卷二十		卷二十一	卷十七	卷十七	
宣情	卷二十		卷二十一	卷十七	卷十七	
自遣	卷二十		卷二十一	卷十七	卷十七	
西庵	卷二十		卷二十一	卷十七	卷十七	
雨過	卷二十		卷二十一	卷十七	卷十七	
野寺	卷二十		卷二十一	卷十七	卷十七	
晚晴	卷二十一		卷二十二	卷十八	卷十八	
屏跡	卷二十一		卷二十二	卷十八	卷十八	
卻臥	卷二十一		卷二十二	卷十八	卷十八	
無客	卷二十一		卷二十二	卷十八	卷十八	

門巷	卷二十一		卷二十二	卷十八	卷十八		
賦分	卷二十一		卷二十二	卷十八	卷十八		
農事	卷二十一		卷二十二	卷十八	卷十八		
野望	卷二十一		卷二十二	卷十八	卷十八		
日暮	卷二十一		卷二十二	卷十八	卷十八		
歸燕	卷二十一		卷二十二	卷十八	卷十八		
遣懷	卷二十一		卷二十二	卷十八	卷十八		
搗衣	卷二十一		卷二十二	卷十八	卷十八		
植杖	卷二十一		卷二十二	卷十八	卷十八		
空囊	卷二十一		卷二十二	卷十八	卷十八		
秋笛	卷二十一		卷二十二	卷十八	卷十八		
黃山二首	卷二十一		卷二十二	卷十八	卷十八		
柴門	卷二十一		卷二十二	卷十八	卷十八		
復寒	卷二十一		卷二十二	卷十八	卷十八		
元輿攜酒見過三首	卷二十一		卷二十二	卷十八	卷十八		
雨中喜君儀要溫老希聖同見過二首	卷二十一		卷二十二	卷十八	卷十八		
謝君儀攜酒要客慰嗏愁寂二首	卷二十一		卷二十二	卷十八 嗏作唅	卷十八		
白蓮啟日上人退避長老之命以四韻高之	卷二十一		卷二十二	卷十八	卷十八		
送李絳伯華戶曹	卷二十一		卷二十二	卷十八	卷十八		
和石聲叔留題君儀基石亭二首	卷二十一		卷二十二	卷十八	卷十八		
謝君儀寄新茶二首	卷二十一		卷二十二	卷十八	卷十八		
曉起聞禽寄元輿	卷二十一		卷二十二	卷十八	卷十八		
寒食感懷示子煮二首	卷二十一		卷二十二	卷十八	卷十八		
寒食元輿見要南樓把酒	卷二十一		卷二十二	卷十八	卷十八		

夜雨感懷二首	卷二十一		卷二十二	此二首，分見卷十八及卷二十七，各錄一首。	卷十八		
憶小子鼎	卷二十一		卷二十二	卷十八	卷十八		
排悶呈元輿	卷二十一		卷二十二	卷十八	卷十八		
懷天駕	卷二十一		卷二十二	卷十八	卷十八		
元輿三月三十日致酒	卷二十一		卷二十二	卷十八	卷十八		
元輿試北苑新茗	卷二十一		卷二十二	卷十八	卷十八		
別南樓	卷二十一		卷二十二	卷十八	卷十八		
四月一日			卷二十二	卷十八	卷十八		
別濠上	卷二十一		卷二十二	卷十八	卷十八		
聞舊居教樂	卷二十一		卷二十二	卷十八	卷十八		
登清音亭二首	卷二十一		卷二十二	卷十八	卷十八		
雨中懷元輿	卷二十一		卷二十二	卷十八	卷十八		
雨晴都按口號呈元輿	卷二十一		卷二十二	卷十八	卷十八		
元輿憐我復有漳南之行以麴局不可出遂置一樽託公域弟酌發眷眷之情於此可見矣以四韻謝元輿并呈公域弟	卷二十二		卷二十三	卷十九	卷十九		
與元輿論詩而風雨驟至	卷二十二		卷二十三	卷十九	卷十九		
元輿近詩加妙用寄四韻	卷二十二		卷二十三	卷十九	卷十九		
謝元輿送鮮鯉煮酒	卷二十二		卷二十三	卷十九	卷十九		
招孜祐二長老嘗茶二首	卷二十二		卷二十三	卷十九	卷十九		

追和故友袁世弼酬孜老四韻	卷二十二		卷二十三	卷十九	卷十九		
寄題建陽王祖聖朝奉南澗樓	卷二十二		卷二十三	卷十九	卷十九		
壺公山方卿墓亭	卷二十二		卷二十三	卷十九	卷十九		
至節日君儀見過誦思猿佳作	卷二十二		卷二十三	卷十九	卷十九		
雨懷安止三首	卷二十二		卷二十三	卷十九	卷十九		
聞惠休師將浮海如吳省寶覺禪師	卷二十二		卷二十三	卷十九	卷十九		
雨霽懷進醇老	卷二十二		卷二十三	卷十九	卷十九		
覽進醇老詩卷	卷二十二		卷二十三	卷十九	卷十九		
同蕭英伯登淨惠寺山亭二首	卷二十二		卷二十三	卷十九	卷十九		
又和英伯四首	卷二十二		卷二十三	卷十九	卷十九		
送惠休師浮海如吳	卷二十二		卷二十三	卷十九	卷十九		
雨中酌君儀所送酒有懷	卷二十二		卷二十三	卷十九	卷十九		
午日送酒與元輿	卷二十二		卷二十三	卷十九	卷十九		
樂遊軒呈運使陳大夫	卷二十二		卷二十三	卷十九	卷十九		
西池水漫蓮葉資深勸予理之	卷二十二		卷二十三	卷十九	卷十九		
稍霽二首	卷二十二		卷二十三	卷十九	卷十九		
自和二首	卷二十二		卷二十三	卷十九	卷十九		

淨惠橋亭為水所漂因勸寬老葺之二首	卷二十二		卷二十三	卷十九	卷十九	
送陳韡都曹致仕還鄉	卷二十二		卷二十三	卷十九	卷十九	
舟經彭澤謁靖節祠	卷二十二		卷二十三	卷十九	卷十九	
竹子灘逢廣漕張公詡二首	卷二十二		卷二十三	卷十九	卷十九	
螺川送別王公濟朝奉還臺	卷二十二		卷二十三	卷十九	卷十九	
送郭晦叔知海州	卷二十二		卷二十三	卷十九	卷十九	
英州煙雨樓	卷二十二		卷二十三	卷十九	卷十九	
南山禪院	卷二十二		卷二十三	卷十九	卷十九	
廖華國史君致酒	卷二十二		卷二十三	卷十九	卷十九	
同穎叔脩撰遊吳圃分得須字	卷二十二		卷二十三	卷十九史作使	卷十九	
即席和穎叔送別四韻	卷二十二		卷二十三	卷十九	卷十九	
蔡梧州敘拜禮用四韻謝之兼送別	卷二十二		卷二十三	卷十九	卷十九	
寄東莞李宰宣德	卷二十二		卷二十三	卷十九	卷十九	
送象守賈正夫朝奉還臺二首	卷二十二		卷二十三	卷十九	卷十九	
追和李白金陵月下懷古唐格	卷二十二		卷二十三	卷十九	卷十九	
和穎叔千歲棗	卷二十二		卷二十三	卷十九	卷十九	
同穎叔修撰登蕃塔	卷二十三		卷二十四	卷二十	卷二十	

將至歷陽先寄王純父賢守	卷二十三		卷二十四	卷二十	卷二十	
鄭致國宣義見過小山留飯敘舊毅夫內相令子	卷二十三		卷二十四	卷二十	卷二十	
得瑞金暉評上人書因以酬之	卷二十三		卷二十四	卷二十	卷二十	
寄題六以亭	卷二十三		卷二十四	卷二十	卷二十	
立夏日示陳安國宣義	卷二十三		卷二十四	卷二十	卷二十	
攜酒就陳安國隱居小酌	卷二十三		卷二十四	卷二十	卷二十	
同崔員外訪陳安國隱居	卷二十三		卷二十四	卷二十	卷二十	
書尋真觀王契元先生祠堂	卷二十三		卷二十四	卷二十	卷二十	
寄九江陶子駿通直	卷二十三		卷二十四	卷二十	卷二十	
寄題程信叔朝散先壠思成堂歸真亭二首	卷二十三		卷二十四	卷二十	卷二十	
題趙康州石聲編後	卷二十三		卷二十四	卷二十	卷二十	
宿廣善院	卷二十三		卷二十四	卷二十	卷二十	
謝賈明叔侍御見過弊廬	卷二十三		卷二十四	卷二十	卷二十	
和胡與幾承議藏雲山雲際寺留題	卷二十三		卷二十四	卷二十	卷二十	
上已席上有贈	卷二十三		卷二十四	卷二十	卷二十	
賈侍御同遊石盆寺以白玉船酌酒	卷二十三		卷二十四	卷二十	卷二十	

寄漳州陳昌國解元	卷二十三		卷二十四	卷二十	卷二十	
送褚南翁赴潯幕	卷二十三		卷二十四	卷二十	卷二十	
送劉彥思推官	卷二十三		卷二十四	卷二十	卷二十	
謝倪敦復惠酒	卷二十三		卷二十四	卷二十	卷二十	
喜胡展誠改官南歸	卷二十三		卷二十四	卷二十	卷二十	
何明道宣德話所見龍作四韻誌之	卷二十三		卷二十四	卷二十	卷二十	
送南劍王倅奉議	卷二十三		卷二十四	卷二十	卷二十	
和劉漢陽見寄郎官湖佳作	卷二十三		卷二十四	卷二十	卷二十	
和劉漢陽浩然亭	卷二十三		卷二十四	卷二十	卷二十	
雨中懷倪敦復因以密雲團寄之二首	卷二十三		卷二十四	卷二十密作蜜	卷二十	
和朱行中龍圖遊澄惠寺	卷二十三		卷二十四	卷二十	卷二十	
夏寒	卷二十三		卷二十四	卷二十	卷二十	
元與待制招飲衣錦亭	卷二十三		卷二十四	卷二十	卷二十	
元與待制藏舟浦宴集	卷二十三		卷二十四	卷二十	卷二十	
合肥逢清璉上人即圓通慎禪師弟子	卷二十三		卷二十四	卷二十	卷二十	
癸酉除夜呈鄰舍劉秀才	卷二十三		卷二十四	卷二十	卷二十	
夜泛麻湖	卷二十三		卷二十四	卷二十	卷二十	
保寧寺靜軒	卷二十三		卷二十四	卷二十	卷二十	
風	卷二十三		卷二十四	卷二十	卷二十	
冬夜泊金山	卷二十三		卷二十四	卷二十	卷二十	

寄致政徐丞二首	卷二十三		卷二十四	卷二十	卷二十	
送叔父入川	卷二十三		卷二十四	卷二十	卷二十	
送人赴巫山尉	卷二十三		卷二十四	卷二十	卷二十	
送許秀才二首	卷二十三		卷二十四	卷二十	卷二十	
送衡武陵赴闕	卷二十三		卷二十四	卷二十	卷二十	
采石觀	卷二十三		卷二十四	卷二十	卷二十	
康王觀	卷二十三		卷二十四	卷二十	卷二十	
三妓顧予幽獨戲作四韻	卷二十三		卷二十四	卷二十	卷二十	
贈臨江守范希遠龍圖	卷二十三		卷二十四	卷二十	卷二十	
淮南韓魏公新祠	卷二十四		卷二十五	卷二十一	卷二十一	
韶州唐張文獻公祠堂	卷二十四		卷二十五	卷二十一	卷二十一	
謝發運穎叔寵寄新什	卷二十四		卷二十五	卷二十一	卷二十一	
陳秀才惠示長歌答以四韻	卷二十四		卷二十五	卷二十一	卷二十一	
和君儀感時書事	卷二十四		卷二十五	卷二十一	卷二十一	
阮希聖新軒即席兼呈同會君儀溫老三首	卷二十四		卷二十五	卷二十一	卷二十一	
聞陳伯育結綵舟作樂遊湖戲寄三首	卷二十四		卷二十五	卷二十一	卷二十一	
次韻君儀風物可愛之什	卷二十四		卷二十五	卷二十一	卷二十一	
淨惠山亭要客致酒	卷二十四		卷二十五	卷二十一	卷二十一	
感懷寄泉守陳君舉大夫	卷二十四		卷二十五	卷二十一	卷二十一	

再和阮軒即事	卷二十四		卷二十五	卷二十一	卷二十一		
和君儀高明軒	卷二十四		卷二十五	卷二十一	卷二十一		
攜茶訪徐彥醇助教	卷二十四		卷二十五	卷二十一	卷二十一		
送饒守李澤民承議	卷二十四		卷二十五	卷二十一	卷二十一		
南樓有懷元輿	卷二十四		卷二十五	卷二十一	卷二十一		
次韻元輿言懷	卷二十四		卷二十五	卷二十一	卷二十一		
臨汀春晚	卷二十四		卷二十五	卷二十一	卷二十一 汀作江		
次韻元輿臨汀春事三首	卷二十四		卷二十五	卷二十一	卷二十一		
雨中南樓望西方僧舍要元輿同賦	卷二十四		卷二十五	卷二十一	卷二十一		
東郊	卷二十四		卷二十五	卷二十一	卷二十一		
雨霽	卷二十四		卷二十五	卷二十一	卷二十一		
白蓮院觀蔡君謨要師道跡	卷二十四		卷二十五	卷二十一	卷二十一		
開元客館	卷二十四		卷二十五	卷二十一	卷二十一		
開元禪寺	卷二十四		卷二十五	卷二十一	卷二十一		
次韻元輿雨中見懷二首	卷二十四		卷二十五	卷二十一	卷二十一		
小閣夜眺	卷二十四		卷二十五	卷二十一	卷二十一		
南山晚步簡自宣長老	卷二十四		卷二十五	卷二十一	卷二十一		
次韻元輿題王祖聖南澗樓清斯亭二首	卷二十四		卷二十五	卷二十一	卷二十一		
贈武平許令	卷二十四		卷二十五	卷二十一	卷二十一		
遷居西湖普賢院寄自省上人	卷二十四		卷二十五	卷二十一	卷二十一		

夢遊金山作四韻既覺止記一聯因足成之夢中作第二聯	卷二十四		卷二十五	卷二十一	卷二十一		
次韻無逸長老秋居見寄	卷二十四		卷二十五	卷二十一	卷二十一		
追和紫霞翁記夢二首	卷二十四		卷二十五	卷二十一	卷二十一		
次韻元輿見寄二首	卷二十四		卷二十五	卷二十一	卷二十一		
酬蔡溫老秀才見寄	卷二十四		卷二十五	卷二十一	卷二十一		
酬崇福長老見寄	卷二十四		卷二十五	卷二十一	卷二十一		
再用前韻寄省上人	卷二十四		卷二十五	卷二十一	卷二十一		
和安止懷予北歸悵然有作三首	卷二十四		卷二十五	卷二十一	卷二十一		
劍	卷二十五		卷二十六	卷二十二	卷二十二		
贈裴泰辰先生	卷二十五		卷二十六	卷二十二	卷二十二		
次韻俞資深承事二首	卷二十五		卷二十六	卷二十二	卷二十二		
東湖	卷二十五		卷二十六	卷二十二	卷二十二		
圓山謝雨二首	卷二十五		卷二十六	卷二十二	卷二十二		
和留秀才秋日田舍	卷二十五		卷二十六	卷二十二	卷二十二		
和宣守林子中脩撰列岫亭	卷二十五		卷二十六	卷二十二	卷二十二		
列岫後題	卷二十五		卷二十六	卷二十二	卷二十二		
贈子中脩撰	卷二十五		卷二十六	卷二十二	卷二十二		
子中脩撰疊嶂樓致酒	卷二十五		卷二十六	卷二十二	卷二十二		
次韻子中修撰寵贈之什	卷二十五		卷二十六	卷二十二	卷二十二		

次韻子中脩撰塔院題竹	卷二十五		卷二十六	卷二十二	卷二十二	
子中脩撰示書有不得同遊水晶官之嘆作唐格四韻寄別	卷二十五		卷二十六	卷二十二	卷二十二	
寄鳳凰山張居士	卷二十五		卷二十六	卷二十二	卷二十二	
永安戴公純秀才	卷二十五		卷二十六	卷二十二	卷二十二	
次韻陳思道見送之什	卷二十五		卷二十六	卷二十二	卷二十二	
至萬安寄吉守李獻父大夫	卷二十五		卷二十六	卷二十二	卷二十二	
將至五羊先寄穎叔脩撰	卷二十五		卷二十六	卷二十二	卷二十二	
南雄望遠亭本朝章郇公所作公嘗為郡太守種荔子二株今方茂實而後人所種皆不成東美要予致酒亭上為賦四韻	卷二十五		卷二十六	卷二十二	卷二十二	
凌江立春日呈黎東美太守	卷二十五		卷二十六	卷二十二	卷二十二	
韶州武溪亭唐格	卷二十五		卷二十六	卷二十二	卷二十二	
六祖南華寺	卷二十五		卷二十六	卷二十二	卷二十二	
六祖大湧泉	卷二十五		卷二十六	卷二十二	卷二十二	
武溪亭勸顧歸聖朝奉酒	卷二十五		卷二十六	卷二十二	卷二十二	
雪夜宿月華寺唐格	卷二十五		卷二十六	卷二十二	卷二十二	

補到難篇終別作八句寄吳聖與長官	卷二十五	卷二十六	卷二十二	卷二十二	
廣慶寺	卷二十五	此詩重複收錄，一見卷二十六，詩題同宋本，一見卷二十八，詩題為「峽山飛來寺」，二詩只有數字之異。	卷二十二	此詩重複收錄，一見卷二十二，詩題同宋本，一見卷二十四，詩題為「峽山飛來寺」，二詩只有數字之異。	
次韻彭教授送別	卷二十五	卷二十六	卷二十二	卷二十二	
次韻湛判官送別	卷二十五	卷二十六	卷二十二	卷二十二	
次韻廣幕黃承事見寄三首	卷二十五	卷二十六	卷二十二	卷二十二	
石室後遊	卷二十五	卷二十六	卷二十二	卷二十二	
寄惠守蘇元之	卷二十五	卷二十六	卷二十二	卷二十二	
寄題李封州宅生堂	卷二十五	卷二十六	卷二十二	卷二十二	
寄題賀州甌山亭	卷二十五	卷二十六	卷二十二	卷二十二	
次韻宜搽徐子美見寄	卷二十五	卷二十六	卷二十二	卷二十二	
故人李端夫昂赴廉州從事石室致酒留別二首	卷二十五	卷二十六	卷二十二	卷二十二	
留湯主簿小飲	卷二十五	卷二十六	卷二十二	卷二十二	
送劉光道赴桂幕	卷二十五	卷二十六	卷二十二	卷二十二	
九日登北樓示客	卷二十五	卷二十六	卷二十二	卷二十二	

次韻宜掾徐子美見寄	卷二十五		卷二十六	卷二十二	卷二十二	
次韻陳文思見寄	卷二十五		卷二十六	卷二十二	卷二十二	
寄題羅池廟	卷二十五		卷二十六	卷二十二	卷二十二	
送穎叔待制拜六路都運之命	卷二十五		卷二十六	卷二十二	卷二十二	
次韻林辨之長官送別之什	卷二十五		卷二十六	卷二十二	卷二十二	
謝洪府黃安中尚書惠雙泉二首	卷二十五		卷二十六	卷二十二	卷二十二	
次韻黎東美江上偶作	卷二十六		卷二十七	卷二十三	卷二十三	
吉州仙都觀覽前守李獻父留題	卷二十六		卷二十七	卷二十三	卷二十三	
貴池寺照遠軒	卷二十六		卷二十七	卷二十三	卷二十三	
追和梅侍讀題貴池寺元韻	卷二十六		卷二十七	卷二十三	卷二十三	
寄題呂得中先壟懷先亭	卷二十六		卷二十七	卷二十三	卷二十三	
送魏汝士宣德唐格	卷二十六		卷二十七	卷二十三 士作大	卷二十三	
寄致政蘇子平大夫	卷二十六		卷二十七	卷二十三	卷二十三	
送葉聖參守九江郡	卷二十六		卷二十七	卷二十三	卷二十三	
送琳長老再遊浙東	卷二十六		卷二十七	卷二十三	卷二十三	
姜希哲四照軒送別	卷二十六		卷二十七 姜作江	卷二十三	卷二十三	
胡與幾被召訪別	卷二十六		卷二十七	卷二十三	卷二十三	
再遊浮山呈卦禪老	卷二十六		卷二十七	卷二十三 卦作璞	卷二十三	

寄題潘溫叟林堂	卷二十六		卷二十七	卷二十三	卷二十三		
和倪敦復觀梅三首	卷二十六		卷二十七	卷二十三	卷二十三		
又同賞落梅二首	卷二十六		卷二十七	卷二十三	卷二十三		
題方處士卷尾	卷二十六		卷二十七	卷二十三	卷二十三		
題謝氏雙溪閣	卷二十六		卷二十七謝作胡	卷二十三	卷二十三		
重陽懷歷陽孫公素太守	卷二十六		卷二十七	卷二十三	卷二十三		
公素送酒見及復次前韻和答	卷二十六		卷二十七	卷二十三	卷二十三		
送賈明叔侍御守宣	卷二十六		卷二十七	卷二十三	卷二十三		
次韻昭掾徐子美見寄二首	卷二十六		卷二十七	卷二十三	卷二十三		
題金陵白鷺亭呈府公安中尚書二首	卷二十六		卷二十七	卷二十三	卷二十三		
次韻安中尚書鍾阜軒	卷二十六		卷二十七	卷二十三	卷二十三		
送錢朝請還臺	卷二十六		卷二十七	卷二十三	卷二十三		
蕪陰北寺檜軒	卷二十六		此詩重複收錄，一見卷二十七，題目與宋本同。一見卷二十八，題為「赭山滴翠軒」。二詩僅數字之異。	卷二十三	此詩重複收錄，一見卷二十三，題目與宋本同。一見卷二十四，題為「赭山滴翠軒」。二詩僅數字之異。		
明叔致酒疊嶂樓	卷二十六		卷二十七	卷二十三	卷二十三		

次韻鄒幾聖舟次蕪江見寄	卷二十六		卷二十七	卷二十三	卷二十三		
寄題歷陽王純甫新作連雲觀二首	卷二十六		卷二十七	卷二十三	卷二十三		
送黃奉議知白州前宰清遠	卷二十六		卷二十七	卷二十三	卷二十三		
次韻朱世昌察院登鍾山	卷二十六		卷二十七	卷二十三	卷二十三		
次韻答光守楊公濟見寄	卷二十六		卷二十七	卷二十三	卷二十三		
病中先寄慎宰閭公達承議	卷二十六		卷二十七	卷二十三	卷二十三		
陪朱行中龍圖飲澄惠院二首	卷二十六		卷二十七	卷二十三	卷二十三		
再見吳淵卿長官時年八十一	卷二十六		卷二十七	卷二十三	卷二十三		
淵卿席上和李天貺四韻時與鍾離中散并予共四人	卷二十六		卷二十七	卷二十三	卷二十三		
次韻行中龍圖遊後浦六首	卷二十六		卷二十七	卷二十三	卷二十三		
次韻行中龍圖思宣城	卷二十六		卷二十七	卷二十三	卷二十三		
寄題玉笥觀兼簡道正求逐馬草草名逐馬謂服之久則可以行逐良馬	卷二十六		卷二十七	卷二十三	卷二十三		
端門肆赦	卷二十七		卷二十八	卷二十四	卷二十四		
王平甫下第南歸	卷二十七		卷二十八	卷二十四	卷二十四		

贈歷溪張居士	卷二十七		卷二十八	卷二十四	卷二十四		
題濮陽氏新閣	卷二十七		卷二十八	卷二十四	卷二十四		
代先書奉迎盧帥元輿待制	卷二十七		卷二十八	卷二十四	卷二十四		
許氏樂隱亭	卷二十七		卷二十八	卷二十四	卷二十四		
重題嚴伯成秀才西齋喜其子高預鄉薦	卷二十七		卷二十八	卷二十四	卷二十四		
劉交侍禁書報王君安鐸改官監懷州武德鎮以詩喜之	卷二十七		卷二十八	卷二十四	卷二十四		
雪中招徐子美祕校飲二首	卷二十七		卷二十八	卷二十四	卷二十四		
史君梁奉議送客至高明軒為予言登覽之勝作四韻戲寄	卷二十七		卷二十八	卷二十四	卷二十四		
次韻徐子美見懷兼簡湯君材	卷二十七		卷二十八	卷二十四	卷二十四		
將至壽州先寄知府龍圖三首	卷二十七		卷二十八	卷二十四	卷二十四		
置酒壽陽樓呈主公龍圖二首	卷二十七		卷二十八	卷二十四	卷二十四		
置酒西樓呈主公龍圖	卷二十七		卷二十八	卷二十四	卷二十四		
置酒思禹亭呈主公龍圖	卷二十七		卷二十八	卷二十四	卷二十四		
別行中龍圖	卷二十七		卷二十八	卷二十四	卷二十四		
送盧倅趙習之朝奉還臺	卷二十七		卷二十八	卷二十四	卷二十四		

聞宣州王左丞被召還闕擬選	卷二十七		卷二十八	卷二十四選作送	卷二十四	
送王左丞移鎮金陵	卷二十七		卷二十八	卷二十四	卷二十四	
題史君梁正叔浩然堂	卷二十七		卷二十八	卷二十四	卷二十四	
次韻和孔周翰侍郎洪州絕句十首	卷二十七		卷三十一	卷二十七	卷二十七	
金陵	卷二十七		卷三十一	卷二十七	卷二十七	
漁者	卷二十七		卷三十一	卷二十七	卷二十七	
琅瑯道中	卷二十七		卷三十一	卷二十七	卷二十七	
懷文忠公	卷二十七		卷三十一	卷二十七	卷二十七	
日公綠蘿庵	卷二十七		卷三十一	卷二十七	卷二十七	
示秦覯二首	卷二十七		卷三十一	卷二十七	卷二十七	
和松長公龍井	卷二十七		卷三十一	卷二十七	卷二十七	
再至汀州倅宅南樓二首	卷二十七		卷三十一	卷二十七	卷二十七	
聞笛	卷二十七		卷三十一	卷二十七	卷二十七	
再登南樓懷元輿三首	卷二十七		卷三十一	卷二十七	卷二十七	
書陶弘景傳後	卷二十七		卷三十一	卷二十七	卷二十七	
次韻元輿十絕：	卷二十七		卷三十一	卷二十七	卷二十七	
睡起	卷二十七		此本收前	卷二十七	卷二十七	
種竹二首	卷二十七		七首題為	卷二十七	卷二十七	
春歸四首	卷二十七		「次韻元輿七絕」	卷二十七	卷二十七	
答省師詩卷	卷二十七		。後三首	卷二十七	卷二十七	
休師攜茶見過二首	卷二十七		獨立。	卷二十七	卷二十七	
寄李伯華法曹	卷二十七		卷三十一	卷二十七	卷二十七	
食紫蓴赤鱓示王博士二首	卷二十七		卷三十一	卷二十七	卷二十七	

和休師見懷二首	卷二十七		卷三十一	卷二十七	卷二十七		
李伯華見過小飲二首	卷二十七		卷三十一伯作白	卷二十七	卷二十七		
陳老父攜茶見訪因留小飲二首	卷二十七		卷三十一	卷二十七	卷二十七		
病中寄休師三首	卷二十七		卷三十一	卷二十七	卷二十七		
所居	卷二十七		卷三十一	卷二十七	卷二十七		
休師惠雪筍	卷二十七		卷三十一	卷二十七	卷二十七		
謝阮幾聖惠大蟹	卷二十七		卷三十一	卷二十七	卷二十七		
津梁方丈	卷二十七		卷三十一	卷二十七	卷二十七		
月下懷廣勝華師	卷二十七		卷三十一	卷二十七	卷二十七		
題華師院壁	卷二十七		卷三十一	卷二十七	卷二十七		
全師惠詩	卷二十七		卷三十一	卷二十七	卷二十七		
百歲王姥自云平生未嘗服藥	卷二十七		卷三十一	卷二十七	卷二十七		
酒海吾飲器也	卷二十七		卷三十一	卷二十七	卷二十七		
寄陳顯仁秀才二首	卷二十七		卷三十一	卷二十七	卷二十七		
君儀惠玳瑁冠犀簪井分泉守茶六餅二首	卷二十七		卷三十一	卷二十七	卷二十七		
寄王丞相荊公	卷二十八		卷三十一	卷二十七	卷二十七		
荊公和答	卷二十八		卷三十一題「荊公和答附」	卷二十七	卷二十七		
東陂荊公作	卷二十八		卷三十一題「附荊公原韻」	卷二十七	卷二十七題「附荊公原韻」		
次韻和上荊公	卷二十八		卷三十一	卷二十七	卷二十七		

原武按堤雜詩六首	卷二十八	第一首見卷二十八，題為「原武按堤」，其餘五首見卷三十一，題為「原武按堤雜詩五首」。	第一首見卷二十四，題為「原武按堤」，其餘五首見卷二十七，題為「原武按堤雜詩五首」。	第一首見卷二十四，題為「原武按堤」，其餘五首見卷二十七，題為「原武按堤雜詩五首」。		
書景德寺刑法試官題名後	卷二十八	卷三十一	卷二十七	卷二十七		
君儀惠莆田陳紫荔乾即蔡君謨謂之老楊妃者二首	卷二十八	卷三十一	卷二十七	卷二十七		
崇因老禪詮公攜詩見訪	卷二十八	卷三十一	卷二十七	卷二十七		
安止同登王園葆光閣二首	卷二十八	卷三十一	卷二十七	卷二十七		
訪林居士	卷二十八	卷三十一	卷二十七	卷二十七		
和安止登山	卷二十八	卷三十一	卷二十七	卷二十七		
白蓮日師北軒	卷二十八	卷三十一	卷二十七	卷二十七		
齊公長老臥雲軒二首	卷二十八	卷三十一	卷二十七	卷二十七		
秀公見喜飯僧二首	卷二十八	卷三十三	卷二十九	卷二十九		
國清院	卷二十八	卷三十三	卷二十九	卷二十九		
送李伯華	卷二十八	卷三十三	卷二十九	卷二十九		
送吳山人二首	卷二十八	卷三十三	卷二十九	卷二十九		

阮師旦希聖徹垣開軒而東湖仙亭射的諸山如在掌上予為之名曰新軒蓋取景物變態新新無窮之義賦十絕句	卷二十八		卷三十三掌作堂。賦作題。	卷二十九	卷二十九	
次韻安止春詞十首	卷二十八		卷三十三	卷二十九	卷二十九	
又和	卷二十八		卷三十三	卷二十九	卷二十九	
訪隱者	卷二十八		卷三十三	卷二十九	卷二十九	
題蘇紫霞選仙集後二首	卷二十八		卷三十三	卷二十九	卷二十九	
謝陳昌國惠酒二首	卷二十八		卷三十三	卷二十九	卷二十九	
半漳亭	卷二十八		卷三十三	卷二十九	卷二十九	
城東延福禪院避暑五首	卷二十八		卷三十三	卷二十九	卷二十九	
荔枝二首	卷二十八		卷三十三	卷二十九	卷二十九	
寄資深承事行營二首	卷二十八		卷三十三	卷二十九	卷二十九	
淨惠寺清軒二首	卷二十八		卷三十三	卷二十九	卷二十九	
七夕不飲	卷二十八		卷三十三	卷二十九	卷二十九	
和子中脩撰石盆題壁二首	卷二十八		卷三十三	卷二十九	卷二十九	
和子中忘歸軒	卷二十八		卷三十三	卷二十九	卷二十九	
和子中脩撰石盆轉輪藏	卷二十八		卷三十三	卷二十九	卷二十九	
弔聖俞墳	卷二十八		卷三十三	卷二十九	卷二十九	
太平天慶觀題壁五首	卷二十八		卷三十二	卷二十八	卷二十八	
九日蓬萊亭周彥達節推酌發	卷二十八		卷三十二	卷二十八日作月	卷二十八日作月	

永安榮仲謀祕校訪別三首	卷二十八		卷三十二	卷二十八	卷二十八	
達觀臺黃魯直名之二首	卷二十八		卷三十二	卷二十八	卷二十八	
靖節真像乃庸畫思得伯時貌之遂以一絕寄簡	卷二十八		卷三十二	卷二十八	卷二十八	
招德觀見老道士李如海年八十六矣	卷二十八		卷三十二	卷二十八	卷二十八	
與吳子正言懷	卷二十八		卷三十二	卷二十八	卷二十八	
承天院清輝閣	卷二十八		卷三十二	卷二十八	卷二十八	
丁卯十月十日遊開先瀑布絕流	卷二十八		卷三十二	卷二十八	卷二十八	
寄吉守李獻父二首	卷二十八		卷三十二	卷二十八	卷二十八	
次芙蓉渡和穎叔脩舊題	卷二十八		卷三十二	卷二十八	卷二十八	
次南安驛和穎叔脩舊題	卷二十八		卷三十二	卷二十八安作蠻	卷二十八安作蠻	
次凌江先寄太守黎東美二首	卷二十九		卷三十二	卷二十八	卷二十八	
次曲江先寄太守劉宜翁五首	卷二十九		卷三十二	卷二十八	卷二十八	
次五先寄帥公穎叔	卷二十九		卷三十二	卷二十八	卷二十八	
聞五羊今歲有雪口號寄穎叔修撰	卷二十九		卷三十二	卷二十八	卷二十八	
古羊江口	卷二十九		卷三十二	卷二十八	卷二十八	
四恩禪院	卷二十九		卷三十二	卷二十八	卷二十八	

仙庭觀	卷二十九		卷三十二	卷二十八	卷二十八		
入清遠峽	卷二十九		卷三十二	卷二十八	卷二十八		
出清遠峽	卷二十九		卷三十二	卷二十八	卷二十八		
雙溪呈帥座潁叔	卷二十九		卷三十二	卷二十八	卷二十八		
和潁叔別後見寄	卷二十九		卷三十二	卷二十八	卷二十八		
雨霽小飲示曾令	卷二十九		卷三十二	卷二十八	卷二十八		
潁叔為余親札補到難并和篇開刻既成以二絕句送上	卷二十九		卷三十二詩題為「潁叔為余親札補到難并和篇開刻既成以一絕句送上二首」。	卷二十八	卷二十八		
送王侃主佈棄官歸南城三首	卷二十九		卷三十二	卷二十八	卷二十八		
再送潁叔待制度嶺	卷二十九		卷三十二	卷二十八	卷二十八		
蒙詔許歸二首	卷二十九		卷三十二	卷二十八	卷二十八		
別吳漕翼道	卷二十九		卷三十二無漕字	卷二十八	卷二十八無漕字		
林和中家觀畫卷五首	卷二十九		卷三十二	卷二十八	卷二十八		
右寒蘆飛鴈仍和子中修撰舊韻	卷二十九		卷三十二	卷二十八	卷二十八		
右曹霸畫馬王荊公手寫杜甫丹青引跋其尾	卷二十九		卷三十二詩題為「曹霸畫馬王荊公手寫杜甫丹青跋其尾」。	卷二十八	卷二十八詩題為「右曹霸畫馬王荊公手寫杜甫丹青引跋其尾」。		
右王摩詰捕魚圖	卷二十九		卷三十二無右字。	卷二十八	卷二十八		

右王昭君上馬圖	卷二十九	卷三十二無右字。	卷二十八	卷二十八		
右胡馬圖	卷二十九	卷三十二無右字。	卷二十八缺「胡」字。	卷二十八胡作蕃		
玉澗橋	卷二十九	卷三十二	卷二十八	卷二十八		
入承天觀二首	卷二十九	卷三十二	卷二十八	卷二十八		
出觀	卷二十九	卷三十二詩題為「出承天觀」。	卷二十八	卷二十八		
次新淦先寄劉中丈	卷二十九	卷三十二丈作叟。	卷二十八丈作叟	卷二十八		
新淦西禪綠野庵	卷二十九	卷三十二詩題作「新淦西禪綠野應二首」。	卷二十八	卷二十八		
遊生米施真君觀閱李德素舊題五絕句遂次韻和之	卷二十九	卷三十二無「五絕句遂次韻和之」八字	卷二十八	卷二十八		
呈同行黎東美朝散	卷二十九	卷三十二	卷二十八	卷二十八		
望廬山二首	卷二十九	卷三十二	卷二十八	卷二十八		
廟灣夜泊	卷二十九	卷三十二	卷二十八	卷二十八		
楮溪懷亡友張慎微	卷二十九	卷三十二楮作儲。	卷二十八	卷二十八		
九日遊淨社院二首	卷二十九	卷三十二	卷二十八	卷二十八		
羅漢院五老亭	卷二十九	卷三十二	卷二十八	卷二十八		
入萬杉	卷二十九	卷三十二	卷二十八	卷二十八		
出萬杉	卷二十九	卷三十二	卷二十八	卷二十八		
香澗	卷二十九	卷三十二	卷二十八	卷二十八		
靜明軒	卷二十九	卷三十二	卷二十八	卷二十八		
無思軒	卷二十九					
別尋真觀	卷二十九	卷三十三	卷二十九	卷二十九		

逢東林舊僧	卷二十九		卷三十三	卷二十九	卷二十九		
追和杜牧之貴池亭	卷二十九		卷三十三	卷二十九	卷二十九		
觀德亭畫壁	卷二十九		卷三十三	卷二十九	卷二十九		
寄耿天騭二首	卷二十九		卷三十三	卷二十九	卷二十九		
桐城青山裝山人枉步見尋興盡遽歸	卷二十九		卷三十一	卷二十七	卷二十七		
史充侍禁以簡問予小舟搖兀絕句戲謝	卷二十九		卷三十一	卷二十七	卷二十七		
寺壁史侍禁畫竹	卷二十九		卷三十一	卷二十七	卷二十七		
西軒看山懷荊公	卷二十九		卷三十一	卷二十七	卷二十七		
雨霽看小山	卷二十九		卷三十一	卷二十七	卷二十七		
辨山亭二首	卷二十九		卷三十一	卷二十七	卷二十七		
永安再見裝才山人二首	卷二十九		卷三十三	卷二十九	卷二十九		
重題公純池亭	卷二十九		卷三十三	卷二十九	卷二十九		
浮山阻雨二首	卷二十九		卷三十三 阻雨作雨阻。	卷二十九	卷二十九		
喜雪呈守倅	卷二十九		卷三十三	卷二十九	卷二十九		
贈嘯月巖吳居士	卷二十九		卷三十三	卷二十九	卷二十九		
撫鴻亭	卷二十九		卷三十三	卷二十九	卷二十九		
遊西巖寺二首	卷二十九		卷三十三	卷二十九	卷二十九		
中方寺題壁	卷二十九		卷三十三	卷二十九	卷二十九		
題潘溫叟家藏戴牛畫卷二首	卷二十九		卷三十三	卷二十九	卷二十九		
招陳守倪倅小酌	卷二十九		卷三十三	卷二十九	卷二十九		
書無想山先域屋壁二首	卷二十九		卷三十三	卷二十九	卷二十九		

出城	卷二十九		卷三十三	卷二十九	卷二十九	
敦復午節惠酒	卷二十九		卷三十三	卷二十九	卷二十九	
次韻楊侯見送遊五峰	卷二十九		卷三十三	卷二十九	卷二十九	
舟經天門山	卷二十九		卷三十三	卷二十九	卷二十九	
宿蕪湖口	卷二十九		卷三十三	卷二十九	卷二十九	
曉發	卷二十九		卷三十一	卷二十七	卷二十七	
代刺訪歷陽孫守公素	卷二十九		卷三十一	卷二十七	卷二十七	
代刺別孫守公素	卷二十九		卷三十一	卷二十七	卷二十七	
送菊與劉守漢臣	卷二十九		卷三十二	卷二十八	卷二十八	
送菊與倪倅敦復	卷二十九		卷三十二	卷二十八	卷二十八	
望夫石	卷二十九		卷三十二	卷二十八	卷二十八	
謝賈侍御惠酒	卷二十九		卷三十二	卷二十八	卷二十八	
再送賈明叔侍御	卷二十九		卷三十二	卷二十八	卷二十八	
宗公香瑩軒	卷二十九		卷三十二	卷二十八 多「二首」二字。	卷二十八	
次韻徐希象解元送白蓮栽兼寄昭掾子美三首	卷二十九		卷三十二	卷二十八	卷二十八	
藏雲寺酌泉	卷二十九		卷三十二	卷二十八	卷二十八	
次韻池守富仲容寄詩酒為別二首	卷二十九				卷二十八	
莫謁王荊公墳三首	卷二十九			卷二十八	卷二十八	
狄倅伯通席上二首	卷二十九			卷二十八	卷二十八	
壽寧禪院瓊花	卷二十九			卷二十八	卷二十八	
和敦復往池陽留別	卷二十九		卷三十一	卷二十七	卷二十七	

吊明惠師	卷二十九		卷三十一	卷二十七	卷二十七		
別賈侍御二首	卷二十九		卷三十二	卷二十八	卷二十八		
寄留二君儀	卷二十九		卷三十一留作劉	卷二十七	卷二十七		
寄新軒阮希聖	卷二十九		卷三十三	卷二十八	卷二十九		
予家小山四首:	卷三十		卷三十三	卷二十九	卷二十九		
曉	卷三十		卷三十三	卷二十九	卷二十九		
雨	卷三十		卷三十三	卷二十九	卷二十九		
月	卷三十		卷三十三	卷二十九	卷二十九		
雪	卷三十		卷三十三	卷二十九	卷二十九		
西軒默懷敦復二首	卷三十		卷三十三	卷二十九	卷二十九		
出城至龍泉院	卷三十		卷三十三	卷二十九	卷二十九		
院主老僧年八十三齋潔可喜遂贈二韻	卷三十		卷三十三	卷二十九	卷二十九		
城西阻雨寄純父太守	卷三十		卷三十三	卷二十九	卷二十九		
浚浦臥病少愈言懷	卷三十		卷三十三	卷二十九	卷二十九		
玉蝶毬	卷三十		卷三十三	卷二十九	卷二十九		
懷歸	卷三十		卷三十三	卷二十九	卷二十九		
睡	卷三十		卷三十三	卷二十九	卷二十九		
笑	卷三十		卷三十三	卷二十九	卷二十九		
元興待制以書酒見招	卷三十		卷三十三	卷二十九	卷二十九		
奕	卷三十		卷三十三	卷二十九	卷二十九		
和北山泉老三首	卷三十		卷三十三	卷二十九	卷二十九		
和僧詵見懷二首	卷三十		卷三十三	卷二十九	卷二十九		
訪華陽隱者	卷三十		卷三十三	卷二十九	卷二十九		
雪次大澗	卷三十		卷三十三	卷二十九	卷二十九		
將至慎邑寄鼎	卷三十		卷三十三	卷二十九	卷二十九		

峽石道中口占	卷三十		卷三十三	卷二十九	卷二十九		
通惠寺小柏	卷三十		卷三十三	卷二十九	卷二十九		
香社院	卷三十		卷三十三	卷二十九	卷二十九		
院庭檜樹	卷三十		卷三十三	卷二十九	卷二十九		
三月三日	卷三十		卷三十三	卷二十九	卷二十九		
清明風雨懷光遠	卷三十		卷三十三	卷二十九	卷二十九		
慎宰練德符招飲僧舍二首	卷三十		卷三十三	卷二十九	卷二十九		
月	卷三十		卷二十九	卷二十五	卷二十五		
春草碧色	卷三十		卷三十	卷二十六	卷二十六		
春水綠波	卷三十		卷三十	卷二十六	卷二十六		
送君南浦	卷三十		卷三十	卷二十六	卷二十六		
傷如之何	卷三十		卷三十	卷二十六	卷二十六		
廣陶淵明四時	卷三十		卷二十九	卷二十五	卷二十五		
定林洗心軒	卷三十		卷二十九	卷二十五	卷二十五		
簡寂碧溪亭	卷三十		卷二十九	卷二十五	卷二十五		
看潮亭	卷三十		卷二十九	卷二十五	卷二十五		
西巖寺六題：	卷三十		卷二十九	卷二十五	卷二十五		
歸雲巖	卷三十		卷二十九	卷二十五	卷二十五		
愛日巖	卷三十		卷二十九	卷二十五	卷二十五		
看泉臺	卷三十		卷二十九	卷二十五	卷二十五		
定心塔	卷三十		卷二十九	卷二十五	卷二十五		
小瀑布	卷三十		卷二十九	卷二十五	卷二十五		
雪臺	卷三十		卷二十九	卷二十五	卷二十五		
送孔掾	卷三十		卷二十九	卷二十五	卷二十五		
吳子正召飲觀太白墨跡	卷三十		卷二十九	卷二十五	卷二十五		
寄漳州詩僧緣進	卷三十		卷二十九	卷二十五	卷二十五		
四月十九日自詠	卷三十		卷二十九	卷二十五	卷二十五		
雪中同宋正卿訪太守筠虛庵觀竹	卷三十		卷二十九	卷二十五	卷二十五		
玉井	卷三十		卷二十九	卷二十五	卷二十五		

酬陳糾	卷三十		卷二十九	卷二十五	卷二十五	
即席送崔奉議赴闕二首	卷三十		卷二十九。二作三	卷二十五。二作三	卷二十五。二作三	
病中對月	卷三十		卷二十九	卷二十五	卷二十五	
小池白鷺	卷三十		卷二十九	卷二十五	卷二十五	
憶別	卷三十		卷二十九	卷二十五	卷二十五	
南豐道中六言	卷三十		卷二十九	卷二十五	卷二十五	
和楊公濟錢塘西湖百題：	卷三十		卷二十九	卷二十五	卷二十五	
湖堂	卷三十		卷二十九	卷二十五	卷二十五	
湧金池	卷三十		卷二十九	卷二十五	卷二十五	
柳州	卷三十		卷二十九	卷二十五	卷二十五	
新徑	卷三十		卷二十九	卷二十五	卷二十五	
看經樓	卷三十		卷二十九	卷二十五	卷二十五	
白公石函	卷三十		卷二十九	卷二十五	卷二十五	
秦王纜船石	卷三十		卷二十九	卷二十五	卷二十五	
十三間樓	卷三十		卷二十九	卷二十五	卷二十五	
水仙廟	卷三十		卷二十九	卷二十五	卷二十五	
寶叔塔	卷三十		卷二十九	卷二十五	卷二十五	
巾子山	卷三十		卷二十九	卷二十五	卷二十五	
寶雲庵	卷三十		卷二十九	卷二十五	卷二十五	
林和靜橋	卷三十		卷二十九	卷二十五 靜作靖	卷二十五 靜作靖	
巢居閣	卷三十		卷二十九	卷二十五	卷二十五	
白公竹閣	卷三十		卷二十九	卷二十五	卷二十五	
孤山	卷三十		卷二十九	卷二十五	卷二十五	
辟支塔	卷三十		卷二十九	卷二十五	卷二十五	
陳朝檜	卷三十		卷二十九	卷二十五	卷二十五	
贊寧僧錄房	卷三十		卷二十九	卷二十五	卷二十五	
金沙井	卷三十		卷二十九	卷二十五	卷二十五	
碼磠坡	卷三十		卷二十九	卷二十五	卷二十五	
陶器墳	卷三十		卷二十九	卷二十五	卷二十五	
夜講亭	卷三十		卷二十九	卷二十五	卷二十五	
閒泉	卷三十		卷二十九	卷二十五	卷二十五 閒作閒	
高僧塔	卷三十		卷二十九	卷二十五	卷二十五	
西村	卷三十		卷二十九	卷二十五	卷二十五	

松門	卷三十		卷二十九	卷二十五	卷二十五		
合澗橋	卷三十		卷二十九合作金	卷二十五	卷二十五		
玉女巖	卷三十		卷二十九	卷二十五	卷二十五		
靈隱浦	卷三十		卷二十九	卷二十五	卷二十五		
方外門	卷三十		卷二十九	卷二十五	卷二十五		
北高峰	卷三十		卷二十九	卷二十五	卷二十五		
錢源	卷三十		此詩重複收錄，一見卷二十九、一見卷三十，二詩無異字。	卷二十五	卷二十五		
呼猿澗	卷三十		卷二十九	卷二十五	卷二十五		
白雲峰	卷三十		卷二十九	卷二十五	卷二十五		
袁公亭	卷三十		卷二十九袁作裴	卷二十五	卷二十五		
九師堂	卷三十		卷二十九	卷二十五	卷二十五		
朱野	卷三十		卷二十九	卷二十五	卷二十五		
葛塢	卷三十		卷二十九	卷二十五	卷二十五		
石橋	卷三十		卷二十九	卷二十五	卷二十五		
朱崖	卷三十		卷二十九	卷二十五	卷二十五		
青壁檻	卷三十		卷二十九	卷二十五	卷二十五		
渦渚東嶼	卷三十		卷二十九	卷二十五	卷二十五		
許先生書堂	卷三十		卷三十	卷二十六	卷二十六		
石門澗	卷三十		卷三十	卷二十六	卷二十六		
臥龍石	卷三十		卷三十	卷二十六	卷二十六		
連巖棧	卷三十		卷三十	卷二十六	卷二十六		
伏龍澱	卷三十		卷三十	卷二十六	卷二十六		
西庵	卷三十		卷三十	卷二十六	卷二十六		
楓樹林	卷三十		卷三十	卷二十六	卷二十六		
臥犀泉	卷三十		卷三十	卷二十六	卷二十六		
青林巖	卷三十		卷三十	卷二十六	卷二十六		
醴泉	卷三十		卷三十	卷二十六	卷二十六		
西塢漾	卷三十		卷三十	卷二十六	卷二十六		
白沙泉	卷三十		卷三十	卷二十六	卷二十六		
楊梅石門	卷三十		卷三十	卷二十六	卷二十六		
西溪	卷三十		卷三十	卷二十六	卷二十六		
見山亭	卷三十		卷三十	卷二十六	卷二十六		

神尼塔	卷三十		卷三十	卷二十六	卷二十六	
韜光庵	卷三十		卷三十	卷二十六	卷二十六	
香林洞	卷三十		卷三十	卷二十六	卷二十六	
天竺峰	卷三十		卷三十	卷二十六	卷二十六	
鍊丹井	卷三十		卷三十	卷二十六	卷二十六	
香桂林	卷三十		卷三十	卷二十六	卷二十六	
重榮檜	卷三十		卷三十	卷二十六	卷二十六	
龍泓洞	卷三十		卷三十	卷二十六	卷二十六	
理公巖	卷三十		卷三十	卷二十六	卷二十六	
客兒亭	卷三十		卷三十	卷二十六	卷二十六	
石蓮華峰	卷三十		卷三十	卷二十六	卷二十六	
翻經臺	卷三十		卷三十	卷二十六	卷二十六	
葛仙丹灶	卷三十		卷三十	卷二十六	卷二十六	
稽留峰	卷三十		卷三十	卷二十六	卷二十六	
流盃亭	卷三十		卷三十	卷二十六	卷二十六	
望海閣	卷三十		卷三十	卷二十六	卷二十六	
東岡塔	卷三十		卷三十	卷二十六		
西嶺草堂	卷三十		卷三十	卷二十六	卷二十六	
葛公石徑	卷三十		卷三十	卷二十六	卷二十六	
靈石山	卷三十		卷三十	卷二十六	卷二十六	
靈石西庵	卷三十		卷三十	卷二十六	卷二十六	
南高峰	卷三十		卷三十	卷二十六	卷二十六	
暗竹園	卷三十		卷三十	卷二十六	卷二十六	
夏珠泉	卷三十		卷三十	卷二十六	卷二十六	
煙霞洞	卷三十		卷三十	卷二十六	卷二十六	
大慈塢	卷三十		卷三十	卷二十六	卷二十六	
虎跑泉	卷三十		卷三十	卷二十六	卷二十六	
翠樾堂	卷三十		卷三十	卷二十六	卷二十六	
陟崖門	卷三十		卷三十	卷二十六	卷二十六	
步月徑	卷三十		卷三十	卷二十六	卷二十六	
夏涼泉	卷三十		卷三十	卷二十六	卷二十六	
清隱閣	卷三十		卷三十	卷二十六	卷二十六	
樵歌嶺	卷三十		卷三十	卷二十六	卷二十六	
華嚴塔	卷三十		卷三十	卷二十六	卷二十六	
映發亭	卷三十		卷三十	卷二十六	卷二十六	
楊梅塢	卷三十		卷三十	卷二十六	卷二十六	
脩竹軒	卷三十		卷三十	卷二十六	卷二十六	
南屏山	卷三十		卷三十	卷二十六	卷二十六	
長橋	卷三十		卷三十	卷二十六	卷二十六	

慈雲嶺	卷三十		卷三十	卷二十六	卷二十六	
清軒	卷三十		卷三十	卷二十六	卷二十六	
西水亭	卷三十		卷三十	卷二十六	卷二十六	
山居絕句六首：	卷三十		卷三十	卷二十六	卷二十六	
曉	卷三十		卷三十	卷二十六	卷二十六	
夜	卷三十		卷三十	卷二十六	卷二十六	
春	卷三十		卷三十	卷二十六	卷二十六	
夏	卷三十		卷三十	卷二十六	卷二十六	
秋	卷三十		卷三十	卷二十六	卷二十六	
冬	卷三十		卷三十	卷二十六	卷二十六	
桃源行寄張兵部			卷二	卷二	卷二	
廣福禪寺			卷二十三	卷十九	卷十九	
馬仁山			卷二十三	卷十九	卷十九	
蒼玉洞			卷三十	卷二十六 王作玉	卷二十六 王作玉	
記二篇：			附錄		附錄	
繁昌建御書閣記			附錄		附錄	
青山記			附錄		附錄	
賦一篇：			附錄		附錄	
石室賦			附錄。此詩重複收錄，一見卷一，詩題同宋本；一見附錄，詩題為「石室遊」。		附錄。此詩重複收錄，一見卷一，詩題同宋本；一見附錄，詩題為「石室遊」。	
越州飛來山				續集卷一	續集卷三	卷二
和常父寄經父				續集卷一	續集卷三	卷二
見潮				續集卷一	續集卷三	卷二
秋夜舟中				續集卷一	續集卷三	卷二

和常父望吳亭				續集卷一	續集卷三	卷二
和常父初五日渡江				續集卷一	續集卷三	卷二
遊六和寺				續集卷一	續集卷三	卷二
和常父湖州界中				續集卷一	續集卷三	卷二
戲張子厚				續集卷一	續集卷三	卷二
泛漣水				續集卷一	續集卷三	卷二
楊道中同行而追隨不可及聞先生在海州				續集卷一	續集卷三	卷二
日出				續集卷一	續集卷三	卷二
早行				續集卷一	續集卷三	卷二
夢錫惠墨答以蜀茶				續集卷一	續集卷三	卷二
夜聚楊節之秘校廄廚				續集卷一	續集卷三	卷二廚作宇
止謁宣聖廟者				續集卷一	續集卷三	卷二
還楊秘校賦				續集卷一	續集卷三	卷二
常父寄葦					續集卷三	卷二
讀莊子				續集卷一	續集卷三	卷二
郡官送楊丈思獨以事不赴				續集卷一	續集卷三	卷二
夢錫楊節之孫昌齡見過小飲				續集卷一	續集卷三	卷二
夢錫遺蔗				續集卷一	續集卷三	卷二
呈宋思叔縣丞				續集卷一	續集卷三	卷二
寄舍弟				續集卷一	續集卷三	卷二

二月一日				續集卷一	續集卷三		卷二
收家書				續集卷一	續集卷三		卷二
春天				續集卷一	續集卷三		卷二
觀舞				續集卷一	續集卷三		卷二
寧采				續集卷一	續集卷三		卷二
城南				續集卷一	續集卷三		卷二
諸君送王仲勉戶曹予以事不預遣人送綠楊一枝贈別				續集卷一	續集卷三		卷二
春風				續集卷一	續集卷三		卷二
送夢錫往齊州				續集卷一	續集卷三		卷二
晚出				續集卷一	續集卷三		卷二
常父寄半夏				續集卷一	續集卷三		卷二
送董監簿赴舉				續集卷一	續集卷三		卷二
惜別為從道作				續集卷一	續集卷三		卷二
送從道				續集卷一	續集卷三		卷二
出城				續集卷一	續集卷三		卷二
迷途				續集卷一	續集卷三		卷二
費縣				續集卷一	續集卷三		卷二
遇雨				續集卷一	續集卷三		卷二
宵興				續集卷一	續集卷三		卷二
呈夢錫				續集卷一	續集卷三		卷二
又				作「呈夢錫二首」	續集卷三		卷二
韓大夫城				續集卷一	續集卷三		卷二
青州作				續集卷一	續集卷三		卷二
立秋日呈夢錫				續集卷一	續集卷三		卷二

			續集卷一	續集卷三		卷二無「作」字
曾子固令詠齊州景物作二十一詩以獻：						
閱武堂			續集卷一	續集卷三		卷二
閱武堂下新渠			續集卷一	續集卷三		卷二
凝香齋			續集卷一	續集卷三		卷二
芍藥廳			續集卷一	續集卷三		卷二
仁風廳			續集卷一	續集卷三		卷二
竹齋			續集卷一	續集卷三		卷二
水香亭			續集卷一	續集卷三		卷二
采香亭			續集卷一	續集卷三		卷二
靜化堂			續集卷一	續集卷三		卷二
鵲山亭			續集卷一	續集卷三		卷二
芙蓉橋			續集卷一	續集卷三		卷二
芙蓉臺			續集卷一	續集卷三		卷二
環波亭			續集卷一	續集卷三		卷二
水西橋			續集卷一	續集卷三		卷二
水西亭			續集卷一	續集卷三		卷二
西湖			續集卷一	續集卷三		卷二
百花橋			續集卷一	續集卷三		卷二
北湖			續集卷一	續集卷三		卷二
百花臺			續集卷一	續集卷三		卷二
百花堤			續集卷一	續集卷三		卷二
北渚亭			續集卷一	續集卷三		卷二
又寄夢錫			續集卷一	續集卷三		卷二
寄王達夫高密令			續集卷一	續集卷三		卷二
謁夢錫見几上粉箋援筆書此			續集卷一	續集卷三		卷二
晚集城樓			續集卷一	續集卷三		卷二
陰山七騎			續集卷一	續集卷三		卷二

君住				續集卷一	續集卷三		卷二
難冠				續集卷一	續集卷三		卷二
月三章				續集卷一	續集卷三		卷二
代小子廣孫寄翁翁				續集卷一	續集卷三		卷二
詠無核紅柿				續集卷一	續集卷三		卷二
寄從道				續集卷一	續集卷三		卷二
食桃				續集卷一	續集卷三		卷二
出郭				續集卷一	續集卷三		卷二
太守視新堂				續集卷一	續集卷三		卷二
日月				續集卷一	續集卷三		卷二
孤雁				續集卷一	續集卷三		卷二
祈雨				續集卷一	續集卷三		卷二
墙東新圃				續集卷一	續集卷三		卷二
食鰒				續集卷一	續集卷三		卷二
食梨				續集卷一	續集卷三		卷二
十月二十一日夜				續集卷一	續集卷三		卷二
觀馬騎				續集卷一	續集卷三		卷二
會食				續集卷一	續集卷三		卷二
集于昌齡之舍				續集卷一	續集卷三		卷二
迎神				續集卷二	續集卷四		卷三
酌神				續集卷二	續集卷四		卷三
禱神				續集卷二	續集卷四		卷三
送神				續集卷二	續集卷四		卷三
大風吟				續集卷二	續集卷四		卷三
兄長舟次會稽以十月九日發書清江親故以此日遣使仍以十一月十二日同到去歲會				續集卷二	續集卷四		卷三

稽書清江人亦同日到嘗有詩寄其事						
十一月二十日德音			續集卷二	續集卷四		卷三
宿澇澤			續集卷二	續集卷四		卷三
召伯水落			續集卷二	續集卷四		卷三
舟行卻回			續集卷二	續集卷四		卷三
長蘆詠蝗			續集卷二	續集卷四		卷三
金陵觀雨			續集卷二	續集卷四		卷三
觀暴雨			續集卷二	續集卷四		卷三 無雨字
太平			續集卷二	續集卷四		卷三
觀牛渡江			續集卷二	續集卷四		卷三
太平			續集卷二	續集卷四		卷三
泊舟姑孰堂			續集卷二	續集卷四		卷三
于將軍			續集卷二	續集卷四		卷三
紫髯將軍			續集卷二	續集卷四		卷三
武宗			續集卷二	續集卷四		卷三
奉天行			續集卷二	續集卷四		卷三
天門山			續集卷二	續集卷四		卷三
靈壁東			續集卷二	續集卷四		卷三
題贛州嘉濟廟祈雨感應			續集卷二	續集卷四		卷三
答陳君佐戲吟			續集卷二	續集卷四		卷三
遊子吟			續集卷二	續集卷四		卷三
汴堤行			續集卷二	續集卷四		卷三
酒帘			續集卷二	續集卷四		卷三
書驛舍壁			續集卷二	續集卷四		卷三
發虹縣			續集卷二	續集卷四		卷三
水頭			續集卷二	續集卷四		卷三
峴山行			續集卷二	續集卷四		卷三

寄王彥昭教授				續集卷二	續集卷四		卷三
書所見				續集卷二	續集卷四		卷三
村鼓				續集卷二	續集卷四		卷三
鄷陽觀棋				續集卷二	續集卷四		卷三
蝴蝶行				續集卷二	續集卷四		卷三
枯柳				續集卷二	續集卷四		卷三
戲寄邵瞻遠				續集卷二	續集卷四		卷三 瞻遠作彥瞻
車班班				續集卷二	續集卷四		卷三
發穀熟縣寄揚州同寮				續集卷二	續集卷四		卷三
別二友				續集卷二	續集卷四		卷三
東樓置酒賞桃花				續集卷二	續集卷四		卷三 桃花作桃李花
寄勉甫				續集卷二	續集卷四		卷三
落花				續集卷二	續集卷四		卷三
送客到江亭				續集卷二	續集卷四		卷三
剪玫瑰寄晦之仍書此為戲				續集卷二	續集卷四		卷三
寄鄒蹇叔				續集卷二	續集卷四		卷三
南卒				續集卷二	續集卷四		卷三
夜聞蒼鶴唳				續集卷二	續集卷四		卷三
悉囚				續集卷二	續集卷四		卷三
移石				續集卷二	續集卷四		卷三
春夕寄兄長				續集卷二	續集卷四		卷三
養虎				續集卷二	續集卷四		卷三
折楊柳				續集卷二	續集卷四		卷三
王昭君				續集卷二	續集卷四		卷三
春日行				續集卷二	續集卷四		卷三
子夜四時歌				續集卷二	續集卷四		卷三

春				續集卷二	續集卷四		卷三
夏				續集卷二	續集卷四		卷三
秋				續集卷二	續集卷四		卷三
冬				續集卷二	續集卷四		卷三
和經父秋夕				續集卷二	續集卷四		卷三 父作甫
宿鍾山贈泉禪師				此詩重複收錄，一見續集卷二，一見續集卷四，二詩僅有數字之異。	續集卷四		卷三
聞登萊大雪				續集卷三	續集卷五		卷六
集于昌齡之舍				續集卷三	續集卷五		卷六
隨倅入京師答同官贈別				續集卷三	續集卷五		卷六 倅作辟
途中口占				續集卷三	續集卷五		卷六
寄內				續集卷三	續集卷五		卷六
省謁有日				續集卷三	續集卷五		卷六
不雨				續集卷三	續集卷五		卷六
昔時				續集卷三	續集卷五		卷六
詠蘆				續集卷三	續集卷五		卷六
郭公				續集卷三	續集卷五		
芙蓉堂				續集卷三	續集卷五		
弄水亭				續集卷三	續集卷五		
趙屯寺				續集卷三	續集卷五		
揚子道中寄陳君佐				續集卷三 增二首二字	續集卷五		卷六
又				續集卷三	續集卷五		卷六
天長道中				續集卷三	續集卷五		卷六

至盱眙作				續集卷三	續集卷五		卷六
寓目				續集卷三	續集卷五		卷六
汴上行				續集卷三	續集卷五		卷六
發青陽驛				續集卷三 驛作駉	續集卷五		卷六
登靈驛作				續集卷三	續集卷五		卷六
河亭獨酌寄林次中				續集卷三	續集卷五		卷六
偶書				續集卷三	續集卷五		卷六
入亳州界				續集卷三	續集卷五		卷六
濟陽作				續集卷三	續集卷五		卷六
榆錢				續集卷三	續集卷五		卷六
柳絮				續集卷三	續集卷五		卷六
廢廟				續集卷三	續集卷五		卷六
雍丘驛作				續集卷三 丘作邱	續集卷五		卷六
寄蘇子由				續集卷三	續集卷五		卷六
入陳留界				續集卷三	續集卷五		卷六
自雍丘取別路至陳留界較汴堤徑二十里				續集卷三 丘作邱	續集卷五		卷六 丘作邱
次韻偶書				續集卷三	續集卷五		卷六
有感				續集卷三	續集卷五		卷六
諭意				續集卷三	續集卷五		卷六
秋夜偶書				續集卷三	續集卷五		卷六
贈王吉甫				續集卷三 增「三首」二字。	續集卷五		卷六 增「三首」二字。
其二				續集卷三	續集卷五		卷六
其三				續集卷三	續集卷五		卷六
秋夕				續集卷三	續集卷五		卷六
十月寒				續集卷三	續集卷五		卷六
別介之				續集卷三	續集卷五		卷六

談道亭覺而成				續集卷三	續集卷五		卷六
呈介之				續集卷三	續集卷五		卷六
呈介之求禮部唱和一閱				續集卷三	續集卷五		卷六
夜作舟中偶成				續集卷三	續集卷五		卷六
送郭聖原歸廬陵				續集卷三	續集卷五		卷六
蹇叔以登亭有感示予因以答之				續集卷三	續集卷五		卷六
清明雨不果出				續集卷三	續集卷五		卷六
和酬介之				續集卷三	續集卷五		卷六
書齋獨坐有懷				續集卷三	續集卷五		卷六
呈介之				續集卷三	續集卷五		卷六
登談道亭				續集卷三	續集卷五		卷六
和介之				續集卷三	續集卷五		卷六
別館春				續集卷三	續集卷五		卷六
清夜				續集卷三 夜作秋	續集卷五		卷六
中夜口占				續集卷三	續集卷五		卷六
求言				續集卷三	續集卷五		卷六
口號				續集卷三	續集卷五		卷六
西軒偶書				續集卷三	續集卷五		卷六
寬恤民方				續集卷三	續集卷五		卷六 方作力
覽鏡				續集卷三	續集卷五		卷六 覽作攬
偶書				續集卷三	續集卷五		卷六
近乾元節方教樂而雨				續集卷三	續集卷五		卷六

城樓晚眺				續集卷三	續集卷五	卷六
余得文竹寸餘上有仙翁神女像相偶有作異之作詩				續集卷三	續集卷五	卷六「有作」作「而作」。
即事				續集卷三	續集卷五	卷六
陶侃				續集卷三	續集卷五	卷六
扶蘇				續集卷三	續集卷五	卷六
屈平				續集卷三	續集卷五	卷六
平津侯				續集卷三	續集卷五	卷六
和人見贈				續集卷三	續集卷五	卷六
王秀才謀歸作詩留之				續集卷三	續集卷五	卷六
戲呈葉秘校求薔薇栽				續集卷三	續集卷五	卷六
葉晦之送薔薇栽仍貽詩因以韻和				續集卷三	續集卷五	卷六「韻和」作「和韻」。
秋晚懷晦之				續集卷三	續集卷五	卷六
晦之病酒因書以戒之				續集卷三	續集卷五	卷六
月夕待人不至				續集卷三	續集卷五	卷六
偶書				續集卷三	續集卷五	卷六
寄中淵				續集卷三	續集卷五	卷六「中淵」作「仲淵」。
十月梨花				續集卷三	續集卷五	卷六
重到山寺				續集卷三	續集卷五	卷六

介之惠詩言斥於禮部欲自此高退丘園且招予游故答此章				續集卷三於作于丘作邱	續集卷五		卷六丘作邱
寓目				續集卷三	續集卷五		卷六
歲暮作				續集卷三	續集卷五		卷六
冬晚懷介之				續集卷三	續集卷五		卷六
偶書				續集卷三	續集卷五		卷六
春陰				續集卷三	續集卷五		卷六
寒食宴北山席上走筆得松字				續集卷三	續集卷五		卷六
春歸				續集卷三	續集卷五		卷六
晦之厭州縣之勞作詩奉勉				續集卷三	續集卷五		卷六
旦夕北歸徵晦之詩為別				續集卷三	續集卷五		卷六
回王秀才二賦				續集卷三	續集卷五		卷六
族人春飲				續集卷三	續集卷五		卷六
雲				續集卷三	續集卷五		卷六
自和諭意四首				續集卷三	續集卷五		卷六
夏夜書事				續集卷三	續集卷五		卷六
和子瞻西掖種竹				續集卷三增「二首」二字。	續集卷五		卷六增「二首」二字。
又				續集卷三	續集卷五		卷六
題女媧山女媧廟二首				續集卷三	續集卷五		卷六
初三夜作				續集卷四	續集卷六		卷四
再用元韻				續集卷四	續集卷六		卷四

十夜作				續集卷四	續集卷六	卷四
真州元夕				續集卷四	續集卷六	卷四
游江寧天慶觀久視軒見梅已落有寄常父兄				續集卷四	續集卷六	卷四 「有寄」作「有懷寄」。
造王館公第馬上作				續集卷四	續集卷六	卷四 館作舒
呈館公				續集卷四	續集卷六	卷四 館作舒
滕元發龍圖以程公詠三圖詩見示亦成一篇				續集卷四	續集卷六	卷四 「滕元」作「元子發」。
題姑熟堂				續集卷四	續集卷六	卷四
戲寄葉縣黃魯直				續集卷四	續集卷六	卷四
贈武科胡七				續集卷四	續集卷六	卷四
和常父				續集卷四	續集卷六	卷四
喜經父閣試第一				續集卷四	續集卷六	卷四
喜經父制策第一				續集卷四 增「二首」二字	續集卷六	卷四
又				續集卷四	續集卷六	卷四
初食鱭魚蔞蒿				續集卷四	續集卷六	卷四
題夏大初丈高居				續集卷四	續集卷六	卷四
萃勝亭				續集卷四	續集卷六	卷四
滕元發池州蕭相樓				續集卷四 增「二首」二字。	續集卷六	卷四

再賦蕭相樓				續集卷四	續集卷六		卷四
哭張子禮				續集卷四	續集卷六		卷四
出郊				續集卷四	續集卷六		卷四
松花				續集卷四	續集卷六		卷四
蓮葉				續集卷四	續集卷六		卷四
清暉館				續集卷四	續集卷六		卷四
花望之弄璋亭				續集卷四	續集卷六		卷四
西軒				續集卷四	續集卷六		卷四
夏晝				續集卷四	續集卷六		卷四
和唐林夫游家園				續集卷四	續集卷六		卷四
庾樓				續集卷四	續集卷六		卷四
夏夜				續集卷四	續集卷六		卷四
種花口號				續集卷四 增「二首」二字。	續集卷六		卷四 增「二首」二字。
又				續集卷四	續集卷六		卷四
池上				續集卷四 增「二首」二字。	續集卷六		卷四 增「二首」二字。
又				續集卷四	續集卷六		卷四
桂堂				續集卷四	續集卷六		卷四
通判成郎中生日人送香合壽星皆不受獨以詩獻				續集卷四	續集卷六		卷四
詩致卓道士靈坐				續集卷四	續集卷六		卷四
次韻王通叟				續集卷四	續集卷六		卷四
夏日甘寢				續集卷四	續集卷六		卷四
晚興				續集卷四	續集卷六		卷四

張子明自廬山歸云十五夜桂子落於太平觀鄉人謂之大熟子豐年之兆也				續集卷四於作于。	續集卷六續集卷六	卷四「子豐年」作「與豐年。
寄康林				續集卷四	續集卷六	卷四題為「寄唐林夫」。
詠蜀葵				續集卷四	續集卷六	卷四
詠荷花				續集卷四	續集卷六	卷四
晚興				續集卷四	續集卷六	卷四
送吳全甫中舍倅無為				續集卷四	續集卷六	卷四
晚涼				續集卷四增「二首」二字。	續集卷六	卷四增「二首」二字。
又				續集卷四	續集卷六	卷四
賦程氏雲庵				續集卷四	續集卷六	卷四
常父相率作吳丞相挽詞				續集卷四增「二首」二字	續集卷六	卷四增「二首」二字。父作甫
又				續集卷四	續集卷六	卷四
霽夜				續集卷四	續集卷六	卷四
晚望				續集卷四	續集卷六	卷四
禾熟三首				續集卷四	續集卷六	卷四
深夜				續集卷四	續集卷六	卷四
和朱君況卜居				續集卷四	續集卷六	卷四
和項元帥見遺柳書				續集卷四	續集卷六	卷四
雞冠花				續集卷四	續集卷六	卷四

睡起				續集卷四	續集卷六		卷四
送郎祖仁奉禮				續集卷四	續集卷六		卷四
次韻孫亨甫見寄				續集卷四	續集卷六		卷四
唐林夫累惠書字法絕精以詩頌之				續集卷四	續集卷六		卷四 頌作謝
至城南別祖仁未歸約文之不至				續集卷四	續集卷六		卷四
對菊有懷郎祖仁				續集卷四	續集卷六		卷四
寓興				續集卷四	續集卷六		卷四
和郡大博臨宴公宇詩以為謝唐林夫在席				續集卷四	續集卷六		卷四 和作知
秋夕旅館談禪用元韻呈李夫				續集卷四	續集卷六		卷四
林夫訪及書室夜話又用原韻				續集卷四 原作元	續集卷六		卷四 原作元
至城東作				續集卷四 增「二首」二字。	續集卷六		卷四 增「二首」二字
又				續集卷四	續集卷六		卷四
惜菊				續集卷四	續集卷六		卷四
西齋冬夕				續集卷四	續集卷六		卷四 題作「冬夕西齋」
冬夕即席作				續集卷四	續集卷六		卷四
至日作				續集卷四	續集卷六		卷四

小庵初成奉酬元帥				續集卷四	續集卷六		卷四
口占				續集卷四	續集卷六		卷四
寄常父				續集卷四	續集卷六		卷四
和劉江寧韻送張天覺同年三首				續集卷四	續集卷六		卷四
寄題蕭升之姨夫竹軒				續集卷四	續集卷六		卷四
席上送孫知損通直廣東漕				續集卷四	續集卷六		卷四
春晚遣興				續集卷四	續集卷六		卷四
上已飲茶湖上				續集卷四於作于	續集卷六		卷四
口占				續集卷四	續集卷六		卷四
寄題蕭文照閣				續集卷四	續集卷六		卷四
謝郊正甫				續集卷四	續集卷六		卷四
送周文之主簿				續集卷四	續集卷六		卷四
夏日游湖亭				續集卷四	續集卷六		卷四
倦夜				續集卷四	續集卷六		卷四
與張子明飲湖亭				續集卷四	續集卷六		卷四
大暑				續集卷四	續集卷六		卷四
入山馬上口占				續集卷四	續集卷六		卷四
再用元韻呈熊伯通				續集卷四	續集卷六		卷四
寄熊伯通				續集卷四	續集卷六		卷四
再用霄字韻				續集卷四	續集卷六		卷四
初伏夜坐				續集卷四	續集卷六		卷四
池上作				續集卷四	續集卷六		卷四

午眠				續集卷四	續集卷六		卷四 眠作謝
早秋				續集卷四	續集卷六		卷四
七夕				續集卷四	續集卷六		卷四
送馬朝請使廣西				續集卷四	續集卷六		卷四
八月十六日翫月				續集卷四	續集卷六		卷四
送郭明叔分寧				續集卷四	續集卷六		卷四 叔後家「宰」字
送提舉太平觀熊舍人				續集卷四 增「三首」二字。	續集卷六		卷四 增「三首」二字。
其二				續集卷四	續集卷六		卷四
其三				續集卷四	續集卷六		卷四
熊伯通阻風未發挐舟就謁留飲數杯				續集卷四	續集卷六		卷四
送沈行奉議赴辟陝西				續集卷四	續集卷六		卷四
送覺茲住鳳山				續集卷四	續集卷六		卷四 加一「又」字，收錄二首。
九月十八日作				續集卷四	續集卷六		卷四
蘇子由寄題小庵詩用元韻和				續集卷四	續集卷六		卷四
陶寺丞挽詩				續集卷四	續集卷六		卷四
黃道士求詩戲為口號贈之				續集卷四	續集卷六		卷四

冬晝作				續集卷四	續集卷六		卷四
十一月				續集卷四	續集卷六		卷四 末了多 一「作」 字 。
冬曉				續集卷四	續集卷六		卷四
正月三日唐林夫舟中醉題				續集卷四	續集卷六		卷四
四日郡集於景德寺				續集卷四	續集卷六		卷四 日作月 於作于
馬上口占				續集卷四	續集卷六		卷四
守倅自開元觀食起欲往紫極宮道過余之家園乃屈同游太守自以為能知地形余故議卜居之處也以詩謝焉				續集卷四	續集卷六		卷四
據桉小睡				續集卷四	續集卷六		卷四 桉作案
南軒				續集卷四	續集卷六		卷四
戲為難韻同官和之				續集卷四	續集卷六		卷四
賈誼				續集卷四	續集卷六		卷四
子瞻子由各有寄題小庵詩卻用元韻和呈				續集卷四	續集卷六		卷四

久雨不止二月半以敕醮廬山真君殿入夜星月皎然				續集卷四	續集卷六		卷四
寄題蕭丈止亭				續集卷四	續集卷六		卷四
春夜				續集卷四	續集卷六		卷四
和經父寄張績				續集卷四	續集卷六		卷四
阻風呈經父				續集卷四	續集卷六		卷四
詠檣				續集卷四	續集卷六		卷四
詠舵				續集卷四	續集卷六		卷四
至日阻風飲於轉運行衙呈經父				續集卷四於作于	續集卷六		卷四
和經父寄張績				續集卷四增「二首」二字。	續集卷六		卷四增「二首」二字。
又				續集卷六		
和經父登黃鶴樓				續集卷四	續集卷六		卷四
詠冰				續集卷四	續集卷六		卷四
和詠網				續集卷四	續集卷六		卷四
瑞香花				續集卷四	續集卷六		卷四
李白祠堂				續集卷四增「二首」二字。	續集卷六		卷四增「二首」二字。
又				續集卷六		
雙頭牡丹				續集卷四	續集卷六		卷四
寄經父				續集卷四	續集卷六		卷四
選官圖口號				續集卷四	續集卷六		卷四
中秋				續集卷五	續集卷七		卷五題作「熙寧四年」中秋。

和韻送行至密州				續集卷五	續集卷七	卷五題作「和舍弟送行往密州」
次韻和弟發越州				續集卷五	續集卷七	卷五題作「次韻和常父發越州」
渡潝江為未得				續集卷五	續集卷七	卷五無「為」字
西興				續集卷五	續集卷七	卷五
懷越				續集卷五	續集卷七	卷五
次韻和常父渡江守經父				續集卷五	續集卷七	卷五守作寄
新開湖				續集卷五	續集卷七	卷五
題清斯堂				續集卷五	續集卷七	卷五
發山陽				續集卷五	續集卷七	卷五
送登州太守出城馬上作				續集卷五	續集卷七	卷五
呈夢錫節推林思永察推				續集卷五	續集卷七	卷五
適值劉從道供奉往信陽鎮用前韻送之				續集卷五	續集卷七	卷五值作直
夢錫同遊賀園題詩云誰知清淡者冬月亦登臨				續集卷五	續集卷七	卷五

新作書室夢錫示詩羨其清坐				續集卷五	續集卷七		卷五
呈幕客				續集卷五	續集卷七		卷五
寄從道				續集卷五	續集卷七		卷五
晚晴見雪呈夢錫				續集卷五	續集卷七		卷五
立春				續集卷五	續集卷七		卷五
春雪				續集卷五	續集卷七		卷五
正月十四日夜				續集卷五	續集卷七		卷五
十五夜				續集卷五	續集卷七		卷五
十六夜				續集卷五	續集卷七		卷五
春陽				續集卷五	續集卷七		卷五
古來				續集卷五	續集卷七		卷五
次韻和常父二首				續集卷五	續集卷七		卷五無「二首」二字。
寄常父				續集卷五	續集卷七		卷五
春色最佳呈夢錫三首				續集卷五	續集卷七		卷五無「三首」二字。
春閨六言二首				續集卷五	續集卷七		卷五無「二首」二字。
登資聖閣				續集卷五	續集卷七		卷五
上巳				續集卷五	續集卷七		卷五
八日				續集卷五	續集卷七		卷五
寄常父				續集卷五	續集卷七		卷五
行香				續集卷五	續集卷七		卷五
次韻和昌齡落梅				續集卷五	續集卷七		卷五
登賀園高亭				續集卷五	續集卷七		卷五
戲促二幕客				續集卷五	續集卷七		卷五

畫眠呈夢錫				續集卷五	續集卷七	卷五
初食牂牁菜				續集卷五	續集卷七	卷五
呈王子高殿丞				續集卷五	續集卷七	卷五
接通判于邸氏園園人獻牡丹太守不收余私取其絕好者以歸				續集卷五	續集卷七	卷五 邸作邸
兄長寄五詩依韻和寄詩各有所懷				續集卷五	續集卷七	卷五
郡聚				續集卷五	續集卷七	卷五
正月七夜飲節之廐舍				續集卷五	續集卷七	卷五
六月五日				續集卷五	續集卷七	卷五
喜雨上太守				續集卷五	續集卷七	卷五
晚霽				續集卷五	續集卷七	卷五
雙門				續集卷五	續集卷七	卷五
送蔡充道赴密院召				續集卷五	續集卷七	卷五
寄常父二首				續集卷五	續集卷七	卷五 無「二首」二字。
七月二十六日				續集卷五	續集卷七	卷五
謝夢錫見臨				續集卷五	續集卷七	卷五
送張通判				續集卷五	續集卷七	卷五
西行				續集卷五	續集卷七	卷五
荊林館				續集卷五	續集卷七	卷五
馬上				續集卷五	續集卷七	卷五
近克				續集卷五	續集卷七	卷五
毛陽				續集卷五	續集卷七	卷五

次韻和張道濟長官立秋後作				續集卷五	續集卷七		卷五
飲夢錫官舍出文君西子小小畫真				續集卷五	續集卷七		卷五
走筆三首				續集卷五	續集卷七		卷五
寄常父三首				續集卷五	續集卷七		卷五 無「三首」二字。
送董少卿				續集卷五	續集卷七		卷五
哦亭				續集卷五	續集卷七		卷五
中和節				續集卷五	續集卷七		卷五
晨興				續集卷五	續集卷七		卷五
以事往齊州初發密				續集卷五	續集卷七		卷五
折柳亭				續集卷五	續集卷七		卷五
里伏驛				續集卷五	續集卷七		卷五
將至青州				續集卷五	續集卷七		卷五
青州席上				續集卷五	續集卷七		卷五
馬上小睡				續集卷五	續集卷七		卷五
王舍人莊				續集卷五	續集卷七		卷五
上曾子固				續集卷五	續集卷七		卷五
和常父見寄				續集卷五	續集卷七		卷五
呈夢錫				續集卷五	續集卷七		卷五
銀河詠				續集卷五	續集卷七		卷五
學舍				續集卷五	續集卷七		
風雨有秋色率然成小詩呈道濟長官				續集卷五	續集卷七		
游田氏池亭				續集卷五	續集卷七		
雨中戲夢錫				續集卷五	續集卷七		卷五
寄常父				續集卷五	續集卷七		卷五 父作甫

白日				續集卷五	續集卷七		卷五
錢夢錫於折柳亭醉中倚柱				續集卷五	續集卷七		卷五
楊慎之著作孫正甫推官歐陽甫長官隨詔使東來併會齋中				續集卷五	續集卷七		卷五「歐陽甫」作「歐陽勉甫」
經社				續集卷五	續集卷七		卷五
熙寧口號五首				續集卷五	續集卷七		卷五無「五首」二字。
大風				續集卷五	續集卷七		卷五
新霜				續集卷五	續集卷七		卷五
寄常父				續集卷五	續集卷七		卷五父作甫
十月旦懷夢錫				續集卷五	續集卷七		卷五
知郡桃駕部十月三日生日				續集卷五桃作姚	續集卷七		卷五桃作姚
寄板橋卞進之主簿				續集卷五	續集卷七		卷五
步日				續集卷五	續集卷七		卷五
寄蕭盧中				續集卷五	續集卷七		卷五盧作虛
蜀夜				續集卷五	續集卷七		卷五蜀作獨
晨雨				續集卷五	續集卷七		卷五
訪道濟				續集卷五	續集卷七		卷五
月夜				續集卷五	續集卷七		卷五
寄常父				續集卷五	續集卷七		卷五父作甫

再用前意				續集卷五	續集卷七		卷五
雨中				續集卷五	續集卷七		卷五
試墨				續集卷五	續集卷七		卷五
有感時夢錫尋醫而思求免官				續集卷五	續集卷七		卷五 求作永
久雨				續集卷五	續集卷七		卷五
訓轟察推				續集卷五	續集卷七		卷五 訓作酬
食冰				續集卷五	續集卷七		卷五
郡聚				續集卷五	續集卷七		卷五
陳宗聖縣丞往登州問有所幹以此託之				續集卷五	續集卷七		卷五
郡集				續集卷五	續集卷七		卷五
送段從道司戶				續集卷五	續集卷七		卷五
早陰				續集卷五	續集卷七		卷五
寓目				續集卷五	續集卷七		卷五
初雪即霽				續集卷五	續集卷七		卷五
夜觀殘雪				續集卷五	續集卷七		卷五

參考書目

青山集　十卷‧又六卷　（宋）郭祥正著　繡谷亭尺鳧公　舊藏孤本　今藏北京圖書館

青山集　三十卷　宋‧郭祥正撰　北京圖書館古籍珍本叢刊‧集部‧宋別集類　影宋刻本　北京：書目文獻出版社

青山集　三十四卷　（宋）郭祥正著　（明）張立人手鈔本　明鈔本　今藏日本靜嘉堂文庫

青山集　三十卷‧續集五卷　（宋）郭祥正著　清道光九年刊本　今藏中央研究院歷史語言研究所

郭祥正集　三十卷‧續集五卷　（宋）郭祥正著‧孔凡禮點校　一九九五年五月第一版

青山集　三十卷‧續集七卷　（宋）郭祥正著　四庫全書第一一一六冊　臺灣商務印書館　一九八三年六月

宋史　（元）脫脫著　北京：中華書局　一九八五年六月

東都事略　（宋）王稱著　四庫全書第四七一冊　臺灣商務印書館　一九八三年六月

北宋經撫年表‧南宋制撫年表　吳廷燮著　二十四史研究資料叢刊　北京：中華書局　一九八四年四月第一版

續資治通鑑長編　（宋）李燾著‧（清）黃以周等輯補　上海古籍出版社　一九八二年二月

宋史紀事本末　（明）馮琦編‧（明）陳邦瞻纂輯

方輿勝覽　（宋）祝穆著　四庫全書第四七一冊　臺灣商務印書館

一九八三年六月

輿地紀勝 （宋）王象之著 宋代地理書四種之一 文海出版社

淳祐臨安志 （宋）施諤 宋元方志叢書 大化書局 一九七七年

咸淳臨安志 （宋）潛說友 宋元方志叢書 大化書局 一九七七年

安徽省太平府志 （清）黃桂修・宋驤篆 中國地方志叢書二三六號
　　成文出版社 一九七四年十二月臺一版

汀州府志 （清）曾旺瑛等修・李紱等纂 中國方志叢書七五號 成
　　文出版社 一九七四年十二月臺一版

當塗縣志 （清）張海・萬橚合修 端木愷標點刻印 一九八〇年元月

五、

梅堯臣集編年校注 （宋）梅堯臣著・朱東潤校注 源流出版社 一
　　九八三年四月初版

臨川先生文集 （宋）王安石著 華正書局印行 一九九〇年三月初版

王臨川集 （宋）王安石著 世界書局 一九六一年

蘇軾詩集 （宋）蘇軾著・（清）王文誥輯注 北京：中華書局 一
　　九八二年二月第一版

蘇軾文集 （宋）蘇軾著・孔凡禮點校 北京：中華書局 一九八二
　　年二月第一版

東坡樂府箋 （宋）蘇軾著・龍榆生校箋 華正書局 一九九〇年三
　　月初版

增編索引蘇文忠公詩編注集成 （宋）蘇軾著・王文誥集訂 學生書
　　局 一九八七年十月

山谷詩集注 （宋）黃庭堅著・任淵、史容等人注 藝文印書館 一
　　九六九年十月初版

姑溪居士集 （宋）李之儀著 四庫全書珍本二二五冊至二三〇冊 一

九七〇年

朝散集　（宋）孔平仲著・胡思敬輯　南昌豫章叢書　第一九三冊至
　　一九八冊　民國十年

宋文鑑　（宋）呂祖謙編・齊治平點校　北京：中華書局　一九九二
　　年三月

全宋詩　北京大學編　北京大學出版社

全宋詞　世界書局編　世界書局　一九八四年

宋詩鈔　（清）吳之振編　四庫文學總集選刊　大陸：上海古籍出版
　　社　一九九三年十一月第一版

宋詩史　許聰著　大陸：重慶出版社　一九九二年三月第一版

宋遼金畫家史料　陳高華著　北京：文物出版社　一九八四年三月第
　　一版

五：詩話類。

苕溪漁隱叢話　（宋）胡仔纂集・廖德明校點・周本淳重訂　北京：
　　人民文學出版社　一九九三年十一月

詩林廣記　（宋）蔡正孫著　北京：中華書局　一九八二年八月第一版

詩話總龜前集四十八卷・後集五十卷　（宋）阮閱著　景印文淵閣四
　　庫全書　臺灣商務印書館　一九八三年六月

娛書堂詩話　（宋）趙與○著　四庫全書第一四八一冊　臺灣商務印
　　書館　一九八三年六月

龍川略志外十七種　（宋）蘇轍等人著　四庫小說叢書　大陸：上海
　　古籍出版社　一九九一年十一月

澠水燕談錄　（宋）王闢之　四庫小說叢書　大陸：上海古籍出版社
　　一九九一年十一月

能改齋漫錄　（宋）吳僧著　木鐸出版社　一九八二年五月初版

瀛奎律髓　（元）方回選評・（清）紀昀刊誤・諸傳奇、胡益民點校
　　黃山書社出版　一九九四年八月

歷代詩話　（清）何文煥輯　北京：中華書局　一九九二年五月

宋詩紀事　厲鶚輯・杭世俊勘定　鼎文書局　一九七一年九月初版

宋詩話輯佚　郭紹虞校輯　　文泉閣出版　一九七二年四月再版

六、

五燈會元二十卷　（宋）釋普濟撰　宋寶祐元年刊本　今藏國家圖書館

北宋文學批評資料彙編　黃師啟方著　中國文學批評資料彙編之二
　　國立編譯館主編　成文出版社　一九八〇年九月

宋詩之傳承與開拓　張高評著　文史哲出版社　一九九〇年三月初版

宋詩研究　胡雲翼著　巴蜀書社　一九九三年十月

推陳出新的宋詩　莫礪鋒著　中華民族優秀文化叢書（文學卷）　遼
　　寧古籍出版社　一九九五年五月

兩宋黨爭與文學　慶振軒著　敦煌文藝出版社　一九九三年九月

宋代的七言古詩北宋卷　王錫九　大陸：天津人民出版社　一九九三
　　年十一月第一版

北宋黨爭研究　羅家祥著　文津出版社　一九九三年十一月初版

中國古代官制講座　楊志玖著　北京：中華書局　一九九二年三月第
　　一版

宋代文官選任制度　劉小南著　河北教育出版社　一九九三年四月

兩宋文學史　程千帆・吳新雷著　上海古籍出版社　一九九一年二月

七、

宋初詩風體派發展之研究　劉明宗著　國立高雄師範大學博士論文
　　一九九四年七月

宋代詩學中「晚唐」觀念的形成與演變　黃奕珍著　國立臺灣大學博
　　士論文　一九九五年六月

郭祥正略考　孔凡禮著　文學遺產增刊十八輯（一九八九年三月頁一
　　九三至二〇八）　山西人民出版社

宋代詩文的單篇傳播－兼談宋代文學的商品　王兆鵬著　文史知識
　　（一九九二年第四期・總一三〇期頁八十至八十六）　北京：中
　　華書局

郭祥正《青山集》考（上）　內山精也　橄欖　第三卷　（一九九〇
　　年十月一日）

中國敘事詩的傳承與研究｜以唐代敘事詩為主　田寶玉著　國立臺灣
　　師範大學博士論文　一九九三年六月

采石月下聞謫仙─宋代詩人郭功甫

國家圖書館出版品預行編目

采石月下聞謫仙：宋代詩人郭功甫 / 林宜陵著
. -- 一版. - 臺北市：秀威資訊科技，
2006 [民 95]
　　面；　公分. -- （語言文學類；AG0045）
參考書目：面
ISBN 978-986-7080-65-3(平裝)

1. (宋)郭祥正 - 作品評論　2. (宋)郭祥正 - 傳記

851.4516　　　　　　　　　　　　95012771

 語言文學類　AG0045

采石月下聞謫仙─宋代詩人郭功甫

作　　者 / 林宜陵
發 行 人 / 宋政坤
執行編輯 / 林世玲
圖文排版 / 郭雅雯
封面設計 / 羅季芬
數位轉譯 / 徐真玉　沈裕閔
圖書銷售 / 林怡君
網路服務 / 徐國晉
出版印製 / 秀威資訊科技股份有限公司
　　　　　台北市內湖區瑞光路 583 巷 25 號 1 樓
　　　　　電話：02-2657-9211　　　傳真：02-2657-9106
　　　　　E-mail：service@showwe.com.tw
經 銷 商 / 紅螞蟻圖書有限公司
　　　　　台北市內湖區舊宗路二段 121 巷 28、32 號 4 樓
　　　　　電話：02-2795-3656　　　傳真：02-2795-4100
　　　　　http://www.e-redant.com

2006 年 9 月 BOD 一版
定價：530 元

讀 者 回 函 卡

感謝您購買本書，為提升服務品質，煩請填寫以下問卷，收到您的寶貴意見後，我們會仔細收藏記錄並回贈紀念品，謝謝！

1. 您購買的書名：＿＿＿＿＿＿＿＿＿＿＿＿＿＿＿＿

2. 您從何得知本書的消息？

　　□網路書店　□部落格　□資料庫搜尋　□書訊　□電子報　□書店

　　□平面媒體　□ 朋友推薦　□網站推薦　□其他＿＿＿＿＿

3. 您對本書的評價：(請填代號　1.非常滿意 2.滿意 3.尚可 4.再改進)

　　封面設計＿＿　版面編排＿＿　內容＿＿　文/譯筆＿＿　價格＿＿

4. 讀完書後您覺得：

　　□很有收獲　□有收獲　□收獲不多　□沒收獲

5. 您會推薦本書給朋友嗎？

　　□會　□不會，為什麼？＿＿＿＿＿＿＿＿＿＿＿＿＿＿＿

6. 其他寶貴的意見：＿＿＿＿＿＿＿＿＿＿＿＿＿＿＿＿＿

＿＿＿＿＿＿＿＿＿＿＿＿＿＿＿＿＿＿＿＿＿＿＿＿＿＿

＿＿＿＿＿＿＿＿＿＿＿＿＿＿＿＿＿＿＿＿＿＿＿＿＿＿

＿＿＿＿＿＿＿＿＿＿＿＿＿＿＿＿＿＿＿＿＿＿＿＿＿＿

讀者基本資料

姓名：＿＿＿＿＿＿＿＿＿　年齡：＿＿＿　性別：□女 □男

聯絡電話：＿＿＿＿＿＿＿　E-mail：＿＿＿＿＿＿＿＿＿

地址：＿＿＿＿＿＿＿＿＿＿＿＿＿＿＿＿＿＿＿＿＿＿＿

學歷：□高中(含)以下　　□高中　　□專科學校　　□大學

　　　□研究所(含)以上 □其他＿＿＿＿＿＿＿

職業：□製造業 □金融業 □資訊業 □軍警 □傳播業 □自由業

　　　□服務業 □公務員 □教職　□學生 □其他＿＿＿＿＿

(請沿線對摺寄回,謝謝!)

秀威與 BOD

BOD（Books On Demand）是數位出版的大趨勢，秀威資訊率
先運用 POD 數位印刷設備來生產書籍，並提供作者全程數位出
版服務，致使書籍產銷零庫存，知識傳承不絕版，目前已開闢
以下書系：

一、BOD 學術著作—專業論述的閱讀延伸
二、BOD 個人著作—分享生命的心路歷程
三、BOD 旅遊著作—個人深度旅遊文學創作
四、BOD 大陸學者—大陸專業學者學術出版
五、POD 獨家經銷—數位產製的代發行書籍

BOD 秀威網路書店：www.showwe.com.tw
政府出版品網路書店：www.govbooks.com.tw

　　　永不絕版的故事・自己寫・永不休止的音符・自己唱